コナン・ドイル殺人事件

The House of the Baskervilles

南雲堂

ロジャー・ギャリック-スティール

コナン・ドイル殺人事件

嵯峨冬弓訳

目次

装丁　渡邊和宏

序章

私の最も古い記憶は、おもらしでびしょびしょに濡れた乳母車を覗き込むホルスト夫人の甘い声と笑顔だ。「ぜんまい仕掛けの本」という著作が、人々の記憶から忘れ去られつつあったホルスト氏とその妻だったが、一九四二年の息子、すなわち私の誕生は、彼らにそれなりの感動をもたらしたらしい。

五歳の時戦争が終わり、崩れかけたフリーメーソン主義の重圧から、私は解放された。十一歳の誕生日、不幸な両親は離婚し、私はサーレィとブレイントゥリーでそれぞれ四年と一年、全寮制の私学生を経験した。教育という名のモルタル壁の中で、女ったらしどもと過ごし、なんとか卒業証書を手に入れた。

知的センス、芸術的センスのかけらさえないと住民が口を揃える、大工兼建具屋で修行している頃、棺桶屋でたびたび「幽霊」と遭遇したが、この時は長く続くことはなかった。

のちに暴力的なまでに退廃するエセックス、ハーローでのテレビ技術者の仕事も、はじめのうちはいたって順調だった。そして自分の霊能力に気づきはじめたのもその頃だった。

私はさまざまな霊たちと関係を結んだ。邪悪なもの、親しみやすいもの、そして地縛霊、彼らは他を圧するほど、のちの私に影響をおよぼした。

一九八〇年代、いわゆる資産家であった私は、一九八八年に市場経済が低下するまでの優雅な生活が捨てきれず、そういう気分がダートムアのパークヒルという上品ぶったお屋敷を購入させた。時代もののこの屋敷で、私はヴィクトリア時代の霊たちと出会った。彼らの自己紹介のやり方は、夜ただ音をたてるというものから、オリンピック競技のように調度品を飛び廻らせるものまでさまざまで、心臓に悪い日々がこうして始まった。

ある奇怪な肖像写真は、本書の核心となる話を、たびたび私に語った。こうだ。
「シャーロック・ホームズ・シリーズの『バスカヴィル家の犬』は、コナン・ドイル以外の者のペンによって書かれている。この物語にまつわる事柄を、死者コナン・ドイルは決して語ることはできない」

　この物語はフィクションではない。才能ある青年、フレッチャー・ロビンソン氏の死後百年、彼は時を超えて私の仕事場に現れ、道を示しつづけた。

　捨てられるに違いないのに、何故コナン・ドイルの肖像画はこの屋敷の玄関に置き去りにされていたのか？　何故その絵が弾丸のように壁から飛び出すのか？

　名作『バスカヴィル家の犬』は、本当にドイルでなく、フレッチャー・ロビンソンが書いたものなのか？　彼のわずか三十六歳の死は，本当に古代エジプト、二千五百年前のミイラの呪いによるものだったのか？

　それらの新しい証拠は、今すべて覆い隠されようとしている。誰が隠すのか？　遺言の検認官？　法務官？　そうではない、「イギリスの王」によってだ。

第一章　幽霊屋敷

一九八九年三月十三日金曜日。縁起が悪いという人もいるに違いないが、その日、私たちはトラック一台でパークヒルに引っ越してきた。予想はしていたものの、引っ越しというものは多くのストレスをともなう。新しい土地で生活を始めるのは、それが希望に満ちていたとしても、とても緊張するものだ。

すぐに手の届く場所に置いてあった愛用の品々も、今はブリザムのキッチンに積みあげられた段ボールの中に納められてしまい、まもなくトラックでパークヒルに運びこまれる。そして降ろされた時には、荷物の山の一番下にあるに違いないのだ。

数時間後、引っ越し業者の男性がパークヒルの外の壁によりかかり、お茶を飲みながら煙草を吸っていた。四十代に見えるその男性のエプロンは、その日の重労働のわりには、あまり汚れていなかった。彼はとても満足そうな顔で、私に話しかけてきた。

「実に平和だよね。いいところだ。あなたがここを買ったわけがわかるような気がするな」

私は笑ってうなずいた。

(そのとおりだとも、私は今までで一番いい買い物をしたんだ)

私は、決してパークヒルを手放すことはないだろう。

パークヒルの幽霊たちも、なかなかこの引っ越しを楽しんだようだ。家具や調度品、その他さまざまなものがきちんと配置され、据えつけられる様子を、彼らは見守っていたようだ。

広間にシャンデリアを二つぶらさげた時、彼らはきっとヴィクトリア時代に思いを馳せたことだろう。マホガニーの暖炉の上に、額に入った大きな鏡をとりつけると、威厳ある申し分のない雰囲気の主人の部屋になった。絨毯の敷きつめ方はエリザベス二世風、つまり現代的ということだが、それもまたアンティークな家具と見事に調和した。

　それらの作業をするために、いろいろな道具が必要だったのはいうまでもない。たとえば電動スクリュウ・ドライヴァー。ヴィクトリア時代の幽霊たちは、はじめて見るものだったのだろう。じっくりとその電動ドライヴァーを調べてみたくなったらしい。

　ふと気づくと、道具箱の中から、ついさっきまで使っていた電動ドライヴァーが消えていた。いくら探しても見あたらない。しかたなく私は、普通のドライヴァーで作業を続けることにしたが、また持っていかれると困るので、道具箱には入れないでおいた。

　午後、居間の上の部屋にウォーター・ベッドを取り付けた。組み立ては簡単に終った。あとはホースを浴室の温水口につないで、お湯を入れるだけだ。霊たちの好奇心をあおらないように、この先は細心の注意が必要だ。いくらお湯といっても、寝室を水びたしにされては困る。私はじっくりと計画を練るため休憩をとることにした。階下でお茶を飲んで戻ってみると、マットレスの上に電動ドライヴァーが載っていた。

　強い好奇心と不思議な気分の両方が私の中で入り混ざり、背後に注意をはらいながら私は、窓から表を眺めた。西側に目をやると、急勾配の草地にバラが咲いている。広いぶどう畑もみえる。土壌の悪い粘土質の土地にしては、どちらも驚くほどよく育っている。中庭の井戸につながる水脈まで、深く根を張っているのだろう。そして細長い納屋が悪天候からぶどうを守り、地中海のように夏の太陽を反射しているのだろう。階下の左側にはかつて召し使い小屋があった。裏口は昔、大勢の使用人たちが出入りしたことだろう。

　そこから数メートル手前に、玄関の車寄せを見おろすように大きな栗の木がそびえている。今は花が咲いているが、実のなる季節には近所の子供たちが集まってきて、コンカーズの実をとるためにはしゃぎまわるのだ。（ヒモに通したトチの実を振って相手の実を割る、英国の子供の遊び）

パークヒルに越してきて三日目の朝、ほとんどのものはあるべき場所に落ちつき、全体としては満足のいく住空間となった。キッチンだけはどうしても二十世紀のスタイルにする必要があったが、そのほかのものはすべて、この屋敷とつり合うアンティークで揃えることができたので、幽霊たちもきっと満足したと思う。

彼らがいろいろなものを持っていっては調べるという出来事は減りはじめたが、今度は、もしかしたら彼らには、私たちをトイレに閉じ込める能力もあるのでは、とそんな考えが頭をよぎり、用心にこしたことはないので、私たちは鍵をトイレの中に置いておくことにした。

その夜はくたくたに疲れたので私たちは早めに休むことにした。暖かいベッドはすぐに眠りを誘い、私はぐっすりと眠った。

それが起こったのは、時計が三回鐘を鳴らした時だった。何かがいきなり私の脇腹をつついたのだ。肘のような感触だった。幽霊屋敷は、はじめて直接的な交信を求めてきたのだ。突然のことで、私はまだ自分のいびきが聞こえるほど寝ぼけていたが、ベッドの上にまっすぐすわって、霊たちが帰還する様子を待ってみた。寝室全体が白く光り、不思議な虹色の輝きが、あたり一面点滅していた。

続いて階下の居間で、はっきりと大きな音が聞こえた。それは間違いなく、ビリヤードの玉がぶつかりあう音だった。玉がポケットに落ちる音まで聞こえている。信じられないことに、下の部屋では玉突きゲームの真っ最中らしかった。

真夜中の三時、裸で寝ていた人が、手探りでパジャマを探すような時間帯だ。私はベッドからそっと滑り出て、部屋を横ぎり、螺旋階段の上で立ちどまって耳を澄ませた。

……静寂だった。ゆっくりと足音を忍ばせて階段を降り、裸足のまま絨毯の上を歩いて、閉じられている居間の扉の外から、室内のようすをうかがった。何も聞こえない、恐ろしいほど静まり返っている。額から汗が流れはじめ、恐怖で心臓をわし掴みにされた気分だった。

私たちが引っ越してきたことを知らない泥棒が、屋敷を物色しているのだろうか？　それなら遭遇するのは時間の問題だ。私は冷や汗でじっとりとした手で、ゆっくりと扉のノブを掴んだ。真鍮製のそれは思いがけずとても冷たかった。

深く息を吸うと、心臓の鼓動が高まったが、思いきってシャンデリアのスイッチを入れ、居間に飛びこんだ。そして危険が待っている部屋の真ん中へと進んでいった。急に明るくなったので、眩しくてまだ何も見えない。ぼんやりとする目をこらしてみると、目の前に私と同じぐらいの背丈の、肩幅のひろい男が立っている。拳をかまえて近づくと、その男も闘う姿勢をとった。私は躊躇した。闘えば負けるにきまっている。しかし何故この男は素っ裸なのだろう？

「なんてことだ！」

目が馴れてきてはっきりわかった。この間違いは衝撃的だ！　向こう側の中庭のガラスドアに、裸の自分が映っていたのだ！

困惑しながら居間を見廻してみたが、人っ子一人いない。あたりまえだが、ビリヤード台もなければ象牙色の玉もない。そのことは私自身が一番よく知っている。しかし居間は、パイプの煙さえあれば、実際にゲームの最中のような高揚感が渦巻いていた。

ゲームをしていた霊たちは今、うろたえて棒立ちになっているに違いない。突然裸の男が押し入ってきて、シャンデリアの下で目をぱちくりさせているのだから。もしもご婦人がたの霊が同席していたなら、卒倒してしまったかもしれない。単なる彼らの遊びに慌てふためいている私を、彼らは今も見ているのだろうか？　本当に霊がゲームを楽しんだのだろうか？

あくる日の朝食時、昨夜私が経験した心霊現象についての話が出た。当然ながら家族は、私が夢を見たのだと言った。証明することはできなかったが、実体験なのだから私は断固譲るわけにはいかなかった。しかし思ったよりも早く、このいらだたしい思いを証明できる日が訪れた。その男性の証言は、のちの展開にもきわめて重要な役割をはたしてくれた。

ビリヤード事件から二週間が過ぎようとしていたある晩、私はまたぎょっとするような出来事で、夜中の三時に目が醒めた。爆発音とともに屋敷が大きく揺れ、これまで見たこともないほどの稲光が放射されつづけていた。表の木々は大枝を激しくゆすり、嵐の神に許しを乞うように、地面に向かって大きくおじぎをくり返していた。ぶどう畑に青い稲妻が走った。私は、屋敷の石造りの部分や、煙突が破壊されてしまうのではないかと心配になった。それに、急激に流れ込んできた雨水のためだろう、排水溝が、ごぼごぼと無気味な音をたてている。階下はどうなっているのだろう？

案の定排水溝から水が逆流していて、居間はすでに水浸しだった。中庭の窓の向こうは池のようだった。ざるのように、そこからどんどん水が流れ込んでいた。足でせき止めようとしたが、浸水ですでに絨毯が浮きあがるほどだった。

次の日の早朝、さっそく業者に電話をかけると、同情したのかすぐ窓の修理に向かうといってくれた。濡れたところは、太陽の光でだんだん乾いてきていた。

ちょうどコーヒーの時間に、窓の修理工がやってきた。彼はゆっくりと私たちの話に耳を傾けてから、

「ああ」

とやっと言い、さらにデヴォン訛りでこう言った。

「弁がついてなかったんでしょうな」

デヴォンに越してきた当初、ここの人たちのこうした悠長な話し方は、ロンドン育ちの私を困らせたものだが、今ではすっかり気に入っていた。

「絨毯が水浸しになるのは、こりゃあ当たり前ですな。奴ら、底に弁を取りつけなかったんだ。……それが原因だねぇ」

「そうか。ええと、それでつけてもらうことはできるかな？」

と私が頼むと、

「お安いご用でさ。だけどなんで職人が弁をつけなかったんだか、わしにはわからんですよ」

彼との会話は、満潮時の海のようにのんびりと進んでいった。彼は窓枠やその他の部品をとりだしてから、手をとめて一服した。コーヒーをすすりながら突然、彼は、

「ここが気に入っていなさるんですか？」

と私に尋ねた。

「ええ、パークヒルにはとても満足していますよ。くつろげますからね」

と私はそっけなく答えた。彼は黙ってうなずくと、音をたててコーヒーをすすった。続いて彼から聞いた一連の話は、思いがけず衝撃的なものだった。

「この屋敷がどんなところだか、知っていなさるんですよねえ？」

「いや」

何となく胸さわぎを感じながら、私はそう答えた。

「ああそうだったんですかい。私らみな、知ってると思ってたもんで。知ってて、この恐ろしいお屋敷を買いなすったんだなあってね」

私は思わず気分が混乱した。

「ずっと昔、このお屋敷で『バスカヴィル家の犬』

って本が書かれたんでさ。その頃この部屋は『玉突き部屋』だったらしいけどねぇ」

聞いて、私は鳥肌がたった。足は重くなり、口がきけなくなって、どさりとすわり込んでしまった。そして、衝撃が去るのを待った。

「なんてことだ」

と私はつぶやいていた。

二週間前に私が遭遇したビリヤード事件のことを、彼が知るはずもないので、不思議な気持ちで彼の話を聞いていた。一九八九年の私に、百年まえの玉突きの音を誰かが聞かせたのだ。

この屋敷で最も眠りが浅い私だったが、翌朝の朝食の時にはどうにか平静をたもち、これらの出来事を笑いとばした。実にドラマチックにいろいろな話が出てくるので、ビリヤード事件への関心がさらに高まった。

霊たちが、『バスカヴィル家の犬』や、コナン・ドイルが書いたシャーロック・ホームズの物語と私とを一体化させようとしていることは明らかだった。私はだんだんに興奮してきた。

たぶんみなにとってはどうでもよい問題なのだろう。しかし私にとって、このパークヒルの歴史を調べあげるという決意は、気分の大部分をしめることになった。屋敷は、謎が解明されることを待ち望んでいた。そして知りたいというこの思いが、とても危険なことと私はわかってもいたが、誘惑にあらがうことはできそうもなかった。そしてのちに私の決意が、永遠に封じ込められようとしていたある宝物を発見するにいたって、非常に意味があることになった。

地方新聞のヘラルド・エクスプレス社に、パークヒルの歴史的背景を尋ねてみようと思い電話した。彼らはすぐに反応した。その夜には、幽霊話を聞こうとカメラマンやレポーターがパークヒルの私道に詰めかけた。

彼らの持ち寄った情報によれば、地元の人間は、この土地にあえて立ち入ることはしなかったそうだ。気味の悪い幽霊話は昔から絶えずあったらしい。不動産業者が口にしなかったのも頷けた。

金曜日の夕方、「地方のお屋敷で幽霊騒動」、「真夜中に、幽霊たちがビリヤード」、「コナン・ドイル卿のバスカヴィルの犬、暗闇に吠える」一連の大見出しが、ニュース・スタンドを直撃した。記事は実に効果的に作られており、疲労困ぱいした私の顔写真も載せていた。ほかの写真にはヴィクトリア調の五本棒の門扉、そしてその奥にはパークヒルが黒く、無気味にそびえたっていた。

反響は、私の予想をはるかに超えていた。シャーロック・ホームズの熱狂的ファンは、英国中に草の根のように存在している。まるでロンドンで一番繁盛しているホテルのフロントのように、私の家の電話は鳴りっぱなしとなった。

親切なものでは、祖父母がパークヒルにいたとか、イップルペン出身のメイドがパークヒルで雇われていたとか、またある男性は、一八九〇年頃、父親が食料雑貨、肉、チーズ、ワインを、定期的に馬車でパークヒルに納めていたと話した。パークヒルに限らず、当時の大雪は、屋敷内に閉じ込められた人たちにたいへんな困難をもたらした。そのような中でもパークヒルの当主は、邸内の住人たちに充分な食料と暖かい寝具を与え、十フィートもの雪が溶けるのを安全に待つことができたそうだ。

投書をしてくる人たちもいた。多くの手紙の中には、一九〇〇年代初頭の新聞記事のコピーが封入されていた。ある女性からの情報には本当に驚かされた。なんと、ハリー・バスカヴィルの若い時の写真を送ってくれたのだ。私にとってハリー・バスカヴィルは、物語の登場人物以外のものではなかったが、彼はまぎれもなく実在の人物、当時パークヒルを所有していたフレッチャー・ロビンソン家の、御者兼庭師としてそこにいた。この事実を知った時、まさに目から鱗が落ちた気がした。

ある男性は、話を裏づけるための資料を送付してくれた。アレンという苗字の彼の祖父が、ハリー・バスカヴィルと球技に興じている写真だった。アレン氏の妻キャサリンが、女主人エミリー・フレッチャー・ロビンソンの大切なメイドだったというのだ。エミリーの夫は大地主で、ありきたりの称号ではあるが、「パークヒルの紳士」と呼ばれていた。

このほかにも、パークヒルの大広間を憶えているという電話があった。ファーザー・クロックのわきに、木製の大きな盾のような飾り板があるのだが、それはヴィクトリア女王から時の当主へ贈られたものだという。一八〇五年のトラファルガーの戦いで亡くなったネルソン提督の軍船、ヴィクトリア号に使われていた板だそうだ。国家への功労を記念した盾だという話だった。

これら唖然とさせられる話を聞いていると、いったい私はこれまで何を見ていたのか、という気がした。これまでの調査は、まるで食前酒にすぎなかったようだ。また舞台裏では、これらのニュースがつむじ風のようにくるくる舞い踊って、パークヒルから遠くはなれた土地の人々の耳へもすばやく拡がった。噂話はこうだ。パークヒルはすでに人手にわたっており、新聞記者とハウンド犬だけが舌をだらりと垂らし、よたよたとドアに押し寄せているそうだ。

ある朝、玄関わきの壁に妙な包みが立てかけられていた。じかに届けられた荷物のようで、送り主の名前もなければ、とくに受取人の指定もない。私はその包みを丁寧にほどき、中身を確かめた。中から出てきたのは十四×十二インチの絵だった。金色のアンティークな額にはガラスがはめられており、乳白色の台紙の中央が楕円形にくり抜かれていて、下の方にこういう文字が見えた。

「アーサー・コナン・ドイル六歳。父、チャールズ・ドイル。一八六五年、エディンバラにて」

　二人が立っている背景には、彼らが暮らしていた家なのだろうか、装飾的な腰羽目板の壁があり、階段には手すりがつけられていて、そのうしろには菱形の窓が見えている。プロの画家の手によって描かれことには間違いないだろう。

　幼いコナン・ドイルは、レースの襟の、肩章のついたチェニックを着て、帽子を手に持っている。チャールズ・ドイルはリボンのついた豪華なシルクハットを手に持って、長い上着に時代がかったズボンをはき、手入れの行き届いた顎鬚と、口髭をはやしていた。

　私はこの匿名の贈り物を、居間のマホガニーで作られたブラジル風暖炉の右側に、丈夫なフックを選んで慎重に飾った。こうして、邸宅にふさわしい逸品がまたひとつ追加された。

　ギリシャ神話のトロイの木馬は、神々からの贈り物として町の外で見つかった。人々は喜びのお告げとして、嬉々として兵舎に運びいれた。不幸にも木馬の中にはギリシャ兵がひそんでいて、トロイは陥落した。

　この絵は、現代のトロイの木馬になるかもしれなかった。本物か作り話かわからないという点においてだ。そして十年にわたって論議を呼び、驚いたことに本物という結論に落ちついた。

　コナン・ドイルがギリシャ人の生まれ変わりかどうかは別としよう。また、彼がある種の霊能力を授かっていて、向こう側の世界から贈り物をしたのかもしれないという疑問もここではおいておこう。パークヒルが長い眠りから醒めるにつれ、謎は深まるばかりだ。

　数日後、イップルペン村から半マイルほど離れたところに住む男性から、興味深い話を聞くことができた。彼はニュースで私のことを知ったようだった。いささか不思議な話だった。彼はパークヒルが売り出されるにあたって、ある時期、建築業者として雇われていたのだそうだ。『バスカヴィル家の犬』にまつわる噂もいろいろ知っていたようだし、彼はシャーロック・ホームズの本もほとんど読んでいた。そんな彼が、ある日とんでもないできごとに遭遇した。

彼らがパークヒルの屋根を修繕していた時のことだ。下の方でなにやら彼らの仕事をののしる声が聞こえた。風が強くてよくは聞きとれなかったのだが、

「上品なお屋敷にふさわしい仕事をしろ！　無礼者！」

とわめいているふうだった。何よりも彼を驚かせたのは、騒いでいる男がシャーロック・ホームズそっくりのいでたちだったことだ。千鳥格子の上質な上着、ズボンは膝まで靴下に覆われている。頑丈そうな散歩用のブーツ、鹿打ち帽、そしてパイプをくわえていた！

「ダートムアを吹き飛ばしちまいそうな強い風が吹いてましたしねえ。それに、私らは高いところにいたから、その妙ちきりんな男が何をそんなに騒いでるんだか、よくはわからなかったんですよ。ただ身ぶりからして、ものすごく怒っていたようでしたがね」

と彼は話した。私は先をうながした。

「そこが妙なところなんですよ」

と彼は肩をすくめながら、話を続けた。

「そこにいると思ってたら、次の瞬間、消えているんです、そのシャーロック・ホームズがね！　不思議に思ったもんで、屋根から降りてあたりを見廻しましたがね、誰もいないんだなこれが。下で仕事してた連中は、そんな男はいなかったって言うし、気味が悪い話ですよ。それから仕事が終ってこのパークヒルを引きあげる日のことですがね、何だか大勢の人に見られてるような感じがして背筋がぞっとしましたよ」

いいかげんな情報も多く存在していた。常に冷静

に対処、分析し、信頼できる情報だけを選びだす。そして事実を導くようにする。困難なことだが、それが重要だった。

手に入れた情報を、私は二つに分類することにした。ひとつはすでに確かめられた証拠、もうひとつは、まだ確かではないが、そのうち役にたつかもしれない情報だ。イップルペン村のホームズの話など、あっさり忘れてしまいそうだった。

ぼんやりと資料を眺めている時、私の思いが、十八、九世紀に跳んでしまったことがある。くるぶしまである女性たちのドレス、コルセットをしたくびれたウエスト、ヴィクトリア調のヘアスタイル。白い髪飾りとエプロンをまとったメイド、お揃いの装いの馬と御者、そして当時のパークヒルの所有者である田舎紳士。ツンッと先を上にとがらせた固い襟、ぴったりとしたチョッキ、ポケットからのぞく懐中時計の金鎖。

一方村人はどうだったろう？　粗末な服だ。靴さえ履いていない者がいる。みすぼらしいズボン、おそらくシャツも一枚しか持っていない。彼の妻と子供は、わずか週十ペニーで生活のやりくりをしていて、どこへ行くのにもきっと歩いていく……。

そんな想像をしていると、突然ドンドン！　という音がすぐ間近で聞こえ、百年の昔から現代へと引き戻された。

ドンドン！　と、ふたたびドアをノックする音が聞こえた。目をやると私は片手で何かにぶらさがっている猿のような気分で、目はフクロウのように真ん丸くなってしまった。

目を射すような光にさからって、私はその侵入者に焦点を合わせた。そして見たのだ。ガラスに映り込んだそのシルエット、シャーロック・ホームズのシルエットを！

気持を落ちつけてから用心深く扉を開けると、なんと、まさしくシャーロック・ホームズがそこに立っていた！

目が合うと彼はにやっと笑い、呆然とする私に握手を求め、自己紹介をした。握手をするとその手は暖かで、人間のようだった。ヴィクトリア時代の白昼夢から目醒めた瞬間、また夢に引き戻されたような感じだ。とりあえずこの訪問者を中に招き入れることにした。彼は突然の訪問をわび、すぐにうちとけて、会話が始まった。

彼は亡霊ではなく人間だった。この男性を、仮にノース氏としておこう。彼は信頼できる人物ではあったが、素性、話の内容などすべてを明かすことは望まなかったので、私はいくぶん話をカモフラージュしてここに記すことにする。その日の午後、彼から得た情報は膨大なものだったが、細部は省略してある。

彼は、シャーロック・ホームズとそのファンとにゆらぎのない信頼を寄せるあまり、そのキャラクターになりきっていたのだった。彼のすばらしい衣装は、ロンドンのベスポーク・テイラー社のものだそうだ。その店では時代がかった衣装や、ホームズが好んだ曲がりくねったパイプなども、まだ作られているという。

私は、思わず口もとがゆるむのがわかった。たくさんのシャーロック・ホームズたちがベイカー街を闊歩し、これまたたくさんのワトソンたちがそれを追っていって、馬鹿げたことはやめるようにと説得するのであろう。こんな騒ぎは、コナン・ドイルも予想しきれなかったに相違ない。ノース氏は長年そういったホームズ・ファンのひとりであり、まわりの人間もそのことを受け入れて楽しんでいるそうなので、この先もずっと続けるつもりのようだった。

それらの人々は、すべてとはいえないが、たいていシャーロック・ホームズ・クラブの会員だそうだ。全英、ニューヨーク、カナダ、オーストラリア、イタリアなどにもクラブがあり、全欧シャーロック・ホームズ・クラブでは毎年パーティーが開かれて、ともに語らい、記念品の交換などをするのだという。

ノース氏は、パークヒルがとてもよく手入れされていると感動し、装飾品の素晴しさをほめたたえ、ぞくぞくするほど嬉しいと語った。それから広間のシャンデリアがちょっと曲がっていると指摘し、最近加わったコナン・ドイルの謎の絵がとくに素晴しいと言った。そして、これは自分が贈ったものではないとすぐにつけ加えた。

彼はファンとしての自らの必要性もあり、まぎれもなくパークヒルの情報通だった。一九六〇年代コナン・ドイルがパークヒルに滞在していたことがあると知ってから、何度もデヴォンを訪れたそうだ。彼は昔のパークヒルや屋敷のまわりの写真を撮っているという。それら写真を手に入れたいと私が申し出ると、彼は快く承知してくれた。おそらく白黒写真だろうが、単なる情景以上のことが明らかになるかもしれない。その期待をノース氏に話すと、彼も同意見だったが、その写真を最後に見たのはかなり前のことになると言った。

数カ月前、屋根職人が目撃したのはノース氏だった。このきわめて貴重な建物に対し、充分な敬意が払われていないとその時彼は感じたのだそうだ。これからはそうならないことを望んでいると、彼は私を見て言った。彼は帰り支度を始め、戸口のところでこの屋敷にはとても平和な雰囲気が満ちていると言った。私はにこやかに頷いて見せはしたが、内心ビリヤード事件のことを思い起こしていた。彼は、突然の訪問にもかかわらず楽しく会話ができたことに感謝していると言い、できるだけ早く写真を送ると約束してくれた。そして全英シャーロック・ホームズ・クラブのメンバーに、現在のパークヒルの持ち主である私の情報を伝えてもよいかと尋ねてきたので、私はもちろん了承した。

一週間後、ノース氏から、分厚い封書が届いた。はやる気持ちをおさえてそれを開けると、中から数枚の白黒写真がでてきた。旧道の方から撮ったもののようで、パークヒル前のゆるやかな道の内側には木々が植えてあって、これが壕の役目をしているのだが、そのため屋敷のほんの上の部分と、東側の城郭風の部分が見えているだけだった。

私は何か魅惑的ものが現れてくれることを期待していたので、少しばかりがっかりした。机にそれらの写真を立て掛けてみて、少し離れたところから眺めてみたが、どんなに目をこらしてみても変わりない。木々に隠されたパークヒル、それ以外になにも写ってはいなかった。

仕事の約束があったので、私は戸締まりをして出かけることにした。そして四時間後、昼食を食べに戻ってきた私が机のそばを通り過ぎ、何気なく先ほどの白黒写真に目をやると、私の目はふたたびフクロウの目になって、その場に立ちすくんでしまった。気が違ってしまったのだろうか？　あるいは眼鏡が必要なのだろうか？　いや、そのどちらでもない。どうしてだろう？　写真が変化していたのだ！

二枚の写真に、はっきりと人の顔が写っている。それもひとりではない。一番目立つのは左手前の木の間にみえる女性の顔だ。目を開いて笑っている。年令はおそらく四十代半ばでカールした髪が額のまわりと耳を覆う、典型的な「ヴィクトリア女王のパン」型のヘアスタイルをしている。はっきりと写っているので、この点は誰にでも確認できるように思った。

そしてもう一枚の写真は、私をしたたかに打ちのめした。この屋敷にまつわる幽霊話や、時を超えて聞こえたビリヤード事件、玄関に置き去りにされていたドイルの謎の絵。どれも私の頭を不可解さで混乱させたものだが、どれもこの写真ほどではなかった！

目の前の写真には、私が写っていたのだ！　私はそのまま椅子にどさりと座り込んでしまった。信じられない！　木々の間から覗いている顔、それは私の顔だった！　もう一枚の写真の女性とまったく同じ角度で、同じように目を開けて笑っている。あごひげも見えている。私の顔だった。

たった今、一九八九年に私はここに確かに存在している。ノース氏が撮った写真は三十一年前のパークヒルだ。三十一年前といえば私はロンドンで働いており、ノース氏はおろか、この屋敷の存在さえ知らなかった。

その日、試しに数人の友人に、何も言わずにその写真を見せてみた。彼らは一様に私と同じ疑問を抱いた。

「どうやって写真に入り込んだんだろう?」

しかし考えてみれば、百年前の玉突きゲームを再現できる幽霊たちにとっては、写真の一枚や二枚、変えてみせるのは簡単な仕事に違いない。だがノース氏の手元にある方はどうなっているのか? そして女性の方はいったい何者なのだろう。まだまだ謎がありそうだ。

私はノース氏に電話をかけることにした。彼が電話口に出るとまず写真の礼を言った。そして私に送付してくれた元の写真を、今手元に持ってきてくれるように頼んだ。

「ああ、わかりました。ちょっと待って下さい。今アルバムをとってきますからね」

受話器の彼方でかちゃかちゃと物音が聞こえ、痺れを切らすほど待たされてから、彼は、

「もしもし? すいませんお待たせして。ちょうど人が来まして」

と言った。

「いえいえ」

と私はひとりごとのように答えた。

「で、どうすればいいですか?」

「そちらの写真をちょっとひろげていただけないでしょうかね?」

ばさばさと乾いた音が聞こえ、それから彼はこう訊いてきた。

「はい、ひろげています。次は何をすればいいでし

「ああ！　私は今何を見ているのでしょうか？　まったく信じられません！　写っている顔の中にあなたがいますっ！」

　と言った。

「そのとおりです。私の顔もあるんです。写真が届いた時には顔なんて写っていなかったのに、どうしてこんなことが起こっているのか……まったく不思議です」

　私は答えた。ノース氏は、

「でも、私がこの写真を撮ったのはもう三十年も前ですよ。以来何十人もの人にこれらの写真を見せましたが、私を含め誰も顔が写っているなんて気がつきませんでした。この電話をいただくまで気がつきませんでした。実に奇妙だ」

　と言った。私は、

「そうなんです。奇妙な事件がパークヒルでもいろいろおこっているのです。それが一つ増えたというだけにすぎません。私はもう確信していますよ。パ

ょう？」

　電話口で指図することには少し気おくれがしたが、

「よく見て、何が見えるか教えてください」

　私は言った。

「えーと……、見えるのは木々と茂み、あとパークヒルの一部ですよねえ。どうかしましたか？　違ったもの送ってますか？」

　彼は言ったが、すぐに悲鳴をあげた。

「……おおっ！　信じられない！　ああ、顔があります！　……二枚に顔が写っています！　おいっ！　おい、おまえ、これを見てごらん！」

　彼はたぶん妻にも写真を見せたのであろう。女性の声が聞こえた。

「あなた！　まあ！　どうやってこの顔が？」

　つまり霊たちは、私の写真ばかりかノース氏の方にも出現していて待ちかまえていたようだ。夫妻の興奮した会話の後、彼は、

ークヒルには幽霊が住んでいます」

と答えた。

「それで、恐くはないのですか?」

と彼は尋ねた。

「さあ、どうなんでしょうか。今のところは、呪われたり、罵倒されたりすることはないようです。彼らにとってはまだ序の口なのかもしれませんが。実のところ私は、この奇妙な出来事には理由があると考えはじめているんです」

そう言うと、彼は、

「つまり、死者の呼び声ってことでしょうか?」

と言った。これには私も背筋が少し寒くなり、話題を変えた。

「この写真のネガはありますか?」

と尋ねると、ノース氏は言う。

「いいえ、数年前にネガはなくしてしまっています。お送りしたものは、スナップをコピーしたものです」

そして彼は続けた。

「ということは……、この家に幽霊がやってきて、私のアルバムに入ったということですか! この私の家に?」

私は彼の心配を打ち消すために笑ってみせ、そして電話を切った。


クリスマス・ツリーを、十一ヶ月ぶりに大きな緑色の袋から取り出し、からみ合った針金入りの枝を本物の枝らしく整える。点滅するライトや、ぴかぴかの玉やオーナメントを次々にぶらさげていく。最後はプラスチックのもみの木のてっぺんに妖精をセットする。

外で積もるべき雪は、銀色の長いモールで代用されている。新品の赤いひねりろうそくが、ツリーのまわりの雰囲気を盛りあげている。

「健康に!」

と喜びに満たされた私たちは、シェリー酒で乾杯した。

　飾りつけがすんで二日目の朝のことだった。もしかしたら霊たちは、私たちに猶予を与えたつもりだったのかもしれない。例のビリヤード事件のあったラウンジで、夜通し破壊行為がおこなわれたのだ。朝、私がラウンジに入ると、聖なるプラスティック製のガーランドがずたずたに切り裂かれていた。中庭の窓のところなどみごとにまっぷたつで、カーテンが下がっているようだった。今にも崩れ落ちそうな箇所もあった。切り口を調べてみると、スッパリと斜めに鋭利な刃物で切られていた。

　そんなにこの飾りが気にくわなかったのだろうか。しかしこんなことをする幽霊は誰だろう？　どこから来たのだろう？　切り裂きジャックを連想し、恐ろしさにすくみあがってしまった。プラスティックに対してこんな行為ができるのだ、人間に対しては……？

　ドイルの謎の絵はそこからわずかに二メートルほどのところに掛けてあったが、変化はないようだった。今夜「ジャック」はどうするつもりだろう？　まあいい、もし私たちが無事なら、明日の朝にはわかることだ。そう、もし無事ならだが……。

　翌朝も私は、「ジャック」の仕事ぶりを見ることになった。ガーランドは、さらに悲惨なありさまになった。職人を呼んで修理をしてもらったが、三日目の朝、ふたたびガーランドは切り裂かれ、画鋲のところでぶら下がっていた。これで霊たちの好みがはっきりとわかった。この部屋に、プラスティック製のヒイラギの蔦など断じていらないというのだろう。場違いな装飾はすべて取り除くつもりなのだ。「ジャック」、どう考えても彼は好意的な霊ではなさそうだった。

　数日後、今度はツリーが二十フィート（六メートル）離れた道路に、哀れな犠牲者のように置き去りにされていた。犯人の手中におち、快適な部屋の隅から脅されながら連れ出され、無防備な状態で発見されたのだった。魔術師フーディーニの能力だろうか？

　思うにこのような不気味なできごとは、パークヒルの歴代の所有者にも起こっていたのだ。彼ら自身はごく親しい友人にだけ恐怖を語ったのだろうが、近所の酒場で仲間たちの口がすべり、噂が広まっていったのだろう。パークヒルにはやはり幽霊が住んでいるのだ。幸運なことに、私には霊能力をもった友人がいたので、彼らを屋敷に招待することに決めた。

　ジャンとデレックに電話をすると、彼らは訪問を約束してくれた。私は手帳に予定を書き込みながら、ふとこう考えた。霊たちは今の電話を聞いていたはずだ。約束は一週間後だが、霊たちはそれまでおとなしくしていてくれるだろうか？　こんな仕打ちをした私たちに厳罰を与えようと、気絶するほどの恐怖を与えるつもりではないだろうか？　そう考えると私は落ち着かなくなり、だんだん神経質になっていった。

　約束の日、ダートムアには陰うつな霧がたちこめていた。夕方玄関のチャイムがなり、ジャンとデレックがやってきた。握手をかわし、彼らは屋敷の中に足を踏みいれた。

「これがあなたの幽霊屋敷というわけね」

　とジャンが軽くたしなめるように上機嫌で言い、彼女の夫のデレックは、私にむかってウインクしてみせた。よく手入れされたもみあげまである白いあごひげが、とてもよく似合っている。年令は六十代半ばぐらいか。妻のジャンは彼よりいくぶんか若く、彼女は好奇心にみちた猫のように、広間の絨毯の上を進んでいった。霊能力を駆使して、霊気の微妙な違いや、霊的存在を感じ取ろうとしているのだろう。彼女は目を輝かせ、笑みを浮かべながら、貪欲に霊を感知しようとしていた。彼女は楽しんでいるようだ。

　間もなく彼女は、閉じられているラウンジの扉をゆっくりと指さした。彼らは「ビリヤード事件」のとき、ちょうど私の裸足の足があったあたりでちょっと立ち停まった。この部屋、霊現象のパンドラの匣、いったい何が入っているのか？　不安と動揺で、私たちはすぐには扉を開けることができなかった。ジャンが、デレックに向かってこう言った。

「用意はいい？」

デレックは頷き、私は緊張感した。

ジャンはゆっくりと扉のノブをまわした。その時、かすかだがシューという耳なれない音が聞こえた。扉を開けるとき、厚い絨毯とドアが擦れたのだろうといわれるかもしれないが、そんなはずはなかった。

ジャンの髪の毛が、まるで静電気でも起きたかのように、一瞬にして逆立つのがはっきりとみてとれた。何かが彼女の脇をすり抜けた。デレックはたじろぐ彼女を安心させるように、肩に手を置き、やさしく囁いていた。


「私はここにいるよ」

さらに扉を大きく開き、私たちはラウンジ全体を見渡した。幽霊たちは、私たちのために観客席を用意しているのかもしれない。

霊能力者ジャンとデレックは、用心深く部屋にはいり、彼らの感度を最大にして、霊たちの発するどんな動きもとらえようとしていた。そして部屋の中央まで進むと、落ちついてじっくりとあたりを見廻した。彼らは一言も言葉をかわすことはなかったが、見えない会話は続いているようだった。デレックはゆっくりと暖炉の前に進み出ると、妻をふりかえって言った。

「今から『彼女』と交信してみる」

彼は目を閉じると、ゆっくりと息を吸い込み、そして吐いた。ジャンも目を閉じて、自分の役割をはたそうとしているように見えた。徐々に時間がたち、何かが起こりはじめてきた。私は、背中と首のまわりのうぶ毛が逆立つのを感じた。すぐそばに霊たちがいる。私の霊能力は未熟ではあったが、何かいつもと違ったことが起こっているのは感じることができた。私は、叫び出したくなるのを我慢した。その数分は、数時間に思われた。ジャンが突然目を開き、デレックを見て言った。

「できた？」

その言い方に、私はぞっとした。何が起こっているのだろう？

「もちろんだ。かなり強いね」

と彼は答えた。ジャンは、こわばった表情でふたたび部屋を調べはじめ、その後をデレックがついていく。ジャンが霊を感知すると、デレックはその微妙なニュアンスの違いを拾いあげるのだ。

屋敷の歴史が目の前で明らかにされようとしている特別な夜だった。私は待ちきれない気分がした。ジャンが突然くるりと向きをかえた。その動きがあまりに唐突だったので、私の脈は早くなったが、怖がる必要はなかった。彼らは原因をみつけたのだ。

「まず座ろう。少し説明しなくてならない」

デレックが言った。私は腰を降ろしながら、我慢ができなくなって尋ねてみた。

「幽霊がいるんだろう？　彼らと話ができたんだね？　それはあの切り裂き……」

ジャンが手をあげて私の質問を遮った。

「ちょっと待って。質問は一つずつにしてちょうだい。『幽霊』はいないわ」

私は眉をつりあげて驚いた。

「まず説明させてね。私たちはこの屋敷に入る前から、そう玄関に着く前から、何かがいるってわかっていた。ホールでコートを脱いでいる時も、誰かに試されているような感じがしていたの。それからラウンジの扉の外は、とっても変な感じがしてたわ。でも中に入ってみると、予想していたものとは違っていたのよ。私たちが部屋の中央で黙っていたのは、新しい友人としての挨拶、短いお祈りを捧げたの。静かに安全な方法であなたたちと話がしたいって、私たちを怖がらないようにって、デレックが幸福のメッセージを送ったの。霊たちが私たちと話がしたくなるように、きちんとご挨拶をしたのよ」

「それで、彼らは答えてくれたかい？」

私は尋ねた。

「ああ、はっきりと答えてくれたよ。ここにいるのは一つの霊じゃないんだ」

とデレックが、口もとに笑みを浮かべながら言った。

「数がとても多い。パークヒルに住んでいた、あるいは働いていた、そんな人たちの霊が一緒にいるようだよ」

「そうだったのか！」

と私は言った。だからこの部屋に入ると、パーティーの余韻が残っているような気がするのだ。確かに陽気でくつろいだ雰囲気がしている。

「あなたは運がいいのね。ここのように祝福された家ばかりではないから。なかにはひどい悪霊の住んでる家もあるのよ。そういうときには悪魔払いをするしかないわ」

とジャンは言った。私は少し考えてから、彼らに尋ねてみた。

「だったら、クリスマスの飾りをいじらないでもらいたいときはどうすればいいんだろう？　どうやってこの『友好的な霊』に伝えればいいのかな？　彼らはクリスマス・ツリーを道路に放り出したり、プラスチックのガーランドを切り裂いたりするから……。てっきり私は『切り裂きジャック』の霊がいると思っていたんだ」

デレックの答えはこうだった。

「簡単だよ。はっきり伝えるんだ、霊たちにね。私たちが帰ったらさっそく試してみるといい。部屋の真ん中に立って、霊たちに向かってこう言うんだ。どうか飾りをそのままにしておいてください、とね。ここは以前はあなたたちのものでしたが、今は自分のものですからって。くれぐれも失礼のないように気をつけて。あなたがたがこの飾りが嫌いだということもわかっていますって、そう言えばいいんだ」

デレックは続けた。

「ただ、このことは知っていた方がいいな。ここはヴィクトリア時代はゲーム室だったんだ。ビリヤードの台が置かれていて、家具なんてほとんど置かれていなかっただろうね。だから飾りなんてぶらさがっているわけがないんだ。彼らにとっては恥ずべき浪費に思えるんだろう。メイド頭のご婦人は、それが許せなかったらしい。だから彼女ができる方法で、そいつを取り外そうとしたのさ」

この答えは私を納得させ、深い感動を与えた。ここは愛すべき霊たちが大勢住んでいる屋敷なのだ。なんという幸運！　私は霊たちの起こした事件を思い出していた。するとジャンが話を続けた。

「ねえ、このパークヒルの設計図かなにか、あるかしら？」

すぐに私は、机のひきだしから古い設計図をとり出してきて、それをコーヒーテーブルの上に拡げた。そして私たちが今すわっている場所を指さした。ジャンは設計図を見て、位置関係を把握したようだった。

「見て、あの壁は入り口だったのよ。今、クリスマス・ツリーの置かれている後ろの壁よ。違うかしら？」

確かにそうだった。

「そうね……。じゃ、ちょっと想像してみましょう。もし霊たちが人間だったころのように、今もそこから出入りしていたとしたら、扉を開けたとたんにクリスマス・ツリーよ。どうするかしら？　当然よそに持っていくわよね。メイドはこれを見つけて困ったでしょうね。手で持ち上げる力はないし、だから念力で吹き飛ばしちゃったのよね」

様子がわかってきて、私もようやく笑うことができた。そこで私は、

「もし自分の気に入らないことや、不都合なことが

起こったら、霊たちにそう言えばいいんだね。でもそんなに簡単にいくのだろうか？」

と尋ねた。デレックは少し考えてから、

「ああ、ある程度はね。だがそうでない場合もある。それから憶えておいて欲しいんだが、生きている時頑固だった人は、霊になっても頑固なんだよ。彼らに話しかける時は、実際に目の前にいると考えればいい。そして、今君がジャンと私にしてくれているような同じ敬意を、霊たちにも払うことだね。われわれには彼らが見えなくても、彼らには私たちが見えるし、思っている内容を知るのも簡単にできる。そして決して忘れていけないことは、ヴィクトリア時代の価値観は、われわれのそれとは違うということだ。彼らが生き、死んだ時代の信念を、彼らは今も持ち続けているということだね」

「とてもよくわかった。ありがとう」

すでに私の頭の中は、霊たちの舞台であるわが家がこれからどうなるのかでいっぱいだったが、ここは礼儀を優先することにしよう。

「お二人とも、コーヒーにクリスマス・ケーキ、それからシェリー酒などはいかがでしょう？」

「もちろん頂きますとも！」

二人とも、満面の笑みを浮かべて答えた。

私は、白黒の古い写真にいつのまにか私が写っていたこと、それも、ヴィクトリア時代の髪型の女性の顔と同じような現れ方をしている点について、彼らの意見を訊いてみることにした。彼らは問題の写真をよく調べてから、次のような結論を出した。古い写真に写り込んだ私の顔は、このラウンジのマントル・ピースの上に飾ってある私の写真と非常によく似ているのだ。すっかり忘れていたが、それは一年前にブリザムで撮ったものだ。女性の顔の方は、間違いなくフレッチャー・ロビンソン夫人、昔のパークヒルの女主人だという。

「それにしたって、どうしてこんなことが起こるんだい？」

　私は尋ねた。

「私たちにははっきりわかる。霊たちには助けが必要で、あなたはきっとその中で重要な役割を与えられているの。どんなことが起きるかはいずれわかると思う。あなたの顔を写したということは、あなたの関心をひこうとしたんだわ。それに霊たちはこんなふうにいろいろな力を使うことができるって、あなたにはっきり認めて欲しかったのでしょう。女主人が写ったのは、彼女があなたをとても信頼しているということ。あなたの協力を期待しているのね。霊の姿なんてめったに見られるもんじゃないから、とてもラッキーなことね」

　ジャンは微笑みながら言った。

「これと比べられるケースはちょっと経験ないけど、たぶん彼女、その期間はあなたのそばを離れないでしょう」

「期間って？　何の？」

　ジャンとデレックは、笑って目くばせをした。

「それがわかれば、きっとあなたは驚いて私たちに電話してくるでしょうね」

　とジャンは確信をもって答えた。

　とその瞬間、部屋中の霊たちが、突然彼ら流の方法で交信を始めた。中庭側の窓にはブラインドが降りていたのだが、それがかちゃ、かちゃと断続的に鳴り、しまいには肉眼でわかるほどに振動を始めた。霊たちが交信している。

「ようこそ！　諸君！」

　とデレックは言い、それから私の方を見て、

「彼らは間違いなくいるね。今の私たちの会話を聞いて、心から喜んでいる」

　と言った。ジャンも頷いて、

「だからロジャー、今夜さっそく私たちの友人にインタヴューしてみて。あなたと同じぐらい私たちも、今夜のことに心を奪われているわ。ぜひ結果を知らせてね」

と言った。夜もふけたので、私たちはそれで別れを告げた。

それからの私は、霊たちに向かってはじめての演説をしなければならないので、落ちつかない気持ちだった。素人は、観客を意識しすぎ、かえって失態を演じてしまうものだ。

私は立ちあがり、何も見えない部屋の中央に位置を定め、話しはじめようとしてみたのだが、ふと裸で乱入した「ビリヤード事件」のことが思い起こされてしまった。今度こそは羽交い締めにされてしまうかも、などと思いが巡ったが、全身の力をふるい立たせとにかくやってみることにした。

「えーと、私はですね、あの、紳士淑女のみなさん、こんばんは。あー、今宵の有意義な会話に、友人である霊のみなさんにもご参加をいただきまして、どうもありがとうございました。おかげさまで私にも、あなたがた霊界のことが少しは理解できたように思います。ですので、今度は私の方でも説明させていただきたいと思います。これらのクリスマスの飾りなのですが（と、私は指さしながら）まあ行事のようなものでして、毎年飾って楽しむようにしております。私たちの習慣と、あなたがたの習慣が違っているのは充分に理解しております。クリスマスが終わればすぐに片づけますので、どうかそのままにしておいてくださるようにお願いいたします。ご静聴まことにありがとうございました。では皆さんおやすみなさい！」

そして私は、そのまま真っ直ぐにベッドに向かったのだが、とんでもなく自意識のかたまりになってしまっていて、演説が馬鹿げていなかったか気になって仕方がなかった。そして自分の未熟さで、ヘマを演じたのではないかという疑いを払拭できなかった。

ベッドに横たわると、最近起きたことをあれこれと考えはじめてしまうのは、誰にも経験があるだろう。この屋敷の不思議な現象はやはり目に見えない霊たちの仕業だったこと、特定の人物を写り込ませた写真は、コピー機など使ってはいなかったこと、ラウンジのブラインドが見えない手によってかちゃかちゃと鳴らされたこと、霊たちが壁をすり抜けて歩き廻るというその信じがたい裏づけ、それから……。

何だ?! 私のすぐ近くで音が鳴っている……。私はベッドの中で固まってしまった。また鳴っている! 毛布のあいだから覗いてみると、寝室の扉にかけてあるハンガーが、ひとりでに扉に当って音をたてているのだ!

「怖がるな!」

私は自分に言い聞かせた。友好的な霊が私と一緒にいたいと伝えにきただけだ。悪いことなんて起こるはずがない。そうだろう?

翌朝の目覚めは驚くほど穏やかで、自信にみちていた。私はウォーター・ベッドから飛び起きると、みつばちが巣に戻るようにラウンジに向かった。そこには、昨夜とまったく変化のない、きちんとしたクリスマスの飾りつけがあった。それでもどこかに「切り裂きジャック」の痕跡が残ってはいないか、私は隅々まで調べてみたのだが、「ジャック」の触れたあとは、かすかにさえ見つけることはできなかった。クリスマス・ツリーも鉢におさまっており、素晴しい飾りつけのまま、同じ場所に、誇らし気に立っていた。私は、思わず口に出してこう言ったものだ。

「ああ、ご協力感謝いたします! えー、それから皆さんが私のベッドに来られる時は、どうかなるべく音をたてないようにお願いいたします。でないと、ちょっと困ります……。あ、すいません、言葉には気をつけます」

私は幸せな気持ちで自分の用事に戻ることができた。バスルームでもにやついてしまい、ほお髭が上手に剃れないほどだった。私はこの成功について静かに考え、自問してみた。昨夜までのことで、霊的な世界への理解は確かに深まったが、霊たちは本当に次の段階に私を導いてくれるのだろうか？　このとても尋常とはいえない経験は、私にとってどんな意味があるのだろう。

年が明けて、忘れられない一九九〇年が始まろうとしていた。世界にもし完璧な週末というものがあるとすれば、その日はそんな素晴しい一日だった。中庭の二枚ガラスから射し込む柔らかな陽を浴びて、パークヒルはうっとりするような平和に包まれていた。

午後になると、私はうとうとと気持ちのいい睡魔に襲われた。バーマン猫のスキィキーも、お気にいりのスツールで丸くなっていた。姉猫が死んでからは、彼は自分が王様だと思っている。彼の傍らにはよく磨かれた大きなコーヒー・テーブルがあり、その上に切り子面に美しい石を填めこんだサウジアラビア製の水差しが置いてある。

私は美しい水差しを眺めながら思いを馳せた。光り溢れるサウジアラビアから、どんな旅をしてきたのだろう？　まどろみながらそんなことを考えると、私の頬は冬の日射しを浴びてほんのりピンク色にそまり、ゆっくりと瞼が閉じはじめる。空にはぽっかり白い雲が浮かんでいる。何もかも空の彼方へ……。とその時だった、

バシッ！ガチャンッ！

なにかが割れて飛び散った。びっくりして飛び起きようとした瞬間、肘掛け椅子がひっくり返り、私は転げ落ちて絨毯に尻もちをついてしまった。痛さにうめきながらも、辺りを見廻すと、見あげた私の目に飛び込んできたものは、

「フギャー！」

空中に浮かぶ猫！　まるで雷に打たれたように毛を逆立てて、目を皿のように見開き、爪をたてて、物凄い勢いで私に向かってきた。その時、何か冷たいものが腕に触れたので、私は思わず飛びのいた。

猫は鷲が翼を広げるような格好で、床に飛び散った水差しめがけて飛びおりた。スキィキーは、どうしてよけたんだと言わんばかりに、しわがれ声を出しながら私をひと睨みすると、テラスの方へと走り去っていった。

おかしい。どうやったら水差しが六フィート（約二メートル）もラウンジの中を飛べるんだ。間違いない、私にはもうわかる。また霊たちが他愛もない遊びをしたのだろう。そして彼らは、このことで私に何か言って欲しいのだ。今日こそはこの問題、このパークヒルの幽霊たちが何故それほどまでに私に関心があるのか、その手がかりを見つけなければならないだろう。

それからは、普通の家では想像もつかないような心霊現象が、どっと押しよせてきた。おそらく霊たちは、現在の居住者である私に、個々に自己紹介をしたかったのだろう。たいした事件ではないが毎週何かしら起こった。

ある朝ベッドの足下に猫がいる気配がした。スキィキーが忍びこんできたのだろう。とりたてて珍しいことではない。猫はゆっくりと静かに、掛け布団の上に乗ってきた。膝のあたりを歩く小さな足の重みが感じられた。私の手もちょうどそのあたりにあったので、悪戯心で彼を驚かせてやろうと思った。掴んでやろうと手を伸ばすと、彼は向きをかえ、足もとの方に歩いていったが、また、そっと枕許のほうに近づいてくるようすだった。この十ポンド（約四・五キロ）のバーマン猫は、私の手という地雷を避けて、どこを踏んで歩いてやろうかと思案しているふうだった。

掛け布団の中から頭をもたげ、私は元気よく猫に挨拶しようとした。すると、猫なんかどこにもいないのだった。消えてしまっていた。掛け布団の上には、小さな足の重みで沈んだ足跡が、ベッドの半分ぐらいまで残っているだけだった。スキィキーは自分用の籠の中で階下に行ってみた。

ぐっすりと眠っていた。

ということは、さっきの猫は彼ではなく、別の猫だったのか？　猫の霊だ！　もしかすると一年前に死んだ姉猫のスーキかもしれない。しかしペットが猫でよかった。これが馬だったら大変だ。

私は、これまでに数々の質問をされてきたが、そのなかでも特に多いのが、

「何ヶ月も身近で心霊現象が起こっていて、怖くはなかったか？」

という質問である。怖かったこともあるが、つぎに何が起こるか意気込んで待ちかまえていたこともあった。誰もが「墓地の恐怖」のようなハリウッドのホラー映画をイメージするらしい。……ゾンビやグールが、地獄の墓穴から叫びながら這いでてきて、爪までびっしり泥だらけの手で、私たちを恐ろしい死の世界に引きずり込もうとする……。だが現実の世界と想像の世界とでは、非常にはっきりとした違いがある。確かに夜の暗闇のなかでは、想像力の方がまさっていると認めなくてはならないが。

六歳の頃、私は心霊現象で命びろいをしたことがある。第二次大戦のさなかだった。私がリビングでホーンビー電車のおもちゃを床に拡げて遊んでいると、隣のキッチンから、私を呼ぶ母の声が聞こえた。私はすぐに母のところへ行ったので、何トンものコンクリートの塊に押しつぶされなくてすんだ。ドイツ空軍がロンドンを爆撃した帰り、残りの爆弾を落としていったのだった。瓦礫の中、おもちゃの電車はめちゃめちゃに壊れていた。混乱がおさまってから、なぜあの時私を呼んだのかと母に尋ねてみた。母は私を呼んでいなかった。私の守護霊が、母の声色を使って私を助けようとしてくれたのだ。

だから今自分が置かれているこの状況も、偶然などではないと私は思いはじめている。パークヒルの幽霊たちは、私から何らかの助けを得る必要があり、あれこれ計画をたてているのだ。その計画に協力す

るために、私もできるだけ多くの時間を費やしている。しかし私の対応が充分でなかったり、にぶかったりするものだから、彼らは時として威圧的な霊現象を起こすのだ。実に乱暴なやりかただが、霊が意志表示をするのには、たぶんそれしかないのだろう。

だが気をつけたまえ、私がそっちに行った時にはこっぴどく仕返ししてやるからな！　……いや、彼らは今もこれを聞いているかもしれないから、こう言いかえておこうか。単なるジョークさ！

第二章　時の霧を抜けて

部屋の暖かさが恋しくなる、そんな長い秋が訪れる頃に、私ははじめてその異臭に気づかされた。さまざまな形で、突然ぷんと鼻につく不快な匂い。常にこの部屋に存在しているのだが、部屋に入った瞬間は気づかない。そして突然、人の臭覚に無理やりねじ込んできて居座る、あの嫌な匂い。

リヴィングのカーペットから放たれる馬の糞尿の匂い。不思議なことにその匂いは、窓を開けても決して出ては行かず、友人が訪ねてくると、まるで猫のような特権意識でもって、私たちのくつろぐ肘かけ椅子に寄り添う。挨拶もなくいきなり登場するものだから、こちらは言い訳に腐心しなくてはならなくなる。

奇妙なことなのだが、その匂いはなかなか礼儀をわきまえていて、女性たちが食前酒を飲んでいる間は現れない。そのうち彼女の鼻がひくひくしはじめ、やがて家中の者が、目には見えない馬の落としものを認識する。時には、その匂いが客のティーカップから漂ってくるのではと思い、私は恐怖にかられた。

私の弟夫妻は、住まいも遠く、互いの仕事の関係上あまり会うことができなかったが、ある時たまたま機会に恵まれ、訪ねてくれることになった。

私がパークヒルに住んで以来の楽しいひとときとなり、不思議な馬の匂いのことも含め、私たちは本当にたくさんの話をした。そして弟は、意外な才能を披露した。霊は癒しを求めているものだから、いっそのことここを完全な馬小屋に見立ててしまおうと彼は言ったのだ。

滞在している間中弟は、思いつくまま修理や修正を問題の部屋に加えた。不具合もなく、しごくうまくいったように私には見えたし、これで問題が解消されるかもしれないと私は期待した。が、馬の霊はより以上の力を私たちに示すことになった。

間もなく部屋は、温度調節機能の付いていない強力冷蔵庫のようになった。とても尋常な状態とはいいがたく、私たちは中庭のドアを開けて日射しを入れ、温度をもとに戻そうと試みたのだが、寒さの中、肝心の馬の匂いはまだ続いていて、私たちは暖まるのをただ待つだけだった。しかし、本当に恐ろしいのはこのあとだった。

弟夫妻が帰って数日後、私は玄関に溜まっている雲のような、霧のような薄いものに気づき、早く出ていくようにと急いでドアを開けた。

居間では「あること」が起こりはじめた。私が長椅子でくつろいでいると、肘の上あたりに異常な寒さを感じる。どうやら居座るつもりらしく、肌をさすって暖めようとしても無駄なことだった。が、別の場所に移動すると、一時的ではあるが快適さが戻ってくる。まるで寒さが意志をもって私を標的にしているようで、いつまでも追ってくる。

パーティーの暖かい雰囲気は常にそがれ、居間は次第に霊の集会場になった。どこに座ろうと寒さが追ってきて、その不快さで誰もが陰気になる。

『これは初歩段階だよ、ワトソン君!』

解決策はひとつしかなかった。恐くなったら専門家の助けを呼ぶのだ。

電話口のジャンとデレックは、本当に心配そうだった。彼らは、すべての予定をキャンセルして駆けつけてくれた。ここにいたるまでの状況を把握すると、彼らは、ある意志が広告塔となりこの屋敷に霊を呼び寄せたと、そう判断していた。

ヒーリングを行なうことのできる人間なら誰でも、電気を流すようにしてその受信者へ、霊的エネルギーを放出することが可能だ。ほとんどはよい意味での効果をあげることができるのだが、ここではそのエネルギーが、悪霊たちへの狼煙になってしまったと、ジャンは感じていた。

霊は私たちの住まいに近い地下、それもあまり深くない場所に埋められていて、今も天と地の間で彷徨っているらしい。まず最初に私が、パークヒルの穏やかな、暖かい霊たちを呼び寄せ、そのエネルギーのせいで、冷たい霊も続いて引き寄せてしまったのだった。学問的には何の意味もない発見だが、私は、鎖につながっている幽霊たちを引き寄せる、霊の磁場なのだった！

ジャンとデレックによる超常現象の詳細な調査結果は、私たちの問題を解消する糸口を引き出してくれた。

まず霊を呼び寄せるためには、彼らの存在する位置を正確に知ることが必要だった。私の肘のあたりから天井までの空間に、私は直径およそ五十センチほどの、見えない、そして冷たい柱を発見した。その柱の外側では蝋燭の炎は消えてしまうのだが、内側に入れてみると、空気を動かしても炎は何ら変化しないのだ。そこが、冷たい霊の居場所だった。

霊たちは、私たちが移り住む何世代も前から、このパークヒルの屋敷で、まるで生きた人間のように生活し、労働に従事していたようだ。大きな白馬は、死んだ場所にそのまま存在していた。カーペットの下、正確にいえばかつて馬小屋があり、今はビリヤードルームに建てかえられている場所だ。ジャンとデレックは、また別の場所では霊たちの歴史を発見した。今は証明する方法がないが、屋敷の近くにある墓場が、以前は教会だったらしい。

次の段階は、この霊たちが永遠に彷徨うことがないよう、さらに偉大な霊を見つけて頼むことだった。そこでデレックによって、交霊の儀式が行われることになった。

「私たちは彷徨える霊たちの魂を救っていただくため、あなたを呼び出しています。彼らのため、白い服を着た男を探して下さい。さあ今すぐ彼らと白馬を連れて、愛する家族とご先祖さまのもとにお戻りください」

空気が巨大な渦をかたち作り、聴力が上方へと旋回する感じが私を襲い、そして霊たちは、天井を通過して帰っていった。
しばらくの間、静けさと祈りが続いた。みるみるうちに部屋の気配が澄んできて、はっきりと平和を感じ取れるようになった。雰囲気は日ごとによくなって、快適な環境とともに、ふたたび私のもとに暖かい霊たちが戻ってきた。この経験は、ジャンとデレックの霊能力の強さを証明する、きわめて印象的な事件であった。

私は過去の地図や資料をもとに敷地内をまず調査することにした。郡の記録を辿っていくと、パークヒルを建築し、最初に所有したのは地元のジョン・ボーデン氏と判明した。彼は敬虔なメソジストで、英国教会の礼拝を行う村で唯一の聖アンドリュース教会を拒否した。そして彼は、パークヒル建設の計画時、後ろの壁を使ってメソジスト教会を自宅に取り入れたのだ。彼の家族と、大勢の使用人が礼拝を行うためである。重要なことは、このような教会は、貧乏人の埋葬場所だということだ。召し使い、メイド、そして葬式を出すことができない人たちは、しばしば床下の板石の下に葬られた。冷たい霊は、疑いもなく彼らだ。ジャンとデレックは、霊の存在を手の近くで感じた。事実彼らの頭蓋骨は、石の下にまだすべて遺っているのだろう。その霊たちが、今は天国でやすらかに眠っていることを思い出すまで、私は寒気がとまらなかった。

敷地の地図上に二つのしるしがあった。両方ともヴィクトリア・ガーデンと名づけられたところに位置している。一番目のものは、怠けた大工が置き去りにした廃材に覆われた廃虚だった。がらくたの山に伸びきった雑草、過去にどのような使い方をされていたものなのか、推察ができなかった。
二番目のものも、ヴィクトリア調のあずまやの名残をとどめてはいたが、広範囲に深く広がる庭はジャングルのようなありさまだったので、見つけるのに苦労した。

それは珍しい八角形の基礎で、それぞれの角に柱を立てるための穴があり、その上に屋根を支えるように建設されていた。内部には、椅子や備品は影も形もなかったが、日当たりのいい場所を選んで建てられていることから、平和な情景が脳裏に浮かんでくる。夕方になれば小さな木々が影を落とし、垣根が独創的な瞑想をさそい、好きな本を読んだり、手紙を書いたりする際に具合のよい、スクリーンの役割をはたしてくれるのだろう。日焼けの心配もない。

空想しながら立っていると、おかしなことに、まるで寂しさが永遠に消え去ったような思いがした。仲良しの仲間が私の肘に寄りかかってきたようで、絶対的な静寂が泡のように立ちのぼり、私の思考をうち消すので、私は守護霊のささやきを受け容れた。

「掘らないのか?」

その霊は男性の声だったので、私は驚いた。

「どこを掘るんだい?」

私は訊き返したのだが、言葉が繰り返されるだけだった。

「掘りなさい」

そこで私は自分で考えた。まずまわりを掃いて、金属探知機を持ち出してきた。なにか価値のあるものが失われているのだろうか? パークヒルの歴史に関して、知識を広げることができるのかもしれない。

この日の残りの時間は調査に費やされた。見つけたもののほとんどはゴミだった。ボタン、金属ホイル、古い銅のフォーク、釘、大工の仕事台さえあり、あたりはモグラの一群の住処のようなありさまになった。

しかし次の一仕事で、この発掘が無駄ではなかったことがわかった。土がゆるんだ時、妙に不安な気持ちが押し寄せてきて、わけもなく手が震えた。その後ひと掘りもいかないところに陶製の容器が埋まっていた。かなり大きなもので、蓋がしっかりと閉まっていた。子供の頃、ベッドの中で、足の指をくっつけていた湯たんぽを思い出した。しかし何故ここにあるのだろう？　もっと適切な表現をするなら、陶器は金属探知機に反応しない、ということは、中に金属が入っているものに違いない。それを土の中からゆっくりと引き出し、持ちあげた。

液体でも入っているように重く感じられたが、それは思い違いで、中身はガラガラと音をたて、内側を滑っている感じがした。その場で蓋を開けようとしたのだが、うまくいかなかったので、私はそれを家に持ちかえり、割って中身を出すことにした。

中身は、均整のとれない、ぐらぐらとした物体だった。あまりにも恐ろしくて信じられない。当局がその事件を知らなかったとは考えにくかった。彼らは、そんな卑怯な行為を犯す可能性そのものを受けいれなかったか、またはかなりの規制を加えられて事件に関わったかの、どちらかとしか私には考えられなかった。しばらくの間真実をあかすことは禁じられ、そのまま事実は秘密になったのだろう。

どのくらいの死人が、自分を証明するために帰ってくるのだろう。また、死の謎とあえて言うなら、それはコナン・ドイル卿自身によって創作されたものにはるかに勝っている。ドイル卿なら、有名なシャーロック・ホームズや、ワトソンにでも事件の依頼ができたろうから。

解かれていない謎はまだまだある。発掘を勧めた声は誰なのか？　誰がどのようにしてあの容器を埋めたのか？　当局は、何故九十年以上もあの蓋を開けることができなかったのか？　たぶん寄付金にあざむかれ、別の事件に着手するようしむけられたのだ。

その日は、日が沈むと同時に、行き詰まった謎を終らせることにした。しかしこの先十一年も調査は続いてしまうことになるのだが。シャワーを浴びるとすぐ、私の疲れた体はリフレッシュされた。

その晩は家族でゆっくりとくつろぐことができ、私は例のラウンジでひとりのんびりしていた。ここは昔ビリヤードルームで、喫煙室でもあった。煙草の残り香が、私の疲れた心をなごませてくれた。

　誰かが足音をたてて入ってきた。歴代のパークヒルの所有者だろう。彼らというお仲間に囲まれ、私は目を閉じ、人生の大切なひとときを過ごした、が、私の鼻に間違いがなければだが、今度は実際煙草の煙の香りがしてきたのだ。それも、ブレンドが最近のものではない。どうやらパイプを吸っている彼は、私と反対側の肘かけ椅子でくつろいでいる。今日は本当に特別な夜だ。

　きわだつ別の香りも、すでに空気中に存在しているようだ。それは優しく、しかも刺激的で、ぴりぴりとプライヴェートな思いを暗示し、私の体をばらばらにして、そのすべてを繊細に愛撫してくれるようだった。魂を魅了し、虜にし、抵抗するためのあらゆる理由を無効にする。酔わせ、誘惑する。

　女性たちが入ってきたのだ。彼女たちがどこにいるのか、私は思わず空中を手さぐりした。目に見えない女性は、私を見透かしているような表情で、私を拒んだ。私の鼻はアロマの道をたどって、彼女の胸の間に情熱的に舞い降りた。

　彼女の受けた不名誉、そして私の困惑と気恥ずかしさは、これからなすべきプランを永遠に未熟なままにしそうだった。そこで私は、嫌々ながらも独りでおとなしくすわり、完全な静けさの中で彼女の香りだけを堪能した。彼女は長くはいなかったが、決して忘れることのできない思い出となった。

　ホールの机は、書類、写真、私の手書きのメモや、最近訪問した地元の住人たちの認証などで積み重なってきていた。二階にある巨大な製図板なら、一連の出来事を順番にひろげるのに最適な場所だろう。私はそちらに移動することにした。

　一時間ぐらいたった頃だろうか、物思いにふけっていると、階下でなにやら物音がしている。ビリヤード事件のことがすぐに頭に浮かんだ。私は膝の上の猫を足下におろすと、すぐに階下に向かった。各部屋を順番に調べ、まもなくラウンジの扉の前にやってきた。躊躇しながらノブに手をおき、

「ばかなことは考えるな！　今は昼間、幽霊は夜にしかでないだろう？」

と自分に言い聞かせ部屋に入った。

これだ。暖炉の前の絨毯に額が裏返しにおかれてあった。反対側の壁に掛けてあったドイルの肖像画だ。その絵がひとりでに部屋を横切りやわらかな絨毯に着地したようだ。この霊は何がいいたいのだろう？　私が額縁を拾い上げた。見たところ絵には傷一つない。極端に薄いガラスも無事だ。

この時点では、絵に暗示があるとは思っていなかったし、まさかドイルが一役かっているとは想像もできなかった。しかし彼らはその違いを知っていてやったのだ。

第三章　パラレル・ビキニングス

バートラム・フレッチャー・ロビンソンは、一八七一年、医療品卸業で成功をおさめたジョセフとその妻エミリーとの間に誕生した。

裕福な一家がデヴォン州、イップルペンのパークヒルに移り住むことになったのは一八八二年、彼が十一歳のときことだ。

彼が十四歳のとき、両親と地元の聖アンドリュース教会のロバート牧師とその妻のアグネスとダートムアへ小旅行をすることになった。都会に住んでいた者にとって、初めて見るダートムアの印象はずいぶんと衝撃的だったようだ。

のちにピアソン・マガジンの編集者になるバートラムは、このときのことを思い出してこう書いている。

「その『森』はスコットランドの荒れ地に似てもいない、アイルランドの郷愁をさそう荒野とも違ったものだった。丘の窪んだ城壁は森を取り囲み、境界となりその後ろの広大な大地を守ってくれている。その境界線より先に住んでいる人々がダートムアと呼ばれる野性的で、神秘的な地域と仲良く暮らしている。サニーコーン畑、広い森、綺麗な果樹園などが穏やかな波形に広がっている。荒れ地にあがれば、不吉な嵐が、ところどころに泥沼がある荒涼とした土地に吹き荒れ、馬や人を引きずり込む。むき出しの茂みや木、なだらかに起伏している表面は中世の城がたくさん廃墟のように露出しているみかげ石で覆われている。ダートムアは忘れられない場所である」

広い空間に解放された十四歳のバートラムは、彼のイマジネーションとともに水平線の彼方に躍り出た。

小さな深い溝の水は峡谷に溢れ、その流れは葦と青々とした草木の土手の間に音を立てて小さい滝になって景色の向こうへ消えていった。一枚岩は人間の顔のようだ。確かに鼻と顎が存在して見える。

輝く空のひかりを浴びて野生の子馬が影絵を描いている。子馬は群れから少し離れたところに立っていた。空を見上げると雲の中にある小さな傷がある。それがだんだんと大きくなり不思議なものが現れた。翼はあるが鳥ではない。それは馬の群れのほうへ低く飛んで近づいていく。いけないっ！　叫べば間に合うだろうか？

何万年も前に絶滅したはずの空飛ぶ蛇、翼手竜だ。そいつは低く旋回し、今まさに小馬に飛びかかろうとしている。開いた口からから剃刀のような歯が見えている。血に飢えた魂のない残酷な爪が獲物を求めている。小馬は怯え、頸動脈に近づく悪魔を避けはじめた。悲しそうに、身を守るように悲鳴をあげた。だが遅すぎた。翼手竜は……。

「バートラム！」

母のエミリーが呼んだ。

「夢を見るのはそのぐらいにしなさい。ピクニックの用意ができてるわよ」

彼の空腹はごちそうで満たされた。しかし心はまだ空っぽだ。また空想の旅を探し求めに行かなくてはならない。

草の多い丘を注意深く這い上がり、彼は足場の悪い崖からあたりを見回した。そこには、最後の審判の巨大な割れ目があり、深いところには悪意のある創造主が褒美から仲間の人間を分けようとして創った血の川が流れている。彼は叫んだ。

「スプリングフォールド隊長！　小隊を連れて行け、それから、この峡谷では鉄砲は下にしろ、川では一番浅い場所を渡れ、反対側に着いたら召集、腕のいいライフルマンが援護する」

「標的は何ですか?!」

隊長が質問した。

「道を渡ったあそこの上の要塞だ」

バートラムは続けた。

「馬を殺すな。大事にしろ。宝を運ぶのに馬が必要だ」

「はい、わかりました」

隊長は答えると彼の視界から消えた。

「くそ、任務をまっとうしてくれるといいのだが……」

バートラムは後ろの割れ目を向いて恐ろしい谷の下へ慎重に前進して、南アメリカ奥地のジャングルを通って、ゆっくりと進んでいった。蝿はうなり、巨大な毒のある蛇が森の暗い場所でくねくねしながら横たわっている。時間を持たない空間が彼の心を過ぎていった。

前には敵のキャンプがあった。何も気がついていないのだろう、男たちの楽し気な声が聞こえる。焚き火から煙の臭い、パイプタバコの微かな香り、彼は茂みを押し進んだ。あとほんの数歩で成功だ！ 彼は畜生！ 彼は心の中で呪った。驚いた鴨の群れが恐ろしい音をたてながら空に飛び立った。しかし、敵は夕食後のうたた寝をしているのか？ 誰一人として兵士がキャンプを守っている様子はない。あとは最後の堤防を通るだけだ。これが危ない、見つかる可能性がある。すばやいダッシュをしなければ……

「こら！」

大きなかすれた声と共に力強い手が彼の首にかかり、崖の上で彼を宙づりにした。ショックと恐怖でくらくらし、彼は隊長の助けを求めた、だが、誰も来ない。

「君の勇気に勲章を出す！」

バートラムは叫んだ。

「うまくやらなきゃだめだよ、おまえ」

と笑いながら父ジョセフが彼の広い肩の上で彼を持ち上げていた。

「鴨たちはみな逃げてしまったよ。さあ、もう帰る時間だ。お腹はすいていないかな？」

何て意味のない疑問が彼らの生活を支配しているのだろう。いつでも同じ事を繰り返して聞く。

「お腹はすいていないかな？」

大事なのは

「僕は満足しているのか？」

なのに。

帰り道は心とおなじぐらい憂鬱だった。馬車はでこぼこ道で傾いたり、ひどい揺れではしからはしまで投げ出されたりした。

遠くの水平線にある太陽が少しずつおちてゆき、雲を散らす。オレンジ色とピンクの光がふわふわした積雲の上にあるいわし雲の空にかけてさざめき、また、地面に巨大な獣の足形をつけるように集まった霧を黄金の矢で突き抜けて放つ。光は一瞬で変わる。

今まで輝いていた緑は、不吉な、紫、茶の影の色合いを持つ暗い岩になり、まるで閉ざされた闇に捕らえられたように家畜は集団で立ちすくむ。まるで催眠術にかかったように。野ウサギが道の行く手に群れをなしていた。山イタチが獲物の隠れ場所にすばやく突進し、黒鳥の群は晩の夕食を期待して彼らの頭上を飛んでいる。太陽の光と混ざって、目は混乱した。光は今、波に乗って遠くの湖に観客が期待するような輝くモールス信号を発していた。静かな滝は真下の暗闇に幾重にも流れ落ちた。まるで目に見えない指でろうそくが吹き消されたように。

突然、デヴォンの田舎道に馬のいななきが騒々しく響き、イップルペンが彼らの到着を出迎えた。そしてバートラムは母エミリーにゆり起こされた……。

「はい、着いたわ。明日はまた学校よ。それに、予習もしないとね」

牧師夫妻は夕食の誘いを辞退し、暗い道を牧師館へと去っていった。

バートラムの学力は、彼の身長と比例して成長し続けた。彼の身長は今や、六フィート（一八〇センチ）に近づいていた。エミリーもジョセフもそれほど高い背ではなかったのでなぜ伸びていくのか不思議がった。

ジョセフは五十代のはじめにパークヒルを購入し、人生最高の時を迎えた。彼の頭は薄くなったわらのようだったが、しわが刻まれた顔、判断力を備える心は行動的であり、輝く瞳は好奇心で満ちていた。

薬屋としての職業は法律への興味が増したことで薄れてきた。いつも読んでいる本はぎっしり詰まった本棚にしまうのが大変なくらいだった。そして、だんだんと寒い夜の空気が苦手になってきた。それは昔、自分が年寄りから聞いたことだった。彼の希望ではなかったが、母なる自然は少しずつ彼に近寄ってきたのだ。

妻エミリーの心からの献身はジョセフにはもったいないくらいだった。彼が年を取れば取るほど彼女の愛情は深くなっていく、白髪混じりの髪、またはそれすらない頭になってもふたりの愛情が無くなることはなかった。

彼女はいつも、典型的なヴィクトリア時代のスタイルで、手際よくこなす家事にも敬意がこもっており、屋敷の皆に頼られている。いつも胴の高さに手を組んで立ち、片手ずつやさしく撫でていた。エミリーは、心広く寛大で、妻として母として、そして女性としてパークヒルに存在していた。

ジョセフ・ロビンソンのパークヒルの増築はこの家の歴史にまた大きな変化を生み出した。知らず知らずにそれは世界中で読まれている物語の第一ページになり、彼らは世界中のほぼすべての言語で記録されることになる大作の登場人物そのものになるのだった。

馬小屋をビリヤード・ルームに！　それは、全く悪意無く始まった。それを現在ある家の正面より北側に建設した。遊戯室は二階の続き廊下の新しい扉から入れて、また主寝室から盛り上がった地面の上にある新しい建物に続き、今は一階の玄関と一直線になっている。馬と馬車は、新たに建設している正門の横の馬小屋に移された、その上に御者の住まいが備え付けられてあり、そこは下にいる動物たちからの暖かさで冬の霜の刃を鈍らせてくれるつくりになっていた。

若きハリー・バスカヴィルがやって来たのはちょうどそんな頃だった。凍るような空気の中、息を切らして一生懸命に働く大工達をハリーはしばらく眺めながら立っていた。この新しい建物は何になるのだろうかと思っていたら、

「馬のためのお城だよ」

とモルタルを手押し車で運び入れている男が、彼の疑問に答えてくれた。

「ロビンソンが財産を使って他にいったい何をするって言うんだ。ほら、じゃまだよ」

ハリーはこの建物をながめていたが、それは好奇心以外の何ものでもなかった。この建物がまだ見ぬ妻との家になるとは知るよしもなかった。

ハリーはイップルペンの分校の学舎で、充分とはいえない教育をうけた。幼児期からハリーは流暢な「馬語」を話す能力をさずかっていた。

彼の両親は苦労していて、ハリーはたった十一歳で就職しなければいけない状況だった。

あるとき彼は、イップルペン・クリケットクラブに参加することを勧められた。これが幸運のはじまりだった。同じ日に新しくメンバーに加わったのは、有名な屋敷に住んでいる青年だった。彼はとても背が高く運動神経のいい青年で、気さくな笑顔は身分の低い者の不幸をばかにする気持ちがない。いつでもニコニコしているバートラムのフレンドリーな態度がハリーは好きになった。

二人は同じ年だったので、クリケットの練習を通じて二人の友情は深まった。まもなく、ジョセフは息子がハリーに興味を持っていること、そして彼の馬をあやつる能力と、野菜を育てる才能を発見し驚

いた。

バートラムの熱心な紹介もありジョセフは、ハリーの面接を約束した。ハリーが面接に合格したら、パークヒルで、御者、庭師、家と台所の総合アシスタントとして働くことになる、料理人も賛成するだろう。家がすぐそばにあって、給料のよい素晴らしい職場、ハリーは世界が輝いて見えた。

馬小屋は新しいロッジのなかにあり拡張され、三台の馬車と二頭の馬を収容できた。

ハリーはバートラムから学問を学び、バートラムはハリーに広大で魅力的なダートムアへの興味を満たしてもらった。動植物の種類の多さ、人々が話すのも恐れる怖い話、おもしろい歴史などだ。嵐がふきあれる真っ暗な夜に悪魔が横たわって生け贄をまつ……そいつに出会ったら生きては帰れない！　と生きて戻った人が話すのだ。

誕生日にハリーは、ロビンソン家からスポーツライフルをプレゼントされた。不幸な野ウサギがお鍋の住民になって、この屋敷の使用人たちのお腹を満足させた。

彼は、射撃の腕をのばし、後にトラベリング・フェアーで記録を残すまでになった。地元の名士たちの勧めもあって、ジョセフはハリーの後援者となった。ハリーはジョセフの期待以上に素晴らしい賞をたくさんとってきた。しかし、お鍋に入らない物もあり、暖炉の棚の上に飾られるものもあった。

庭師としてがんばっているのも、ただ単に借りがあるからハリーをそうさせている訳ではなかった。彼はエミリー奥さまの微笑みが大好きだった。大きなキャベツ、長い人参、新鮮なジャガイモ、インゲン豆、モヤシなど……彼の努力をエミリーは無邪気に喜んだ。夏から秋にかけては色とりどりの花やおいしい果物も豊富に提供できた。色々なリンゴ、梨。休みの日の帰り道に田舎の茂みから集めたたくさんのブラックベリーや、ダートムアにしか見られない特別な花もエミリーを喜ばせた。

新しい学問にバートラムが夢中になっている一方、幼いときに家族と別れ、早くから働きはじめ長く辛い思いをしてきたハリーは、ようやく自分に興味が持てるようになり、ある女性に夢中になっていた。

一目惚れだった。アリスと出逢った瞬間から彼女はハリーの特別な女性になってしまった。偶然ではない何かを感じ、彼女のことばかり考えるようになった。彼女も地元の屋敷のメイドだったので、お互いの主人への気兼ねもあり、会話は限られていたが、機会があれば会う約束をした。アリス・ペリングは誠実な女性だったが、主人の都合でハリーとの約束を守れない時もあった。しかし彼らの駆り立てられるような愛の力なのだろう次第に主人も認めるようになっていった。

アリスはハリーにとって女性そのものであり、輝いていて、魅惑的で、その声は彼の耳をそば立てさせ、腰の動きは彼を完全に打ちのめした。アリスは彼より五歳年上で成熟さは彼に非常な喜びを与え、犬が骨に惹かれるようだった。彼は自分の感情を押し殺していたが、彼の情熱は出口を求め、馬でさえ彼が彼女のことを歌っているのを聞いたほどだ。

ジョセフは恋煩いの庭師が「チューリップに優しく囁いている」のを見て、アリスの雇い主に相談をもちかけた。彼も理解のある人で、二人の休暇を同じ日にしてあげよう、というジョセフの考えに賛成した。

ハリーの休暇は、運動が必要な若い馬も恩恵を受けた。二つのシートが付いている軽二輪馬車を引っ張って、トレーニングもかねてダートムアに出かけることにしていた。主人の信頼にハリーは技術と責任で応えた。アリスも彼女の雇い主の親切に、他の誰よりも懸命に働くことでお返しをした。

愛し会う二人の交際は、何ヶ月も、そして何年にもなり、皆は彼らの求愛期間の長さにからかい始めた。そのうち、ふたりは絶望的な知らせを受けとった。アリスの雇い主が、ロンドンに引っ越すというものだった。

ハリーはすすり泣くアリスの涙を優しく拭いて、彼女を決して傷つけないと誓った。彼らが持っている文学の能力なら毎週でも手紙を書けるので出来るだけお互いに手紙を出し合おうと約束した。別れの日、アリスはハリーの肩で大泣きした。握りしめた彼女の手が引き離される残酷な瞬間、魂が粉々になるようだった。

彼らの愛は耐えることが出来るのか、それとも皆が口をそろえて言うように、時が来れば忘れ、ハリーもアリスも「魚は海にいくらでもいる」と思う時が来るのだろうか？

彼らの手紙のやりとりはすぐに郵便少年のサイクルになった。事実「庭師」は主人の家族よりも郵便物を受け取った。ハリーは彼の恋人に文章で彼女へ変わらぬ想いを告白したが、キスの列は文字に出来なかった。

この頃のバートラムは、ニュートン・カレッジで教育を受ける以外には何も気をそらされる物がなかった。定期テストの成績も優秀だった。彼は貪欲に知識を吸収し続けた。

バートラムの叔父ジョンは弟のジョセフと同じく成功の道をたどっていた。よく名前を区別するのに困ったが、彼の妻もエミリーという名前だった。ロンドンの高級住宅街に住み、一流新聞社の編集長として成功の階段を駆け上がっていった。

バートラムはその見事な成績によって、地方の大学ニュートン・カレッジからケンブリッジ州の伝統と威厳のあるジーザス・カレッジに進学した。そこは、彼の父と叔父の実家があるエセックスに隣接していた。

この進学によりバートラムはパークヒルを去ることになり、家族も使用人も寂しいような誇らしいような門出のお祝いをした。

一八九〇年四月十九日、長旅を終えて、十九才のバートラムはジーザス・カレッジの門をくぐった。伝統あるジーザス・カレッジの授業はどれもこれも質が高く洗練されていた。グランドもイップルペンとは比べものにならないほど立派なものだった。

彼のにこやかで気さくな性格が友人たちを魅了した。クリケット、ラグビーでもめざましい活躍をみせた。バートラムはオックスフォード戦などのラグビーの試合で主将として大学の代表に選ばれた。彼は同級生の中で尊敬されるようになり。幅広い教育課程の学術成績と平行して、それらの試合で得たカップやトロフィーを数多く家に持ち帰った。

それだけではなかった。バートラムは、短編小説を書くことに興味を持つようになっていった。そのうちの何編かは、ハンサード大学の大学新聞で認められた。見る見るうちに原稿は増えていき、学期終了でデヴォンの実家に帰るときには原稿を移そうと考えていた。

ニュートン・アボット駅でバートラムを出迎えたとき、彼が変わった事に気が付いたのは、もちろんハリーが最初だった。数ヶ月前に家を離れた少年は男になって帰って来たのだ。広い肩幅に匹敵する笑みを浮かべて、見上げる高さで立っていて、スーツケースはまるで空っぽか透明の羽が生えているかのようだった。チャンピオンのような体型、ラグビーの傷の荒々しさ、健康と力強さが輝いていた。

数分後、バートラムたちがパークヒルに到着すると、家族の歓喜と驚きの表現は屋根まで届くほどだった。彼が右手をあげると騒ぎは収まったが、使用人たちはその後数時間も興奮し続けた。

ジョセフとエミリーはバートラムの恐ろしいラグビーピッチの話を聞き、彼らの驚く様子を見てバートラムも笑って過ごした。

トランクの中から、汚れた洗濯物の山とともに、小さい原稿の束も出された。将来の方向の可能性を見極めるためにも両親に意見を求めた。一時間読み続け、彼らは夜までにバートラムに慎重に返答をする用意をした。

太陽がさんさんと照る土手の上でバートラムは父、ジョセフの傍に座わっていた。

ロバート・クック牧師には打ち明けていたが、バートラムはこのまま弁護士になるのはどうしても出来そうになかった。小説家になりたい。両親にはどうやってわかってもらえばいいのだろう。

土手からはダートムアで最も大きい湖の一つを見渡すことができる。湖の草は水の中へ丸くなりきらきらと輝いていた。彼らの向こう側にはぎーぎー鳴きながらアヒルが遊び、牛はその呼び声を無視して反芻してる。

父は優しく息子の肩に手を回した。

「心から魅了されるね、素晴らしい景色だ。そうじゃないかい。……君に知っておいてもらいたいんだ。この現実の景色を楽しむのと同様に、私は作家が描く光景の描写を理解もするし、感動することができるんだよ。

作家はその表現力で、読者を空想の畑で歩かせたり、魔法の呪文でじゅうたんを飛ばせたりする。本当に不思議だね。ひじ掛け椅子にいながらすべてを経験させ、心を踊らせてくれるんだ。君にはその才能がある、自分を誇りに思うべきだよ。君が作家の道に進むということは、この土地のどんな法律より、母さんや私を幸せにしてくれるのだよ」

バートラムは声につまり、感情がこみ上げてきそうになった。牧師さんのおっしゃった言葉は正しかったのだ。それからジョセフはポケットの中に手を伸ばして何枚かの紙を取り出した。

「この話。ほら、ここの部分、君の才能が光ってるじゃないか」

……ペン村は丘の斜面の上に散らばっている。斜面の上には教会の塔が建ち、それは天気で傷み、灰色になっている。西からの嵐と戦う五世紀に渡る戦争の老練軍人だ。斜面の中央には広大なリンゴの果樹園が横たわり、あまりにも広いので春になると草葺き屋根の家々はピンクと白の繊細な色合いを持つ花びらの湖に浮かぶ島のように見える。

果樹園は村の側面を這い回っていて、その向こうにはエメラルド色の牧草地に赤い雌牛が草を食べている。トウモロコシ畑は黄金の草の中で波打ち、その上には庶民であるエニシダがうねを飾っている。七マイル北西には穏やかにうねった背の高いハシバミの垣根が碁盤の目を作り、昔からの小道によって深く切られ、樺の束と広い森で暗くなっている。そこはヒースと石による荒野があり、世界を分けている。広くて、暗い荒野が伸びて、川への揺りかご、春への防壁、伝説とロマンスの故郷である、ダートムアの森だ……

ジョセフはゆっくりとバートラムの原稿を置き、誇らし気に振り返った。

「思うに、君が文学の虫を患っているのだとしたら、私が薬品や医学で仕事してきた経験をもってしても治療することは出来やしないんだ。駆り立てられる力はそれ自体が鎮静剤で、他のものではダメなんだ、競うことすら出来やしない。君の未来は君だけのものだ。その未来のために、私たちは援助を惜しまないよ」

バートラムはやっとのことで言葉を口にした。

「どうしても執筆に惹きつけられてしまう、それをわかってくださるのですね。でも、ぼくは弁護士の衣装を授からないのですよ、お父さん」

「うん、そうなるね。しかし今は病原菌のように小さいが、やがてその気持ちはウイルスのように膨れ上がってしまうのだろう。私たちは君が回復するまで看護し続けるとしよう。あー、隠喩のように話したが、私自身は文学的才能を持ち合わせていないのでね。さあ、釣りでもしようじゃないか。道具は馬車の中にあるし、夕食には立派な鱈なんてどうだろう」

数日後、感謝の気持ちを伝えにロバート牧師に会いに行くと、牧師は満面の笑みでバートラムを受けとめた。

ロバート牧師は土地の移り変わりのよくわかる資料集、アリスの手書きの押し花付きの散策ノート、などなどをたくさんの書物も本棚から引っ張り出して来てバートラムの目の前に拡げて見せたが、バートラムは何の関心も示さなかった。

「だめでしょうか。私たちの描いたデヴォンの歴史はあなたのペンには役にたちそうもありませんね」

バートラムは立ち上がった。

「とんでもありません、そんなことはないんです。ただ歴史はもうすでに存在しているもので……僕としては新しいことをやってみたいのです。荒れ地にミステリを書き加えたいのです。噂と口伝えの話は僕の仕事にアクセントを与えてくれます。悪夢は個人的なものでしょうけど、暗くて深い見えない恐怖をうまく描ければ読者個々の感性に影響を与えることができると思っています。また物語には、沿うべき基盤が大切だということも気がつきました。驚異と想像を織り込んだ旅をつくるんです。ときには曲げたり、外側からでは永久にわからないでしょうけど、時折、読者に噛みつくことも必要だとおもっています」

ロバート牧師はバートラムが発した言葉をすぐに理解した。彼は部屋を横切ると、悪魔の化身を描きつつある青年のそばにいって、指を角のように立て、まるで血の滴る肉体のごちそうを喜んでいるように顔を歪めた。彼は聖なる衣装を欺き、ローブをまるで尻尾のように振り回わした。大きな爪がバートラムの顔面で空を切る。変身した牧師が口を大きく開くと、めくれ上がった唇から歯が覗く。射抜くような眼球のうえには、悪意に満ちた毒の眉毛がある、彼は威嚇するように唸り声をあげた。

「我は朝食に作家を食らう狼だ」

バートラムは、牧師の神から野獣へ変身する能力に感激した。封じ込められているエゴイズムの解放。バートラムは、しめたという表情をした。

「あなたはもうペンの方に気が飛んでいっているのではないかな。ロビンソン学士」

とロバート牧師は背中をかがめて、おもしろい作り声で言った。

「ええ、そうです」

とバートラムは首を絞められたスコットランドあひるの真似で答えた。

「ご親切にありがとうございます、牧師さん」


ジョセフの弟、ジョンから手紙が来た。パークヒルへの招待を受けると書いてあった。この開放的なデヴォンの田舎生活は都会からの家族を楽しませるに違いない。

ジョンはジョセフより一才若く、人柄もよくふたりはよく似ていた。

ジョンはジャーナリズムの分野では、名のある人物で、デイリー・ニュースの編集長として高く評価されていた。彼のオフィスは国際評価が高い、ロンドンのフリート通りの立派な建物だった。

ジョセフは手紙を読みおわると、そのクリーム色の紙をエミリーに手渡した。彼女は少し黙っていたが、すぐに言った。

「素晴らしいわ、あなた。さっそく客室の用意をいたしましょう。風も通さなくては。ハリーにニュートン・アボット駅まで出迎えに行ってもらいましょう」

一週間後、ジョン・ロビンソン一家はロンドンからニュートン・アボット駅に降り立った。ハリーは礼儀正しく荷物を馬車にのせ、ジョンの妻エミリーと娘のクレアに紹介された。そしてイップルペンの丘の上のパークヒルへと向かった。

屋敷に到着すると彼らは、まるでなにかの罰のように、骨が砕けそうになるほどの握手をし、婦人たちは優しく抱き合い、お互いの頬に挨拶のキスをした。一行はすぐ応接間に通され、デカダンス調の飾りがある席に着くと、メイドが午後の紅茶を給仕した。

ジョンは脚を伸ばしながら立ちあがると、出窓の所で立ちすくんだ。うねっている牧草地が眺められる。殺ばつとしたロンドンの灰色の建物とあまりに違う。

「すごいな、ジョセフ。なんて素晴らしい景色なのだろう。遠くに見える蒸気は通過した汽車からかい？」

「そうだよ。たぶん君が来たところからデヴォンに来たのかもしれないな」

そしてジョンは不思議そうな顔をして尋ねた。

「どうしてイップルペンには駅がないのだろう？」

「近くのアボッツカーズウェルにあるし、イップルペンからすぐだしね。うん。理由は巧く説明できないけれど、プリモス方面に向かうたった五マイル先のトッネスには電車が停まるのに、ここには停まらない」

とジョセフは答えた。

「ひどい官僚制度だと思うな。ロンドンでも同じ様なことがあるよ。まあ、馬の蹄の方が安上がりかもしれないな」

彼らは笑って、違う話題へと移った。メイドがジョンの好物のクイーン・ヴィクトリアで有名なゼリーをワゴンではこんできた。会話がはずんできたころ、ジョンは部屋を見渡しながら尋ねた。

「バートラムは？」

「来ると思いますよ」

とエミリーは彼がまもなく受けるであろう衝撃を想像しながら答えた。

三十分後、扉が開いて「小さい」青年が彼の叔父と叔母に挨拶をするために入ってきた。ジョンは目が飛び出すほど驚いて立ち上がった。

「一体全体、彼に何を食べさせているのかな！　まるでキリンと握手しているようだ！」

それからバートラムのほうを向いて言った。

「君が印刷機のハンドルの高さだった頃を覚えているよ。私の膝ぐらいだったのに」

彼はかがみ込み、手をだいたい猫の尻尾の高さくらいに置いた。

「それなのに今の君を見てごらん。パークヒルの天井が高くて助かったな。バーティ、今、身長はどれぐらいかい？」

叔父が大学時代のあだ名を憶えていて、しかも背の高さを引き合いにしたのでバートラムは恥ずかしくなり赤くなった。彼は答えた。

「六フィート三インチ（一八八センチ）です。ジョン叔父さん」

つづいて彼は叔母からの歓迎も受けた。がその言葉よりも何よりも、従姉妹クレアとの柔らかな抱擁が彼にとっては優っていた。

クレアは背の高いハンサムな弁護士の男性を尊敬の眼差しでじっと見つめていた。バートラムもクレアが見つめているのに気づき、二人の輝く目は何度も合った。

家族の会話は毎日の話題から雑多なニュースにまで広がって行き、当然ジョンの職業のことが話題になった。すべての分野において国内外からのニュースや情報を提供しなければならないその産業は、人の努力によって成り立っている。編集長として主題の事柄とその原因と評判の両方の面で正確さにこだわっていると彼は言った。ジョンが実権を握っている間はザ・ニュースのページは崩れることはないだろう。

ジョンはまた、リフォーム・クラブの会員たちの興味深い会話も話題にした。リフォーム・クラブはロンドンの一等地にあり、有名人も名前を列ねていた。

その中のひとりに有名な作家、コナン・ドイルがいた。彼の本には、シャーロック・ホームズと呼ばれる探偵が登場し、人気は衰えることなく今も読者は増え続けている。二年前に出されたホームズ最後の本は、奇妙なタイトルで「ロット二四九」と呼ばれ、何故か冷酷な結末だという。

叔父の話にバートラムはたいへん興味を惹かれた。ジャーナリズムの世界に住んでいる叔父は「現場」を報告する。それは作家を志すバートラムの感覚とかなり似たものではないだろうか。新聞に記述することで自分の可能性を試せるかも知れない。

バートラムは父、ジョセフを応接間の外につれだし、ジョンに相談をもちかけてくれるように頼んだ。

夜も遅くなり、会話が少なくなって来た頃を見計らって、ジョセフは目的の話題に触れた。

「ジョン、長い一日を過ごして疲れていると思うんだが、バートラムのことで君にお願いがあるのだ。もし君の新聞社に空きがあったらなのだが、彼の採用を考えてみてくれないか。実はレポーターか作家になる決心をしているんだ、彼は」

ジョンのパイプは口から吐き出されて落ち、灰は彼の上着やズボンの上にかかり、ショックから立ち直ろうとして、さらに指を火傷した。彼は無意識に罵り、恥ずかしさで顔を赤らめ、咳をして、平静を取り戻そうとする一方、焦がしたカーペットから残り火を素早く暖炉にはじいた。

「面目ない」

彼は弱々しく嘆いた。二人のエミリーは、灰のかけらが違うところに行ってたかもしれないと顔を見合わせて笑った。ジョンは顔を真っ赤にしながらも、皆の期待にそったパントマイムをして、その場を楽しませた。

そして彼は咳払いをし、暖炉にある灰皿にパイプを置き、しばらくしかめ面をし、バートラムを不思議そうに見て言った。

「君は本当に頭が良くて……確か素晴らしい成績でジーザス・カレッジを終了したはずだよね、その他すべての試験においても、最高得点を獲得する可能性があると私は思っている。君は法律学部の優等卒業試験で学士を持っているのだから、インナー・テンプル法学院に入るための招待状を待つばかりだと思っていた。どうしてそんな宝物を捨てて平民のレポーターになろうというのかな？」

信じられないというように、ジョンは濡れたイタチのように頭を振った。

瞬間、バートラムは立ち上がり、親指をコートのポケットの中に入れて話しはじめた。

「叔父さん、僕はラグビーをするとき、負けたとしてもゲームを非難したりしません。最初から最後まで向き合うだけです。褒美は戦った者の中にあって、優勝の授与式に差しだされたメダルやカップは、それにただ附随している功績です。あらゆる分野において、僕は、自分を探求し、弱点をあきらかにして、そして挑戦したいのです。

もちろん僕は名誉ある法律の招待状を捨てたりしませんし、その恩恵を見くびったりもしません。僕はその知識も増やそうと思っていますし、図書室は頭の中にあります。その満足感はすでに自分の物になっています。

たぶん重要なことなのでしょうが、弁護士は経済面の心配もなく、申し分のない報酬を手に入れることができます。高い尊敬を博され、一般の意見では真実と倫理、真の正義を選択すると考えられています。

しかし僕は本当は受け容れることが出来ません。栄冠に対して法廷に出された起訴が有罪だと知りながら顧客を弁護する法律の役割を自分自身が心に描けません。彼が自由の身になったら、なんて浅はかな勝訴なのでしょう。それから、また別の罪のない魂に邪悪な犯罪を行う証人になります。私の銀行口座が膨れ上がる一方で、罪のない赤ん坊は凶悪な父親の手によって母親を失うかもしれません。だめです！

僕はもう決意を固めたんです。今僕が言っていることは、叔父さんに向けられたのではなく、台所のオーブンから来たのでもありません。それは僕が探し求めていた心の糧なのです。

物語の最初は歴史だとしても、そこから新しいものを創りだすことができるのです。読者を困惑させたり、楽しませ……僕は言葉を創り出したいのです。

実際、僕はロバート牧師の影響を受けました。まるで目の前に赤いカーペットがひかれているように、僕は様々なことを学び取ることができました。まだ経験したこともない大都会の新聞社の頂上には及ぶはずもありませんが、ダートムアの驚異、それを創り出す礎になりました。

僕は自分自身を認めることにしました。書きたいのです。レポーターになって社説を書いたり、他の国々を許される限り探検したいと願っています。これが今の僕の思いです」

バートラムは初めて家族を前に自分の決意を表明でき満足げに座った。ジョンは沈黙を続け、その長い気まずさをまぎらわすために、皆が暖炉の薪に目をやった。

やがてジョンは立ち上がり、瞑想している様子で窓辺によると、暗闇の中の汽車の明かりを眺めた。彼は口ひげをなでながら、バートラムの希望について考えていた。エミリーはジョセフをちらりと見て、微笑み、彼は安心させるようにウインクをした。

ジョンはバートラムの方に振り向くと、彼の目を見すえて言った。

「ということはだ、君はすでに原稿をたくさん書いているのだね。君が自慢できるという作品を私に見せてほしい。今見せられるかね？」

ジョンの言葉を聞いて立ち上がりかけたバートラムを、エミリーの手が押しとどめた。彼女は立ち上がり、扉のところでバートラムを振り返ると誇らし気に微笑んだ。

転ばないように両手でドレスを十分に持ち上げ

て、エミリーは階段を上がり、寝室に向かった。洋服ダンスの鏡に彼女の姿が映し出されている。その一番上の棚に、結婚式の日にリバプールでジョセフから貰った宝石箱がある。夫の愛以外の物は決してしまうまいと決めたその宝石箱の中に、今は息子の未来のすべてをしまっていた。彼女は鍵を開け、バートラムの原稿を取り出した。それは、出版されようと、されまいと、母にとっては絶対の宝だった。一ページは王様の身代金よりも、高価なものだ。エミリーは赤いリボンで巻いてある一束を選んだ。これは一番最近書かれた作品で、恐ろしい犬とダートムアの牢から囚人が脱獄する物語だった。

エミリーは原稿を胸に抱きしめて、応接間にもどった。ジョンに原稿を渡すと、彼の目は速読の技術なのか驚くほど速く次から次へとページをめくり、バートラムの原稿は流れるように読まれ折りたたまれた。時には呟いたり、眉を上げたり、指を口ひげに持っていったり、書かれた内容をさっと目を通していった。

突然ジョンは、出窓のほうに歩き、家族に背中を向け、ゆっくりと深呼吸した。誰もがその意味を読み取ろうとして、互いを見た。クレアはバートラムと目が合うと、しばらく彼を見つめていた。彼女の微笑みは「心配しないで」と言っているようだった。バートラムも微笑み返した。ジョンは手にある紙を持ち替えながらふたたび深呼吸を繰り返した。それから、静かに彼は振り返り、目の前の息詰まる沈黙に向き合った。鼻の下のひげが震えるくらい、もう一度深く息を吸うと、

「バートラム」

と言い始めた。

「君の原稿は読者の心をひきつけるだろう。続きを読まずにはいられない、きっと誰も最後まで君の本を閉じないだろうね。想像力があり、細部にわたって物語に合った文体、表現をしている。私は将来、君がプロの作家として存在していることを全く疑わ

ない。新聞社の編集長として、読者がどんな物語を読みたいのかわかるんだ。

まず一週間。これは手はじめだ。流れ続ける新聞社の一流のスタッフについていくのは大変だと思う。質においてもその量においてもだ。しかしそれが出来るのなら君のプラスになることは間違いない。君の目指すゴールを君の両親、そして私で援助できるかもしれない。しかし、原稿と社説はまったく違うものだよ。君の独創的な心を忘れてはいけないな。

まるでエメラルドのようだ。君の才能は。ダートムアの話には心を打たれた。まあ、夜に出歩いて犬のごちそうになるのだけはごめんだがね」

ジョンは続けた。

「ええと、それから、君がどっぷりと新聞社に浸かる気があるのなら面倒を見たいと思う」

ジョセフは立ち上がり、弟の手を握った。

「ありがとう、ジョン、バートラムは天にも昇るような気持ちだろう」

ジョンはすかさず息子を見てそれを確認した。

「で、とりあえず何をしたらいいかな」

ジョンは答えた。

「バートラム、ロンドンに来なさい。そしてフリート通りの一流の新聞社を肌で感じるべきだね。それから決めてもいいだろう」

エミリーのうちのひとりが、大歓迎すると言い、クレアもそれに同意した。バートラムはまずはじめることだと、決意を固めた。そして、クレアは未来を夢みていた。

数日後、ジョンの家族はロンドンに戻り、バートラムの到着を楽しみに待っていた。バートラムの旅立ちの日、ジョセフとエミリーは未来に羽ばたく息子の門出を喜ぶ一方で、今回はジーザス・カレッジへ出発したときと違うのだと、心に言い聞かせて寂しさを耐えようとしていた。もう彼は学期末ごとにパークヒルに帰ってくるわけではないのだ。抱き合い、手紙を書くと約束をして、バートラムはハリーの馬車に乗り込んだ。

ハリーはいつもどおり慣れた手さばきで駅の前庭に馬車を停めた。花が鮮やかな彩りで咲き誇っていて目を見張るほどだった。ハリーは言った。

「花を美しくさせているのは何だと思いますか?」

「糞。それもタダなんです!」

バートラムは質問した。

「僕の新しいキャリアも花が開くと思うかい?」

ハリーは冗談を言った。

「まあ、ぼっちゃんの机を糞まみれにしてみるのも良いと思うけど。ただ編集長が賛成するかどうか、臭いがきついし」

お互いのばかばかしさに大笑いしながら、ハリーは駅にトランクを運び、アリスが二度と戻りたくないと言った場所で、バートラムが幸せになれるようにと願い、別れの挨拶のため帽子を傾けた。


数時間後、汽車はロンドンのパディントン駅に到着した。バートラムは客室から御者待合所を見渡していた。まもなく「ロビンソン」と両側に金色の文字で彫られた、りっぱな黒い馬車に気が付いた。バートラムは運転手に向かって手を振り、運転手はバートラムをみとめると、帽子を礼儀正しく持ち上げた。御者はすばやくプラットフォームを横切り、彼のトランクを受け取ると、暖かい握手をした。

「ダヴォンのロビンソンさんの甥御さんですね。お会いできてとても光栄です。荷物は私が持ちます。ついていらして下さい」

御者、マック・ウィリアムはスコットランド産牛肉十四塊相当するような大男で、アベルディーン・アンガス(アンガス地方の牛)色の髪の毛だった。ロンドンの空気に染まったのか、生き生きとした顔色に髭が似合っていた。ワックスで塗り固められ鼻の下の髭はまるで角のようだ。とても目立つ男だった。

彼らが馬車に近づくと、磨かれた真鍮の輝く馬具をつけた二頭の毛並みのよい黒い馬が立っていた。信じられないことに馬はまばたきした。そしてスペインの国王のためにトレーニングされているのだろうか、それぞれ足を持ち上げていた。

くさい蒸気と煙の空気で満ちた駅の前庭を離れ、マック・ウィリアムは交通渋滞へと馬車をすすめた。ハリーだったら大喜びしそうなあらゆる種類の「馬の糞」で道路は厚く固められていた。そして、ロンドンは「霧」と呼ばれているが、思わずかわりの呼び名を想像した。

どちらに向かっても大渋滞のようでどの運転手の口からも汚い言葉が飛び出して、それは乗客も同様だった。通訳が必要なほどのスコットランド訛りに、見たこともない手の合図の連続だった。

彼らの馬車は無事にジョンの屋敷の前庭にとまり、マック・ウイリアムスが馬車のドアを開けて、言った。

「ここがお宅です、サー」

そして執事にもこちらにくるようにと合図をし、執事は家の中にバートラムの荷物を運びながら、優しい声で言った。

「こちらにお越し下さい、サー」

バートラムは彼のあとにしたがった。二年前に手に入れたというこのジョン叔父の屋敷を訪問するのは初めてだ。頑丈な造りの良い建物は数階の高さの翼面になっていた。広い玄関ホールはホテルフォレイのように厚いカーペットが敷いてあり、黒い鉄の手すりと、磨かれた材木を使用した木製の踏み板で出来ている螺旋階段があり、それは一番上の階まで続いていて、そこは召し使いの部屋になっている。一階には応接間、音楽室、娯楽室まで含まれた一続きの部屋になっていた。

壁は金製やマホガニーの奥行きのある額縁に入れた絵がたくさん掛けられている。中国風の大きな花瓶が絵の間に飾られていた。手入れの行き届いた家具にインテリアが映って見える。リージェンシーの細長いカーテンとそれに調和する椅子、数本の蘭、大きい暖炉、煙石炭の火掻きセットは真鍮の組み合わせが印象的で、後ろにはそれと合った真鍮の炉格子が火花や石炭でカーペットが台無しにならないようにしている。

ヴィクトリア調の落ち着いた居間に、青空のように明るい家族がバートラムを待っていた。エミリーは手を広げて彼の方へ来て、キスをし、頬ずりした。クレアからは春の喜びを受けた。クレアはパークヒルにいたときよりも自分の家の方がずっと積極的で、彼から目をそらさなかった。

エミリーは彼を寝室に案内すると言い、バートラムは失礼にならない程度の距離を保って彼女のあとについていった。一方クレアは彼にぴったりと近付いてきて、この悪戯娘は彼の首に息をかけた。バートラムは息をするのも苦しいくらいの刺激を受けた。

エミリーは気づかない振りをして、

「あら、息が苦しそう、バートラム。運動不足に気をつけないといけないわね。原稿を書くのに座ってばかりいるのではないかしら」

クレアは手で口をかくし、顔をそむけてクスクス笑っていた。

用意された寝室には、天蓋つきのベットがあり、チェストは異国風の材木をはめ込まれている頑丈な作りだった。絵模様が書き込まれた鏡がちょうど明るい場所に掛けられて、木工の虹の傾斜した角に日差しを反射していた。化粧台にははめ込まれた洗面器とその横に水差し、両端には客用タオル、ペアーズ石鹸が陶器の皿に置かれている。花瓶は窓を優美に見せるように置かれている、これはクレアの考えだった。

もう一つの窓の下にはライティング・デスク、若い作家のためにとジョンが望んだ物だ。気が滅入ったら、窓から美しい中庭を鑑賞できる。中央に黒くて華麗な電灯が繋がっていて、一つ一つ新しい燃料のガスが光を灯してる。

「夜になるとシーシーって変な音がするのよ」

クレアが彼の肩越しから囁いた。

「それから、庭に馬屋があるわ」

彼女は指さした。

「馬たちはあの音が気にならないみたいなの」

女性二人は何か不都合がないかとバートラムの顔をこっそり伺った。

「素晴らしい部屋です。僕のためにすべて揃えて下さったのですね、叔母さん。とても感謝しています。本当にくつろげると思います」

女性たちは満足げに目を交わした。

「荷物を整理するでしょう。私たちは出ていきますから。済んだら下に来て下さいね。この部屋の真下にいますから」

「ありがとうございます。エミリー叔母さん」

バートラムは答えた。そして彼女たちは部屋を出かかった。がクレアは港に帰らずいきなり錨をおろし、

「あんまり遅くならないでね」

と振り返り微笑んだ。

息苦しくなった彼を再び一人にし、彼女の香水は彼の五感を苦しめ続けた。執事が扉をノックする大きい音でバートラムは我に帰った。

「トランクです。この台の上に置いてもよろしいですか?」

「ええ、そこでいいです。ありがとう」

バートラムは紳士のあつかいを受けて嬉しく思った。それは彼の身長のせいだと思い、またクレアが自分に興味を持つのも、そのせいではないかと思った。今まで女友達がいなかったので、戸惑いと気まずい思いが残ったが、何週間かたてば、紳士らしく接することができるだろう。

この日のジョンはバートラムとの再会のため、いつもより早く帰宅した。旅のことやマック・ウィリアムスの話をしながら、しばし休憩をとると、女性たちの待つ夕食のテーブルへと移った。料理人が腕によりをかけた素晴らしい献立だった。

食事をすませ喫煙室に戻り、ジョンは明日の予定をバートラムに説明した。ジョンはいつも十二時間労働で毎晩七時の食事に帰宅する。バートラムも明日から五時に起き、ジョンと一緒に七時に会社に行くことになるので、今夜は早く部屋へ戻ったほうが良いと言った。

学生時代にくらべると長い一日になり緊張するかもしれないがそのうちそのペースに慣れてくるだろう。もちろんバートラムは不平を言える立場ではなかった。

翌朝、執事はバートラムの部屋の扉を静かにノックして、彼を呼んだ。

「朝食は三十分後です」

彼が階下に降りてゆくと、すでにジョンは食堂でバートラムを待っていた。時刻に遅れてしまったのかと、詫びながら入ると、彼は時計を見てベストのポケットにしまった。

「時間通りだよ。今、五時二十五分だから時間はたっぷりある。さあ、食事だ」

朝食の間もジョンの心はすでにオフィスに飛んでいるようで、静かに一日の計画を立てていた。

会社まではたっぷり四十五分かかり、会社の玄関にはレポーターだろうか、大勢の人がいて、人目を惹くのに充分な混雑ぶりだった。守衛が彼らの前を通り、

「おはようございます、ロビンソンさん」

そしてバートラムにはご機嫌いかがですか、サーと挨拶した。すると一人の男性がつかつかと彼らの方に近づいてきた。たぶん五十代だろう、白髪の長いもみあげで、黒のベストに腕まくりしたシャツ。てかてかに糊をきかせた襟に蝶ネクタイ。手に新聞

を何部かにぎり、左耳のうえに鉛筆がちょこんと乗っていた。みるからに長年この業界にいるという顔つきで、赤ら顔にジン好きの「鼻」が目立っていた。するどく光るその青い目は、その日の原稿の落とし穴を一つも見逃さないのだろう。男はやっと聞き取れるくらいの声でこう言った。

「おはようございます、ロビンソンさん、こちらが先日お話にあった将来有望な青年ですね」

ジョンは答えた。

「私の甥のバートラムだ。紹介しよう。副編集長のアレン・ベインズだ」

「お会いできて嬉しいです」

彼らは暖かく握手し、ベインズは続けた。

「ここで仕事をしたいのですよね。それも弁護士を辞めて……」

彼は微笑み、考えるように顎を撫でた。

「うーん、正気じゃないということは間違いないですね。狂った出版業への転職ですか。この意見を証明する人たちがここには大勢いますよ」

ジョンとベインズは一緒に笑っていた。バートラムは果たして自分のこの決断が正しかったのかどうかと考えはじめようとしたとき、ジョンの声が迷いを消しさった。

「君は今日ベインズに付いていてくれたまえ。彼がここでの仕事を教えてくれる。しかし彼のスケジュールも詰まってるからね。つきっきりでという訳にもいかないが、まあしょうがない。指示にしたがいながら社内の配置に慣れるように。新聞は一つ一つが構成されて出来上がる。植字工室は常時ばたばたと混乱しているので近寄らないように。それから机にある名前を覚える努力をすること。どこの部署が何を担当するか把握すること。場合によっては書類の受け渡しなども頼まれるかも知れない。机の上は、まあ見れば分かるだろうが、いつ崩れてもおかしくない状態だから注意が必要だ。もし、与えられた仕事の目的が理解できなかったらその場で聞きなさい。

後回しになればなるほど、報道記事に支障をきたす。もし、間に合わないようなことになれば、私が君に首をいいわたすことになる。わかったかな？」

「はい、叔父さん」

とバートラムは返答した。

「ああ、それからもうひとつ、私は君のボスで編集長だから、ロビンソンさんと呼んでくれたまえ」

バートラムは頷きながら、自分の名字でジョンのことを呼ぶのは何だか変だと心の中で思った。

「よし、ベインズ、時間はどんどん過ぎている。彼を連れていってくれ」

「はい、ロビンソンさん。君、ついてきなさい。フリート通りで最も洗練され信頼できる新聞がどのように作り上げられるのかお見せしよう」

バートラムにとって人生の恥を全て使い果たしたかのような一日だった。まるで迷路のような会社の部署に使いにやらされ、レポーターに伝えるべき用件にいたっては、まるっきり聞いたことのない事柄ばかりだった。みなが彼を欺こうとしているかのようだ。当然彼は無能さを罵られ、あれが足りない、ここが違っていると、くりかえし罵倒された。

何日間も同じ様な日が続いてフラストレーションが溜まってきた。ハリー・バスカヴィルも最初の頃はこんなに疲れ切ったのだろうか。

バートラムは仕事を徹底して楽しむことにした。土曜の夜「編集長」は甥を呼びだした。

「バートラム、ドアを閉めて座りなさい」

彼らは紙の束が高く積まれた机の反対側に座った。ジョンは疲れているのか、ネクタイを外して、襟元を開け、シャツを腕まくりして指の第二関節のところでなにやら印刷物をこすっていた。彼の額には青い鉛筆を何度も使った後が残っていて、目はうつろだった。ジョンが見ていたものは、新聞社内のそれぞれの部長、副編集長や人事部が編集した、バートラムの報告書だった。

「え～と」

編集長は顔を上げながら言った。

「ほとんどの人は君のことを気に入っているようだ。素晴らしく評価されているよ。迅速かつ情熱的で冷静とある。ある部署が君にとても満足していて、興味をもってるらしい。ところで最初の一週間はどうだったかな?」

バートラムはしばらく考えてから答えた。

「活気にあふれた忙しい時間でした。トラブルが発生しないときはなく、物事はいつでも一度におこり、人々はみな火事から逃れるように走りまわっていて、一時間前に決定したはずの新聞のレイアウトはテレックスの光で再検討のために戻ってくる。尊敬すべき合成室にいる人たちは集められた原稿のはいった、大きな入れ物をテーブルの上にどかっと下ろし、中身を素早く取り出し、誰もがいつでも真っ黒な指です。

電信室は常に機械の動く音で充満しているし、新聞が機械から凄い早さで飛び出してくる。巨大な巻紙は、転がせば印刷室を横切ってすべてを砕くのに十分な重さがありそうでした。足には鉄製のつま先キャップを履き、リバプールで船を繋ぐのにしか見たことがないようなウインチとクレーンを手で引っ張っている。僕がジーザス・カレッジの編集長だった頃のそれと比べられません」

「うん、分かった。経験は無駄にしないように。経験が多いほどより正確な決定が出来るのだからね。君はだいたいは正確に全体をつかめたようだが、職業としてジャーナリズムに就くことはどう感じているのかな?」

「無謀なチャレンジであったことを認めなければなりません。この仕事は確かに大変です」

「そうだ、単に営業本意であるのだからな。君は今までいわゆる『物書き』だけの生活になったことはないだろう? 私は君には外の活動の方が似合うのではないかと思うのだが、どうかな?」

「その通りかもしれません。ビルに閉じこもって外の景色が見られないよりはいいかもしれません。が、叔父さん、僕は世間を知らないのでこんな感想をもっているだけかもしれないです。他の世界はさらにひどいのかもとも思います」

ジョンは質問をした。

「で、バートラム。この先もこの業界にいるつもりかな？　それともデヴォンに帰りたいかい？」

自分の将来を決める質問だったが、彼は呆気にとられながら言った。

「は、はい。お願いします」

不滅の言葉をみずから聞き、一週間前が遥かむかしに感じられた。

「分かった、君は五十ページあたりにあるコラムを執筆する担当に就いてもらおう。内容に関しては部門マネージャーにまかせるとして。月曜の朝一番に採用だ。

君は私が何年も前に苦労した同じ道を歩むことになる。そのころ、君のお父さんは南アメリカのジャングルでガリバルディというイタリア人の戦争屋と鮮やかな赤シャツを着て地面を這ったり、人の頭を切り落としたりしていた。確か、ガリバルディは最近出回っているビスケットの調理法に何か関係していると思うのだが、調理人が一握りの死んだ蝿を入れてかき混ぜたように私には見えるのだが。

一方の私はといえば、ピットマン速記法を習得しようと必死だった。先見のない人たちからは、そんなものは無駄だと言われたものだが。今ではこれがなければ、レポーターの仕事は出来ない。インタビューの会話にペースを合わせて書く能力を完全に身につけなければならない。それから大袈裟に記事を書くと印刷されたとき、実際与えられた内容と驚くほど違っている場合があるので覚えておくように。

ともかく君にやる気があるのなら、必要なトレーニングもあるし、仕事もある、ということだ」

バートラムの目は皿のようになり、口はダートムア湖で捕まえたゴキブリのような大きさになった。

無声映画の俳優だったら、このような演技で承諾をあらわすのだろうと、ジョンは判断した。そして彼は会話をこのように終わらせた。

「素晴らしい、今晩七時に受付で待ち合わせしよう」

ぼんやりとしたままのバートラムに、立ち上がりながらジョンは付け加えた。

「それから、今晩私の友人に会って貰いたいのだが」

「もちろんです。叔父さん、僕の知っている人ですか?」

「おそらく知らないだろう。だが君の将来に良い影響を与えると思うよ。彼は有名な作家のアーサー・コナン・ドイル博士だ。今晩リフォームクラブで会う予定になっている。彼が町に来る時はいつでもそこで会っているのだよ」

バートラムはとても感激し、深い関心をもった。

「夕食がおわった頃、彼がうちに訪れる予定になっている。そのとき君に紹介しよう」

バートラムは将来を握りしめるチェシア猫のような笑いを浮かべながらオフィスを出て、廊下をゆっくりと通り過ぎていった。

ロビンソンの馬車は数フィート先のカーブのところにあって、マック・ウィリアムスが丁寧に挨拶した。疲れ切った男性ふたりは赤革製のクッションソファにもたれこんだ。

濡れたロンドンの通りの暗がりの中、家までの旅。霧はガスランプの光で所々途切れている。馬車はときおり道にある小石を踏んで微かに揺れた。

バートラムは空腹の胃袋がついに音を立ててしまいそうになり、カモフラージュしようと会話を試みた。彼は質問した。

「叔父さん、お友達のコナン・ドイル博士について教えていただきたいのですが。彼と知り合って長いのですか?」

ジョンはパークヒルを訪れた時を思い出させるよ

うな深い溜息をつくと、しばらく考えてから言った。

「この仕事をしていると、すべての出来事の第一線にいるのだよ。新聞で毎週金曜日にジャック・アーノルドの文学論評で私たちは初めてドイルに注目したのだ。はじめはあんな奇妙なタイトルを信じられなくて、彼らに問いただしたが、それは正確な物だったんだ。私の記憶では一八九〇年に彼は「トロスの王」と呼ばれる本を発刊したのが最初だったと思う。それから数年後、推理小説が出てきたんだ。それは、北アフリカのどこか、たぶんエジプトだったと思うが、彼が創りだした話は墓に埋もれた死んでいるミイラの霊が悪事を犯すという幽霊事件だった。この霊は二千年以上前に巨大なピラミッドに埋葬された宝を荒そうとする探検者たちを呪うんだ。

もちろん、君は登場人物の、シャーロック・ホームズと彼の友人のワトソン博士は知ってると思うが、これは彼の究極のエゴの現れだ。実はワトソン博士に扮しているのはドイル博士なんだ。

二人の登場人物は非常に人気が出て、ほとんどの読者はフィクションと現実の区別がつかなくなるほど熱狂的だ。

ドイルが私に手紙を見せてくれたことがあるんだが、それは、ホームズと結婚がしたい、死すときまで人生を共に分かち合いたいというんだね。そしてもし、ドイル博士がホームズを紹介をしてくれるなら、一生感謝しますと書いてよこしてたよ」

「紹介したのですか?!」

と騙されやすいバートラムは言い、ジョンはおもしろそうに笑った。

「ドイルはこの婦人に本を贈ったそうだよ。本の内側に「シャーロック・ホームズ夫妻」とサインをしてね。彼女からはもうそれ以上手紙は来なかった」

「もしかしたら彼女はパークヒルの料理人のクックじゃないかな」

とバートラムは言った。

「ああっ、そこまでは思いつかなかったな。仮に年取ったホームズが生きていたなら、彼の手は女性で一杯だったろうね。幸運な男だ」

彼らは笑った。

バートラムはホームズの死に関わることを知りたがり、ジョンは簡単に物語を話した。

「そうだ、その人物は一八九三年頃に殺害された。確か「ファイナル・プロブレム」と題されたと思うが、スイスでのアクシデントだったと思う。

ロンドンは嘆きの声であふれデモまで起きた。奴を生き返らせろとね。だが、ドイルは自分の執筆技術が初期のころより成長したと言いはり、彼の母親の続けなさいとの助言さえ拒否して、シャーロック・ホームズを終わらせると決意したんだ。出版社も読者も揃ってなだめたのだが、誰も彼を変えることは出来なかったんだな」

「彼はとても強い意志を持ち、妥協しない人なのですね。でも、どうして今後も収入の可能性があるのに捨ててしまったのでしょう。僕だったら絶対にそんなことしませんね」

とバートラムは批評した。

「ある時期を境に、初期の自分の創作に不満が出てくるのは、作家にとっては自然なことなのかもしれない。君にもそのような進歩がこれからあるのだろう。さきほど話した「ミイラ」は蘇ったのだがね」

とジョンは言った。外のマック・ウイリアムスは時々聞こえる笑い声で彼の雇い主が快適なドライブを楽しんでいると安心した。会話を聞く特権はあったが、彼の口は堅かった。

ジョンはリラックスし、話を戻した。

「バートラム、ジャーナリスト、レポーター、そして作家になるならジーザス・カレッジでの学問を決して忘れてはいけない。指で脈を押さえていなさい。冷静でいること。君の熱意だけで、小説家という職業が富をもたらすとはかぎらないんだ。その不安定さに終止符をうつときがくるかもしれない。大人の感性を保っていればいつでも戻ることが出来るし、成長もできる。

それに新聞というものも、信頼できる法律の心を必要としている。ときどき私たちは、記事に対して の中傷や攻撃を読者から受け取る。大勢の人は「古代の騎士」の精神で、ガントレットを下ろし、十歩進みピストルで決闘し、偏見、政治の告発に挑戦したり、または、別に賛成しているある組織に対して肯定的な記事を載せてほしいと賄賂を支払ったりするのだ。

我々は故意に起きた虚偽の記述や偽りの目的などを告発されることさえある。記事をどこまで載せるべきか決定する複雑な職種において良くあることだが、決めるのは自分の経験だけだ。何年もつちかって「感じ」を掴むんだ。締め切りまでの緊張にみちた日々。ごめんなさい、ですまないミスもたまにはあるだろう。時には弁護士が必要になるときがある」

「はい、叔父さん分かりました。挑戦する価値があります。ここだけの話ですが、僕の意気込みは枠がないんです。ドイル博士が文学者の中でとても成功していて、その秘訣を得ることができれば、僕も客観的な心をもてるかもしれません」

ジョンは静かに笑った。


マック・ウイリアムスはロビンソン家の前庭に馬車を止めると、ドアを開け、

「だんなさま、それでは」

と快活に挨拶した。ジョンは、来客があるので八時三十分に馬車を用意しておくよう彼に告げた。バートラムは叔父の話を聞いて、期待よりも目的が先走ってしまったようで、だんだん心配になってきた。来訪の時間が迫るに従って緊張してきたが、クレアが食後にカードゲームに誘ってくれたので少し気がまぎれた。

八時三十分ちょうどに玄関のベルがなり、執事が扉へと向かった。ぼそぼそとした声が少しのあいだ

聞こえ、

「だんなさま、コナン・ドイル博士がお見えになりました」

と告げる執事の声が響くと、ドイルが応接間にあらわれた。ジョンは立ち上がり両手を広げて暖かく彼を迎えた。

「またお会いできて嬉しいです、アーサー。お元気そうですね」

とジョンは握手しながら言った。

「おお、ロビンソンさん、歳には逆らえないといいますが、あなたはまったくそんな様子がありませんね。どんな秘けつがあるのでしょうね、お爺さん！」

ユーモアのある表現で彼らは変わらぬ友情を確認した。ジョンはエミリー、クレアを紹介し、それからこういった。

「それから、もうひとりの家族を紹介させていただいてよろしいでしょうか。南デヴォンから来た甥のバートラム・フレッチャー・ロビンソンです。我が家に滞在中の優秀な青年です」

ドイルが振り向くと、バートラムと目線が合った。身長が同じぐらいなのだろう。バートラムはもちろん知らなかったが、彼らの年は十二才くらい離れていた。

ドイルは体格が良く、小粋なケープをはおり、ステッキを持っていた。ゲートルは特に目を引き、執事もそれから目を離さなかった。ズボンにあわせたベストには高価そうな鎖に懐中時計に繋がっている。趣味のよいネクタイが固く反り返った白い襟を支えている。彼の顔はどことなく田舎の紳士風で、ピンクのほほ、流行りの口髭の上に鼻がまっすぐ伸びていた。手入れされた髪の毛は彼の容姿を高めていたが、額の皺は隠せなかったようだ。帽子のてっぺんにバンドを固く締めたあとがあった。

手の暖かさ、礼儀正しいマナー、病室で診療する医者と軍人が混ざったようなしっかりした声を持っていて、それから、それから。バートラムは目の前の若き天才を賛美しつづけた。ドイルは尋ねた。

「バートラム・フレッチャー・ロビンソンさん、お会いできてとても嬉しいです。『フレッチャー』ですか、どうしてこのお名前がついたのかお聞きしたいのですが」

バートラムは答えた。

「はい。それは父のクリスチャンネームで私は誇りを持っています」

「もちろんですとも。父君も君と同じ名前で鼻が高いと思いますよ。ジョンに聞いたのですが、ジーザス・カレッジでりっぱな功績を残したそうですね。この国で最も尊敬されている法廷弁護士になれるなんて。私は本当に脱帽します」

バートラムはドイルの言葉に顔を赤らめた。ジョンは今の状況を説明する機会を逃していたのだろう。ドイルは彼の即答が遅れたのを見のがさずに続けた。

「名誉ある職業の衣を身にまとうのを嫌がっているように感じますが。もしかしたら、法律の『かつら』がイライラさせるのでしょうか？　それとも違う職業に興味があるのですか？」

ドイルの先見の明に驚き、そして彼の沈黙にせかされるようにバートラムは言葉を続けた。

「あなたが残した足跡をたどりたいと思ってます。叔父の新聞社でジャーナリストとして執筆活動をと願っています」

ドイルは眉を上げながらジョンを振り向いた。それがジョンには左の眉しか上げていないように見え、その表情が少し企んでいるように感じられた。

「勇気のある決断です。私は君を思いとどまらせようとは思いません。私の残りの人生だってペンを酷使することですし。執筆を熱望していたエジンバラの医科大の頃の自分を思い出します。強くなりなさい。負けてはいけませんよ。絶対に負けるな！」

バートラムの目にドイルは率直で、決断力があり、そして誠実な人間に写った。エミリーが話を変えた。

「ドイル博士？　リフォームクラブにいらっしゃる前にお飲物をお持ちいたしましょうか？　お夕食はもうお済みですか？」

「ありがとうございます。私はこうしていれば充分です。ああ、ジョンさえ良ければもう出掛けましょうか？」

「そうしましょう。アーサー。コートを取ってきます」

ジョンは部屋を出て、ドイルはバートラムと話を続けた。

「執筆で生計を立てたいのなら、個性のあるレポートを心掛けるといいですね。多くの雑誌が将来性のある作家にチャンスを与えています。人まかせにしてはいけません。まず自分の名前を売り込むことです」

「ありがとうございます。ドイル博士。覚えておきます」

ジョンが部屋に戻ってきた。ドイルは考えをまとめているように、扉のところでしかめ面をしながら話をつづけた。

「頑張ってください。それから、ジョンにシリル・ピアソン氏を紹介してもらうといいでしょう。『ピアソン・ウィークリー』という『ストランド・マガジン』に匹敵するぐらい創造的な雑誌を発行してます。しかも新しい。とにかく彼に会う価値はありますよ」

とドイルはジョンに微笑みながら言った。

「アーサー、それはいい考えだね！　シリルはバートラムより五才年上ですよ。私の記憶が正しければ、私が住んでいたところからそう遠くないサマーセットのウーキイ出身だったと思います。この件はまた明日話そう。それでは出掛けますか？」

ドイルは女性たちに手を振り、バートラムと何度も握手した。

「ジャーナリストとしての地位を確立している作家から励ましを貰うといいですね。軍人も戦っていますが、ペンは剣よりも強しですよ。幸運を祈っています。さようなら」

執事が彼らを送りだし、馬車の扉を開けた。そして彼らは霧のかかったガス燈の灯るヴィクトリア調の道に消えていった。残されたバートラムの目は再びクレアに釘付けになり、物思いにふけった。

その後数日間、ジョンといくつかの案を出し合いながら、実験的に行動をすすめてみようと決めた。まず「ザ・ニュース」に定期的に記事を書き、自分のスタイルとやり方を確立することだ。金銭の見返りを得るためには、記事関連の困難や締めきりで、オフィスを駆けずり回ったりしなければならない。そしてよりエネルギッシュなレポーターになるため、彼はデヴォンの実家にいったん帰ることにした。両親に報告するのだ。

数日後、御者マック・ウイリアムスは馬車からバートラムの荷物を下ろし、パディントン駅のポーターに荷物を乗せるよう指示していた。汽車からの蒸気と煙で充満し、次の出発を告げる甲高い笛の音が耳に鳴り響いた。人波に逆らいながらバートラムは大西部鉄道までジョンの脇を歩き、指定客室の開いているドアの横に立った。ジョンは彼の手を取り、

「この帰郷が将来に繋がる物だと願おう。バートラム、君はスタッフと協調できたし、新聞社で働くという基礎を築くのに努力してきた。どんな職種でもそうだが、山あり谷ありだね。ニュース記事を書くため毎日骨身を削るような思いをする。しかし新聞は売れ残ることもあるし、明日にはびりびり破かれ扉のうしろにあるかもしれないし、イギリス中の庭の隅っこに置きざりにされる。君自身の努力がドブに捨てられるようで、憂鬱になることもあるだろう」

ジョンは少しいたずらっぽく甥に微笑みかけた。

バートラムも同様におどけて答えた。

「そうかもしれません、叔父さん、でも覚えておいて下さい。最後には『ザ・ニュース』が読者を食い物にするでしょう」

ジョンはそれを理解し、笑って言った。

「そうだとも。印刷は恐ろしいくらいこすり取るからねえ」

車掌の笛は巨大な金属製の天蓋をこだまして駅の中に響き渡り、彼らの会話は聞こえなくなった。バートラムはがたがたと動き出す列車に飛び乗った。

「連絡を忘れずに。それと記事を締めきりまでに送りたまえ。じゃあ、しばらくの間さようならだ」

ジョンの最後の叫ぶような言葉は、レールの継ぎ目を車輪が通るときのゴトゴトという音と、列車がスピードを上げるときポイントの上でガタガタする音との不協和音でその言葉は薄れていった。

バートラムは窓を開けるため革ひもを引き、止め釘に穴を通して引っかけてから、快適な車内でくつろいで帽子掛けの下の絵を眺めた。サマーセット、デヴォン、コーンウェルの景色が額にの中に見えている。車窓から故郷デヴォンの景色を見るにはあと数時間ほどだろう。

バートラムはオフィスを思い出していた。いつも慌てている人たち、形が整っていないサイコロが六の目を二つだすのを待つように明日の新聞に着手している。そんな会社での出来事を思い出していた。

列車から見える風景は移り変わり、ロンドンの思い出は東海岸の微風でしだいに薄れ、彼は未知なる明日に思いを馳せた。鮮やかな緑の畑が見える、森の中の空き地に点々とする家畜に目をやり、耳慣れたカッコーのさえずりを聞きながら列車の車輪はレールの上をリズミカルに走っていった。やさしく揺れる列車は新聞社での疲れを癒してくれる。海岸や赤い砂石や御影石の崖下での釣り、シャルドンのかよわい木の橋は河口に砦をかけている。ブルーネルでのライン交換が慎重に行われ、ジャーナリストの最終目的地にむかって勝利の笛が高らかに鳴った。ガタゴトする音がゆっくりになり、待ち望んだ駅への歓迎の拍手のように有り難く聞こえた。

ポーターはすぐにバートラムの荷物を一般待合い馬車の所まで運び、乗車すると、

「どこまでかな?」

と地元デヴォンの方言で尋ねた。

「イップルペンのパークヒルまでお願いします」

彼は手綱をとりながら、

「ロビンソン学士の家だね」

「その通り」

と運転手の地元通に嬉しくなった。まもなく傾斜した屋根と高い煙突が目に入り、思い出の故郷にバートラムは辿り着いた。

「帰ってきてくれて本当に嬉しいわ」

とエミリーは安心した笑顔で言った。

家族は息子を質問で歓迎した。だが、クレアの誘惑は青年が考えていたよりももっと抑えきれない物だったのだろう。早く帰ってきて、の声が心に呼び戻ってきた。時が経つにつれて、バートラムは一秒でも我慢できない状態になっていった。

ジョセフは息子が叔父のいいつけを守り、たくさんの記事を調査し、連載の物語などで毎日追われているのが気になった。

台所の扉の所で紅茶を飲み、原稿に集中していたとき、ふと、そばにいる料理人クックをからかってやろうと思いた。バートラムはあごの無精髭を何気なくさすりながら、彼女に尋ねた。

「えっと、シャーロック・ホームズって聞いたことある?」

彼女は見上げ、きっぱりと答えた。

「仮に知っていたらどうなんでしょう?」

バートラムはしてやったりと心の中でほくそ笑んだ。「ザ・ニュース」の読者のために魅力的な記事が書けそうだ。

「僕は君が彼の本を何か一つでも読んだことがあるのかなと思っただけだよ」

クックは笑いだした。

「ふざけないで下さい。シャーロック・ホームズは本なんて一つも書いたことがありませんよ。コナン・ドイルが書いた本の登場人物なのですから。そのくらいは知っていると思いましたよ。はいお茶ですよ。お砂糖は容器に入っていますからね」

ジョセフとエミリーはバートラムの会話の質が変わっていることに驚いた。ジャーナリズムの分野のあらゆる知識が豊富になっていた。

ある晩、家族は暖炉に集まり、バートラムが新聞社での仕事について色々な質問に答えていた。アーサー・コナン・ドイル博士以外で話をする人に悪い人はいないかなどきいたが、バートラムはそれ以上深い話を避けたかったように見えた。ジョンのスタッフはジョンと話すときいつも「サー」を強調して言っていたと彼はジョンに告げた。ジョセフは驚き、

「どういうことだろう？　ジョンは君に何にもいわなかったのかい？」

「何もって、何をですか？　お父さん？」

ジョセフはエミリーと視線を交わし呆れたように頭を振って、言った。

「ジョンは一八九三年に女王の故郷のウイット島にあるオズボーンでヴィクトリア女王からナイトの称号を授与されているんだよ。ちょうど君がジーザス・カレッジで法律学士を授与されたときと同じ頃だ。両方のお祝いで混乱していたからな。しかし彼は何も言わなかったのかい？」

リバプール風に言うなら、「そんなばかな！」とバートラムは心の中で叫んだ。ジョセフは続けた。

「パディントン駅で彼の馬車を見たとき、ロビンソンと紋章があったのに気が付かなかったかい？」

叔父の謙虚な性質に驚き、また魅了された。

「どうしてナイトになったのですか、お父さん?」

ジョセフは弟の幸運の事情を静かに説明し始めた。

「弟はフリート通りで四十年近く働いてきて、今は知っているとおり地方の新聞社やロンドン中のスタッフや同僚から尊敬されて編集長として会社を導いている立場にある。これまでの期間、誕生から死まで、博物館、橋、美術館、トンネル、劇場、大量の古文書が収まるくらいの記念碑設立などすべての出来事の記事はみなジョンが書いてきたことを知っている。

そして上流階級を含め地位の高い人々と交流があった。彼の立派な人柄や礼儀正しさは君の手本になると思う。信頼され、決して恥ずべき所がなく、だから最高の褒美を頂いたのだよ。

だが、悲しいことには自分の「顔」をたてるため、評判が崩されるのを守るために卑劣な行為に走る堕落した人々もいる。他の人への恥ずべき責任転嫁をして、時には死んだ人にまで及ぶこともある。

ジョンの友達はコナン・ドイル、リフォームクラブの会員、女王の夫、生前のアルバート皇太子、ビアトリス姫、ビューフォート男爵などだ。特にRtオナラブルE.P.ボバリーは新聞社がある場所の町の名前と同じだ。作家のロバート・ブラウニング、チョコレート会社のジョージ・キャドバリーはおもしろい名前のバーンビルの村を創立した。彼は新聞業界に投資をするかもしれないが、時のみぞ知るだろう。また、チャーチル卿、息子のウインストンは彼の父より政治で将来成功するだろう。父親の話し方は不品行な行いからかかった淋病からきているものだ。

そして最も重要なのは首相のウイリアム・グラッドストーン氏だろう。彼らはみんなジョンから正確な報告を受け取った。しかしながら、時には内密にしてほしいときがあったり、プライヴェートな問題は表面化しないことを願ったりする。だが、電報局に大勢いる職員による交信や受信は仕事の上で伝言を一つ一つ傍受するし、他の目的地に内容を知らせる前に読み上げたりする。不幸なことには戦争における通信レポートの場合は、敵へ情報が流れることもある。多くのスパイは自分たちの雇い主より母国に使われていないという隠された感情があるのではないかと思う。

とにかく、ジョンは情報の伝達方法を安全にして、必要とあれば、戦場へ直接通信して、信じられないかもしれないが、特別な送信機を経由して写真でも送り、電信線で装備なども受け取ることができた。傍受は解読受信機がなければ出来なかった。

彼は競争相手も羨ましがり、報酬をつり上げて就職の引き抜きもたくさんあり、彼も幾つかの申し出には迷うこともあっただろう。しかし私もそうだか、六十五才にもなると申し出を受けるのは難しくなってくるし、昔から良く知っている環境で仕事をすることが快適なのだ」

バートラムは信じられないような父の話を感動して聞き、この先何年間もその感動は残るだろうと思った。そして自分の行動が知られたくない人からは脅かされる危険があるということもはっきり理解した。それは紳士の剣とステッキとも言えるだろう。

バートラムは今こそ戦いに挑むときが来たのだ。

第四章　恋愛と戦争は手段を選ばない

ロンドンへ発つ日がせまってくると、バートラムはこのデヴォンの景色がきっと懐かしくなるだろうとすこしばかり感傷的になった。そこで彼はパークヒルの庭で誰にも邪魔されずに、自然の美しさをゆっくり鑑賞することにした。

花壇の花は風のオーケストラの音楽にあわせて素晴らしいワルツを踊っている。まるで指揮者がタクトを振っているようだ。みつばち達は完璧な音程でハミングしたかと思うと、今度は花びらの上にとまって静かに次のリズムを待つ。葉はシンバルのようにぶつかり合って震え声で歌い、カリブ海の島の浜にうち寄せる波のような音を響かせる。そのまわりには赤や白の蝶が舞う。素敵な春の朝にぴったりのメドレーだった。花壇をとりまく芝生の緑に、タンポポのオレンジ色が映え、バラがそよ風に静かにゆれている。

バートラムはうっとりと見入った。この素晴しい庭をながめているうちに、

「種を植えるから、美しい花が咲くんだ……」

というごくあたりまえのことを思い、そして、彼は無意識に連想しはじめた。

「なくならなければ、探さない、埋められていなければ、掘り起こせない……」

そうだ！　この庭で誰かの小さな装身具や写真の入ったロケット、雑誌や新聞、あるいはその人の日常が書いてある日記が入った容器が百年後に見つかるというのはどうだろう?!

「僕がそうしてもいいわけだ！」

未来に自分を投げ出すというこの考えに、バートラムはわくわくした。彼は「タイム・カプセル」が埋められそうな場所を探しはじめた。頑丈な容器の中にヴィクトリア時代のある人物の生活をぎっしりつめこんで……その名はバートラム・フレチャー……。と、そのとき、

「あのう……ええと」

　百年先の未来から呼び戻されて振り向くと、そこには大きな白い馬を引いて砂利道をやって来るハリーがいた。

「ああ……すみません、バートラムぼっちゃん。驚かせるつもりは全くなかったんですが」

「うん。ちょっとぼんやりしていたんだ。何か用かい？」

「お邪魔をしてしまったようで……すみません。私の頭がしっかりしているうちに言っておきたかったんです」

　バートラムは、この人のいい庭師の恋愛が破局してしまったのだろうかと悪いことを考えながら、何があったのかハリーに尋ねた。

「いえ、たいしたことじゃありません。アリスと私のことですが……アリスは私の結婚の申し込みを受けてくれました。それで。まだバートラムぼっちゃまが、結婚式の付き添い役をしてくださるのかちょっと不安に……本当にしてくださるのでしょうか？　ぼっちゃま？」

　バートラムは大いに安心し、心配は笑いと握手と祝いの言葉の波にかき消された。それから気の毒なほど顔を真っ赤にしているハリーの手をとると、

「ハリー、ぼくと一緒に来てくれたまえ」

　バートラムは引きずるように彼を玄関のほうへ連れて行き、大声で、

「母さん！」

とさけんだ。ハリーは後ずさりした。

「いえ、いえ、騒ぎは困ります。たいしたことでは……」

　息子の大声を聞いてエミリーがすぐに姿を現した。

「母さん、ハリーの結婚が決まった！　ええと、いつだっけ？」

「今年の十一月十七日です、奥さま。でも……」

　エミリーは口ごもるハリーにすぐさま、

「とにかく一緒にいらっしゃい」

と言うとすでに結婚式が待ちきれない様子で、エミリーは先に立って歩いた。ハリーはきまり悪さに顔を赤らめながらも彼女についていった。エミリーは矢継ぎ早にハリーに質問しつづけながら、居間までやってきた。法律の本を熱心に読んでいたジョセフは何事かと驚いて顔を上げ、とつぜん妻が御者に夢中になった理由を知ろうと立ち上がったが、結局あきらめ二階へ上がることにした。そしてホールにいたバートラムに出くわした。

「一体何の騒ぎだ?」

と困惑する父親はバートラムに尋ねた。

「彼らは結婚するんですよ。お父さん……」

と息子は意味深長に言い、父の表情をうかがった。

「どういうことだ?!」

とジョセフは大声で聞き返した。

「ハリーと母さんじゃありません。アリスとです。彼は十一月にアリスと結婚するんです」

とバートラムはいたずらっぽく付け加えた。ジョセフは一杯食わされた仕返しはするぞと言わんばかりに息子を睨み付けながら、とにかくこの大騒ぎがいったい何なのか説明するように求めた。

ひと呼吸おくとジョセフは、自分まで巻き込まれては若いハリーが緊張するだろう、と思いやり深く言った。

エミリーはあれもこれもと次々にプランを話し、こうした行事の取り仕切りに並々ならぬ情熱を持っていることを皆に改めて知らしめた。彼女は夫が居間にもどってくると、こう言った。

「あら、あなた、そこにいらしたんですか。今年の十一月にうちのハリーとアリスが結婚するんですよ。披露宴はここでする事にしましたからね。御式はトーキーのユニオン通りにあるウェズリアン教会で挙げます。アリスにはもうウェディングドレスの裾を持ってくれる友達がいるでしょうから、私たちは帽子屋に行ってきたほうがいいでしょうね。ハリー。それからバートラム！　扉のかげで聞いているんでしょう？　二人とも仕立屋に行ってきちんとするのですよ。いつもあのひどい麦わらの学生帽をかぶりたがる誰かさんは特にです！」

ハリーはバートラムが以前この帽子をぼろぼろになるまでかぶるんだと言ってたことをエミリーに告げそうになったが、口をつぐんだ。そしてエミリーがしようとしていることに一体どれくらい経費がかかるのか考えた。

いずれにしてもアリスは、今週の日曜の午後にはハリーを通じて、ロビンソン一家が華々しく披露宴を行う計画なのでその相談にくるよう招待を受けるはずだ。バートラムが仕事で式に出席できなくなる可能性もあるので、予備の日も考えなくてはならない。なんとしてもバートラムには結婚式に出席してほしかった。

活気あふれるパークヒルをあとに、若き新聞記者バートラムはロンドンへ戻った。

パークヒル全体が結婚式に向けて動き出していた。ハリーはウェバーの温室で、夏の花々を季節はずれの十一月の結婚式のときに満開にさかせようと、自らの仕事に励んでいた。屋敷は想像以上に忙しくなり、そのにぎやかさはハリーを時々閉口させた。イップルペン全体が興奮に渦巻いているようだった。

一方、ロンドンのケンシントン、アディソン・クレセント四番地、叔父一家はバートラムのニュース社への仕事復帰を大いに歓迎し、長く勤めつづけて欲しいと言った。

ジョンの妻のエミリーは、夫が仕事のことで外部からの重圧に苦しんでいることをバートラムに告げた。そしてバートラムが会社に加わることでジョンに力を与え、彼をささえて欲しいと彼女は望んでいた。もちろんバートラムもそのつもりだと叔母に約束した。

叔父一家の中でも特にクレアは、バートラムが戻ったことを心から喜んだ。彼がロンドンを発つ前に覚えていたクレアとは見違えるような、魅惑的な若い女性になっていた。上品な立ち振る舞いや一段とおとなびた姿は、彼を圧倒した。今彼女から誘われたら、以前とは違った反応を示しただろう、と彼は思った。二人とも一緒に成長し、大人になっていくという共通の思いが、心情的に二人を遠ざけていたようだ。今クレアは、友達としてのつきあいを、より深めたいと熱心に望んでいる。いずれにしても、バートラムの未来は光にあふれ、そしてクレアは素晴らしい友人として存在していた。

その夜ジョンが帰宅すると、叔母の心配していたとおりだった。バートラムは彼女にそっと目で合図をおくった。ジョンの顔には編集の仕事の疲れで深い皺が刻まれていたが、バートラムの到着が大変嬉しかったようで、心から彼を歓迎した。暖かい握手と微笑みで再会を喜びあい、ジョンはバートラムが会社に戻ってくれたことを感謝した。

バートラムは叔父がナイトの称号を授与された時のことを尋ねた。ジョンはジョセフがバートラムにもう話しているだろうから、その話をする必要はあまりないのではないか、と思ったが手短に話してくれた。ジョンはいつの日かこの甥が自分の後を継いでくれるのではないかと期待していたのだろう。

夕食後暖炉の周りに座ると、ジョンは話しはじめた。

「そう、ちょうど私はリフォーム・クラブから家に帰るところだった、一八九三年の五月三十一日の夜だったよ。ウェイターが私に手紙を持ってきた、かの有名な銀のトレイに乗せてね。何かの間違いかと思ったが、封筒には王室の紋章が付いていて、宛名は私だ。手書きの手紙にはこう書いてあったんだ。『親愛なるロビンソン様、女王陛下より仰せつかり、貴殿がナイトの称号を授与されることを、ここにこうしてお知らせできる事は、私の喜びであります。女王陛下の仁慈深い御認可のもと、お知らせ申し上げる次第です。敬具　W・E・グラッドストーン、首相』

この手紙をもらった夜は眠れなかった。私は辞退するつもりだった。戦争の手柄で賞をもらうことは断るつもりでいたんだよ。新聞の仕事はやりがいがあったからね。だがエミリーはナイト爵位を受けることで、報道の世界で何かと都合の良いことがあるだろうと言ったんだ。そしてそれは英国にとっても大きな利益となるし、給料も増えるとね。そして最後にエミリーはこう言って私を説得したんだ。

『レディー・エミリー・ロビンソンと呼ばれる妻をもつという栄誉は欲しくはないの？　女王陛下のお望みや、陛下の家臣である首相、そして妻の望みを断るというほど勇敢なら、もうそれだけでナイト爵位をうけるべきだわ！』

とね。これには参ったよ！　そういうわけで、私は翌六月一日に、丁寧に感謝を述べた手紙をグラッドストーン首相に送った。爵位を受ける人の名前はすべての新聞に発表されていたからね、お祝いが殺到したね。

授与式は八月十一日だった。この日、同じく爵位を受ける人たちと一緒に、式に出席するためにウォータ・ルー駅を出発したんだ。旅程は前もって協会がおくってくれていたからね。ポーツマスまでは鉄道で行き、そこで我々十七名は女王陛下の船、ファイアクイーン号に乗ってワイト島に向かった。そこから王室用の馬車でオズボーン宮殿に行き、テニエル卿が「インドの間」での昼食会に先だって概要を説明してくれた。

「インドの間」は美しい、とても立派な部屋だったな。真珠色の天井、渦巻形の装飾、金銀の線細工の装飾もほどこしてあったね。そのあと向い側の部屋で、カモイ卿から授与式に必要な礼儀作法の説明があった。

それから我々は、補佐官に名前を呼ばれると一人ずつ、部屋に入って行った。補佐官が私の名前を呼び、前に出るように合図した。

十二歩くらい前に玉座があり、そこにはヴィクトリア女王ご自身が座っていた。女王陛下は心奪われるような微笑みを浮かべていらっしゃった。私は教えられたように近づき、お辞儀をした。ビロード製の豪華な玉座の横にクッションが置いてあり、その上に片方の膝を突くと、立派な剣が私の両肩にそっと触れた。私は教わったように右腕を陛下の方に差し出した。陛下は私の手を取り、私は陛下の手にキスをした。口ひげがちょっと邪魔だったね。女王陛下は、

『ジョン・リチャード・ロビンソン卿、立ち上がれよ』

と仰せられた。私は立ち上がり、ナイト爵位を与えられ、そのまま後ずさりする格好で引き下がった。何も言わずにね！　報道の仕事をしている身で何も言わないというのは、少し変な感じがしたもんだ。その後私たちは廷内の庭をぶらついて、お互いを、『何々卿！』と呼び合っていたよ。今思い出すと、庭の花壇などは、ウィンザー城の庭よりは見劣りがしたな」

「費用はどのくらいかかったんですか？」

とバートラムは尋ねた。

「八十ポンドくらいはかかってしまうだろうと思われていたが、実際はそれほどかからなかったな。二十六ポンド八シリング二ペンスという、手頃な額だ。もちろん全員気持ちよく払ったさ。

まあ、問題はそのあとの事だね。人々の私に対する態度が変わってきたんだよ。「ロビンソンさん」だった私が「ロビンソン卿」になったのだからね。礼儀以上のことをしてくれるということもよくあった。私が近づくと文字通り、ドアが開いたし。まったく予期しなかったことだが、私の世界が信じられないくらい変わってしまった。

個人的な嫉妬がそれまでの安定した信頼関係をすっかり壊してしまって、今ではこれがストレスになっている。昨日までの競争相手が今度は高い給料で私を雇おうとしてきたり。例えば、テレグラフ紙の編集長からそう言われたよ。もう一つはスタンダード紙からだ。どちらの新聞社も、編集長がロビンソン卿という名誉ある名前なら、もっと儲かるかもしれないと考えたのだね。二つともフリート通りにある大手だが。

しかし私は、そんなことをしても何にもならないと固く決心していた。そのままニュース紙のマネージャー兼編集長として残る方が、もっと自由が許されていたからね。だがそれも間違っていたのだ。嫉妬は相変わらず続いた。編集長としての私の地位が危うくなってきて、とうとうローズベリー卿が挑戦してきた。彼はドイル博士と同様、次期国王エドワード七世の友人だ。

彼が、まったくの素人であるエドワード・T・クック氏を編集長に任命したんだ。タイムズ・ニュースペーパー紙の編集長のモバリー・ベル氏が、この人選を辛辣に批判した。ベル氏はローズベリー卿に対して皮肉を込めて、こう書いた。

『私は貴殿を羨ましく思う。なぜなら貴殿はこれ以上悪いことは起こらないという確実なところから始めるのだから』

とね。私はもうあきれてしまって、永年勤めたニュース紙の編集長と経営責任者を辞めるつもりだった。怒りをぶつける相手もないまま仕事をとりあげられて、私は落ちぶれていくのだろうかと思ったよ。

もう引退する時が来たんだね。あとはバートラム、君のような人物に基礎をしっかり建て直してもらいたい。そしてより高い栄誉を勝ち取って欲しい、君たちの新しい視点でな」

バートラムは頷いた。叔父の告白を聞いて、バートラムの顔には心配そうな表情が浮かんでいた。叔父の話の中でいくつか判らない部分もあったが、それでも叔父の言葉に経験者の深い思いを感じ取っていた。しかし、すぐにまた「変化の風」が激しく吹き荒れるのだった。

遠く離れた南アフリカでボーア戦争が起こり、不当なやり方がまかり通ることになるのだ。今度の風はその時の英国政府のあこぎさが原因だった。英国のリベラル派がコントロールを失い、保守派を一掃することができなかったことが戦争の原因だ、とその後の歴史が語っている。首相の指導力をめぐって非難が高まった。無能な大英帝国軍が、あいも変わらず銃や大砲を使った武力闘争に固執し、日の照りつける、うだるように暑い異国の地で何千もの兵をみすみす死なせてしまったからだ。これらの問題は無意識のうちに、この若い新聞記者の将来の課題となっていった。

新聞社がバートラムに外国関連の報道という、新しい分野でその腕前を発揮して欲しいと魅力的な誘いをしてきたのだ。

この劇的な変化に身を任せることによって、バートラムは彼の望んでいた作家としての将来を手に入れる可能性と富に巻き込まれることで、欲の強い男たちの羨望を集めてしまうのだった。

ハリーとアリスの結婚式が近づいていたが、バートラムは叔父を助けることで頭がいっぱいだった。ジャーナリストとして仕事は順調で彼の記事は次々と成功を収めていた。特にニュース紙では、バートラムの書いた記事はトップから最後まで、ちりばめられていた。

ある時、ドイル博士のアドバイスで「ピアソン・ウィークリー」誌の経営戦略について、ピアソン氏と面談する機会ができた。この雑誌はどこの売店でも手に入る大手の雑誌だったが、リスクをさけるため、新しく社員を採用することはピアソン氏は今のところ考えていないようだった。だが氏は、カッセル・マガジンでバートラムのような記事を書く人を欲しがっているようだ、と教えてくれた。バートラムは喜んでその足で面接に行き、そして彼のキャリアは大いに認められ、ヨーロッパ通信員としての素晴らしいポストが約束された。彼の未来には成功が待ち受けているよう見えた。しかしそれは間もなく「二重の意味」を持つことになるのだ。

バートラムは完全に自立できるようになるまで、アディソン・クレッセントの叔父のジョンのところで世話になるつもりでいた。

ジャーナリストの仕事は大変きつく、時にはのんびりと過ごしたくなることもある。そんなとき、彼は近くの公園でゆっくりくつろぎ、疲れ果てた脳細胞を回復させ、元気を取り戻すようにしていた。それにのほほんとした園内の散歩は気持ちいい。それに庭園には目の肥えたバートラムだったが、この公園の庭師の技術には目をみはるものがあった。色とりどりの花が咲いた花壇は手入れが行き届き、そよ風の中で感じる花の香りはとても芳しく、斬新なトピアリーのデザインも彼を引きつけた。

その日、バートラムは外出用の黒いオーバーコートを着てシルクハットといういでたちだったが、このうららかな陽気では、汗をかくほどになってしまい、見晴しのよさそうな木陰のベンチでひと休みすることにした。まわりは黒い鉄製のアーチで取り囲まれた芝生になっていて、見事に鳥のかたちに刈り込まれたトピアリーも鑑賞することができる。芝生の中にはゆるやかなカーブをえがいた遊歩道がみえる。新鮮な空気を求めて運動する人々や英国紳士たちがおたがいの会話に深い敬意をはらいながらゆっくりと歩いている。人々はヴィクトリア時代の礼儀作法に従って、微笑みを浮かべうなずきながら、そして紳士たちはシルクハットにかるく手をふれ、ていねいにおきまりの挨拶をかわしていた。

ご婦人の二人連れもいる。まるで芸術作品のような上品な靴を履いて、軽やかに歩いている。彼女たちのドレスもまた素晴らしい。靴屋に勝るとも劣らない、仕立屋の芸術作品だ。

一方、バートラムはさきほどから鼻のまわりを飛んでいるミツバチを追い払おうと躍起になっていた。

彼女たちは不思議そうな顔をしてバートラムを見ていたが、彼はまったく気がつかなかった。彼女たちがちらちらと彼を見たとき、彼の視線もちょうどご婦人がたをとらえた。近視が遺伝したことは良いことではない。彼はなにげなく眼鏡をはずして拭き始め、眼鏡をかけ直して彼が見たものは……彼の方に近づいてくる……これまでに目にしたこともない、夢のように美しい女性が歩いている光景だった。バートラムにとって、特別な女性との初めての出会いだった。

彼女の母親と思われるもうひとりの女性は彼の視線に気がついたようだ。娘の方は自分の崇拝者がいることなど知らず、母親に向かって公園の美しさを屈託なく話していた。彼女は二十代、だいたい自分と同じくらいの年だろう、とバートラムは思った。とてもスタイルがよく、女性らしいしぐさは魅力にあふれている。強力な磁石が鉄を吸いつけるように、彼は彼女のすがたから目がはなせなくなった。

母親は娘と会話を続けながら、娘の注意を崇拝者が座っている方向に向けたようだ。ベンチに座っている背の高い紳士が、締まりのなくなった口元で、歯並びのいい歯をすっかり見せてにっと笑い、明らかに出会いを望んでいるという様子に興味をもったのだろう。バートラムに聞こえるように母親は、

「グラディス、ご覧なさい。向こうの花壇はもっと素敵よ！」

と言った。

グラディスは振り返り、彼の向こう側にある花壇に目を向けると、ほとんどバートラムを直接見ているような状態になった。

この瞬間二人に衝撃が走った。グラディスがパラソルの中で扇を取り出し頬を冷まし始めたところ

をみると、彼女にとってもこれが男性との初めての出会いだったようだ。ピンクにそまった頬は肌の白さを際だたせ、柳枝で編んだつばの大きな帽子の下で、亜麻色の髪が揺れている。帽子の編み目からこぼれる日の光が、胸や肩の辺りで踊っていた。白鳥のような首には、黒いチョーカー・リボンが巻いてあった。その上に輝く真珠の首飾りを、バートラムはもっと近くに寄って見たくなった。胸の開いた白いブラウスは、縁に優雅なレースが付いていて胸や肩を飾り、下の方は細くなっている。くびれた腰から満開の花のようにスカートが広がり、足首と靴がときどき覗いて見える。身長は一七〇センチぐらいか、バートラムはおよそ一八八センチ、背丈はちょうどいい。

彼女たちは、彼の座っているベンチの方へだんだん近づいてくる。胃がしめつけられるようだ。のどがからからに渇き、まるでなめし革のように乾ききって砂漠に倒れ込んだ気分だ。

グラディスの母親は歩きながら、パラソルをかしげ、ほとんど失礼と言っても良い程、長い間バートラムに微笑みかけた。彼は催眠術にかかったようにじっと見ていたが、ぐっとつばを飲みこみ、

「お近づきになるんだ！　バートラム！」

と心の中で叫んだ。立ち上がろうとしたが、グラディスが近づくにつれて足はゴムのように力がはいらなくなり、シルクハットを持ち上げようとしても、野蛮人のように帽子をきつく握ってしまう。

「こんにちは」

と言おうとして、やっとよろよろ立ち上がったが、彼女との距離はわずか二、三メートル。グラディスと目が合った。彼女がまとっている官能的な香水で興奮したミツバチがブンブンと飛び回り、バートラムはどうしてよいかわからなくなった。この場の雰囲気を察したグラディスの母がやさしく、

「こんにちは」

と声をかけた。バートラムは返事をしようと口を

開いたのだが、

「くっ、んぐっ」

と、ひからびたうめき声しかでなかった。彼は恥ずかしさでいたたまれなくなり、彼女たちは静かに笑いをこらえることになった。しばらく間があり、母親はグラディスに向かってさり気なく言った。

「明日の午後にはあの殿方も声を出せるかもしれませんね、グラディス？」

バートラムは興奮で喉はまだからからだったが
「明日の午後だって？　よし！　もう一度チャンスがあるんだ！」

と嬉しくなった。

彼はこの挑発的な親子がゆっくりと野外音楽堂の方に歩いていくのを、ほんのすこし悔やみながらながめていた。腰がくねくねと小刻みに揺れている。彼はその動きの一つ一つを、じっと見つめていた。ああ、道を曲がったら彼女たちはもう見えなくなってしまう、と思った瞬間、グラディスが振り向き、肩越しにまっすぐ彼を見つめた。そして二人とも彼の視界から消えていった。

「ああ、これが恋なんだろうか？　明日の午後だ。どんなことがあってもここに来るぞ！」

気落ちしていたものの興奮さめやらぬ若い新聞記者は、そう決心していた。

バートラムは「英国の公園における若い男の考察」の第一章を書き始めたくてうずうずした。

夕食が終わると、バートラムはいつもより早めに食卓をはなれた。彼にしてみれば、そんなに気にとめるほどの行動ではないつもりだった。

バートラムは早く二階に上がってペンをあやつり、高まる自分の想いを何もかも原稿用紙に吐き出してしまいたかった。彼は、いままで眠っていた恥知らずで享楽的な言葉を思い浮かべて、どんよりとした目をしていた。特別な女性と出会うことで、彼の中で目醒めてしまった至福の香りの深い感情。それを解放する鍵はその女性だけが握っている。

バートラムが部屋から出ていき、ジョン、エミリー、クレアは居間でくつろいでいた。

ジョンが部屋を見回すと妻と目があった。

「どうかなさいました？　ジョン？」

とエミリーは尋ねた。

「私たちの甥は突然人が変わってしまったのだろうか。それとも働き過ぎなのかな。どう思う？」

とジョンが言うと、エミリーは、

「何でもありませんのよ」

とまるで知ってるように、微笑みながら答えた。

「きっと公園の花が若い男性の心にも変化を起こして、突然春が来たんでしょうね。そしていずれ花が咲く……それだけのことでしょう」

ジョンは黙って頷いた。そしてしばらく考え事をしていたようだったが、何も言わなかった。

クレアは、すっと立ち上がり、床を強く踏みしめて扉をバタンとしめ、部屋から出ていった。ジョンはパイプを暖炉のマントルピースのふちに何度も打ちつけていた。パークヒルの紳士たちも驚いたときによくやる悪い癖だ。クレアの秘めた思いに初めて気がついた二人は、何も言えず黙っていた。

エミリーは立ち上がり、クレアのあとを追いかけた。泣きじゃくった涙のあとがクレアの部屋まで続いていた。エミリーはクレアの肩を抱きながら言った。

「そうね、クレア……」

母親は慰めの言葉をつづけた。

「女は最初に試着したドレスを買ったりしないわよね？」

翌朝は素晴らしい天気だった。若いバートラムの心もすっかり春が来たようだった。素晴しく上機嫌で、だれかれなく使用人にも笑顔を振りまいた。叔母のエミリーの頬には、バートラムが出がけにしていったキスのあとが、まるで印を付けられたように、くっきりと残っていた。

午前中は期待で胸が張り裂けそうで、何度も時計を早回ししたい衝動に襲われ、一秒、一秒をたまらない思いでやり過ごした。そしてやっとお昼やすみになり、バートラムは社を飛び出した。ふと詩の一節が思い浮かんだ、

「器」のなかには果物がたくさん、
でも、愛しいひと、僕にはあなただけしかみえない
ああ、もし君の愛が、食前酒のように
僕のまえに差し出されたら
僕は　飽くことなく　君を堪能しつづける

早めに公園に着くと、幸運にも昨日のベンチは空いていた。どうやらさい先は良さそうだ。バートラムはベンチに腰かけて、通り過ぎる人たちを目の端にとらえながら、新鮮な空気をゆっくりと楽しんでいた。天候は少し怪しくなってきたが、それも彼の幸運の一つだった。

昨日のご婦人たちはどの方向からやってくるのだろうか。もしかしたら、興奮で目が眩み、彼女たちに気がつかなかったのかも知れないと心配になった。

バートラムは父からもらった家宝の懐中時計を、チョッキのポケットから取り出した。凝った模様が彫ってある蓋をあけると、ローマ数字がならんでいる。一時三十三分だ。そっと蓋をしめて時計をしまうと、バートラムは昨日の母親の言葉が本気だったか心配になった。いつものように紳士たちはシルクハットを軽く持ち上げ、礼儀正しい機械的な挨拶をかわしながら通りすぎ、話し声はだんだんと遠のいて聞こえなくなる。ゲームはふりだしに戻ってしまったのだろうか。まったくじれったい。昼休みが終わってしまう。ふたたびポケットをまさぐり、時計を取り出してみる、一時四十九分だった。金色の鎖でしっかりチョッキに取り付けてある懐中時計を、ゆっくりとポケットに戻した。

とうとう太陽は姿を隠し、空は灰色の大きな雲で覆われた。だが暑さは相変わらずだ。おそらくこの日の午後は天候が変わりやすかったので、公園の散歩には向かなかったのだ。彼は急いで仕事に戻らなくてはと思いはじめた。

がっかりしたバートラムが、帰ろうとして何気なく公園を見回すと、信じられないことに、反対側の道四、五十メートル先に二人連れのご婦人がゆっくりと歩いているのが見えた。

彼は目を凝らし、顔をゆがめて必死に見たが、はっきり見えない。

「くそ！　この近眼め！」

と心の中で悪態をついた。二人は実にゆっくりと歩いてくる。ところどころで立ち止まり、花や植え込みを鑑賞しているらしく、そのためにバートラムには細かいところがはっきり見えなかった。彼女たちに釘付けになっていたため、バートラムは自分に向けられた

「こんにちは」

という人々の挨拶をわざと無視した。二人から注意をそらせたくなかったのだ。ゆっくりと、おそろしくゆっくりと彼女たちは彼の方へ近づいてくる。昨日と同様に美しいドレスを着ているが、同じドレスではない。そのためじっくり見てもなかなか彼女たちだという確信が持てなかった。

それから、そのご婦人たちは、バートラムの方に向かってまっすぐ歩いてきた。

「昨日の二人だ！」

バートラムの心臓はどきどき鳴り始めた。喜びでどぎまぎしているバートラムに二人はきっと気づくはずだ。空はすっかり黒い雲におおわれていて、公園にはもう誰もいなかった。バートラムのズボンのおしりには鉄のベンチの痕がくっきりついている。

「僕に気づいてくれ！」

とバートラムは願った。

二人は公園の花壇がどうとか、あれこれと会話を

続けながら遊歩道が交差しているあたりで、さらに先へ進むか、彼のいる方へ歩くか、考えているようだった。何を迷っているのだろうか。バートラムは自分の方へ歩いてきて欲しいと願い、その願いはグラディスに届いた。グラディスは彼の方を選んだ。二人はだんだんと近づいてきた。

彼女たちがはっきり見えた。バートラムは内なる声を聞いた。

「行け、バートラム！　今だ！」

彼は立ち上がってシルクハットを取り、はっきりした声で言った、

「こんにちは！　またお目にかかれて光栄です、偶然ですね！」

二人は彼の前でぴたりと立ち止まり、かすかに驚いたようにグラディスの母親が言った。

「あら、今日はとても大胆ですこと。お声のほうはもうよくなられたようですわね」

昨日のグラディスのように頬を赤らめたバートラムを見て、二人は笑いながらも、まだ少し驚いているようだった。だがバートラムが持ち前の明るさでクスッと笑うと、たちまち二人ともつられて笑った。

母親のヒル・モリス夫人がグラディスを紹介した。そして彼も自分はバートラム・フレッチャー・ロビンソンだと自己紹介した。

ヒル・モリス夫人はロビンソンの名が身分のあるものと知っていたようで、詳しく知りたがった。

「ロビンソンさん？　もしかしてジョン・ロビンソン卿のロビンソンさんかしら？」

と彼女は尋ねた。

「はい、それは叔父です。素晴らしい人です。今、私は彼の家に滞在しています。この近くのケンシントン、アディソン・クレセント四番地です」

と彼は答えた。この瞬間魔法がはたらき、彼女たちがバートラムに関心を持ったことはあきらかだった。

その時、突然、天を引き裂くような激しい稲光と稲妻がおこった。神はこの恋を楽しんでおられるのか？　グラディスは恐ろしさに震え、ヒル・モリス夫人は白い手袋をはめた両手で耳をおおった。

「母は雷が苦手ですの」

と同じように雷を怖がっているグラディスが言った。雨がぽつぽつ降りはじめ、すぐに彼らの周りの歩道は激しい雨に襲われた。

「急ぎましょう、こちらへ！」

とバートラムは大きな声で言った。

「あの野外音楽堂で雨宿りしましょう！」

彼らは走って野外音楽堂の方へ行き、数分後には木の階段をなんとか登って天蓋の下に逃れた。彼らの頭上の天蓋には、雨が激しく打ちつけていた。公園は雨のしぶきで煙り、何も見えなくなった。乾いた土は泥の水たまりになり、雨水は近くの排水溝に向かってものすごい勢いで渦巻きながら流れていた。

屋根に打ちつける雨音が激しく、お互いの声が聞き取れない。稲光が幾すじもの線になって天から降ってくる。雷の爆音がとどろき、彼女たちは背の高いバートラムの脇にすり寄った。彼が腕を回して自分たちを守ってくれるだろうと考えたのだ。

三人一緒だったが、一人一人がそれぞれ別の思いを膨らませていた。

グラディスとバートラムは見つめ合い、おたがいが魔法の魅力を持っていることを確信した。二人は相手への賞賛の思いで、彷徨うような視線を交わしていた。こういうことは普通はもっと後に、二人が恋人同士という関係になった時に見られるものだ。

ヒル・モリス夫人は二人の様子を見ていた。震える手、微笑み、愛撫するような視線。グラディスは非の打ちどころのない娘だ。でもこの背の高い、家柄の良いハンサムな若者の出現はあまりにも突然だった。娘はすっかり無防備になっている。二人の間に流れる空気は刺激的で、雷の音すら耳に入らないようだった。

　バートラムが、法廷弁護士として法律にも詳しいと聞いても、ヒル・モリス夫人の表情には何の変化も見られなかった。目の前で自然に逆らわない二人の行動を見せつけられたのだから無理もない。母親の心持ちも知らず、グラディスは、すぐにバートラムに住所を明かした。メリルボン、ベーカー通り、ゴーフォード通り三番地。お互いに近いところに住んでいることが分かった。

　グラディスの父親は有名な職業画家で、名前はフィリップ・モリス、王立美術院の会員だ。王室とは深い関係にあり、絵を数点納めている。この十年間は王室の壁画を担当し、収益が大きかったという。しかしここ数年は体力が衰え、今は健康状態も良くないようだ。

　おそらくこれがヒル・モリス夫人の一番の心配事の原因だった。もしこのまま夫の病が治らなくて収入が途絶えたら、あるいは夫の不動産からの収入が途切れたら、果たして将来この優雅な生活を維持していけるだろうか。そのことを夫人は心配していた。

　彼女たちはこれまではリージェント・パークに行っていたが、ハイド・パークの苗木畑やサーペンタイン湖を探索できるので、つい最近この公園にやってくるようになったらしい。そして、グラディスとバートラムはここで出会い、お互いの気持ちを絡み合わせることになったのだ、これほどまでにはっきりと、成功裏に。

　時間がたち、嵐もおさまった。仕事にもどる時間はとっくに過ぎてしまったが、バートラムは二人に明日からもまた続いて会うことを約束をした。グラディスを心配して、母親のジェーン・ヒル・モリス夫人が当然つきそってくることは承知していた。母親として、彼が娘の相手として教養の高い、育ちの良い求愛者かどうか見定める必要があった。

　バートラムとグラディスはますます親しくなって

いき、どんな問題があっても二人の関係が変わることはありそうもなかった。

一つ問題なのは、心を痛めているクレアだった。クレアの母親エミリーは、これは避けられない運命なのだからと言ってクレアを慰めた。またエミリーは時が経つにつれて、バートラムとグラディスは多くの共通点があり、結局二人の結びつきはそれで強くなったのだと思った。

バートラムがロンドンの叔父の家に戻ってから数ヶ月がたった。彼が「カッセル・マガジン」に書いた記事の鋭い洞察力と冷静沈着さにたいし、多くの読者から賞賛の声が届けられた。売店ではこの雑誌を選ぶ人が多くなり、その結果毎週の売り上げがどんどん増えていった。

これを知った編集長はさらに読者の興味を引くための新しい企画会議を開き、検討することにした。管理職の全員一致で提出された企画案は、都会派の読者を対象に田舎の自然について記事を書く、というものだった。

野原を馬に乗って駆けめぐる、あるいは猟犬や小型犬と一緒に飛び跳ねる、記事を読んでそうした気分を楽しんでもらう、という企画だ。

バートラムはこの企画は自分向きで、デヴォンについて書いた原稿を見せるいいチャンスだと思った。結局会議ではバートラムの原稿から多少変化を持たせ、南デヴォン、ダートムアの自然の遺産というテーマで記事を書くことが決まった。

偶然にもバートラムは「栄えある付き添い人」のため十一月にロンドンからデヴォンに行くつもりでいたのだが、会社がノーと言うはずはない。さっそくバートラムはイップルペンの郵便電報局に電報を打った。デヴォンに帰るのは十一月十二日だ。トーキーで今年一番の大きな結婚式になるだろう。準備はいろいろ大変だろうが、細かいことはこの日にはっきりする。バートラムはサヴィルロー（高級紳士服の仕立屋が多いロンドンの街路）のスーツを着ることにした。

　十一月十二日がやって来た。パディントンから出発したロンドン急行はものすごい蒸気を出しながらニュートン・アボット駅に到着した。汽車にはそうとう負担がかかっており、整備点検が必要だった。機関手は問題がわかっていたようで、蒸気圧のバランスを調整するために、大きな柱状の蒸気を空に向かって放った。プラットフォームのプリマス側の端はとつぜん濃霧におおわれたように白い蒸気が充満し、人々は耳をつんざく汽笛の音に耳をふさいだ。子供達は悪魔がやってくると思って怖がって泣き出し、大声でわめきちらす。プラットホームは混乱の不協和音で耳が聞こえなくなりそうだ。

　親とはぐれた子供が人の影の方に向かってむやみに走って行く。ポーターが叫んでる。だがサイレント映画の俳優のようだ。蒸気で見えない機関手に向かって、身振りで怒りを表していた。機関手はなんとか爆裂を避けようと、必死で蒸気を調整している。

　二十メートルほど先の駅の前庭には、出迎えの馬車がたくさん止まっていた。なかなか到着しない客を待って、それまで退屈そうに客をじっと待ってた馬たちは大きな汽笛の音で、恐ろしさに怯え、前足を空中高く掲げ、宙をひっかいた。

　御者が目を離した隙に、最初の二頭が鼻を鳴らし、息を吐き出し、嬉しそうにいないないた。そばにいた婦人たちは驚いて話をやめた。

　一頭が駅の前庭からクイーン通りにつながる道に突進すると、その後ろにむれをなして何台もの馬車や荷車が続いた。馬車にはそれぞれ持ち主が区別できるように、さまざまな絵や文字が書いてあった。

　ローマ時代の闘技場レースがヴィクトリア時代にとつじょ開催されてしまった。それも一般の道路で！　ローマ時代と違っていたのは、叫び声は応援ではなかったことだ。最初のまがり角はクイーンズ・ホテルの脇だ。人々の悲鳴は、最初の馬車がコントロールを失って、通行人や道路脇に停まっている馬車を襲うのではないかという、警告の叫び声だった。馬たちは最初の左まがりの角にさしかかっていた。まがりきると馬車は体勢を立て直し、ますますスピードを上げて一直線に道路を駆け抜け、上下にゆれながら猛然とはるか向こうの中心地の方へ暴走していった。まるでロバの競馬だ。いやそれよりひどい。

車輪がいろいろな物を破壊していくにつれて、女性たちの悲鳴や叫び声はどんどん激しくなった。スポークが飛び、立派な二頭立て四輪馬車の車体のかけらがはじき飛ばされる。貸し馬車、農家の荷車、街灯のはしら、つぶれた野菜、形の失われたシルクハットなどが見るも無惨に通りに散らばっている。壊滅状態の通りには、馬の足跡や滑った跡が残されていた。色々なものが壊されてバラバラになったその横で、正気を失い、呆然とたたずむ人もいる。少し離れたところにいる通行人たちは、青白い顔であわれみの声を上げる。気絶する人、窓や壁にもたれかかる人、早く何とかしなければ、とあえぐ人。

馬の暴走は銀行の前で止まった。アッという間の出来事だった。皆ほっとして馬の方を見ると、黒い馬が踊り跳ねていた。普段は信仰を持たない人たちも、クイーン通りのグランド・スピアード教会へ行き、いままで否定していた神に感謝の祈りを捧げ、信仰を固め、次の日曜日に教会へ来ることを約束し、その証拠として献金箱に感謝の献金をした。

しかし、頭の良い何頭かの馬が馬車をつけたまま銀行を駆け抜け、大惨事となっていた。馬車は上下左右に傾き、車輪が一つだけで走り、まるでただでサーカスの曲芸を見ているようだった。馬は充分息を吸ったかと思うと、時計塔の方へ一気に短い距離を進み、塔に衝突して止まった。激しく息を吐いている様子は、まるで今飛び出してきた駅の汽車と良い勝負だ。それぞれ誰が一等か決めるように、耳を咬み合って激しい小競り合いを続けていた。どこを見ても壊れた馬車、車輪、残骸、衝撃を受けた人々だらけだった。

皆信じられないという様子で、あたりは静まり返っていた。恐ろしい殺戮のあとを見回して指さしたり、小さな声で話していた。

すると通りをやって来る馬の足音が、カッポカッポと聞こえてきた。よく目だつ濃い緑色の馬車が見えた。車体は丁寧に磨かれて、ぴかぴか光っていた。車体には金の細い縦じまの模様がついていて、上品な曲線を強調している。まさしく上流階級にふさわしい乗り物だ。馬の頭には羽根飾りがついている。胴体に付けられた真鍮の飾りがキラリと光り、細身の健康な身体によく似合っていた。高い席にすわっているその御者は、たくみにしかし穏やかに通り道を選び、正確に残骸をよけて進んでいた。

その馬車の中では身なりの良い紳士が、ピットマン式速記で、今見たことをジャーナリスト用のノートに注意深く書き留めていた。題は「地方の町デヴォンの死の通り」だ。

バートラムはイップルペンのパークヒルの門をくぐる前に、カッセル・マガジン社に送る記事をほとんどすべて書き終えていた。思わぬ事故だったが、彼にとってはついていた、と言えるだろう。バートラムはこれでハリーの結婚式を、仕事の心配をしないでゆっくり楽しめるのだ。

「デヴォンはすばらしい！」

そう考えながらバートラムは革張りの真新しい馬車から降り立ち、両親に挨拶をした。

一八九四年十一月十七日の朝がきた。乾いた寒い日だった。ハリーはスーツに身をつつみ、皆の羨望の的となった。興奮でハリーの下唇はぶるぶる震えていた。彼の服装の準備をしたエミリーは、「ハンサムな野獣」と言ってハリーをほめた。これにはバートラムも賛成した。

「本当にそうお思いですか？」

と彼は尋ねた。

「ぼくが冗談言ったことがあるかい、ハリー？」

「ええ、何度もですよ」

「いいかい？　ハリー。僕らが君に冗談を言ったのは君の長い婚約期間に対してだけだよ。シャルドン橋より長かったね」

「ええ、そうですね。それでこんなに緊張してしまうんですね。何か言って下さいよ」

「さあ、憂鬱そうな顔をしちゃだめだ。トーキーのアリスもきっと同じ気持ちだよ。不安がっているに決まってるさ。ドレスや花や招待客や、教会の結婚式のことも心配してるよ。でもね、誰にでも、犬にだってこんな晴れがましい日があるよ」

「犬ですって？　どんな犬です？」

「おいおい、単なる比喩だよ。そろそろ馬車に乗って教会へ向かった方が……どうぞこちらへ」

エミリーの淡いローズ色のドレスと白いアクセサリーは完璧だった。バートラムはチャコールグレーの燕尾服に細い縦縞のズボン、シルクハットという服装だ。ジョゼフの服もバートラムによく合っていた。式や披露宴に出席しない召使いたちも、それぞれ一番上等の服を着た。誰もがカーネーションを付けていた。ハリーが温室で一生懸命育てた花だ。これはハリーの努力に対する皆の特別な思いを表していた。

ウッドフィールド通りでは、アリスが雇い主の助けをかりて身支度を整えていた。友達が協力して、似たような決まり文句で、緊張した花嫁の気持ちを落ち着かせていた。

若いメイド二人は淡い黄色のドレスを着て、カマーバンド（飾り腰帯）を腰に巻き、後ろにそろいの蝶リボンを付けている。髪に花冠をつけた姿は本当に可愛らしい小さな天使だ。だれもがあれこれと世話を焼き、白いウェディングドレスを着たアリスがヴェールをかぶせてもらい、花嫁の支度が整った。スカートがゆったりと広がっている。

「本物のレディになった気がいたします。とても満足です」

皆に感謝の気持ちを告げると、みるみるうちにアリスの目に喜びの涙があふれた。教会はウェズレー派の礼拝堂で、ユニオン広場からは、商店や建物の間を抜ける小道を通らなければ、直接行くことはできない。

次々に参列者が集まり、道路には乗客を降ろす結婚式用の馬車の列がずらりと並んで、人々の目を引いた。参列者はみな礼拝堂の中に入って着席した。オルガン奏者が和音のキーを叩いた。

牧師が祭壇に立ち、結婚式が始まった。皆が立ち上がると、ドアが開いて、介添人の紳士に震える腕を託したアリスがゆっくりと歩いてきた。祭壇の所では未来の夫となる花婿が、新郎の付き添い役の隣で、ズボンの下に震える足を隠しながら花嫁を待っている。

付添人が合図をすると花婿は振り向き、花嫁と目を合わせた。花嫁が微笑むと新郎は力が沸いてきた。二人はもう生涯分かつことのない夫婦だ。

アリスはそっとハリーの手に触れた。二人が一瞬指を絡ませると、特別なエネルギーが二人を満たし、二人とも神がその圧倒的な愛で自分たちを祝福しているのを感じた。気が付くと参列者は賛美歌を歌っていた。聖書の一節が引用され、指輪の交換が行われた。牧師が最後に、

「ハリーそしてアリス、二人が夫婦であることをここに宣言します。新郎、花嫁にキスを」

と言った。ハリーはアリスにキスをした。本物のキスを！

パークヒルでは披露宴がもよおされ、祝い客が挨拶をかわしていた。

アリスはコルセットを着けて微笑んでいるが、この微笑みが永遠に続くのか、今は誰にもわからない。

召使いやメイドが新郎新婦に丁寧にお辞儀をし、できる限りの悪ふざけをして二人をからかった。ハ

リーは顔を赤らめ、アリスは彼の腕を強く握って、そのうちすぐにひどい仕返しをしてやりましょう、楽しみだわ、と囁いた。二人を取り巻く猥雑な笑いにたえながら、指定されたそれぞれの席に着いた。楽団が紙吹雪のように祝いの曲を演奏し始めた。

食事の後、ジョゼフとエミリーは、二人をそばに呼んで贈り物を手渡した。アリスにはアメジストのネックレスとそれに合うイヤリングだ。このセットは銀製品で、アメジストの見えない部分に入り組んだカットが施されていた。ハリーへの贈り物はエナメル加工をした懐中時計だった。フレデリック・ブシュロン社製のもので、軸受けに宝石を使った、水晶のような手触りの時計だ。よく合った鎖も付いている。香の良い卵形の石鹸は、繁殖用の雌の鶏からもらってきた、と言う意味で、早く赤ん坊を、という気持ちを表したものだ。結婚生活に役立つ書籍、そして影絵。これはろうそくの明かりと熱で影が壁の上でゆっくり動くというもので、将来子供が産まれたら、子供達も喜んで使うだろう、という意味が込められていた。

そして何よりの贈り物は、ハリーの収入が増えたことだ。週十二ポンド六ペンスが、十五ポンドに上がったのだ。御者の給料としては相当な額だ。ハリーが重んじられていることをはっきり示していた。

披露宴もまたたく間に過ぎ、夕刻になった。二人は皆に別れの挨拶をした。

特にアリスは元の雇い主との別れを心から惜しんだ。新郎新婦はパークヒルの入り口にある、馬車置き場兼番小屋の二階に新居を持つことになった。屋敷からは数メートルしか離れていない。二人は二階の扉をしっかり閉め、大きなかんぬきをかけた。階下の馬たちも騒ぎ立てることはなく、みな静かに夜が更けるのを待った。

第五章
シャーロック・ホームズさんですね？

バートラムは新しくシリル・アーサー・ピアソン氏が社主となった「デイリー・エクスプレス」から誘いを受けた。大変良い話だった。バートラムは叔父のジョンにそのことを相談し、出版業界の背景について尋ねてみた。

「そうだなあ、バートラム」

と叔父は言った。

「思い出すよ、若い時アーサーはサマセット州のウッキーという町で記者の仕事を始めたんだ。懐かしいよ。サマセット州がちょうどデヴォン区になるという頃だった。アーサーは敏腕記者だった。何ヶ月か前にコナン・ドイル博士がここに訪れていた時にも、彼について話したと思うがな。

とにかく彼は一八九〇年に「ピアソン・ウィークリー」を発行して成功させた。趣旨は「カッセル・マガジン」に似ている。あるいはもっと上をいって「ストランド・マガジン」か。「ストランド・マガジン」はあの多才なジョージ・ニューンズ氏が編集長だし、間違いなく今のティット・ビッツ誌よりすぐれている。ドイル博士は「ティット・ビッツ」がお気に入りのようだった。まあ私だったら面接を受けて確かめるね。少なくとも見聞が広がるだろう」

ドイル博士の本の出版をめぐる交渉は、世界中の出版業界に波紋をおよぼす。読者を興奮させる劇的な内容、そして、とてつもない売り上げを記録し、世界中大騒ぎになる物語、それにもし誰も気づいていないというのであれば、どの出版社も何としても契約を手に入れたいはずだ。

ピアソン氏との、この面接が、三年後のバートラムとドイルの人生に大きな影響をおよぼすとはだれも予想できなかっただろう。

バートラムはシリル・ピアソン氏がひきいるデイリー・エクスプレス紙の仕事についていた。その日ピアソン氏はかなり緊張していた。彼のデスクを取り囲む人々も同じように緊張したおももちだ。

「ええと、座ってくれたまえロビンソン君。今日は君に大事な仕事の話がある。私たちの申し出を最後まで聞いて、じっくり考えてから決めて欲しい。その後に君の意見を聞こう」

バートラムは部屋の空気がなんとなく緊張しているのがわかった。皆、けわしい顔をしている。なにか重大な話なのだろう。ピアソン氏は続けた。

「まず最初に、君に加わってもらってよく分かったのだが、新聞記者として君の能力は、ずば抜けている。冗談ではなく天性のキャリアを皆が君には感じていると思う。君とジョン・ロビンソン卿との関係も、この業界で大いに名誉なことでもある。君のニュース紙およびエクスプレス紙との契約に問題はない。そこで我々は一つの提案をすることにした。南アフリカ新聞のマネージャー兼編集長になって、ケープタウンからここロンドンに直接記事を送ってもらえないだろうか。ボーア戦争における大惨事を取材する海外駐在員だ。

これを受けてくれたら、君が送ってくる記事は「デイリー・エクスプレス」、「ピアソン・ウィークリー」、それに「ザ・ニュース」の三つの新聞、雑誌に掲載する。どうかね？」

これを聞いてバートラムの頭の中は一瞬まっ白になった。初めての海外派遣。グラディスに会えなくなってしまう、それもいつまでだかわからない。それに両親はなんと言うだろう……。辛い決断をせまられた。かなり悩んでから、バートラムは結論を出した。

「光栄です。ありがたくお受けいたします」

もうあと戻りはできない。戦争が待っていた。

七一才で、現役の叔父のジョン・ロビンソン卿は、バートラムの素晴らしい門出を家族とともに祝ってくれた。両親のジョゼフとエミリーは不安をいだいていたろうが、祝いの電報を送ってくれた。問題はグラディスにどう伝えるかだ。彼らの愛情は日々深くなり、すでに彼女の両親を自分の親のように思っている。婚約をのばしてくれるだろうか。

グラディスはこの報告を聞いて最初は喜んだ。がすぐに、一年のほとんど会えなくなるだけではなく、危険な仕事、しかも彼が命を落とすかも知れないとわかると、意志を固めているバートラムの肩にもたれて泣いた。

「すぐにまた戻って来るよ。それに毎日手紙だって書ける。郵便船は二週間しかかからないし……それにデイリー・エクスプレスに載った僕の記事も読めるだろ。それで僕が無事だって事がわかるじゃないか」

バートラムは腕をのばしてグラディスを抱いた。彼女の両親も彼女をなぐさめると、彼女はけなげにも微笑んだ。

「覚えて置いて欲しい。大事なことなんだ」

とバートラムが少し震えながら婚約指輪をグラディスに贈ると、彼女の大きな目に涙があふれた。グラディスは、

「バートラム……あなたを待つわ、いつまでも。」

と、とても感激して言った。


サウサンプトンの波止場は夜明けを迎えた。その日はどんよりと曇り、濃い霧がたちこめていた。バートラムは朝早く波止場に着いた。ケープタウン行きの蒸気船に、荷物を積み込んでもらわなくてはいけない。いたるところで、港湾労働者が大きな積荷を丈夫な平台の手押し車に積んだり、山積みの木箱の周りで、車を押したり引いたりしていた。箱の外側には行き先を示すSAの文字が書いてある。人々はどこへ行ったらいいのか分からず、押し合いながら、間を縫うように進んでいる。大きなクレーンが、袋や、台に乗った樽を空高く持ち上げ、船倉のところでまた下げて、中に荷を積み込んでいた。

軍人の姿が目立っていた。船に積み込まれる設備

機材の中には、何か好ましくないことが待ち受けているように思えるものがあった。木箱に派手に書かれた表示は、それが弾薬製造業者から運ばれた物だということをあらわしていた。

バートラムはどちらに進んでいいか分からず、当惑して立っていた。必要と思われる物すべてを詰め込んだ彼のトランクは数個になった。案内の人が気がつき、バートラムは乗船し、船室を見回した。家とは快適さがかなり違うものの、必要な設備は整っている。これからイギリスの港を出発し暖かい気候の国に向かうとはいっても、船室内はかなり寒かった。船が出航するまで、バートラムはデッキを歩いてみることにした。そうすれば少しは身体が暖かくなるだろうし、必要な設備に慣れることができる。

三十分もしないうちに船を一周すると船内の様子も大体つかめ、その後は手すりにもたれて樽台や乗船してくる人々を見下ろしていた。

なんという偶然だろう。バートラムは旧友の顔をその中に見つけた。彼はおもわず声をかけた。昔の友情を確かめ合いたいという気持ちが募った。

「ネヴィンソン？　ネヴィンソン！　こっちだ！上だよ！」

と、手をふった。男は見上げて声のする方を探し、すぐバートラムに気が付いた。

「そこにいてくれ！　今降りていく！」

二人は寒さにまけない暖かい握手を交わしあった。旧友はとても驚いた様子でこう言った。

「ロビンソンか？　本当に君かい？」

「君も南アフリカに行くんだね」

「そう、ケープタウンに行くんだ。いやあ、君、なつかしいなあ。確か君は……いや、何ていう偶然だろう。一緒になれて嬉しいよ。最後に会ったのはいつだったかな。ジーザス・カレッジ以来か？　話すことがたくさんあるよ。時間はあるね。これから二週間たっぷり話せる。君、部屋はどこだい？」

バートラムは切符を取り出して答えた。

「二〇一Aだ。君は？」

「二〇七Aだ。近いはずだ。ちょっと手を貸してくれ」

彼らは急いで身の回り品の荷を解くと、デッキをぬけて食堂にやって来た。食堂を見回し、よさそうな席を探すとテーブルをはさんで、これまでの事をお互いに語り始めた。二人とも学位はとったがその道には進まず、ジャーナリズムの仕事を選び、今こうして白人対ボーア人の争いを取材するための、海外特派員である、ということがわかった。

痩せているが筋骨たくましいこの男の話に耳を傾けながらバートラムは、なぜネヴィンソンは口ひげを我慢できるのだろうと思った。お茶を飲むたびに口ひげを濡らしている。その様子は悲しみにくれたセイウチのようだった。

ジーザス・カレッジ時代の学内誌に話がおよぶと、ネヴィンソンは相変わらずの熱弁をふるった。彼にとっては当時の活動がジャーナリズムの世界に入るきっかけとなり、今ではそれで生活をしているのだ。ロンドンや地方の、売り上げを伸ばしつつあるいくつかの雑誌社とも、大きな契約を取り交わしているという。

彼は南アフリカの事情にも非常に詳しく、彼の説明を聞いていると、先に待ち受けている危険がどれほど大きいか、バートラムはあらためて知らされた。

さらにネヴィンソンから聞くコナン・ドイルの話にも興味をひかれた。コナン・ドイルは確かボーア戦争を戦うために、女王陛下の大英帝国陸軍に入隊を志願したのだが、年齢が四十一才ということで断られたというのだった。だが……。

二人の話は、船が鳴らす霧笛の大きな音にかき消されてしまった。ほんのひととき静寂があり、船員がデッキで
「出航！」

と叫んだ。数分後、

「もやい綱、解け！」

と言う声が聞こえると、甲板が揺れ、振動が伝わってきた。エンジンが作動し、岸壁側の海水の下でスクリューが力強く回り始めた。

二人の若い男の全身にも興奮が走った。バートラムとネヴィンソンは急いで大勢の乗客の中に加わり、デッキから岸を眺めた。二人の胸に幾ばくかの不安はあったが、初めての外国行きだ。船出の様子をしっかりと心におさめなければならない。デッキの手すりのところでは大勢の乗客が、岸壁に残された人々に向かって、手を振ったり大声で別れを惜しんでいたりした。船を見送る人々の思いはさまざまだ。不安、愛しさ、期待、そして航海が安全でありますように！　ご無事で！　願わくば数ヶ月後の帰国がもっと早くなりますように！　もしかしたらこれが永遠の別れになるのだろうかと、不安げに突然泣きだす人もいる。

スティーマーのギアが入って、船が動き出す。風をとらえた帆は大きくふくらみ、船の両サイドを強い風が吹き抜ける。海中でプロペラが激しく回り、辺り一面が泡で覆われた。そびえ立つほどに大きい客船と岸壁のへだたりが徐々に広がり、波止場がどんどん遠くなっていく。客船は船首をゆっくり前に突きだし、泡で白くなった海水をかき分けて進んでいく。船の速度が増すにつれ、細かな波がまるで皮をはいでいくようにひろがった。船の煙突のほうから大きな警笛が「ボー」と短く鳴ると岸で手を振っていた人々も去っていき、波止場に見えるのは、大きく書かれた船会社の名前と会社のマークだけだった。

乗客の興奮はバートラムとネヴィンソンにも移り、二人は人々に混じって全く知らない人にも大声で別れを惜しみ、手を振った。港湾労働者が帽子を振って別れを告げていた。大きな蒸気エンジンが回って、船の下の方から振動が伝わってきた。船の速度が速くなるにつれて、彼らの足の下に感じる振動も速くなった。冷たい風が出てきて、デッキにはほとんど人がいなくなった。イギリス海峡から押し寄せる大きな波が船首を打ち始めていた。白い波頭がどんどん通り過ぎ、カモメの姿が波に見え隠れする。十五分も経たないうちに、もやと霧で岸はすっかり霞んでしまった。

未知への冒険の旅が今始まったのだ。二人の人生はここからすっかり変わっていくのだった。船長はフランスの西を通ってポルトガルへ向かい、アフリカに行くコースを取っていた。最初の停泊地は、アフリカ北西部海岸沖にある美しいマディラ島だった。ぎらぎらと太陽が照りつけるこの島は、アフリカの青い海に宝石のように浮かんでいる豊かな島だった。船はこの島で、果物やマラカショと呼ばれる土地の果実ジュース、マディラワイン、土地の菓子類、山の水から作った炭酸水などを積み込むのだ。

二人は船上の時間を、有意義な会話を楽しむことで過ごした。バートラムはネヴィンソンから多くのことを吸収した。ネヴィンソンは多くの有名人についても詳しく「時の人」やコナン・ドイルの知られざる私生活についても話してくれた。

これは普通では知ることができない、ドイルの私生活を裏側から書いたものだ。人に気づかれず他人の個人的な情報をくわしく知る、というネヴィンソンの「壁の蝿」的センスは人並みはずれて鋭かった。叔父のロビンソン卿が知ったらきっと驚いただろう。

数日前、二人は外の気持ちのいいデッキチェアに座って話していた。日の照りつけが激しくなることを警告する汽笛が鳴ると、二人は話を中断し、少しずつ話を元に戻した。

バートラムはドイルが大英帝国陸軍への入隊を拒否された話の続きを聞きたかった。ネヴィンソンはどこまで話したか思い出して、続けた。

「この男について僕が知っている限りでは、ドイルは非常に観察力が鋭く、文学に通じ、教養があって、人好きのする人物のようだね。特にご婦人がたにね。

彼は申し分ない成績で博士号を獲得している。そう、どんな医者でも、まあ状況にもよるとは思うが、僕にはドイルの性格には暗い部分があるように思えるんだ。ジキルとハイドのような二面性がね。戦争や紛争があると医者は腕を発揮できるだろ。治療が必要な人が無数にいるわけだからね。そして医師は治療しようと努力する……と同時に、知らない人々の命を終わらせることができる状況だとしたら？　そんな場所にドイルは身を置きたいと望んでいるんだよ。君はどう考える？」

バートラムは考え込んでいたが、ネヴィンソンは話を続けた。

「そうか、君はもう本人に会っているんだね。ドイルはきっとケープタウンにやって来て、何ヶ月間か定期的に僕らのデスクの前を通り過ぎていくことになるよ」

「どういうことだい？」

とバートラムは尋ねた。

「彼は軍隊から入隊を断られて相当がっかりしたんだね、友人が設立する野戦病院を援助することにした。弾が飛んでいるところならどこでもよかったんだろう。少なくとも君と僕は新聞記者だから、おおっぴらに弾の近くには行けるがね。ところで君はいくつだっけ？」

「ああ、二十八だ。君は？」

「大体同じだ。イギリス軍は若い人しかとらないね。ボーア軍の兵士は年齢を問わない。みな真っ赤な軍服を着ているものを狙うんだ。大した射撃訓練だよ。まあとにかくドイルは誰に聞いても、エプロンのひもにしがみつくような、あるいは離れているときには必ず手紙を書くような母親っ子だったらしい。だが一緒にいるといつもケンカして仲が悪かった。母親は小柄な人で、独裁的だった。

僕はよく想像をするんだ、彼女がオウムのようにドイルの肩に乗ってあれこれ指図し、従わなかったら耳たぶを咬む姿をね。おかしな親子だよ、全く」

バートラムは全く驚いてしまった。

「僕がロンドンで会ったドイルはおとなしい人だったよ。変だね。父親は何をして暮らしていたんだい？」

「うん。それが謎なんだよね。ドイル自身も人に詳しいことは話していないようだ。ただ噂では、エディンバラに事務所をかまえるヴィクトリア女王御用達の建築家だった、というところまではわかっているんだがね。

ドイルはエディンバラで貧しい子供時代をすごしたんだ。父親の行方はわかっていない。おそらく死んだんだろう。我々にはわからないさ。ドイルにはあまり詳しいことは聞かない方がいいよ。興奮すると別人のように逆上するんだ。アイルランド系スコットランド人の血が流れているからね、大変な癇癪持ちらしい。九五キロ、一九〇センチ近い身体からいきなり拳が飛ぶんだぜ。いいかい？　彼はこれまでも興奮するとすぐに手を出しているんだ。彼には殺しの本能があるんだよ。大のボクシングが好きだ。特に素手の殴り合いがね。男たちが相手の頭をかち割るまで殴り合うショーだ。それを一日中見ていられるんだからね。ボクシングというのは好戦的な金稼ぎだね。我慢強さも必要だな。

ドイルは尊敬すべき医者を装って、彼らの傷の手当をするのかな、僕にはわからないけど。とにかく大勢の人にとってドイルは謎の人物だね」

バートラムは黙って頭を振って、しばらく考え込んでいた。ネヴィンソンは自分の経験からの話と想像とで混乱し、肩をすくめた。さらに続けて
「ドイルにそういう二面性があったからこそ、シャーロック・ホームズの話が書けたんだ。二重人格であれば、犯人とそれを追いつめる探偵の両方の見方ができるはずだ。

だからホームズはあまり現実性がないんだ。著者

自身の犯罪的な心が投影されているから、犯人を追いつめる調査方法が最初から見えているんだ。そう思わないか?」

バートラムは顔をしかめて考えていた。

「君の話は本当に僕の理解を変えてしまったよ。君が言いたいのは、経験があれば、見破られないように犯罪を用意周到に進ませることができる、というんだね、もちろんこの現実世界でという意味だが」

「背筋がゾッとしないか? バーティー君。特に君みたいなお坊っちゃまは」

「何だって!」

とバートラムは憤慨して答えた。

「何で僕が?」

「君はいまいましいうすのろだよ。僕のノートの間違いだって指摘しなかったじゃないか。君の親父さんや叔父さんそっくりだ。悲しい話をきいてすすり泣いていると、天使が降りてきて君の掌にお金を置いて行くんだろ? さあ、バーに行って一杯やろうぜ。法廷弁護士さんには厳しさが必要だ。そうか、法廷弁護士じゃなかったね。

金はいいものだってことは忘れない方がいい。貧乏が人をゆがませるんだ。生き残ろうと必死になる。そして悪党に一歩近づいてしまうのさ、この世界ではね。

君の高貴な頭脳がもてはやされ過ぎて、新聞記者としての才能がだめになってしまわないことを祈るよ。そうなったら今度は本を書けばいい。作家は本が出版された後でも、何年も印税や手数料を受け取ることができるからね。もちろん僕らがボーア戦争でやられなければの話だが、バートラム君」

「君の言いたいことは分かったよ。最後のことが僕たちに降りかからないことを祈る。僕は実際すでに何冊か本を出しているよ。ピアソン・マガジンのことは話したね。もう発売になっているが『イギリスの遺跡』という全国むけのシリーズ物なんだ。その中に書いたダートムーアの歴史がすごいんだよ。特に古代のイギリス人が十五トンもの大量の御影石をどうやって運んだか、とかね。これはエジプトの国王がピラミッドを作るときに使った石の量だ。まったく驚異的だよ。ネヴィンソン君！」

二人は笑い合った。良き友をえて船旅は続き、美しいマディラ島はもうすぐそこだ。二人の若い新聞記者はこの島を忘れることはないだろう。椰子の木は実をたくさんつけ、色彩鮮やかな異国の花が咲き乱れるこの島を。ハリー・バスカヴィルが見たら、きっと水を得た魚のようになるに違いないだろう。

マディラ島を出るときは太陽が輝き素晴しい航海日和だったが、それは長くは続かなかった。まもなく船は嵐に襲われてほぼ全員が船酔いになり、料理担当の船員が料理室に一時誰もいなくなった。

「これは良い思い出なるよ」

おだやかな天気になると、乗客達も少しずつ旺盛な食欲をとりもどした。また暑さが厳しくなった。

バートラムは良い機会だから、下の甲板にいる軍人の何人かにインタビューしてみないか、とネヴィンソンに提案した。軍服姿の兵士が大勢乗っていることは確かだった。ネヴィンソンは承知し、その時船内で聞こえた馬の声を確かめると言った。数時間後、下の甲板から通気口を通って馬の糞の臭いがしてきた。これはイギリス人による南アフリカ抑圧で、干渉ではないのではないか、とネヴィンソンは疑い始めた。これに先立ちボーア人は草原地帯で成功を納めていた。イギリス政府はそれに対し幻滅感をあらわにしており、ネヴィンソンは以前記事に書いていた。政府は面子を失うことには耐えられないのだ。政府の意見は武力と報復だけが現状を回復できる、というものだった。貨物倉庫には確かに何頭もの馬、砲車、弾薬、戦時物資などが積み込まれていた。中甲板の下士官兵が使う物だ。赤い軍服、日よけ帽、ライフル銃、拳銃、野戦配給品などが、保管されていた。陸軍の物資が不足しているため、それを補充するのだ。

兵士との面談は一人一人別々に行われた。何人かの兵士は名前を伏せて、詳しくは知らないが戦争支持派が各国との連合を考えているらしい、と言った。

強硬派の将校たちはバートラムの提案を非難した。自分たちは女王とイギリスを支持する、要求を突きつけてボーア人の横柄な態度に仕返しをし、領土をイギリスの保護領とするのだ、と言った。南アフリカはこのような歴史的な、差し迫った事態になるまでは、これまで何十年も最初に入植したオランダ人やボーア人の農夫、その家族や家畜の生活を支援してきた。

攻撃の本当の理由は、イギリスが南アフリカのダイアモンド鉱脈を手に入れたいからだ。武力攻撃を加えて南アフリカを併合し、イギリスの利権を拡大し、さらには原住民をただで働かせ、あるいは力のある白人の奴隷にしようとしているのだ。若い二人の記者が生意気にもそんな話をすると、何人かの将校は怒りを抑えていた。お互い顔を見合わせるだけで何も言わない人たちもいる。

ある将校はバートラム達に好きなように書いたらいい、頑張ってくれ、と言った。そして、新聞記者一般に対する不満をのべることも忘れなかった。

初めて見たケープタウンの印象は、まるで甘美な飲み物を飲みほしたような素晴らしさだった。ハープ奏者がゆったりと優しく奏でる愛撫のように、心の奥深くの琴線をかき鳴らしているような感じだ。だが、目の前に広がっているのは、うきうきはするが、けっして油断してはいけない光景だった。乗客はみな手すりにつかまり、静かに上陸の合図を待っていた。このうちの何人かには、確実に死の危険が待ち受けているのだ。

港は船を歓迎して抱き込むような形をしていて、船はゆっくりドックに入った。波止場では、鮮やかな赤の軍服を着たフージリア連隊（火打ち石銃兵）

が、歓迎の行進をおこなっていた。隊員たちは白いヘルメットをかぶり、ぴかぴか光る金管楽器をかかえ、軍隊行進曲を演奏している。よく練習をしたようで、足取りも見事だ。船はひときわ大きい汽笛を、何度か繰り返して鳴らした。

港を取り巻く丘の中腹には、変わった形の波形屋根の建物や倉庫が建っている。汽笛はその屋根の上をはずむように広がっていった。

丘の向こうに頂上が平べったい不思議なかたちをした山が見える。テーブル・マウンテンだ。その傾斜の下の方に広がった丘陵地は、雲と水蒸気に覆われている。たわわに実を付けた植物、椰子の木などの巨大な植物が、ざわざわと風に揺れている。雲をとおって太陽の光が織りなす影で、葉の緑色がさまざまな色合いを見せている。

丘陵地帯では、現地人の海兵隊の分隊がけんめいに作業をしていた。命令をくだしているのは、外国から主義や信条、そして利益を求めてやってきたよそ者である。

大きなクレーンが、船の奥から内臓を取り出すように、船倉から積み荷をおろすと、小口径の大砲、砲車、船倉に閉じ込められていた何十頭の馬たちも、また走り回れることを喜んでいるのだろう、いななきながら飛び跳ねている。

軍曹が大声で命令すると、兵士たちはさっと上陸し、木箱の山や覆いをかぶったコンテナの間をぬって、蛇のように行進していった。

乗客たちは目を見開いたまま、手荷物を持って平台を降り、これがアフリカへの「最初の一歩」だという思いをかみしめながら、つぎつぎと上陸していった。

船員が紙をひらひらさせながらバートラムたちの所にやってきて、リストに新聞記者として名前がのっているので、荷物はあとで宿舎に配達される、と告げた。

宿舎はどこだろうと途方にくれているその時、ひとりの男が近づいてきた。

「失礼ですが……私はバートラム・フレッチャー・ロビンソン様とネヴィンソン様をお待ちしているのですが……どこにいらっしゃるんだか……ひょっとしてご存じではありませんか?」

バートラムは声のする方に振り向いた。律儀そうな男が立っていた。

うだるように暑くて汗だくになっているのに、王室の儀式に出席するような服装をして、まるで女王の使者のようだ。こぎれいな黒いスーツ、襟の高いシャツ、チョッキ、上着はえんび服、細いたて縞のズボンにくるぶしの上まである短いゲートル、といったかっこうで暑さに耐えている。

彼の礼儀作法はヴィクトリア時代の教養を身につけた紳士そのもので、教育を受けた人らしく、高ぶらない簡潔な態度だった。ケープタウンのことなら何でも知っていそうである。

「あなたがお尋ねになった有名人は、今話している私たちですが」

バートラムは彼の口調をまねて言った。

「私はオズワルド・メリーと申します。どうぞよろしく。それでそちらの紳士はご一緒ですか?」

「その通りです。彼がネヴィンソンです。ロンドンの新聞社から派遣された記者なのです」

バートラムは、まだ彼の口調をまねている。

「それは結構です。ではどうぞ私の後に付いてきて下さい。お泊まりの場所は近くに用意してあります。お二人ともどうぞこちらへ」

と告げるやいなや、メリー氏は猛烈な勢いで歩き始め、バートラムとネヴィンソンは、メリー氏が土地の人々の間や、さまざまな障害物を器用にすり抜けて進むのを感心し、そして面白がりながら、彼のあとを追いかけた。

古い、壊れかかった小さな荷馬車が止まっていた。木の破片を集めて作っただけの雑なもので、何年も使われていなかったようだ。色の付いた厚い板にはこびりついた何か……メリー氏は極力これを無視し、土地の運転手を手まねきで呼んで、「若い紳士の手荷物」を運ぶように命じた。無愛想な黒人の運転手は、言いつけどおり荷物を荷馬車に積み込んだ。

バートラムはネヴィンソンを見てあきれたように言った。ネヴィンソンも同じようにびっくりしていた。

「一体全体これは何なんだい?」

バートラムは驚いて、あきらめたように荷馬車に向かって手を振った。

「去勢牛ですよ、ロビンソンさん。すぐみわけられるようになりますよ」

とメリー氏が鼻を高く上げて言った。ちょうどその時一頭が、彼らのそばの地面に排便をすると、今まで見えなかった千匹ほどの飢えた蠅が突然あらわれ、弾丸よりもはやく糞めがけて突進した。

「何がでしょう?」

ネヴィンソンはむっとして言った。

「簡単に見分けられますよ。去勢牛は角が大きく、イギリスの牛とははっきり違います。ここでは馬と同じように使われています。ええと、よろしければ乗って頂けますか? 出かけましょう。いまいましい暑さですからね」

メリー氏はあいかわらず顔の前で手を振って、蠅を追い払っていた。それは蠅を困らせるという程度で、本気で追い払いたいと思っているようには見えなかった。足を縁からぶら下げるようにして板に腰をかけ、彼らは出発した。

道はたっぷりと土ぼこりにおおわれていて、膝からしたがすっかり茶色になってしまった。土のかたまりや盛り上ったひどい道をガタガタと進んだために、尻は激しい衝撃を受けつづけた。道はだらだらと果てしなく、丘の上の木々におおわれた、いちだんと緑の濃い場所に続いていた。丘を登りはじめると、徐々に見晴らしがよくなり、港の方まで見渡すことができた。

二十分もすると牛は波型屋根のついた、低い建物の横にのろのろと止まった。「南……フリ……支局」と読みとれる、日射しでペンキがはげ落ち、色あせた看板がかかっていた。その横の壁のところには、さびた金具でとめた、一本の金属線がからみ合っていて、まるで獲物を追いつめて首をもたげた蛇のようだった。電信ケーブルだということは見れば分かるが、メリー氏はよくよく観察してからこう言った。

「我々の電信ケーブルです。この新聞社の命ともいえる重要なものです。ここはアフリカのパンジャブですからね！　お泊まりの場所はその扉の向こうになります」

と、指さしながら言った。

「ああ、荷車の荷物はアンダダが持ってきます。私はこれで失礼します。見回らなくてはならないものも有りますので、もし水が出たらシャワーを浴びて着替えてきます。事務所は夕方は五時に開きます、正式には、ですが。その時には机の上にロンドンからの手紙があるはずですよ、ロビンソンさん。ではのちほど戻ります」

そう言うと彼は、バートラムたちに礼を言わせる隙もあたえず、扉をあけると今来た道をそそくさと戻っていった。二人の若い新聞記者は、お互いに顔を見合わせて笑った。ふたりとも、これから住む環境を思いやったのだ。

「不思議な男だね」

とネヴィンソンが言った。

「なにか釣り合わないんだ。……イギリス人にはかなわないのさ、それはどこの国においてもだ」

この意見を聞いたらボーア人は立腹しただろう。

事務所は四方がすべて解放されていた。葉で作ったよろい戸をロープで巻き上げてあり、穏やかな風が入ってくる。四角い建物のトタン屋根に太陽が照りつけ、中は暑かったが、この風が涼しい環境を作っていた。

机からは、素晴らしい港のながめが見わたせる。港では太陽の下で男たちが、まだ船からの軍装備品の荷下ろしに精を出していた。チームを組んでの荷降ろしと荷積みが終わると、八頭から十頭の雄牛が荷車を引いて反対側の丘まで運ぶのだ。その周りには、真っ赤な軍服を着た新兵師団が取り囲んでいる。ボーア人のパトロール隊も見ているのだろう、彼らは望遠鏡がなくても一マイル先までよく見えるから、とネヴィンソンは言った。

「そんな視力を持ちたいものだな」

と言うと、バートラムもうなずいた。それから後ろを向き、封筒がいくつか置いてある机に気がついた。封筒を持ち上げてバートラムは言った。

「可愛いグラディス！　なんということだろう？　彼女は僕がイギリスを発つ二週間も前にこれを書き始めていたんだな。ちゃんと届いてる！　この幸せをわけてあげたいぐらいだ、ネヴィンソン！」

四通の封筒はすべて消印がケンシントン、ロンドンとなっていた。バートラムは手紙を鼻のところまで持ち上げて、目をつむって香りをかいだ。

「初めて公園でグラディスに会った時に、彼女がつけていた香水だ」

ネヴィンソンは嫉妬を感じたのか、唇をゆがめて言った。

「茶色の封筒はいい匂いはしないと思うぜ。たぶんピアソン大将からの指令だよ。匂いはたぶん……」

「雄牛さ、去勢された。おそらくね、僕らもそうだよ。ほら、君も牛の尿が付いてる。洗ってこいよ。ま、もし水がでたならね。僕はグラディスの手紙を読んでるから」

ウィンクをしながらネヴィンソンは出ていき、バートラムの心は婚約者に飛んでいった。甘い言葉がつづく切ない手紙には、しばらく会えない悲しさも綴られていた。あなたへの愛、そしてあなたの思いやりをいつも感じてる、だから二人は一生離れない。

忘れるといけないからと彼女の写真も同封されていた。飾り付けられている背景なので、写真屋で撮ってもらったものらしい。手紙にはキスという言葉が数えきれないほど書いてあった。そして、香水の香りがなくならないうちに戻ってくるように、という「緊急指令」もついていた。

その夜、新聞社の職員がやって来た。アフリカ人の編集スタッフはアンボトといい、その他みな似たような名前だ。彼らと一緒にバートラムたちも巨大な通信機の入力方法や、それを使ってアフリカ大陸、ヨーロッパ、イギリスを通して結ぶ方法などを試してみた。通信機は過去の遺物とも言えるもので、もちろん電気がないと使えなかったが、彼らは電気は大丈夫だとうけあった。

編集長はその太った大きな体を、机の後ろに器用にすべり込ませた。机の上は書類が散乱して、ほこりがきらきらしており、たまったほこりの層を見れば、何年そのまま置かれていたのか考古学者ならはっきりわかっただろう。アンボトは、こう言った。

「あなた、私、仕事、たくさんあります。だんな。私の言うこと、よく聞いてください。血だらけボーア戦争、はじまります。私の知っているたくさんの部族、そう言っています。残念です。すごく急いで記事を書いてください」

彼の言葉を聞きながら、戦争は本当なのだ、とバートラムは思った。

彼はすぐに南アフリカ支局から最初の記事を書いて、ロンドンへ送った。この記事は大きな波紋を呼んだ。新聞社や読者に衝撃が走り、ロンドン中が不安をつのらせた。

[一九〇〇年、二月　南アフリカ駐在員　バートラム・フレッチャー・ロビンソン]

『大英陸軍は今や町の大部分の支配権を掌握し、町にはイギリス国旗がはためいている。離れた高台には、重力にあらがう川のように点々と上に向かって流れる赤い軍服姿の列が見え、その数も増えている。広がる攻撃地域を支援するためだ。町の中心地である港近ぺん、とくに波止場地帯には、銃、馬、あらゆる輸送手段が配備されており、そのようすがはっきり見てとれる。伝えられるところによると、ある将軍は昨日、

「明日このボーア紛争の転換となる命令をくだす、敵の残虐行為はもはやヴィクトリア女王陛下の容認されるものではない」

と語った。

この記事がロンドンに配信される頃は、すでに我が軍はケープタウン周辺の広い草原地帯を横断してオレンジ自由州を侵略し、首都ブルームフォンテーンを占領し、さらにトランスヴァールへ入り、プレトリアを占領しているだろう、と同将軍はのべた。トランスヴァールの人口比率は白人が五百万人、黒人が二十三万人、圧倒的多数の白人は黒人に対して、強引に正義と忠誠を押しつけている。連日摂氏40度を超す酷暑が続き、はるか離れた敵地へ向かう兵士の疲れは想像にあまりあるが、大英帝国陸軍はすぐれた武勇を見せてくれるだろう』

バートラムの記事の載った新聞がロンドン中に配達されるころ、南アフリカの情勢はさらに悪化し、戦争はさけられないものになっていた。

[一九〇〇年三月　南アフリカ駐在員　バートラム・フレッチャー・ロビンソン]

『残念ながら南アフリカの現況は、まぎれもなく戦争と言えるだろう。ボーア人は不当な、非常に嫌悪すべき野蛮な攻撃を加えている。彼らはレディースミス、キンバリー、マフェキングなどの無防備な町をおそい、女、子供、動物まで生きているものはす

べて殺した。さらにマダー川に沿って殺りくはつづき、ストロンバーグでは黒人居住区をおそって家を焼きはらった。ロバーツ卿ひきいる新たな支援部隊がケープタウン港に到着した。憎しみに燃える兵士達だ。

女王陛下の腕となる兵士達は、数日以内にもボーア軍に激しい反撃をくわえ、イギリスが被った損害を賠償させる覚悟だ。先週の記事で伝えた我が軍の侵攻は、見事にイギリス軍の勝利で終わった。

パーデバーグを占領してボーア軍を撃退させ、プレトリアを奪還した。我が軍の勇敢な若い兵士達はプレトリアの救世主だといって、大勢の人々が彼らに感謝の言葉をのべた』

バートラムは記事を書いたり、編集したりするのに使いやすいように、事務所全体をきれいに整理していった。夜、手提げランプを使って仕事をするときなどは、昼間より涼しいが、じめじめした皮膚を飢えたブヨが音もなく襲い、咬まれたあとはもぐら塚くらいの大きさに腫れあがって、何日もひりひりした。

また、正体不明の動物が餌を求めて床を走り回り、たびたびバートラムの足にぶつかった。開け放った窓からは、大きな虫が飛んで入ってくる。虹色に光るこの虫は、羽音をブンブンさせてランプのまわりをうるさく飛びまわる。電球にぶつかって熱でやられると、ひらひらと落ちて、机で作業しているバートラムたちの首に落ち、そして、ぴしゃりと平手打ちが飛んできて一巻の終わりだ。指ではじくと、虫は床に落ちる。餌を待ち構えていた足下の動物たちはよろこび、また走り回るのだ。

戦局はいっこうに進展を見せず、兵士たちは戦火の中を何キロも、敵を探して足を引きずった。

ボーア軍はちょうど射程距離を超えたあたりにひそみ、一キロ先の丘から狙いをつけて銃撃し、イギリス軍に荒廃をもたらした。イギリス軍が敵地に踏みこむと、ボーア軍はいつも田園地帯に逃げたあとで、薬きょうや人の通った跡が残されていた。

しかしボーア軍の死傷者の数もふえつづけた。ボーア軍は宿泊所に大砲をはなち、女や怖がる子供を殺した。明らかに人道にそむく行為だ。

ロバート・バーデン・パウウェル大佐は、ボーア軍は「女を殺す殺し屋」だと言って「男対男の争い」をしようと、ボーア軍の将軍に協力を求めた。このニュースはロンドンに報じられたが、ボーア軍はこれを拒否し、さらにクリケットの公式試合や、メゾニック・ロッジでのギルバート・サリバン・オペラの上演を理由に、日曜日に戦うことも拒絶した。

ダイアモンド鉱山では、黒人の労働者が皆殺しを恐れて構内に立てこもり、ボーア人の砲弾からのがれようとした。これがのちのアフリカ民族会議、A.N.C.の始まりである。

バーデン・パウウェルは敵地に黒人を多く送りこんだため、黒人の死者の数は白人のそれより多かった。ボーア軍のピエト・グロニエ将軍はこれは白人の戦争だと訴え、黒人の武装解除を要求したが、食糧を求めた黒人の暴徒に敗れた。黒人たちは数が少なくなったイギリスの商店を乗っ取り、支配した。パウウェルはこれを黒人たちにゆだね、もとは彼らの物だった盗まれた牛や貯蔵食糧を黒人たちに売った。

[一九〇〇年四月　南アフリカ駐在員　バートラム・フレッチャー・ロビンソン」

『初期の報道を確認する。キンバリーは解放された。解放は二月だったが、数百キロもアフリカの草原を横断する際に、通信網に大きな問題があったもよう。五千人のボーア人が幌馬車隊の列をなして退却した。馬車をあやつるのは強制労働の黒人である。伝えられる所では、クリスチャン・デヴェ将軍はさらにパエデンバーグに留まる五千人の兵を、大英帝国陸軍の捕虜にならないよう馬だけで退却させる、と語ったという。

しかしこれは遅すぎた。すでに全員が捕虜となり、将軍は勢力を失った。ボーア軍のクロニエ将軍は我がロバーツ陸軍元帥に降伏し、さらに四千人のボーア人の兵士が捕えられた。

非常に喜ぶべきニュースがある。レディースミスが敵との戦いによる流血もなく、三月に解放された。しかし悲しい事実もある。喉がからからに乾いたイギリス軍の兵士は、命令を無視して、上流で何百という人間の死体や死んだ動物で汚染された川の水を飲み、赤痢、胃腸炎、チフスで痛ましくも毎日大勢の死亡者が出ている。蠅が傷や包帯に卵を産みつけるので病気は広がっていく。野戦病院さえ病気のまんえんに対処できない。卵はすぐにウジ虫に成長する。医療品が絶対的に不足している。しかしキッチナー将軍は薬ではなく、銃弾の補充を主張している。その結果、イギリス軍の死亡者の三分の二は、こうした悪性の病気が原因で死亡している』

バートラムは知らなかったが、彼の記事はロンドンの多くの新聞社に衝撃を与えていた。信じられない内容だったからだ。

ロンドンでの報道は当局に管理され、人々は新聞、雑誌に載った、軍や政府の期待に役立つ記事しか読めなくなっていた。報道の業界は財政的にも公共性においても困難をきわめ、毎日検閲が入った。「ピアソン・マガジン」や「デイリー・エクスプレス」も例外ではなかった。同様にアメリカ、オーストラリア、ヨーロッパ大陸全域からの特派員の記事にも、徹底的に検閲が入ることになった。

ヨーロッパの新聞に、真相を伝えて欲しい、というボーア人からの手紙が届いた。残念ながらそれを報道しなければならないと判断したヨーロッパの新聞社は、イギリス軍の司令官キッチナーを激しく非難する記事を発表した。キッチナーは行く手にある全ての物を焼き払うに等しい、非常に汚い、無慈悲な集団殺戮を行った、という恥ずべき衝撃的な内容だった。

国際的にも、各紙がイギリスに向ける目は怒りに満ちていた。ボーア人のクローガー将軍の個人的な旅行も手伝って、各国の新聞の特派員にイギリス軍のひどい残虐行為が伝えられた。ヴィクトリア時代の言葉、「ヨーロッパは喜んでいない」という言い回しがたびたび繰り返された。

バートラムとネヴィンソンは現地の人々と頻繁に話をし、この素晴らしい土地で起こっているボーア戦争に対して、現地の人々がどんな気持ちでいるのかを聞き出し、また、地元の新聞「ケープ・タイムズ」を定期的に読んで、他の特派員の意見も検討した。

「ケープ・タイムズ」は、ユニオン・キャスル・ケープ・ライン（船会社）の定期便に乗船する重要人物の情報を、定期的に載せていた。サウサンプトンからマディラ島を経由して南アフリカまで、手紙や公式書類を運ぶ定期便である。今はケープベイの突桟橋から、毎週往復運行されていた。この場所は後にバートラムの一九〇〇年五月の記事にあるように、その他の悲劇的な活動の基地として、頻繁に使われるようになった。

［南アフリカで戦争続く　一九〇〇年五月］

『女王陛下の「パワフル号」が今、突堤防のわきに錨を降ろしている。戦争は、この地に足を踏み入れた最初のふりだし点にもどった。ここは苦痛、死、絶えず続く破壊で、悲惨な状態だ。ケープベイの遺体、けが人、病人は、誇り高い軍隊のみじめな姿だ。かつては憎しみに燃え、戦いに闘志を燃やした強い兵士である。首をはねられた者、負傷した者、病に倒れた者。顔はゆがみ、恐怖で深い皺がきざまれた兵士。まわりの状況もわからず、くぼんだ目で遠くを見つめる者もいる。大勢の兵士が一列になり、すぐ前の兵士の肩に手をおいて足を引きずり、ゆっくり歩いている。頭をたれ、血の滲んだ包帯を巻き、爆風をのがれた身体に泥がべっとりついている。ウジがわいている兵士も珍しくない。彼らは本国へ帰るが、彼らの疲れた頭には、戦争が終わったという言葉は響かない。悲惨な想い出で、帰還するということすら考えられないのだ。

しかも航海の途中で遭難して死亡するかもしれない。航海は予測がつかず、ひんぱんに嵐に襲われる。イギリスの港に着くまで、さらに数週間かかる可能性もある。無事に生存して帰還する者もいるだろうが、サウサンプトンの波止場で、船の到着を待つ妻や家族が、愛する人の遭難死を知らされないとも限らないのだ。

マフェキングの解放とダイヤモンド鉱山についての報告をする。鉱山の保護は成功した。すぐにも元に戻され、女王の財源を確保することになろう。しかし弾丸、大砲の火、銃剣、汚染した川の水で失われた命はもどってこない。陸軍だけでもさらに五千人の命が奪われた。

前線からの報告では、小説家であり医者でもあるコナン・ドイル博士が、大々的に救援活動を始めたという。イギリスのエディンバラ医大で医学を修めたドイル博士は救援を志願し、現在テント張りの野戦病院で、大勢のけが人の治療に当たっている。

野戦病院は以前クリケット競技場として使われていた場所にある。赤痢やチフスの患者、重傷者、衛生設備の不足など、悲惨な条件の中で手術が行われている。

ドイル博士はここで、手足の切断手術やその他の切除手術を行い、援助をつづけている。

ボーア軍のデヴェ将軍はロンドンに文書を送り、

キッチナー卿がボーア人の農夫に行った大虐殺を非難するとともに、この土地を南アフリカ人の所有として再興する考えを明らかにした。女王はこれに返事をする事になろう。しかしマーチ・フィリップス大佐ひきいる「レミントン・タイガー」は現在一日に六から八の農場を破壊しており、「これで戦争の答えは出た」とブロムリー・ダヴェンポート大佐は最近語った。おそらく戦争の終結は近い』

記者という職業柄、前線の恐ろしさからは少し離れたところで毎日記事を書いていたが、やはり戦争の事実はやりきれない記憶として残る。ケープタウンの安全な宿舎で眠っていてニュースに飛び起きた、ということも頻繁だった。前線の軍隊からいそいで移動したこともある。広大な草原で一分ごとに仲間をうしなうこともあった。戦争の悲惨な思い出は、夜毎の悪夢になるに違いない。

バートラムは自分が書いた記事にきびしい検閲がはいったことを知らされた。綿密に、広範囲に調べ上げて書いた記事だった。見るからに「現場」の経験を書いた、という記事が望ましいというのだ。編集長が読みたいものを書け、称賛を獲得せよ、大衆が何だっていうのだ、その結果どうなろうとかまうものか、というわけなのだろう。

一方コナン・ドイルは、患者が減少し、情勢が和平へと動いていたので、ダイヤモンド鉱山を一つか二つ見てまわり、彼が経験した戦争について何か書いてみようと思っていた。ロンドンに無事たどりつくまで、いつなんどき記憶喪失にならないとも限らないので、彼は必要なことすべてをノートに書きとめていた。

戦争は青年を男にしただけでなく、様々な変化をもたらした。あまりに多くの生死に遭遇したため、バートラムの心も砥石で研がれたように鋭敏になっていった。叔父がテレックスを送ってくれた。

「最後の記事を読んだ。すばらしい。君が望むなら君の観点から真相を書くことを提案する。私が言えることはそれだけだ」

叔父はテレパシーがあるのだろうか？　バートラムの悩める心が見えるのだろうか？

バートラムは葛藤に苦しんでいた。国が嫉妬や欲から戦争をするとはどういうことか。イギリス人が規定する、より正しい倫理を広める、という口実で併合を求めるのか。イギリスでは毎日どんなパンを食卓に並べるかなどということは、オランダ人入植者には重要ではない。腹を立てた強国が何千キロも離れたところで、そのオランダ人から被害を受けたことは確かだ。強国によって起こされた憎むべき侵略行為に対し、オランダ人たちは自分たちの権利を求めて立ち上がった。オランダ人は子供たちを連れて世界に出ていき、深く信じられ崇められていた別の宗教を教え、広大だがいつも生産的というわけではない土地を耕し、農夫として精を出し利益を上げた。その結果彼らは、彼らの足の下に豊富なダイヤモンドと金を発見した外国人から不利益を被ったのだ。

外国人がそれを欲しがったのは、単にイギリスの上流階級の首を飾るため、王や女王の威厳のある儀式で誇示するためだ。金やダイヤモンドの利権を持っていたのはこうした王や女王たちで、彼らは争いの本当の理由を正しく伝えていない。

オランダ人農夫はとうもろこし、小麦、牛以外には興味がなかった。それなのに、命を落としている。イギリスが面目を保つために攻撃してきたからだ。ヨーロッパ諸国は、新聞社が共謀して真実を読者に伝えない、現実への思いやりがないとして、イギリスを非難する。暑く汗ばむ夜だったが、バートラムは眠りに落ち、朝早くにテレックスのガタガタいう音で目が覚めた。イギリスからだ。

「このままのペースで。ピアソン社」

とある。それはバートラムの思いとは逆だった。

自分の記事はたんなる素材でしかありえないのだろうか？　編集者たちは原稿に手を加えて「恐れを知らない男」からの通信とはしなかっただろうか。例えばこんな風に……

『記者は火の手の上がる前線で岩の影にうずくまり、あらゆる銃弾の軌跡を走り書きで書き留める。銃弾が顔をかすめる。ひげ剃りの必要がないほどだ。銃弾がボーア人の背中に命中する。大英帝国陸軍万歳、邪悪な侵入者の農夫を殺せ！』

と……バートラムは現場主義の報道の欺瞞を、これ以上続けることはできなかった。

彼の中の「弁護士」が首をもたげ、これを糾弾することを考え始めた。真実を報道しなければならない。少なくともロンドンの同僚は、正確な報告を読むことができる。彼らの良心を夜通し格闘させよう。

「余分なことは付け加えず、嘘のない名誉ある記事」を書こう。そんなことをすれば南アフリカから移動させせられるだろうが、少なくとも何ヶ月も会っていないグラディスは彼を歓迎してくれる。従軍記者として記事を書くことは、関係者全員に大きな犠牲を払わせた。

状況が変わったため、バートラムはその計画を実行できなかった。ラングマン野戦病院でのドイルの活動をバートラムが記事に書き、それをドイルが知った頃、興味深いことが起こった。

ウィンストン・チャーチル（のちに卿）が密かに南アフリカに来ていたのだ。チャーチルは主に、敵対する政党の動向を自分の目で調べようと、またイギリス政府内で戦争がエスカレートするのをくい止めようと、従軍記者に変装してやって来たのだが、簡単にボーア人に捕まってしまった。新米の従軍記者は、他の記者に記事を提供したというわけだ。運良く脱走して本国に帰ったチャーチルは下院に基盤を築き、発言力を強め、戦争のありのままの姿を伝えた。バートラムがしようとしていたことだ。

チャーチルは戦争基金への投資を増やすことによって、戦争を拡大する気運を和らげることに成功した。イギリス軍はボーア軍の見事な作戦に敗れたばかりで、この基金はただそれに仕返しをして、イギリスの面子を保つためのものだった。紛争はいちじるしく弱まり、終局にちかづき始めた。

南アフリカに派遣された記者たちに、本国への召還を伝える電報が届いた。バートラムとネヴィンソンは船会社に連絡をし、切符の予約をして、つぎの便でイギリスに帰ることになった。彼らは意識していなかったが、二人の男の人生はこの旅立ちから大きく変わっていくのだった。南アフリカへ赴任した他の記者とは比較にならない、世界を手招きして呼び寄せるような大きな未来が、二人の前に待ち受けていた。彼らは世界中の数百万もの人々に呼びかけることになるのだ。

一九〇〇年七月十一日、ユニオン・ラインの「サクソン号」と同型の船が、ロック桟橋に停泊していた。挨拶を交わし合う乗客と船荷を載せた「ブリトン号」は、淡青色のテーブル湾へと進み出した。船体の長い、上品なこの船は、進水してからわずか二年半しかたっていない。建造したのは北アイルランドのハーランド・アンド・ウォルフ社、対になった二つのスクリューと一万五百馬力の主機を持ち、最新の技術を取り入れた、豪華船だ。十七ノットの速さで海を突き進むので、サウサンプトンには早く戻れることだろう。乗客乗員合わせて一一六八人が乗っていた。

船室のランクは色々だ。船尾の狭苦しい三等船室には三百人がひしめき合っていた。三十九ギニーという目をみはるような料金で一等船室に入ったのは二百六十人、その中には上流階級の名士が名をつらねていた。乗客リストによると、ノーフォーク公爵、その弟のエドワード・タルボット卿、ジェームソン・レイドと縁戚関係の濃いジョン・ウィロビー卿、魅力的なレディ・ウィルソン、マールバラ公爵とアーサー・グロブナー令夫人などがいた。このほかにも多くの著名人が同船していた。

どの甲板でも手すりのところに大勢の乗客が集まり、それぞれの個人的な想い出を複雑な思いでかみしめながら、南アフリカに別れを告げようとしていた。

「ブリトン号」の通った航跡で海が激しく波立つと、水平線の向こうにみえるケープタウンは、静かに想い出へと変わりはじめていた。

船首は力づよく水を切り、本国へ向けて進んでいった。デッキの手すりにもたれて、風にあたっている乗客もいた。バートラムやネヴィンソンのように甲板をぶらついて、赤道地帯の暑さをやり過ごしている人もいる。とても密閉された船室にいられるような暑さではない。

人々の顔には深い皺が刻まれていた。しかし、これまでの緊張と恐怖で表情はやつれているが、期待と希望の色もみてとれる。深くくぼんだ目や、太陽にさらされて変色した髪は、彼らの緊張の年月を物語っている。手紙を書いている人もいた。友人、知人、家族などにイギリスに到着する予定を知らせているのだ……もうすぐ着くと。

船の中にある海上郵便局から、手紙を送信する事ができた。人々は一列になって順番を待ちながら、お互いの似たような経験を、静かに話しあっている。身近にあった死を語り、生きのびたことを神に感謝し、これからの無事を祈る。みな戦争の経験で心が深く傷ついているのだった。


バートラムとネヴィンソンは二人とも風呂に入り、服を着がえて、風に当たっていた。

乗客と会話を交わすにつれて緊張もほぐれ、気分がくつろいできた。気さくな会話をしながらデッキを歩いていくうちに何人かと友達になり、自己紹介しあい、時間を気にせずにゆっくりと会話を楽しむことができた。

気が付くと向こうのほうに人だかりができていた。攻撃的な言葉も聞こえてくる。大きな声だ。騒々しい争いは一体何事だろうと近づくと、集まっていたのが一等船室の乗客だったので二人とも怪訝に思った。

「恥を知れ！」

と誰かが言った。すると別の男がすかさず男たちをなじった。怒りの言葉が飛び交い、そこにいた紳士淑女は、喧嘩が始まるので後ろに下がるように言われた。

ボーア軍のデュヴァル少佐はすぐに重大な告発を始めていた。イギリス軍はボーア軍の将校や兵士達に繰り返しダムダム弾を撃ったと言って、イギリス軍の残忍な行為を非難した。この弾にあたると傷が拡大して、人の身体にはこぶし大の穴が開く、と少佐は何も知らない人々に説明した。

人々はこれを聞いて、驚いて息を飲んだ。しかしどんな銃弾でも、当たれば深い傷を負ったり、死んだりするのだ。

それを受けてもう一方の男が、怒りを込めて悪意ある言葉を吐き出した。イギリスを弁護しているのだろう、

「そんなことは……まっかな嘘だ！」

と叫び、ボーア軍のひれつな攻撃をきたない言葉で非難した。イギリス軍を擁護したイギリス人と訛のあるオランダ人の間の口論が激しくなり、暴力的なけんかになりそうな気配だった。

今やバートラムとネヴィンソンにも、このイギリス人が誰だかはっきりとわかった。オランダ人は眉をつり上げ、

「私が何と言ったか聞こえないのか、ドイル？」

と言った。

バートラムが、敵対する二人の間に進み出た。

「お二人とも、どうか名誉を傷つけるような荒々しい行動は控えて下さい。ここにいらっしゃる皆さん

は上品な、上流階級の方たちです。皆さん、ここで戦争の続きなど見たくないでしょう」

ドイルは恐ろしい目で侵入者をにらむと、言葉をかえす代わりに右手で一発殴りかかろうとした。と、その時、目の前でたちふさがる、一九〇センチ程の背の高さの、コーヒー豆のように茶色の男に見覚えがあって、訳の分からない恐怖も感じたのか、ドイルはしゃがれ声で言った。

「ロビンソン君？　どうして君がここにいるんだ？」

「あなたと同じですよ、ドイルさん。ケープタウンで悪漢と対決してました」

まわりの乗客はドイルのかんしゃくを笑った。怒りがやわらぎ、ばつの悪さでドイルの顔はみるみる赤くなった。

「食堂で冷えたビールでもいかがです？　つもる話もあるでしょうから」

バートラムはネヴィンソンを紹介した。空いたテーブルを探し、三人は腰をおろした。割り込んでくる人はもういなかった。二人はドイルに先ほどの騒ぎについて尋ねた。バートラムはちょっと失礼すると言ってテーブルを離れると、十五分後に戻ってきた。

礼儀をとおして話し合いで決着をつけようと思ったバートラムは、ドイルにさっきの騒動のこと少佐が謝ったら、それを受け入れるかどうか聞いてみたのだ。

ドイルは少佐からの手紙をうけとり、侮辱されたのはイギリス軍だと言ってさらに軍を擁護したが、結局、和解の方向へ気持ちが動いた。

一時間後には、ボーア軍の繰り返しの攻撃は「伝聞証拠」だった、謝罪を受け取って欲しいというドイルからの手紙が少佐に届けられた。

この事件は歴史の表には出なかったが、これがきっかけとなって三人は頻繁に話をするようになった。

ドイルに関してかなりの知識を持っていたネヴィンソンは、ドイルの経歴をさぐろうと、さらに詳しく話を聞いた。まず初めにドイルは、陸軍に志願したが、兵士として戦える年齢ではないと断られ、彼の意図がむくいられなかったこと、また野戦病院の医師兼従軍記者は彼の希望によるもので、これが可能になったのは、ドイルの友人のラングマン氏によるところが大きいこと、戦地で多くの死に立ち会ったこと、チフス菌に汚染された川の水を飲みたいのをこらえて生きのびた人のこと、チフスで数千人が死亡したことなどを、話してくれた。

ネヴィンソンはつぎに、ドイルの小説家としての現在について尋ねた。戦争や紛争時には、なにかに集中することのできる人は少なく、この答えは聞かなくても明らかだった。が、ドイルは正確な記録をつけており、ボーア人がヨーロッパの新聞に発表した、不快な記事を、根底からくつがえす意見を発表するつもりだった。今は小説は書いていないが、イギリスに戻ったらすぐ書き始めると言った。

「シャーロック・ホームズのシリーズは続きますか？　ホームズは八年前にスイスのライヘンバッハの滝で死にましたけど、復活を待っていてもいいですか、ドイル卿？」

とネヴィンソンは続けて尋ねた。ドイルは顔を曇らせ、大きく深呼吸をすると、きっぱりと言った。

「そのいまいましい人物が戻ってくるなどという質問はいっさいごめんだ。ホームズは役割をはたしたんだ、確かに『彼』に恩義はあるが。さらにホームズの話を書くとなると、初期のスタイルとちがってしまう。私はずいぶん進歩したからね。おかげで今は収入もかなり増えているが」

しばらく考えてからドイルは続けた。

「思い出すね。ロンドンの通りでは、失意の読者がホームズの死を悲しんで、腕に黒い腕章を巻いて集まり、ちょっとした騒ぎになった。雑誌や新聞記者は、別のシリーズでいいからホームズ物を続けられないかと、しょっちゅう無礼な申し出をしてきたよ。私の出版社のレジナルド・スミスもそうだった。儲かるご馳走にありつこうと、舌をだらりと垂らしてね。私は彼に言ったんだ、ホームズは死んだ、それが変わることはないとね」

ドイルの中でホームズは壮大な墓の中に横たわっていた、おそらく永遠に。

バートラムとネヴィンソンは、船旅のあいだドイルの想い出話に耳を傾けた。しかし父親のチャールズ・ドイルの行方については、ネヴィンソンが何度か聞きだそうとしたが、結局明らかにされることはなかった。二人は自分たちの物語をいくつかドイルに話して聞かせた。

バートラムは、これまでこつこつと書き貯めた原稿がパークヒルにしまってある、と言った。そしてドイルとネヴィンソンに、もしできれば、デヴォンを訪れ、両親に会って欲しいと申し出ると、二人とも承諾した。

ドイルはそんなことよりも、殺人事件におけるバートラムの全く斬新なトリックが気に入った。

ある人物を殺人事件に登場させる。その殺人では、加害者のように見える人物は全く無実だ。真犯人が紳士の口ひげの手入れにもちいる蝋を使って彼の指紋をとり、血液をつけて『証拠』として殺人の現場に周到につけておく、というトリックだった。

このトリックに夢中になったドイルはバートラムに、これを本に使うつもりかと尋ねた。バートラムはそのつもりはない、と答えると、ドイルはすぐにこのトリックを五十ポンドでバートラムから買った。その時、制服を着たブリトン号の関係者が近寄ってきた。

「下の甲板で記念写真にお入りになりませんか。私たちがこの素晴らしいブリトン号の乗客だったという、いい記念になるでしょう」

と丁寧に誘った。すぐに三人とも承諾し、男の後についていった。

ドイル、ネヴィンソン、バートラム、そしてケープタウンで知り合った従軍記者たちが、みな一枚の写真に納まった。

帰路もマディラ島に寄港した。歌手、ピアニスト、乗客も船をおりて気分をかえることができた。

ウィンストン・チャーチルが「宝石の海の豊饒」と呼ばれるこの島に特別な関心をよせており、この島を永遠に支援することは間違いない、という噂が静かに流れていた。

そしてブリトン号はサウサンプトンの港に錨を降ろした。三人の紳士は予定通りロンドンに戻った。

ドイルは二人と握手を交わし、汽車に乗り込んだ。彼は早く机に向かってボーア戦争の話をまとめたいと考えていた。

ネヴィンソンとバートラムはそれぞれ市内の事務所に向かった。だが一人はその前にベイカー街に足が向いていた。もちろんこれは当然の行動だ。グラディスがバートラムに送った手紙に書いた、鮮明なたくさんのキスの文字は、「早く帰って」という彼女の思いが込められていた。このような要請に人は必ず応じなければならない。

背が高く、黒く日焼けし、さらに立派な顔立ちになったバートラムが戸口から入ってくるのを見て、グラディスはビックリして棒立ちになった。彼の腕に飛び込み、バートラムへの思いが狂おしいほどに溢れ出して、彼女は彼の胸ですすり泣いた。グラディスの母と父はすぐ近くにいたが、だまって二人の様子を見ていた。

母のジェーンがためらいがちに近寄り、二人を安心させるように微笑んだ。

「バートラムさん、グラディスが私たちみんなの気持ちを表してくれましたわ。あなたの記事はいつも読んでいましたよ。ご無事を祈っていました。紳士の威厳をもって帰って来られることを、毎晩お祈りしていました。離ればなれは悲しいことでしたが、グラディスは、本当にあなたを心から愛しています わ」
たどたどしく、言いながらジェーンは涙が溢れて きて、レースのハンカチで目を押さえた。バートラ ムはやさしく母親とグラディスを見つめ、腕をひろ げて二人を抱き寄せた。彼の目にも涙がうかび、二 人の額にキスをした。その時彼は、モリス・ヒル氏 が、静かに彼らを見ているのに気づいた。震える手 で杖をつき、肩は戸口にもたれて身体を支えてい る。

「お会いできて、とても、とても嬉しいですよ」
と彼は弱々しい声で言った。この人は健康を害し ている、とバートラムは思った。しかしグラディス はそのことを手紙に書いていなかった。再会の気持 ちの高まりも落ち着いて、心を開いて様々なことを 話していくうちに、モリス氏は胸の病気が重く、長 生きはできないかもしれないということがわかっ た。

このときグラディスとバートラムは、黙って目を 見つめ合った。ふたりは全く同じ事を考えていた。 グラディスは指輪を優しく見つめて微笑んだ。指輪 の彫面に、彼らの将来が映っていた。

次にバートラムは叔父宅を訪れた。ジョン卿、エ ミリー、クレアは彼の無事を喜んだ。クレアは男性 に対する評価が少し変化していた。以前はバートラ ムが憧れの人だったが、今は別に好きな人がいた。 エミリーは、デヴォンの両親はバートラムが無事に 帰ったことを知っているかと尋ねた。その後、彼の 怠慢を叱責し、すぐに知らせなければとマック・ウ ィリアムズをベイカー街の電報局に走らせた。数時 間後両親がバートラムの帰国を知ったことが確認さ れた。

八月の上旬に帰国するとすぐに、ドイルは下院議 員に立候補する事を考えていた。大英帝国陸軍の行 為に批判が高まり、彼は陸軍を弁護する記事を書いた。イギリスを始めヨーロッパ全域で、新聞の論調はどれも、イギリス軍に対して「返報をもって痛手を負わせよ」と、それとなくにおわせており、彼はこの論調を根底から覆すつもりだった。イギリスの支配力を強く信じていたドイルは、彼の出版社のスミス・エルダーの支持と陸軍省の援助を得ることに成功し、軍を弁護する意見を述べた本を数カ国語で50万部印刷し、発行する手はずになっていた。しかしヴィクトリア女王の病気のニュースが流れ、ドイルの本は全くの失敗に終わった。

何年も前に亡くなった夫君の命日の翌日、ヴィクトリア女王がワイト島のオズボーンで死去した。新聞は心から君主に哀悼をしめし、紙面を黒いわくで囲った。

ドイル博士の落胆ぶりは著しかった。忠誠心から政治的発言は全くやめてしまい、悲観にくれてすっかり落ち込み、ペンを持つこともなくなり、引退を決めて、残された時間を思うままに暮らそうとノーフォークのホテルにこもってしまった。

ドイル復活という奇跡をおこなったのは看護婦ではなく、バートラムから送られてきた一通の招待状だった。

返事の中でドイルは、彼の婚約を祝うとともにクローマーで一週間自分と過ごさないかと彼を招待した。ドイルはロンドンで行われた女王の葬儀以来無気力に襲われ、なんとか悲しみと絶望から抜け出さなければと考えていた。

グラディスは愛する婚約者と、もうひとときも離ればなれになるのは嫌だった。そしてバートラムも、また同じ気持ちだった。長い間、彼らの間をへだてていた何千キロという距離。どんなに彼女を恋しく思っていたかグラディスに伝えたかった。彼は結婚を先に延ばすつもりはまったくなかった。

彼の両親は「天使」と言うグラディスを写真でし

か知らなかったので正式に紹介しようと思っていた。

「君に僕たちの素晴らしい屋敷を見せるよ。ダートムアの広い荒野にも行こう。雄大な領地、野生の動物、森やなだらかな平原を見るのは、壮観だよ。きっと君も気に入ると思う。デヴォンの風景の素晴らしさは、ロンドンの公園でもかなわないよ」

グラディスは驚き、嬉しさのあまり、興奮して甲高い声をあげた。彼女は急いで両親に、とうとうパークヒルに行ってバートラムの両親に会える、と伝えた。

「ドイル博士はどうするの？」

彼のノーフォークへの招待が始まりだったことを思い出して、グラディスが尋ねた。

「簡単さ」

とバートラムが言った。

「彼も招待する。君と一週間すごして、その後に来てもらおう。そうすれば君も彼と楽しく過ごせるだろ？」

電報を送ると、ドイルから喜んで受けるという返事が返ってきた。しかし、ドイルとしては最初に自分の招待を受けて欲しかったのだ。

ジェーンとモリスは彼らの孫ができるかもしれないとはやばやと興奮した。

長い間、南アフリカで働いたおかげで、バートラムは好きなだけ休暇をとることが出来た。

彼の選択。人生の節々でどことなく奇妙な感じがするのに扉を開けて進んでしまうことがある……。そして、もといた場所に戻ることは不可能なのだ。

第六章『犬』の誕生

春らしい陽気のある朝、調子はずれの口笛が砂利道の方から聞こえてきた。たよりない口笛は、それでもなかなか途切れずにだんだん近づいてくる。電報配達の男の子だ。少年は荷をおろすと、自転車をパークヒルの入り口に立てかけ、壁についている呼び鈴の真ちゅうの取っ手を、力まかせに引っ張った。

ベルの大きな音で、ホールにいたメイド頭のキャサリンが出て来て、侵入者をにらみつけた。

「ご用件は？」

と、ハートの女王のようなものごしで言った。目の前に立っているのは十四才になるかならないかくらいの男の子だ。頬を赤くそめて、きまじめな表情をして立っている。

「ロビンソン夫妻に電報です。お返事があれば待ちます」

いまどき珍しいその礼儀正しいようすに、感心したキャサリンは電報をやさしく受け取った。

「すみません、受け取りのサインをお願いします」

と言って、男の子は鉛筆をさし出した。鉛筆には歯でかんだ跡があり、まるで犬がくわえて遊ぶ骨のようだと思った。

キャサリンはサインを済ますと、女主人のエミリーを探した。エミリーは居間にいた。

「電報でございます、奥さま。使いの子が返事があれば待つと言ってますが……」

エミリーはマントルピースの上に置いてある真ちゅうのペーパーナイフに手を伸ばし、封をあけ、電報を読むと、

「返事はいいわ。ありがとう、キャサリン」

と言った。

「わかりました、奥さま」

とキャサリンは答え、待っていた使いの男の子に用が済んだことを告げると、彼の口笛の音が聞こえなくなるまで見おくった。

エミリーは受け取った電報を読み驚いた。もう一度読み返して内容を確かめて、上目づかいにジョセフを見た。

「どうした?」

と、ジョセフの目は先を促していた。

「信じられない」

とエミリーが言うと、ジョセフは答えになっていないことに少しいらだった。

「誰が『信じられない』なんて電報をよこすんだ?」

「いいえ、違いますわ。そうじゃなくて……これは……」

「おいおい……いったい何て書いてあるんだ?」

とジョセフは関節炎で痛む腰をさすりながら言った。電報にもう一度、目をとおしながらエミリーの顔は喜びにあふれた。

「あの子ったら、バートラムが戻ってきますって! 二週間滞在するのよ! 婚約者のグラディス嬢も一緒です、そして、あの子たちの一週間後にコナン・ドイル博士がいらっしゃるの! 七日か八日滞在する予定ですって……信じられないわ!」

ジョセフもこれを聞くと、声をあげて喜んだ。

彼女は部屋を横ぎって、三脚のカードテーブルから小さな真ちゅうのベルを取り上げ、数回鳴らしてキャサリンが来るのを待った。

「お呼びでございますか。奥さま」

「土曜日の午後にお客さまがあります。バートラムが婚約者のグラディス・ヒル・モリス嬢を連れて来ますからね。二週間滞在するそうよ、だから徹底的に大掃除をして欲しいの」

「かしこまりました。奥さま。ぼっちゃまがお帰りになるのは嬉しいですね」

エミリーはキャサリンの親切な言葉に感謝し、その翌週に到着する二番目の訪問者についても、くわしく話した。

「台所の方の手配をよろしくと、クックに伝えてね」

「はい、かしこまりました。ご用はそれだけでしょうか？」

「ええ、ありがとう。キャサリン」

キャサリンはすぐに立ち去り、台所にそっと入った。突然キャサリンが現れたのでびっくりしたクックは、

「あれまあ！　危ないところだった。自慢の料理がだめになってしまうところだったわよ、キャサリン。なにか用？」

「あんた、賭をする人？」

キャサリンはひょうきんに言った。

「してもいいけど……なんで？」

「ええと、何を賭ける？」

「そうねえ、ハリー特製の干しぶどう入りのカスタードプディングを二個賭けようじゃない？」

「あんたの大好きなシャーロック・ホームズの作者のコナン・ドイルが、ここにやって来て私たちに『こんにちは』って挨拶する、っていうのはどうかしら？　それも二週間以内に、どう？」

クックは、いつもの疑ってからかう時に見せる顔つきになったが、キャサリンの言い方で、そんなことは起こりそうもないが、ひょっとしたら、という気持ちになった。

「よおし！　それじゃあ『ぼっちゃまは、次のクリスマスまで帰らない』これでいい？」

「やったあ！」

と勝ち誇ってキャサリンは言った。

「私の勝ちね！　今ちょうだい！」

「これ、とびっきり美味しいのよ！　でもぼっちゃまは帰らないからあげなーい！」

「あら、帰ってくるわよ？」

彼女はからかうように言った。

「今度の土曜に婚約者とご一緒に来て二週間泊まるの。それからぼっちゃまのご到着から一週間後にド

イルさんが来て、七日か八日泊まるんですって！　奥さまが食料品室のほう、たっぷりあるか見ておくようにとおっしゃってたわよ。足りないと大変なんだから」

　クックは信じられないという顔つきで、口をあんぐり開けていた。キャサリンは、舌をべーと出し、一人でくすくすと笑いながら、二階に上がっていった。仕事がたくさんある。使用人を集めなくてはならない。

　ハリー・バスカヴィルは、その晩いつもより遅く番小屋に帰った。アリスが不審顔でたずねた。

「夕飯の時間はとうにすぎてるわよ。まだ暖かいとは思うけど……。ねえ、ここに来てすわって。お屋敷の騒ぎは、いったいなあに？」

　ハリーはブーツを脱いで台所の隅に置き、妻のさえずるような声には答えずに、窓のそばの石の流し台で手を洗いはじめた。

「バーティが明日帰ってくる。駅まで迎えに行くんだ。婚約者を連れてくるって。グラディス・ヒル・モリスとかいうお嬢さんだ。バーティよりちょっと若いらしい」

「それはだめだわ」

　とアリスはハリーにくるっと背中を向けるとぴしゃりと言った。

「奥さんの方が年上で、引っぱっていく方が、絶対うまくいくのよ」

　と自信たっぷりに、つけたした。

「私たちはうまくいったの。あなたには可愛いらしくて抱きしめたくなるような奥さんがここにいて、ベッドにはぐっすり眠っている五才のかわいいマイートル……」

　そして、アリスは振り向くと、湯気の立った夕食を食べている夫に、にっこり笑いかけた。

「ね、そうでしょ？」

　アリスはそう言うと、両うでを夫の首にゆっくりと滑らせた。

「まだ食べ終わってないよ」

「ねえ、あなた……」

とアリスは絹のように柔らかい声で言った。ハリーはマッシュポテトをほおばりながら、妻が思っていることを考えてみた。でもアリスはゆっくり考えさせてくれない。が、とりあえず別の話題にしてみようかと思って、

「バーティたちはきっとお似合いだよ！　うん、そう思うなあ」

と言ってみたが、アリスは彼にもたれかかり、耳に息を吹きかけ、少しだけ、きつく噛んだ。ハリーは、翌朝ひどい消化不良をおこしてしまった。

ニュートン・アボット駅。

ハリーは駅の出口のところで、いくぶん緊張しながら、降車する乗客をじろじろ見ていた。ほどなく目のさめるような光景があらわれた。シルクハットをかぶった背の高い男性が彼のほうに近づいてきた。他の乗客より頭ひとつぐらい、ぬきんでて目立っている。が、なにより目を引くのは、彼のかたわらに寄り添う女性だった。

ハリーは走って逃げたくなった。まるで、メイド頭のキャサリンに怒られている時のように、膝から下が、がくがく震えはじめた。なんという美しい女性だろう。

男性のほうが微笑みをうかべ、片手をのばしながら近付いてきた、

「ハリー！　また会えて嬉しいよ！」

と言い、骨が折れそうなほど強い握手をしてきた。そこでやっと、ハリーは我にかえって、現実を理解した。

「グラディス、紹介するよ。こちらは、家族が、最も信頼をよせる御者、ハリー・バスカヴィル氏だ」

グラディスは、肘まで白い絹の手袋でおおわれた手を差し出した。ハリーがそっとその手の甲にキスをすると、いままで嗅いだことのない香水の香りが

した。それは前にバートラムを惑わせた香りだった。

「お目にかかれて嬉しいです、ミス……ええと、どうぞついてきてください。あの……、すぐに荷物をもってきます」

　彼らの前には、手入れされた馬が二頭と、ぴかぴかに光っている馬車があった。ハリーが扉を開けると、バートラムはグラディスをエスコートし、馬車に乗り込むのを手伝った。

　その時ハリーは、妻の言葉を思い出した。グラディスが着ているドレスをしっかり見て頭にたたき込んだ。あとで必ずアリスが質問してくるに違いない。

「都会的なデザインの高そうなドレスを着ていたよ。腰がくびれたスカートで、長さはボタンで留めるブーツのすぐ上までだ。すそにレースの飾りがついている。上着は上品なレースとフリル飾りがしてある。長い毛皮のストールを首のまわりに巻いていて、きれいなブローチで留めてある。キツネの毛皮だ。その目は永遠に下を向いてるんだな。指には宝石が光っていた。たぶんダイヤモンドだったよ。大きな婚約指輪にたくさんダイヤが付いていた。もう一つ指輪をしていた。南アフリカの鉱山の友情の指輪だな。はじめてみるような、大きなかたむいた帽子をかぶっていた。つばがでかくて、羽根飾りだらけだったよ！」

　と、のちにハリーはアリスに報告した。

　ハリーは荷物を積み込むと、パークヒルに向けて出発した。パークヒルへの行きかたは、何通りもあるが、バートラムが恋人に見せたいだろうと思われる場所をすべて通るように、ハリーは道を決めていた。

　最初にむかったのは、谷からはるか向こうのダートムアが見わたせる場所だった。花崗岩の一枚岩がつづく壮大な景色は、藤色の花の絨毯でおおわれている。とくに、ハウンド・トーは、頂上からの景色が素晴らしい、とバートラムは熱心に説明した。

　グラディスは、想像していた以上に素晴らしい景色に興奮して、次の場所が待ちきれない様子だった。とてつもない大きさ、この雄大さ。これにくらべればロンドンの公園は、へたな小細工の寄せ集めのように思われた。

二頭の馬は彼らを乗せて、木の枝がおおいかぶさる並木道を通り抜け、アボッツカーズウェル村へ向かっていた。ここを通るとバートラムはいつも、家族と一緒に過ごした子供の頃のことを思い出す。遠くに教会の塔が見える。教会のまわりには、木々に取り囲まれたわらぶき屋根のかわいらしい小屋がたくさんあった。

バートラムは、見慣れた景色は見ずに婚約者の顔ばかり見ていた。感動している様子が愛しくてたまらない。帽子の下に見える彼女の美しさはどうだろう。このいまいましい帽子はロンドンのストランドで楽しく選んだに違いない。この帽子がなければグラディスにもっと近づけるのに……。

窓の外に広がるパノラマを熱心に見ていたグラディスは、バートラムが自分を見つめていることに気がついた。そして二人は長い間見つめ合った。グラディスは頬を染め、そっと目を伏せた。バートラムは高まる感情をしずめようとくちびるを咬んだ。彼女をうでに抱き、その魅惑的な唇を、この飢えた唇でふさいでしまいたかった。彼女の手を取ると、彼女は握り返してきた。バートラムが内なる要求を満たそうと、身を乗り出したとたん、馬車が、がたんとかたむいた。外でハリーのあやまる声が聞こえる。馬たちに

「もっと気を利かせろ」

と言うのを聞き、二人は笑いながら額をさすった。

グラディスが大きな帽子をかぶり直そうとするのを、バートラムが手を伸ばして手伝おうとした。彼女は微笑みながらそれを許した。ひづめの音は徐々にゆっくりとなり、パークヒルの入り口の、曲がった私道に入ってきた。馬車の中の二人は顔を見合わせ、手を握り合った。

「着いたよ」

とバートラムはこころ細そうな、グラディスを励ますように言った。ハリーが先に降り、馬車の扉を開けてくれた。ハリーのうしろの玄関のところでは、使用人のほぼ全員と、バートラムの両親が、にこやかに彼らを出迎えていた。

ハリーがグラディスの方に手を伸ばすと、バートラムがハリーの肩越しに
「その役は、僕にまかせてくれよ」

と言った。グラディスは喜んで手袋をはめた白い手をバートラムに差し出し、彼の手につかまって優雅に馬車から降り立った。使用人たちの間から、ためいきと感嘆の声がおもわず洩れた。

「すごい美人だ……」

グラディスはまた赤くなった。

「こちらへどうぞ、奥さま」

とバートラムが大きな声で言うと、カボチャの馬車から降りたシンデレラは、確かな足取りで彼のあとを進んでいった。

ふたりが使用人たちのあいだを通っていくと、皆しんと静まりかえった。使用人たちの笑顔のむこうで、エミリーとジョセフが誇らしげに腕を広げて二人を待っていた。グラディスの身のこなしは、まるで本物の女王のように自信に満ちていて、誰もがみな、彼女のしなやかな姿をうっとりと眺めていた。この美しい女性をエスコートするのは、彼女に勝るとも劣らないハンサムな紳士だ。メイド達はあまりの感動で口が開いたままだったが、慌てて口を閉じ、息を止めてふたりを見ていた。

両親の前まで来ると、バートラムはジョセフとエミリーに婚約者を紹介した。パークヒルの屋敷に案内するときに、ジョセフはグラディスに、

「バートラムみたいな奴が、どうやってあなたのような天使を見つけたのかな」

と言った。グラディスはこんどは誰の目にもわかるほど顔を赤らめたが、それでも礼儀正しく賛辞に

対するお礼を述べた。

しばらく皆でなごやかにおしゃべりをしてから、まもなく食堂へ移った。夕食を食べながらの会話は当然、二人の出会いやバートラムの仕事上の成功についてだった。ジョセフは彼の若い頃の旅行や南アメリカでの戦争体験のことを、グラディスに簡単に話して聞かせた。

バートラムは部屋をぐるっと見回した。しずかな雰囲気の中、心地よい会話が流れている。家具の位置は変わっていなかった。みなよく磨かれている。クッションはふかふかだ。テーブルの上には装飾品がならべてあり、レースの敷物の上に鉢植えの植物がおかれている。カーテンは留めひもできちんと真ちゅうのカーテンフックにかけられている。切り子ガラスの扉の取っ手が見える。床はぴかぴかに磨かれている。このテーブルと椅子の下に敷いてある大きな絨毯は、前に住んでいたリヴァプールの家から持ってきたものだ。

子供時代の想い出が一度によみがえる。暖炉では林檎の木の薪が、パチパチ音を立てている。炎が真ちゅうの枠に反射していて、それを見ていると、催眠術にかかりそうだ。

あれは本当につい昨日のような気がする。窓のそばで「お気に入り」の腰掛けにすわり、なにが書いてあるかもわからない、挿し絵もない、字ばかりの、分厚い本を読もうとしたっけ……今はすぐに手の届くところに婚約者が座っていて、まるで昔からの家族みたいに義父母と笑いながらおしゃべりしている。ここは我が家、永遠の故郷だ。

バートラムは何となく視線を感じて顔をむけると、父と目があった。

「お前の考えていることはわかるよ」

声には出さなかったが、父の親しげな目はそう語っていた。

「ずっと君の家だ。私らが死んだあともな」

ジョセフはやさしくうなずくと、またエミリーたちとの会話にもどった。そのうしろのマントルピースの上には、花の形をしたフランス製の陶器の時計が置いてあった。カチカチと軽快な音を刻んでいるのだが、その音は玄関ホールにあるファーザー・クロックの、がちん、がちんという振り子の音に消されてしまっている。

「そうよね？　バートラム」

　突然母が聞いてきた。バートラムは我にかえった。エミリーとグラディスは、大きな声で笑っている。意味は分からなかったが、彼は笑ってうなずいた。彼女たちは楽しそうに会話をつづけ、まるで本当の母娘のようにはしゃいでいた。エミリーがずっと願っていたことがやっと実現したのだった。

　その夜は、尽きることなくおしゃべりが続いた。しかし、さすがに皆のまぶたが重くなってきたので、それぞれの寝室へ引きあげることにした。

　二階に上がったバートラムは、揺れるろうそくの灯りの中でグラディスに言った。

「おやすみ、きっとよく眠れるよ。君が使う部屋は、ジーザス・カレッジに行くまでは僕の部屋だったんだ」

「それならきっとあなたの夢を見るわ。あなたが窓から月を眺めている夢……おやすみなさい」

　グラディスはそっと扉をしめた。

　翌朝パークヒルに「目覚まし時計」が鳴り響いた。それは蛇のように階段を這い上がり、扉という扉の下をくぐり、鼻孔の中でぴくぴくうごめいて、目覚めの食欲をかきたてた。グラディスとバートラムは階段のところで出会い、そしてキスをした。

「ベーコンエッグだ」

とバートラムが言った。

　朝食のテーブルでも会話は途切れることなく、次々と色々な出来事が話題になった。バートラムが南アフリカにいた時の話になった。帰国する船に乗っていた人たちの中には、戦争でひどく傷を負った人や首を切断された遺体もあった、とバートラムは話した。

グラディスは、世界中で一番大切な人と、離ればなれでつらかったこと、バートラムとは結婚できないかもしれないと不安になったことなどを懸命に話した。話しながら感情が高ぶってきたのか、けなげなグラディスは、テーブルクロスに話題を移した。

エミリーは、やさしくグラディスの手を握り、安心させるように微笑んで、私たちも同じように心配したと、グラディスに話した。

居心地の悪くなったバートラムはすぐに話題を変え、彼とネヴィンソンが帰路の船旅で、ドイルと興味深い会話を交わしたことを話し、この著名人の話を、彼も家族もそばで聞くことができる、なんて素晴らしいことだろう、と言った。

エミリーは、原稿をドイルに見せドイルのように出版してもらうのはどうだろうか、とバートラムに言ってみた。

「ダートムアの冒険」という物語は彼女がもっとも気に入っている話で、もし出版されれば、きっと読者を夢中にさせると彼女は考えていた。

バートラムは、ドイル博士が滞在している間に、彼に作品を読んでもらい評価してもらうつもりだと言い、もちろんその後の可能性についても考えると言った。

ハリーは野菜畑で作業に夢中だった。彼の育てたものは、すべて立派な実をつけた。彼の手にかかったらマッチ棒さえ根を生やす、と噂されていた。植物が生き生きと育った大地で、仕事に取り組むハリーの姿を遠くから見つけたジョセフは、少しのあいだ立ち止まってこの牧歌的な風景をゆっくり眺め、そしてハリーの献身的な仕事ぶりに感謝した。

ハリーは仕事の手をとめ、目を上げた。

「おはようございます、旦那さま、御気分はいかがですか?」

「いいよ、ありがとう、ハリー」

冷たい風が吹いていたので、ジョセフは手短に話を済ませ、暖かい家の中に戻った。年老いた身体に冷たい風はきつかった。エミリーは温室に行くことを提案した。ガラス越しに太陽の熱を集めた暖かいところで、ジョセフの身体を暖めようと思ったのだ。

バートラムたちも一緒に行くことにした。ジョセフは手をこすりあわせながら、エミリーにウィンクし、バートラムにこう言った。

「バートラムや、お前はまだあの馬車を走らせることができるかい？　あれでお嬢さんにダートムアを案内するっていうのはどうかね。この朝日からすると、今日はきっといい天気だ。走るのは気持ちがいいだろう。帰りに牧師さんの所に立ち寄るといい」

それを聞くとグラディスは目を輝かせて喜んだ。バートラムにうながされて、彼女はコートを取りに行った。ハリーは畑仕事をやめて、馬車に馬をつけるのを手伝い、バートラムとグラディスは出発した。

グラディスは日記にこう書いた。

「馬車で出かけるときはわくわくした。バートラムの御者ぶりは立派だったし、村を通り過ぎながら話してくれた話もおもしろかった。ここ数日間で見たダートムアは、どの場所より素晴らしく思えた。

とくに、印象深かったのは、古くからの丘の町、トッネスとその城、ダートマス海軍兵学校の二部隊が、川に停泊していたガレオン船で訓練しているのを見ることができたこと。そして港を取り囲む、風変わりなチューダー調の張り出した建物。橋をわたったキングズウェアの方は、ごつごつした岩海岸がつづいていた。そこから見た海の景色は、とても素敵で澄んだ真っ青な海はフランスまで続いているようだった。

ブリザムという趣のある漁師町で休憩をした。私たちは居酒屋に入って食事をしたが、これもすばらしかった。魚は捕れたてで、私は初めてカニとロブスターを見た。ブリザムからの帰りは、別の道を通った。今度は海岸沿いに赤い砂岩層の丘が続き、丘の上は青々とした草木がしげっていた。ペイントンあたりでは、丘はなだらかに砂浜につづいていて、白い波はやさしく笑いかけているようだった。

トーキーは七つの丘の町として最近ロンドンで人気があるが、海の景色は、バートラムに、南アフリカを思い出させてしまったようだ。

恋人であり、婚約者であり、将来の夫でもあるバートラムと一緒に、心踊る一週間を過ごせた。デヴォン州は本当に魅力的で美しいところだ。

砂浜に続く花崗岩の丘、でこぼこの古城のまわりの、ひなびたわらぶき屋根の小屋、どこまでもつづく広い海岸、ダートムアの岩の荒野、深い渓谷、くねくねと曲がって流れる川、森のなだらかな丘陵地帯、赤い牛、そして暖かく迎えてくれる魅力的な昔ながらの生活を守っている人々。何もかも大好きだ。訪問できて本当によかった」

どしゃぶりの雨の中、バートラムとハリーはロンドンから到着するドイルを迎えに行くため馬車を走らせていた。

雨はやむことなく、遠くにニュートン駅のぼんやりとした明かりが、暗闇のなかに不気味に見えてきた。バートラムは馬車から降りずに、そのままロンドンからのペンザンス行きの汽車の到着を待った。到着がだいぶ遅れているようだった。おそらく霧が濃くなって、見通しが悪くなったせいではないか、などと考えているうちにだんだん不安になってきた。

馬の背中に雨が激しく打ちつけ、滝のように流れ落ちる雨水が、馬の足もとをびしゃびしゃに濡らしていた。馬がいらいらしている様子なので、ハリーは馬の横に立ち、くつわを手に取り、優しい言葉でなだめていた。

その時、激しい勢いで汽車が駅に滑り込んできた。外にもその振動が伝わってきた。巨大な姿から大量にはき出された蒸気で、あたりは何も見えなくなった。

バートラムはドイルを探すために霧のなかに消えていった。まもなく二つの大きな影が、ハリーの待つ馬車の方に近づいてきた。一人は肩マントをかけ、雨をよけるようにフェルト帽子を深くかぶっているが、それもぐっしょり濡れてしまっていた。短く挨拶を交わして二人が馬車に乗り込むと、馬車は大きく揺れた。ハリーが御者台にあがると、あとは誰も言葉を交わさず、馬車は雨の中を出発した。こんな悪条件の中でも馬を操るハリーの手綱さばきは、実に力強く、確実に調子をつかんでいた。がしかし、深い水たまりや湖状に広がった水たまりに、馬がはまり込んでしまうこともあり、雨水がたまったところを通る時は、まるでボートに乗っているようだった。

そうこうするうちに砂利道を進んでいる音がして、馬車がパークヒルの私道にさしかかったことがわかった。海のように水浸しになっている中で、足を置くことのできそうな大きさの石を見つけて、彼らはやっと地面に降り立った。ハリーは急いでバートラムとドイルが馬車から降りるのをたすけ、暖かい灯りがともったパークヒルの客室に、ドイル博士の荷物を運び込んだ。こんな悪天候の夜ではあったが、暖かい挨拶でドイルは迎えられ、暖炉のほうへと案内された。火がパチパチと燃えさかり、暖炉の前には快適な椅子が用意されていた。しかし疲れもあって会話は短かめに切り上げることになり、熱いココアを飲むと、みんな寝室へ引き上げた。ベッドはあらかじめ暖めてあり、誰もが漆黒の闇の中で眠りについた。

翌朝のデヴォンの空気は水晶のように澄みきっていた。階下では使用人が働きはじめている。食堂に朝食を運ぶワゴンが、皿や瀬戸物を乗せてガチャガチャ音をたてて廊下を行き来していた。おさえた声で給仕のメイドに指示を出す声がする。料理人はまるで王様の食事を作るように、細心の注意を払って朝食を用意した。

グラディスは、彼らの話し声で眠りから醒めた。あくびを一つしたが淑女であることに変わりはなかった。

エミリーは、すでに朝食のテーブルの用意に細かな指示を出していた。彼女はいつでも素晴らしい主催者ぶりを発揮する。しかも今回は有名人の訪問という特別な出来事だ。特に念を入れて、もてなしの準備をしなければいけない。

ハリーが育てた花を入れた花瓶をテーブルクロスの上に置くと、エミリーは少し後ろに下がって全体のバランスの確認をした。すると彼女が魔法の杖を振ったかのように、階段の下から声が聞こえ、ドイルを先頭にバートラムとグラディスが食堂にあらわれた。

ドイルは昨夜の長旅の疲れはすっかりとれ、ぐっすり眠れた様子だ。満面の笑みを浮かべ、威厳ある身振りで、用意された朝食のテーブルの素晴らしさをほめ、どんなに目が肥えた客でもこれ以上満足させることはできない、と言った。

決められた席につくとすぐに給仕がはじまった。使用人の給仕の仕方もいつになく立派だ。おいしそうな匂いのするパン、深めの容器に盛り付けられた肉料理、具だくさんの手製のマーマレードやジャム。そしてこの辺りでは誰でも知っているパークヒル特製のバター。これは氷入りの保冷器に入れ、バターをすくう銀製のカーラーもついている。インド紅茶、イギリス紅茶、コーヒー、ミルク、ゆで卵や落とし卵を添えたトースト、などが次々に、レース編みのテーブルクロスの上に出された。このテーブルクロスを誰かがほめるとエミリーは、これは母から譲り受けたもので、百年以上前に編まれた物だと言った。

朝食のテーブルはグラディスとドイルの話で先週のように盛り上がり、なごやかな会話が進んでいった。ドイルは、今後は博士はやめてもらいたい、アーサーと、ファーストネームで呼んで欲しい、と言った。彼がグラディスを大変気に入ったことは明らかだったが、彼女はただ受け止めているだけだった。

予想どおり、ドイルは変わった過去からさまざまな話をしてくれた。どれも貴重で興味深い話だった。もっと話が聞きたくて、みんな次々と質問したが、詳しい話はまた近いうちにということになった。

話がつきず朝食の時間も過ぎていったので、バートラムは午前中一緒に外を探索してみるのはどうかと提案した。バートラムはドイルが英気を養おうとして彼をノーフォークへの旅行に誘ったことを思い出したのだ。グラディスも先週訪れた田舎の景色がとても元気づけると話していたので、また馬車で、あたりの様子を見に出かけ、地元の人々とも会って話すのはどうだろうとバートラムは思ったのだ。

先週グラディスと行った時とは別の道を通るつもりだった。あの小旅行は二人だけの特別な想い出として取っておきたかったからだ。

ドイルはバートラムの提案にすぐに賛成して、こう言った。

「みなさんもご存じでしょうが、私はプリモスに住んでいた時に書きはじめたんですよ。ただの暇つぶしとしてね。私の記憶が正しければ、イップルペンから大体三十キロぐらいのところだったと思いますよ」

「そうです。天気が良ければダートムアから馬車で四時間ほどです」

とバートラムが答えた。ドイルは続けて、

「ありがとう。しかし、当時はわからないことが多かったね。私は若い医学生で、医学の知識を私の雇い主でもあり教授でもある、今は悪名高いあのバドック博士から何でも吸収しようとしていたんだ。

患者を救う博士の方法は、恐るべき方法だと言えば当たっている。異常に思うこともあったな。現在の病気だけでなく、将来も決して病気にならないように、患者は養生の仕方に金を払うんです。もちろんその結果、彼の診断が正しくて、患者にも効果があらわれることが証明されるんだがね。

たとえば、プリマスの町を夜歩いていて猿の群に襲われたくなかったら、一週間バナナだけ食べて過ごしなさい、そうすれば絶対に襲われないと自信を持っていられる、というのが教授の指導なのさ。風変わりなことだらけで、医学の道に入ろうとしていた私にとっては、とんでもない経験だったよ。ありがたいことに、もうずいぶん昔のことだがね」

ロビンソン家の人たちは、彼のそんな話を本当に楽しく聞いた。そしてドイルが小説家として、特にシャーロック・ホームズの作者として小説家の道を進み、成功し確固たる地位を築いたことをほめたたえた。実際、彼の本の何冊かを料理人クックは読んで知っていた。コナン・ドイルの昔からのファンである彼女は、もしドイルが承知してくれて紹介してもらえたら嬉しいと話していた。それを聞いたドイルは喜んで、と答え、料理長の夢はのちに実現することになった。

朝食をすませ、出発の準備ができると、バートラムとグラディスは、馬車を用意してもらうために、ハリーのいる小屋へ向かった。

すぐに馬車は出発した。右に曲がり、農場をこえ、のぼり坂をいっきに駆けあがって丘に出た。そこはバートラムが、かつて法廷弁護士としてやっていくべきかどうか悩んだ場所だ。彼は当時の自分を思い出していた。いま自分は、ドイルの若いころと同じような道を歩いているのだ。ドイルにもきっと親身になってくれる牧師の助言があったのだろう、とバートラムは考えた。

馬車をとめ、遠くまで景色が見渡せる場所へとドイルを案内した。ドイルは感嘆の声をあげた。牧草地から農場へ牛を移動させ終わった農夫が道路近くにやって来たので、彼と短い会話をすることができた。

道路の向こうから別の農夫が牛を連れてやって来たので、ハリーは脇に馬車をとめて道をゆずった。

おなかのふくれた牛が何頭も通り過ぎていった。乳もパンクしそうなぐらいに張っている。この牛の乳がデヴォンのクリームになるのだ。クリスマスの季節にはこのデヴォンのクリームは、大変人気があった。

興味を持ったのか、牛は長くて固い舌で馬車を舐めた。牛の持ち主は、牛の背中を叩きながらバートラムたちにあやまった。ハリーは御者台からドイルの方を振り向き、

「この白黒の牛はホルスタイン種で、茶色のはデヴォンレッドです。向こうの耕地の赤土から名づけられたんでしょう」

とドイルに言って、畑の方を指さした。畑では頑丈そうな馬が二頭、力強く耕作機を引いていた。居酒屋で見たビールの樽を積んだ荷馬車を引いていた馬によく似ている。農夫はこうやって馬をあやつり、夜明けから夕刻まで、一日中畑を耕して毎年収穫を得るのだ、本当に骨の折れる仕事だ、とバートラムは思った。

作物が刈り取られて黄色になった畑が広々と続き、だんだんと赤土の土地に変わっていった。

次に行く所は決まっていた。ドイルが言っていたプリマスだ。

「牛のいた牧草地はすぐに当てられるね。牛が牧草地から搾乳場へと移動していく時、どこから来たかは、道路を通った跡を見るだけでわかるからね」

バートラムはドイルに、このあたりの案内はハリーがとても得意だ、と言うと、ドイルも、もちろん賛成だという表情をした。

ハリーはふたりの許可を得たので、自由に見たままを適切な言葉使いで話しはじめた。バートラムもハリーの言葉を自分自身の言葉として聞きながら、自然の素晴らしさを堪能した。ドイルも黙って聞いていた。

やがて道の両側に高い花崗岩の壁が立っているところにでた。そこは谷に続く急勾配のくだり坂にな

っていて、その下に流れの速い川があるのだ。流れは流木や岩などにぶつかり、大きな音をたてている。ゴー、ゴー、ドーン、バシャッ！ まるで文句を言っているようだ。そして跳ね上がった水は、こんどは高笑いのような音を立てて、流れに戻っていく。そのさきは滝になっていた。川の水が滝から落ちると、弧を描いてちらちらと虹が現れた。カワセミのように鮮やかな色できらきら輝いている。流れのわきに、野生の百合が揺れて、花のまわりをみつばちがとんでいる。この蜂の蜜を集めたものが、おいしいデヴォンシャーの蜂蜜になる。

まもなく道は急なくだり坂になった。デヴォンの道はたいていこんな風だ。谷へ落ちないように注意しなければならない。

ハリーはひとまず解説は止めて、馬を安全にあやつることに神経を集中させた。重い客車が後ろから押してくるので、馬が下り坂を踏ん張って進むのは大変だ。すでに前足は扱いにくいロバのように踏ん張り、ときどき蹄鉄のつるつるしたところが当たると、滑ってよろけた。手動のブレーキはずっとかけたままだ。ドイルは興味深そうにその様子を見ていた。

小さな集落に着いた。そこはそっくりそのまま絵に書いてみたいような景色で、テラスのついたとても小さな小屋が、ひっそりと、ひとかたまりにくっついて建っている。幅十メートル足らずの、一部屋づくりの小屋が重なって見える。かやぶきの屋根の下の白壁が太陽の光に反射して目がくらむほどだ。反対側には、背の高い教会がそびえ立っていた。ドイルが尋ねると、バートラムは次のように説明をした。

「政治的、歴史的にみて不屈の精神の時代がありましたが、この教会はその時代の遺跡です。この地方の英国教会の中でも一番立派な教会で、大切に保護されてきました。風化したこの姿を見ていると、過去の不幸が嘘のようです。このトーベイの神の家は今だに、イップルペンの聖アンドリュース教会と良い関係を保っています。見ておわかりだと思いますが、教会の宿舎に面して建っていますね。それには意味があります。この宿舎は何人もの命を救ってきました。アルコール中毒者を収容し、アルコールを全く絶たせたのです。

建てられたのは十二世紀から十三世紀頃です。十六世紀になってオリヴァー・クロムウェルの時代に、円頂派と騎士派の戦いがありました。この近くのヒースフィールド、ニュートンアボットの外ですが、そのヒースフィールドでの、戦いは激しかったようです。クロムウェルが教会を破壊し、牧師を殺したことは知られていますね。そういうわけで村人たちは居酒屋までトンネルを掘り、逃げ道を確保し、教会の工芸品を盗難や火事から救ったのです。トンネルの出口はカウンター付近の板石の所らしいですね」

ドイルは、その様子を想像して笑った。

「教会の牧師たちが、その穴からはい出てくるところが想像できるよ。四時間後にはトンネルに戻り、夜遅く聖書の一節を教会に向けて唱えるんだね。この地方には地下で歌う修道士の『幽霊話』はないのかい?」

「私は知りませんが。でも、おそらくあるでしょうね」

とバートラムも笑いながら答えた。

ハリーはゆっくりと馬車を回し、旅を続けた。

ドイルは満足して馬車の革の座席に座っていた。デヴォンの贅沢な自然環境に触れてまだ二時間しかたっていないのに、すっかりくつろいでいるようだ。笑顔は見せないまでも、目の輝きは喜びをあらわしていた。おそらくドイルは、バートラムをとりまくこの自然がうらやましかったに違いない、じっくり考えてからドイルは言った。

「実に素晴らしい土地だね。君の物語はこの土地の協力があってこそ書けたのだろうね。このながめは作家を書く気持ちにさせるよ。自然の真髄を封じ込めたくなるね。言葉のニュアンスをからみ合わせて、色々な風合いや色味で絵を描きたくなる。農場の庭から薔薇にいたるまで、あらゆる香りが混じり合って、我々が呼吸する空気の中に流れている。その感覚はぼんやりしていると、黙って通り過ぎてしまうんだ。掻き立てられるな、この絵を描くには、インクの付いたペンを紙に押しつけなければいけない」

バートラムは、呪文を聞かされたように、魅了されてぼうっとしたが、うなずいて気持ちをあらわし、先にいくことをうながした。

「歩きましょう」

とハリーが応じ、馬車は少し揺れてとまった。四角い屋根の聖アンドリュース教会が目の前に現れた。

「北門のところに馬車をまわしておいてくれないか、ハリー。アーサーを連れていきたいんだ」

とバートラムは言い、ドイルの方を振りむいた。

「ここの牧師のロバート・クックさんがいるといいんですが。彼は僕のいい友達なんですよ、アーサー。奥さんのアグネスさんもね。僕がダートムアの物語を書くとき、彼らのアドヴァイスが役にたったんです。とても面白い人たちですよ」

「楽しみだ。ああ、もしかしたら君のところのクックのご両親かい？」

「いいえ、関係はありませんよ」

とバートラムは答えた。彼らは馬車から降りて墓地の方を見わたした。教会をかこむ堀のうえに墓石が突きだして見える。教会のまわりは、よく手入れされた芝生が海原のように広がっていた。

扉を押して入ると、ぎぎっと鳴り、するとどこからか同じ様な音が聞こえてきた。

「反響してるのかな？」

とドイルが尋ねた。バートラムがとまどっていると、墓地の反対側の裏門の方で、手を振ってこちらを呼ぶ声が聞こえた。

「牧師さん。おはようございます、いらっしゃってよかった！」

とバートラムが答えた。黒い牧師服を着た紳士が教会の車寄せのところに出てきた。ロバート牧師は満面の笑みでドイルと握手をかわした。

「なんと！　アーサー・コナン・ドイルさんご本人なんですね。すごいことです！　あなたが私たちの教会におられるなんて信じられません。ああ、失礼がなければいいのですが……。ドイルさん、この古い教会をご案内させてください。ドウムズデイ・ブックにまでさかのぼりますが。それにいくつか信じられないような話もありましてね……。もうバートラムからお聞きになっているでしょうか？」

今日のことはロバート牧師にとって、在職中で一番の出来事になるだろうな、とバートラムは思った。ドイルは、

「ロバート牧師、こんな素晴らしい教会を牧師さんご自身にご案内頂けるなんて、この上ない光栄です。よろしければ是非お願いします」

と誘いにこたえた。ロバート牧師がこれに対して何か言おうとした時、教会の鐘が十二回鳴った。ドイルは首を伸ばして教会の時計を探したが、それは見つけられなかった。音が鳴りやんでから、ロバート牧師が言った。

「ここには時計はありませんよ、アーサー。時計を使っていた時代もあったんですが。村人は時計が読めなかったし、働く場所も離れていますからね。畑は何キロも先ですから時計を見ることができません。それに分という単位が無意味なんですよ。イップルペンの農夫に必要なのは、十五分、三十分、四十五分、一時間という単位です。だから風にのって遠くまで聞こえるボーンという大きな音が大事だったのですね。季節ごとの、彼らの稼ぎにも関係してきますから……。さあ、とにかくどうぞおはいり下さい」

ドイルはいにしえの人々が踏んだ板石を踏みし

め、オーク材でできた大きな入り口の扉を通って中に入った。入口には聖水盤がおいてある。ここで何千人の赤ん坊が泣いたことだろう。

彼らは見学の最後に塔にのぼった。イップルペンを見渡すその景色は、ダートムアでも最も素晴らしい眺めだった。塔から降りてきて裏門に止めた馬車の脇に立った時にも、まだ彼らは感動の余韻でぼんやりしていた。そのとき塔の中から、

「ボーン、ボン、ボーン、ボン」

という音が聞こえた。ロバート牧師は笑って、

「私の腹時計は一時過ぎといってますから、一時十五分ですね。正確に動いているようです」

と言った。ハリーは、牧師の意図を察した。アーサーとバートラムが馬車に乗り込むと、ハリーは牧師に別れの挨拶をし、パークヒルに向かって馬車を走らせた。

帰り道、電報局のあたりで、ドイルはバートラムのほうを向いて、

「これまで何度か教会の中を見たが、今までで一番素晴らしかったよ。とてもよかった」

と言った。二人とも馬車に揺られながら、今見てきた教会の印象を心の中で思い出していた。ドイルが続けて、

「そういえば牧師さんは、君がものを書く人間だと言っていた。興味があるな、何について書いているんだい？」

と尋ねた。バートラムは自分の創作小説について少し話した。

それは脱獄した罪人の話だった。ダートムアのプリンスタウンという人里離れた村に高い塀をめぐらせた牢獄があり、ある囚人がその塀を乗り越えて逃げた。そこには女王陛下の命令で、更正の見込みのない凶悪犯が投獄されていた。彼らは最も重い罪を犯して投獄されていたのだった。昼も夜も銃を持った番兵が彼らを見張っている。

「そして……ああ、着きました。いい匂いがしてま

すね。唾が溜まってきましたよ」

「私もだ。パークヒルの昼食も楽しみだが、君の物語のつづきも気になるね。ああ、そういえば、君のところのクックにあとで会いにいってもいいかい？」

「もちろんですとも！　彼女は死ぬほどびっくりするでしょうね」

とバートラムは言って、ふたりは馬車から降りた。

食卓ではグラディスが、まるで娘のようにふるまっていた。エミリーは母親鶏でグラディスはひよこ。まったく気の置けない自然な雰囲気だった。今日の小旅行の話で会話が盛り上がった。ジョセフも昔の旅の話をした。昼食は一時間ほどつづいた。

ドイルは、彼の本を愛読してくれているクックに個人的に挨拶をしたい、台所をのぞいても良いかと尋ねると、この希望はもちろんかなえられた。しばらく台所に行って居間にもどってきた彼は、見慣れないカリスマ的な表情になっていて、話しかけられる雰囲気ではなかった。ドイルはただ、

「とても良い女性だ」

と言った。

デヴォンの空気は湿気があるし、慣れてない人は休んだほうがいい、とジョセフとエミリーにすすめられるがまま、午後は昼寝をすることにした。ジョゼフとエミリーは、温室でゆっくりと本を読みながら過ごした。

昼寝から起きたバートラムはドイルに、裏の芝生でクロッケーのゲームをしようと誘った。

「最近やっていないが、よろこんでお相手しよう」

とドイルは答え、彼らは屋敷の裏の庭をとおり、あずま屋までやって来た。彼らはあずま屋を「屠殺場」と呼んだ。バートラムのクスクス笑いにつられそうになるとドイルは、

「武器を選びたまえ」

と言いながら、騎士が刀剣を振り回すように腕を振った。ドイルは真面目な表情で挨拶をし、やる気

満々でゲームに入った。

「頭に取っ手の付いている方を使わせてもらう……バートラム君！」

と言いながら先手をうって最初の一振りをした。

「お望みなら口径のあっている砲弾もどうぞ、アーサーさん！」

とバートラムが続けた。ドイルはじっくり考えて、ボールをピッチに入れようとしたが、最初の輪で引っかかってしまった。

「すでに君が優位にたったね、バートラム君」

とドイルは言いながら、からだを曲げて大笑いした。バートラムは戦場の隊長のようにドイルをたしなめた。

「輪の中を通さなくちゃいけないのに、ラグビーみたいに運ぶからです」

と言い、挨拶が失敗でしたね、と言うと、ドイルは沸騰したやかんのようにけらけらと笑った。

「愚かさは勇気の最大の特徴だ、君……それに……」

ふたりとも腹の皮がよじれるほど、大いに笑った。後で消化不良を起こすのではないかと思われるほどだ。実際のところ、彼らのゲームは規則や正確さなどは全く無視して、信じられないような方法でゲームをしたのだ。これが楽しくないはずはない。最後は引き分けでゲームを止めることにして、ふたりはそれぞれのボールを前の方に叩きながら、ぶらぶら歩いて、あずま屋まで戻ってきた。芝生のはしで、ドイルのボールは芝生を越えて道の方へ転がっていってしまった。

「君のボールだろう？」

とドイルが言う。バートラムにとりに行かせようというのだ。

「いいえ、僕のであるはずはありませんね。僕のは芝生にちゃんと跡がついてるじゃありませんか。それに目だってついてるんです」

ドイルは父親のように腕をバートラムの肩に回し

て大笑いした。そして言った。

「では今晩ビリヤードゲームはどうかね？　父上が素晴らしい玉突き台があると話して下さったが」

「やりましょう！　でもいいんですか？　アーサー？　すぐに負けますよ」

二人のうしろに長い影ができていた。影は彼らが家の中に入るまでついてきた。すぐに夕食となり、バートラムとドイルの愉快な会話で夕食のテーブルは活気づいた。

夕食後、ジョセフはドイルを豪華なビリヤード・ルームに案内した。石板の玉突き台の磨き上げられたマホガニー製の脚に、暖炉の赤々と燃える火が映っていた。グラディスが審判をすることになり、ボクシングの試合のように対戦相手を紹介した。ドイルがコイン投げに勝ち、玉を散らした。バートラムは経験が足りないのか、得点はドイルが勝っていた。

ゲームをしながら会話を楽しんでいるうちに、今朝バートラムが話していた彼の小説の話になった。

「今までに何編くらい書いたんだい、バートラム？」

とドイルが尋ねると、

「何十編にもなりますわ。とても良く書けているんです」

とグラディスが答えた。バートラムは、婚約者が彼の作品を支持してくれたことに少し照れたように、大したことはないと言った。しかし、いくつか読者をつかめそうな原稿があり、それを書けたことに大変満足している、一番自信があるのは、ロバート牧師がほめてくれた作品だ、と告げた。

「それにはもうタイトルがついているのかい？」

とドイルは尋ねた。

「ええ、ついてます。僕はそれを『トーマス・ハーンの謎　ダートムア物語』と呼んでいます」

「おもしろそうだね。読ませてもらう機会はあるかな？」

とドイルが言うと、

「もちろんです！　ご意見を聞かせていただければ光栄です。きっと僕の役にたちます」

「私もたのしみだ。それはどこにあるんだい？」

ドイルは邪心のある表情であたりを見回した。まるで牢屋から逃げ出してきた囚人が、テーブルの下にでも隠れようとしているようだ。バートラムは、

「母が全部まとめて二階にしまってあるんですよ」

と笑顔で言い、グラディスの方に振り向いた。

「はい、お言いつけどおりに。ご主人さま」

と彼女は、ヴィクトリア女王にするように膝を曲げてお辞儀をした。

アーサーは眉をつり上げて繰り返した。

「全部母上が持っているのか。母上が物語をたくさん大切にしまっているというんだね？」

「ええ、そうです。積みかさねれば、たぶん天井に達するくらいあるんじゃないかな、何年も書いてきましたから。中には捨ててもいいものもあると思いますが、母親というものは何でもとっておきますからね。僕が書いてきたのは、ダートムアのことだけです。今日ご覧になったとおり、季節や一日の時間帯でも様子は違うんですよ。天気によっても雰囲気が変わります。僕がアイディアを思いつくのもそういう微妙な変化があった後です。

最近『ピアソン・マガジン』と、イギリスの歴史シリーズの契約をして、そこに荒野に生きる古代人の生活をくわしく書きました。古代の人は一年中、生存をかけた大変な状況にいたのです。動物を殺し尽くしてしまったので、もう動物の姿さえ見ることがなかった。彼らは火打ち石を使って火をおこし、食べ物を煮たり焼いたりしました。石の小屋が彼らの安息の場だったのです」

ここまで一気に話したバートラムは、話に熱中しすぎたかもしれないと思った。

「すみませんでした。あなたはすでにこういうことはご存じでしたね。バド博士とお仕事をされていた時は、プリモスの反対側の荒野に住んでいらっしゃ

ったんだ」

「そうだが、当時はダートムアを訪れて散策するということは、私は全く考えなかったよ。まったく惜しいことだ」

その時グラディスがバートラムの原稿を抱えて戻ってきて、

「この重さからすると、この物語は花崗岩に書かれているのね」

と言った。

ドイルは先ほどの話に出た物語を受け取ると、少しだけだから、とそのまま暖炉の前に座り込んで読みはじめた。ドイルは冒頭からバートラムの言葉に引き込まれてしまった。経験豊かな作家の両目が、むさぼるようページを読み進んでいる。しばらくして原稿から目を離したのが、本当はまだ読んでいたい、という様子があきらかだった。

グラディスはバートラムと目を合わせ、片目をつむって見せた。そしてドイルの玉突き棒を取り、彼に代わって、未来の夫の対戦相手をしはじめた。ドイルはバートラムの原稿にかこまれ満足そうだ。花崗岩に刻まれた物語、森や馬、脱獄した囚人、銃をかまえた番人、ダートムアの冷たい霧や雨など、すべてが生き生きと描かれていた。薄明かりの危険な沼地をさけて逃げる場面では、決してくじけない精神的な描写もしっかり書き込まれている。文体は余り気にせずに読んだのだが、とにかく内容に引き込まれた。囚人はくだり坂で苔に覆われた石につまずいて滑ってころぶ。くぼみを飛びこえ、芝地をぬけて、荒野に逃げる。夜のふかい闇の中で迫りくる追っ手。怯えた彼の顔は生気を失っている。彼を追うのは真っ黒な、恐ろしい、幽霊のような生き物だ。彼の血を求めて、遠吠えをする……。

ドイルの様子に気を取られずに、もっと玉をよく見ていたら、腕が落ちたとはいえ、バートラムはグラディスを負かしていたに違いない。グラディスはバートラムに勝って、喜んで大きな声をあげたので、

ドイルは物語の世界から連れ戻された。目を上げると勝ち誇ったグラディスが、

「あなたの勝ちです」

とドイルに言ったが、彼はまだぼうっとしていた。グラディスに礼は言ったのだが、心ここにあらずといった様子だ。物語の衝撃がまだ彼の心を奪っていた。ドイルは椅子から立ち上がると、非常に面白いとつぶやき、

「お嬢さん、私の代わりをありがとう。お見事でした。もうこんなに時間がたってしまったんだ。そろそろお楽しみは終わりにしなければならないだろうね。ダートムアの恐ろしさも忍び寄ってくるし。バートラム、この物語は素晴らしいよ。よければ、明日また読ませてもらえるかな」

と言った。バートラムは喜びを隠しきれなかった、グラディスは、彼の手をぎゅっと握りしめた。

翌朝の朝食がすむと、アーサーは原稿を持って外へ出て行き、あずま屋に腰を降ろした。バートラムは、買い物のついでにアリスとハリーが結婚式を挙げた教会に寄ってみないかとグラディスを誘うと、彼女も喜んで賛成し、二人はトーキーへ出かけた。

ハリーは結婚式の場所を見てくれるなんて嬉しい、ドイル博士が「彼の話」に興味を持ってくれてよかったと言った。これを聞いてグラディスは、

「なんのこと？　『彼の話』ってどういう意味なの？」

バートラムは説明した。

「何年か前に、ハリーの祖先の事を聞いたんだ。とても引き付けられる話でね、書く練習にもなるけれど、それと同じくらい子孫に残すべきだとも思ったのさ。ダートムアにバスカヴィル家が無くなった理由は、すべてハリーの祖先の欲と愚かさにあった、というんだよ。アボッツカーズウェルの牧師が後で調べたんだが、ハリーとの関係については、はっきりした証拠はないらしい。

こういう話だよ。バクファストリーの近くにある

種の一族が住んでいて、この一族にまつわる話がたくさんあった。とくに父親は恐ろしい男だったらしい。あまりにひどい男だったので、彼が死んだあとも村人たちは悪霊としてよみがえらないように、彼の墓に柵をめぐらしたんだ。だが彼は死の自由を手にして、悪霊となって何度もあらわれたんだ。夜になると湿地で、農民たちを不安に陥れた。ほかにも悪さをたくさんしたようだ。

事実は小説より奇なり、というわけさ。そして話は広がっていった。この時にはハリーの家族の名前は、どの名士の名前よりも有名だった。邸宅があった場所は暗闇の中でだんだんと不気味なものになっていったんだそうだ。僕らが聞いた話はそうだったね、ハリー？」

ハリーは肩をすくめ、バートラムに同意した。顔には恐怖の色が浮かんでいた。

「私はそこへ帰るつもりはないですよ。アリスと私はパークヒルで気持ちよく働いて来ました。パークヒルに骨を埋めるつもりです……。さあ、どうぞ馬車に乗って下さい」

と言った。

バートラムとグラディスはうながされるまま馬車に乗り込んだ。グラディスはお礼を言いながらこの話を忘れることはないだろうと思った。

夕方、二人が買い物を済ませて戻ると、グラディスは品物を並べて、買い忘れがないかどうかエミリーと確認していた。やがて時計が鳴り、夕食の時間になった。

食卓ではドイルがとてもくつろいだ様子で、笑顔を見せていた。皆、バートラムの原稿について早く聞きたくてたまらなかった。彼がいつ切り出すのかと食堂の空気は張り詰めていた。ついにグラディスが、今日読んだもので何か面白いものはあったかとドイルに尋ねた。皆が、かたずを呑んで作家の返事を待った。

ドイルは咳ばらいをすると答えた。

「ああ、もちろん原稿のことをおっしゃっているんですね。どのページも興味深く読ませていただいた。自分の原稿を読むように、真剣に読みましたよ。バートラムに文学的才能があることは明らかです。読者の想像力をかき立て、夢中にさせる力を持っている。筋立てもしっかりしているね。

私は登場人物に強く引かれた。ことに微妙な感情の動きの描写がすばらしい。この話を読んで、舞台になったあの荒野を、どうしても自分の足で歩いてみたくなった。これは大切なことです。同じ場所に立って、その光景をあじわい、泥炭の荒野の空気を吸い、切り倒された石に手をおいて、ざらざらとしたその感触を確かめたくなったね。どの章を読んでも必ず最後にそう思いましたよ。

罪人が逃げおおせるのか、それとも見張りに銃で殺されるのか気になって、必死でページを追いかけた。恐ろしい猟犬が追って追ってくる、罪人は夜通しどのくらいの時間、あの岩山で生き延びられるのか、それとも猟犬に喉をかみ切られ草地の上で息絶えるのか、と考えながら……ああ、すみません、エミリー。少し生々しすぎたようですね」

「いえ、いえ、どうぞ続けてくださいな、アーサー」

「私の経験を話してもいいかな。私も似たような問題に直面して岐路に立たされたことがある。それまでの生き方をすべて捨てて、雇い主の気まぐれに惑わされることなく、作家として独り立ちすると決心した時だ。

君の本は実に見事な出来だよ。すぐに信頼のおける出版社に送るべきだと思う。君はすでにピアソン・マガジンとエクスプレス紙の信頼を得ているから、売り込む条件は心配はいらないだろう」

しばらく沈黙が続いた。誰もがあぜんとして、おたがいに顔を見合わせ、誰かが答えてくれるのを待っていた。

バートラムは驚いて黙ったままだ。隣にいたグラディスはテーブルクロスの下で彼の手を握り、誇らしげに微笑んでいた。ジョセフは口をあけたままで、入れ歯を落としそうだ。

やっとエミリーが口を開き、作家アーサーの本音の意見をうかがうことができて、感謝の言葉がおもいつかないほどだと言った。

「アーサー、これは王手ですわ。ジョセフもそう思っていると思います。お褒めのお言葉を頂いてびっくりしています。バートラムも驚いているようです。そのうち落ち着くと思いますわ。そうでしょ、バートラム?」

「ええ、もちろんです。ただとても驚いたので。本当にありがとう、アーサー。最近ではどこの出版社が信頼をおけるんでしょう?」

「やはり私の本を出しているスミス・エルダー社かな。シャーロック・ホームズの本を世界的に有名にしてくれたし、代理人と交わした契約の金額的な面も完璧だったよ。もし実際に社と連絡を取るつもりなら、レジナルド・スミス氏宛の個人的な手紙がいいだろう。君の原稿が素晴らしいものだと確信してもらえるように紹介文を書くよ」

もし陰謀というものがあったとしたら、ここからはじまった。バートラムに霊能力があったら、間違いなく彼は別の決定を下していただろう。片方の肩に時の翁が、そして、もう片方には悪魔が乗っているのが見えたはずだ。歴史が作られる日には、誰もそうとは気づかないものなのだ。

ドイルの手紙とバートラムの原稿がイップルペンの郵便局からロンドンへ送られた。週末になり、別れの時がやって来た。ハリーが彼らを駅まで送っていった。

スミス・エルダー社にバートラムの原稿が届くと、編集室は騒然となった。何度も会議が開かれた。そして出版業界の長老と呼ばれる人間が多数出席した最終的な会議で、スミス氏が次のような手紙を書くことが全員一致で決まった。これはその後、非常に重大な手紙になるのだ。

B.フレッチャー・ロビンソン殿
パークヒル邸　アルバマール通り
南デヴォン、イップルペン

スミス・エルダー社
一九〇一年二月　ロンドン

このたび貴方の原稿「トーマス・ハーンの謎／ダートムア物語」をお送り頂き、ありがたく存じます。読書経験の豊富な社員を配し、読ませていただきました結果、大変興味深い作品だということがわかりました。

貴方の原稿は、わが社の重役会の信頼を得ました。これはまれな事です。これについては貴方を作家として、また友人として評価しているコナン・ドイル氏の支持がありました。したがって次のように提案をさせていただく次第です。どうぞご検討をお願いします。

大変恐縮ですがこの物語を少し変えて、貴方の物語の中の探偵をすでに成功しているシャーロック・ホームズとさせていただくことを提案いたします。そうすることによって、この小説の成功は間違いないものと確信いたします。この提案に当たり、我が社は貴方の同意に基づく契約締結を条件に、報酬を次のように決めさせていただきます。

スミス・エルダー社は当社の認定を条件に、千語につき百ポンドお支払いいたします。挿し絵は、これまでこのシリーズの挿し絵を担当してきた、我が社の優秀な画家、パジェット氏が担当いたします。

最後に、題名は変更の必要はありませんが、読者はコナン・ドイルという名前を見て本を買うため、印刷する著者名はコナン・ドイルとさせて頂きます。よろしくご検討の程、お返事をお待ちいたしております。

敬具

レジナルド・スミス

仕事から戻ったバートラムは、デヴォンから転送されたこの手紙を受け取った。手紙の内容を知った彼は喜びを隠しきれなかった。叔父一家も喜んで、結婚式の紙吹雪のような祝いの言葉を彼に浴びせた。

バートラムはすぐに、モリス夫妻とグラディスにも知らせて大騒ぎをしようと、ベイカー街に飛んでいった。

グラディスは長椅子に背を伸ばして座り、スミス・エルダー社の返事をじっくり読んだ。バートラムは彼女の文字を追う視線をじっと見つめていたが、彼の予想に反してグラディスは暗い表情で顔をあげた。彼女は文字が伝える以上のことに気づいたのだ。

バートラムは彼女の手を取り、作家として本を出版するという、彼の新しい冒険を喜んでくれるように言った。彼女は喜んでいなかった。

グラディスはバートラムに脇に座るようにうながした。そして、

「出版社の手紙はどこもかしこも自分勝手だわ」

と彼女は言った。

「どういうこと?」

とバートラムは驚いて息をつまらせた。

「いい? 今説明するわ。あなたの物語は間違いなく、充分に面白くて、そのままで出版できるほどの作品なの。ほかの出版社に持ち込むこともできるわ。この手紙がいい証拠よ。でもこの人達には下心がある……抜け目がない感じがする……。

彼らの立場になれば本が売れることが一番だわね。そこで彼らはあなたとドイル博士の友情につけ込んで、死んだシャーロック・ホームズを生き返らせようとしているのよ、あなたの創作したダートムアの探偵を身替わりにして。

彼らは、シャーロック・ホームズを何度も生き返らせようとして失敗して、悔やんでいたのよ。ドイルが高額の報酬に釣られると思って、それを期待しているからこそ、高い金額を言ってきたのよ。

この人たちは、この作品があなたの最初のチャンスだということをよくわかっているの。そしてあなたはおっしゃったわね？　ドイルがホームズに嫌気がさして十年くらい前に殺してしまったと。今、私たちがしなくてはいけないのは、ドイルに確かめて、気持ちを変えさせることだわ。ドイルが要求をこばめば、あなたの出鼻をくじくことになる。でも同時に、彼が要求を受けると、法外な報酬はスミス・エルダーにも相当な利益をもたらすのよ。

ドイルの名前だけが本の表紙に書いてあって、あなたの名前はない……あなたはゴーストライターになろうとしているのよ！　あなたの将来が閉ざされて、ドイルに称賛が集まるのを黙って見ていることになるわ。私はこんな条件には黙っていられないわ！」

バートラムはすぐに自分が窮地に立たされていることに気づいた。彼の顔から笑顔が消え、絨毯の上を大またで歩きながら、じっと考え込んでいた。グラディスがゆっくりと、話をしめくくるように言った。

「ドイルの同意を前提にした共同事業で、ドイルは名声を永遠のものにする。あなたは一生彼の影になってしまうのよ。きっとスミス社は私たちの利益になるようなことは、何もしてくれないわ」

バートラムは自尊心をずたずたに引き裂かれた。何だってこんなことで未来がだい無しにされなくてはならないのだろう。グラディスがはっきり言ってくれたおかげで考えなくてはならないことがたくさんあった。

その夜バートラムは、暗闇の中で悶々として一睡もできなかった。疲れていたが少しも眠れず、次の日もグラディスの言ったことが気になって仕方なかった。

グラディスも翌日、バートラムが何を考えているか一日中心配していた。彼は仕事をしながらも注意が分散しているだろう、すぐにも決断しなければならない。グラディスは強い意志を持って、バートラムにこう提案した。

「バートラム、私たち、ただ困っているだけじゃだめ。とにかくドイルにスミス・エルダー社の手紙のことを知らせなければいけないわ。

スミス社にアーサーがどう考えているかわかる返事を書かなくてはならない。時間もあまりないし、すぐにドイルと会うべきだわ。

あの原稿はあなたが一人で書いたものだから、そのことをきちんと確認しなければだめよ。そこが一番大事ね。それからあなた自身の希望を入れた書類をドイルと一緒に作るのよ」


一九〇一年三月。バートラムとドイルは、ノーフォークのクローマーにあるロイヤル・リンクス・ホテルで会った。ドイルは、ボーア戦争の精神的痛手とヴィクトリア女王の逝去からまだ立ち直れないでいた。女王の葬列にはドイルも参加し、彼はひどい鬱状態にあったが、それでも両手を広げて、バートラムを迎えてくれた。

バートラムはためらいがちに、スミス氏からの手紙をドイルに手わたした。それを読んだドイルは、原作者はバートラムであることは間違いない、スミスの提案に応じる必要はないだろうと言った。

実際、ドイル本人がシャーロック・ホームズの物語は書かないとはっきり言っているのに、スミスが期待を持ちつづけていたことに驚いていた。

問題があるとすれば、ドイルはスミス・エルダー社から、ボーア戦争についてまとめた本をヨーロッパ全土に向けて売り出したところだったし、ホームズの物語が世界中で発売され、成功したのは彼らのおかげに間違いはない。ドイルの新しい小説もスミス社から出版されて、ドイルはそれで生計をたてていた。そのスミス社が今、新人作家を援助するよう、ドイルに同意を求めてきたのだ。これをしりぞけるのはほとんど不可能に近かった。

しかし応じられない理由も確かにある。ホームズは十年の間まったく変わっていないのだ。ホームズを継続させるためには、ドイルはホームズ自身の人物像を変えなくてはならない。どうしたものかと考えたすえ、とうとうドイルは、読者をあざむいてバートラムの優れた物語の出版に協力する、という結論を出した。それから、バートラムとドイルにとって極めて重要な二つの点を、スミス・エルダー社に対してはっきりさせる必要がある、と言った。

まず、これはホームズの死亡以前に書かれたもので、どういうわけか原稿が見つからなかったのだが最近発見された、ということにしなければならない。もう一つは、二人の著者名を必ず共著として印刷し、作家としてのバートラムの名前を確立させなければならない、これらをはずしては今回の出版の話はあり得ない、というものである。

この趣旨で書かれた手紙がレジナルド・スミス氏に届けられると、彼は想像を絶する喜びようだった。彼はとうとう不可能と思われたことを成しとげたのだ。

ホームズが帰ってくる。スミス社全体に満足げな笑顔と活気があふれた。しかしバートラムが手紙ではっきり述べたことはそのまま受け入れられた訳ではなかった。

二人の名前を出すという条件はやはり問題になった。どうして十年後に出てきた原稿がバートラムとの共著といえるのか。十年前と言えばバートラムはジーザス大学のグランドでラグビーをしていたはずだ。バートラムがドイルより十二才も若い共著者ということになれば、出版業界でスミスは物笑いの種にされ、悔しい思いをするのは目に見えている。ドイルとバートラムのいう解決策では、すべてを失いかねなかった。

ひとつできそうなことがあった。ドイルはすでに大衆をだますことには同意しているのだから、安全弁を組み込むことだ。適当な雑誌社に連載権を売る、という安全弁だ。今回の場合ストランド・マガジンが妥当だろう。数ヶ月雑誌に連載してこの物語が好評でなかったら、スミス社が大きな投資をする前に決断できる。出版の契約はそれからでもおそくない。

ストランド・マガジンのジョージ・ニューーンズ氏は大いに喜んでスミス社と契約を取りかわし、第一章が一九〇一年八月号から連載されることになった。

ドイルはホームズを生き返らせる準備のためにふたたびデヴォンを訪れ、取材する必要を感じた。ネヴィンソンが語っていた通り、ドイルは母親に自分の目的を説明する手紙を書いていた。彼女の返事には「喜んでいない」とあり、さらに、これまでしてきた素晴らしい仕事から少しでもそれるような仕事はすべきでない、たのむからやめて欲しい、と書いてあった。最初の手紙を書き直したような手紙だった。

いずれにせよバートラムとドイルは契約を交わしたのだ。パークヒルでは泊まり客の準備が進み、ハリーは馬車の手配を済ませ、ダートムアは彼らの到着を待っていた。バートラムとドイルは興奮のまっただ中にいた。ダートムアの花崗岩に、彼らの足跡がしっかり刻みつけられていくのだ。

バートラムがノーフォークからロンドンへ短期間の予定で戻ってくると、叔父一家とグラディスの家族は、バートラムの幸運に夢中になった。ピアソン・マガジンとエクスプレス紙は彼を祝福して、それぞれの読者のために物語のあらすじを掲載した。グラディスは上流社交界が読むヴァニティ・フェア誌にも注意をはらい、また熱心に噂にも耳をかたむけた。

グラディスは彼がドイルの同意をとりつけたことを知ると、もうすぐバートラムの名前が共著者として本に印刷される、と思って嬉しかった。

デヴォンではこのニュースは野火のように広がっていった。特にロバート牧師は、ジョセフからこの快挙を聞くと、日曜の説教台で村人にこれを知らせた。当のロビンソン家の喜びようも大変なもので、パークヒル中が蜂の巣をつついたような騒だった。

当然、村のどんなニュースも聞きのがさない地元の新聞がくわしい記事を載せた。バートラムの仲のいい友人の一人、作家のアーチボルド・マーシャルがのちに、彼の「アウト・アンド・アバウト」という本でバートラムについて語った。

この本は有名人の全盛期について書かれたものだが、彼はこの本の中でバートラムのあだ名である「ボブレス」の成功を喜んでいる、とある。バートラムは学生時代の嫌いなあだ名を公表されることは我慢がならなかったのだが。

アーチボルドはバートラムの報酬の三対一の取り分についても意見を述べた。

「千語につき百ポンドという条件は、もし君が『よろしく』と四語書けばドイルが六シリング取り、君が二シリングもらう計算になるね」

とバートラムに言った。バートラムはそれはまったくかまわない、と答えた。今回の出版の話自体が夢のようで、経験豊かな先輩、ましてや自分との共同事業を現実のものにしてくれたドイルに対して、同等の権利を求めるつもりなどはじめからなかったのだ。ただ三分の一の報酬はもらえると思っていただけなので、これ以上の干渉は誰からも受けたくなかった。

だがデイリー・エクスプレス紙が口を挟んできた。ホームズを生き返らせるために、何らかの策略がはたらいたのではないかと、公開の討論会を求めたのだ。討論会では質問が飛び交い、さまざまな憶測が出たが、それ相当の金額を積まれれば、偉大なコナン・ドイル博士もおもわぬ奇跡を起こすだろうと、だれもが考えているようだった。

スミス・エルダー社の願いに応えたのはバートラムの原稿ではあったが、やはり出版社お気に入りの作家が、相当な額の報酬を受けるということだ。

一九〇一年四月、花が満開のニュートンアボット駅に汽車が蒸気をはきながら到着した。ここデヴォンは、花の開花はイギリスの他の土地より早いのだ。

一足先に戻っていたバートラムとロビンソン家の馬車が、降りてくるドイルを待っていた。その時のことをハリーはよく思い出す。

「ドイルさんは八日間もパークヒルに滞在したんだ。バートラムとドイルさんを馬車に乗せて、ダートムアのあちこちに連れていった。ドイルは大地の感じをつかみたがった。そのあいだ、私やバートラム坊ちゃんが、泥炭地や湿地、錫鉱山や巨石の歴史や危険についてドイルさんに説明したんだよ。古代の遺跡もたくさんあったから、それも解説したね。

ある時プリンストンの牢屋へはどの道が近いか馬車の中で調べていると、ドイルさんはイギリスで一番下劣であくどい囚人たちについて話し始めた。牢屋は高い頑丈な塀で囲まれていて、いつも銃を構えた役人達が見張っているという話だったよ。私はプリンストンのロウズダッチ・ホテルで帰っていいと言われた。バートラムとドイルさんは翌日荒野を何キロも歩くつもりだったんだ。私たちの祖先のことをしっかりと調べて、この土地の空気を吸って、創作のヒントを集めようと思ったんだね。

もちろんバートラムはすでにもう集めてあった。金曜に彼らをホテルに迎えに行ってパークヒルに連れて帰ったよ。ドイルさんはすぐにあずま屋を使うことにした。そこならかなり長い間書き物ができるし邪魔も少ない。夕食の時間に出ていけばいいからね」

荒野のホテルからもドイルは母親に手紙を書き続けた。

「親愛なる母上様、ロビンソン家に滞在しています。ここはイングランドで最も標高の高い土地です。ダートムアは荒涼とした場所です。物語は半分以上できあがっています」

プリンストンではたまにしか郵便を集めに来なかったが、それでもようやくこの手紙が母親の元に届けられると、息子の手紙を読んで母親は喜んだ。

その夜は激しい嵐がやって来た。まるで復讐に燃えた悪魔が暴れまくっているようだった。地平線の彼方から、黒い雲がだんだんと近寄って来た。岩山の影も見えなくなり、嵐はかたい花崗岩を破壊しつくしそうな勢いだ。あたりは灰色の冷たい空気に覆われている。牢獄の十メートルほどの高さの塀に打ちつける雨はその高さからまっすぐ下へ落ちる。バートラムとドイルは、通りをはさんだホテルの窓からこの様子を眺めていた。

牢獄の塀は暗い怪奇的な静けさの中、見る者をおびやかすように威圧的だった。外の様子は非現実的で、ある種の快感ともいえる感覚が二人を襲った。

恐ろしい稲光がして、遠くで雷の音が鳴りひびく。雷は地表を舐め尽くす勢いだ。草地を燃やし尽くして岩盤だらけにしてしまうのか。その貪欲さは、すぐに生き物の命にまでおよびそうな激しさだった。

悪魔に魂を売った凶悪犯達の叫び声が聞こえてきそうだった。見張りが冷たいライフル銃をにぎりなおし、安全装置をはずす。囚人達は身震いする。その空気は牢屋中に広がっていく。

ドイルとバートラムは外の様子に目を凝らし、耳をすましていたが、牢獄は百メートルほど先で、中で押し合いへし合いしていても、聞こえるはずもなかった。突然、ガチャーンという音がして悲鳴が聞こえてきた。ホテルの入り口のドアが飛ばされそうになったのだ。

嵐がバートラムとドイルにも襲いかかってきた。稲光とともにろうそくが消え、真っ暗闇になった。嵐にとっては次の攻撃の下準備だ。ドイルはもうすでに少し離れたところにいる。バートラムも急いでドイルの方へ行った。恐ろしいものをみるのは決して快適なはずはなく、胸がどきどきして全身に冷たい血が流れていくようだった。

「危険かな?」

とドイルが尋ねた。

「脱走のチャンスとしては最高ですね。これまでも何人かここで人が殺されています。見張りは首を絞められたり、あるいは上階の監房の柵から石の床に突き落とされて死んでいます。死者のリストに我々の名前が載らないといいですね。でも……」

「でも、何だね?」

「もしそのリストに我々の名前があったら、あなたの事件はぴったりまとまりませんか、ドイル博士?」

ゾッとするような返事だったが、ドイルは驚かなかった。バートラムの話を聞きながら、ドイルは死後の世界について考えていた。

「我々がここで死んだとしたら?」

「僕は幽霊になって出てきますよ。僕を殺した犯人に一生つきまといますね。そうなれば対等の立場に立てますから。今度は差しでね」

とバートラムは答えた。その時恐ろしい光がピカピカッと光ったかと思うと、足下が持ち上げられるような振動が走り、同時に大きな音がとどろいた。雷が落ちたのだ。激しい音が鳴りつづける。戦火の中にいるようだった。ドイルは床に飛びのき、バートラムはよろめいた。

過去最大の嵐は牙をむき出してホテルをおそい、建物をねじ曲げ、花崗岩の壁に永久に消えないかき傷を残した。霧と霞に縞模様をつけるように、滝のような雨が激しく降り続いた。壊れた窓から雨が入り込む。階下の厨房にいた女たちは金切り声をあげていた。

「ダートムアの怒りだ。恐れおののくがよい」

激しい嵐はそう言っているようだった。息が詰まるような暗闇の中、カーン、カーンという音がプリンストン村の嵐の夜に響きわたる。牢獄の囚人たちが光沢のはげたカップで、鉄格子をたたいているのだ。彼らの捕らわれの期間があけるのは何年も、あるいは何十年も先だ。考えただけでも悪夢だ。

ネヴィンソンがこの場にいたら彼は、ドイル自身の父親がどこで不幸な生活を送っているかという質問に、何らかの答えを出したに違いない。荒れ地ダートムアを襲った嵐は明け方までつづいた。

朝食をたらふくとると、昨夜の嵐の恐ろしさはだんだん薄らいでいった。気が付くとホテルの前庭のところに、元気にはね回る黒いラブラドル犬と遊んでいるハリーの姿が見えた。おそらくバートラムたちが起きるのを待っていたのだろう。ラブラドル犬は長い距離を走ってきた疲れもみせず、元気に馬の踵にじゃれて遊んでいた。

パークヒルへの帰り道は、荒々しい地形をじっくり観察できる湿地を通っていこう、とバートラムは提案した。そこで馬車をとめ、眺めを楽しむことにしたのだが、その景色は昨夜の嵐でいつもとは違っていた。

ドイルは愛情込めてハリーの犬を見た。愛犬家である彼は、つやつやした毛、輝く目、などをほめると、

「なんでこんなに背が高いんだい?」

とハリーに尋ねた。

「雑種だと思います。それにすごく食べるんですよ」

「こういう犬(dog)はそうだろうね」

「ここいらでは犬(dog)とはいわずに、猟犬(hound)というんです」

と御者はドイルの言葉を訂正した。ヒントはこうした予期しない瞬間に得られることがよくあるものだ。

「なるほど、つまり……」

とドイルは答え、からかうような目つきでバートラムの方を見た。

「題名が浮かんだよ。『バスカヴィル氏の猟犬(hound)』だが氏がない方が言いやすい」

バートラムもこの題名に賛成し、ハリーも承知してくれて、「バスカヴィルの犬（hound)」（邦題「バスカヴィル家の犬」）という題名が決まった。

ハリーは本の題に自分の名前がつけられて嬉しいと、感謝の言葉を述べた。のちにこの本は不朽の名作となるのだった。

ドイルとバートラムは戸外で長い時間を過ごし、デヴォンに生気をすっかり奪われて、疲れきってパークヒルに戻ってきた。夜の時間はあっという間に過ぎ、翌日は朝早くから共同作業にかかった。

作家の帽子をかぶった善良な医者が、相談しながら変更を加えるのではなく、バートラムの物語を略奪するのだ。バートラムの探偵ハーンはホームズに対峙し、ドイルのペンによってシャーロック・ホームズに置き換えられていく。探偵ハーンの呪いの言葉があずま屋の壁に埋め込まれた。

締め切りに追われるという経験はこれまでに何度もあったが、ドイルは以前のホームズ物との関連など考えなければならない部分もあるので、作業の完了は慣れ親しんだ場所でおこないたいと申し出た。そしてパークヒルを去る前に前向きなことをしようと、ドイルとバートラムは夜遅くまで玉突きをしたり、物語の展開、出版に当たっての内容の変更点や進展を話し合った。ハリーは暖炉の火の具合をみたり、彼らの要求に応えたりした。こうした出来事はハリーにとっては宝のような思い出になった。

ドイル滞在の記念にと、ロビンソン家は地元の写真屋を呼び、パークヒルの庭で皆で写真を撮ることにした。カメラは性能のよい信頼のできるものだった。感光板をはめ撮影を済ませると、後日写真を持ってくると約束して帰っていった。

事実は小説より奇なり。現像すると写真には、ギロチンを思わせるような心霊現象が写っていたのだ。バートラムとドイルはすでにロンドンに戻ってしまったので、撮り直すことはもうできない。写真屋はパークヒルにやって来て、唇を震わせながら、彼のカメラが写した物を説明した。

写真では皆、芝生の上に立ち、家の方を向いている。被写体には充分光があたっている。皆の後ろには花や木々が見える。木々は道路から目隠しのように植えられている。

しかしこの写真は一体どうしたことだろう、頭が切断されているのだ。切断された頭は木の間の枝にぶら下がるように写っている。それぞれの身体は現像液で抜き取られたように白抜きだ。エミリーとドイルの顔ははっきり写っているが、わかるのはそれだけで、ジョセフとバートラムの顔はない。

写真屋は平身低頭し、別の機会に必ず埋め合わせをする、今度はよく見てちゃんとした写真を撮る、都合のいい日を言って欲しい、来年でも構わない、と言ったが、もう一度撮ることになるかどうか、誰にもわからない。感光板は破棄された。写真屋はとにかく訳が分からず混乱していた。経験を積んだ同僚にも原因が分からず、混乱は増すばかりだった。

バートラムが記録を残している。今は『バスカヴィル家の犬』と題名がついたこの物語の少なくとも最初の三章は、バートラムが単独で書いたものだ。ホームズの全体像を書かないということで、この小説はわずか三ヶ月で終わらせることができた。ドイルの敗北をあらわす素晴らしい早業である。

スミス・エルダーは二人と契約を結び、またストランド・マガジンとシリーズ化の契約を交わして一九〇一年八月号にこの物語が最初に発表されることになった。スミス・エルダー社は、ストランド・マガジンへの発表で様子を見るつもりだった。本の出版の準備にもう少し時間をかけたかったのだ。

ホームズが元気に生きている。この物語が発表されると、すぐに桁外れの大成功であることがわかった。読者はふたたび捕らえられた。

ストランド社の前には、雑誌を求める長い列ができ、その数は日に日に多くなっていった。売店では列に割り込みがあったとけんかになるほどで、雑誌はすぐに売り切れた。前例がないほどの売れ行きで大勢の人が雑誌を欲しがり、交代要員に少年を立たせ、たくさん雑誌を買って行く。これを商売にする人がいたからだ。ストランド・マガジンにとっては最高の日となった。騒ぎの原因を調べてみようという新しい読者層も増えるので、売店の売り上げはどんどん高くなっていった。

『バスカヴィル家の犬』は上等な厚切り肉をくわえたのだ。そしてこの犬はまだひどく飢えていた。

バートラムは仕事場でエクスプレス紙に載った書評を読んだ。正確ではなかった。信頼のおける記者が、

「バスカヴィル家の犬はアーサー・コナン・ドイルのもう一つの作品だ」

と書いている。どこにもバートラムの名前は載っていない。急いで通りに出て雑誌を買い、ストランド社がどんなふうに発表したか調べてみた。そこには物語の最初のページにすでに、『ドイル作』「バスカヴィル家の犬」と書いてあった。ひどく落胆して下の方に目を落とすと、非常に小さな枠でくくった脚注に、虫眼鏡を使わなければ見えないほど小さな字で、

「この物語の初めの部分は友人フレッチャー・ロビンソンに負っている。氏は全般の構想と現地の詳細において尽力してくれた。A.C.ドイル」

これまでの人生の中でこんなことは初めてだった。あきれて口がきけず、バートラムは完全に打ちのめされた。侮辱だ。友情やこれまでの個人的な援

助は全く無視されたのだった。

当然、彼は契約を交わしたスミス・エルダー社に問い合わせた。スミス社の答えは、ストランド社のニューンズがその契約内容に異論を唱えてあの脚注にかえた、というのだ。

ニューンズは、シャーロック・ホームズの生みの親はコナン・ドイル以外にないので原作者はドイルとしたい、とスミス・エルダー社の意向、そしてドイルに対する敬意を優先したのだった。

ストランド・マガジンは売れつづけ、一年にわたって読者を引きつけた。いよいよ最後の章になり、シャーロック・ホームズがみごとに事件を解決した。

一九〇二年八月と九月に、すぐにハードカバー版が発行された。小型の厚みのある本で、販売代理店の数は、ディケンズの本で有名なピックウィック氏の登場する本の場合と比較しても、それをさらに上回る多さで、成功は確実だった。

スミス社は、すでにストランド社によって舗装された道路を通るようなもので、ドイルとバートラムがスミス社との間で交わされた契約が生かされることはなかった。スミス社はバートラムの原稿をうまく利用し、ドイルをまた儲かる出版の世界へと再び登場させて、大規模に利益を上げたのだ。

ストランド社の先導にしたがい、ハードカバー版でもバートラムのアシスタントとしての素晴らしい能力が本の序文にさらりと触れられているだけだった。そうしなければストランド・マガジンが大衆に笑われる、ということだ。

有名な大手出版社が、バートラムに致命的な傷を負わせた。スミス社が彼に許しがたい大きな損失をもたらしたことは確かだ。スミス社は私腹を肥やし、業界での地位を保とうとしている。バートラムは人生の苦汁を味わっていた。

『バスカヴィル家の犬』は驚異的なベストセラーとなり、印刷業者は以前の十倍も忙しくなってほくほく顔だ。印刷版で二万五千部を越したことははじめてで、印刷会社の社長もびっくりしていた。だがこれはほんの始まりに過ぎなかった。

バートラムの気持ちは納まらなかった。彼は騙されたのだ。バートラムの顔は怒りで引きつり、その憤りは消えることはなかった。今は法廷弁護士として働いているわけではないが、法律の知識は衰えていない、と彼は思った。やがて多くの人が、知り合いの法律家に相談して法廷に訴え、報復すべきだと強く助言してきた。

パークヒルではこのことを聞いた両親が大変に腹を立て、ジョセフは意見を伝えようと電報局へ飛んでいった。イップルペン、ニュートンアボット及びその周辺の、ロビンソン家を良く知る人々は、本が発売されてドイルが約束していたバートラムの名前が載っていないことを知ると、ますます声を大にして不満の気持ちを語り合った。ジョセフとエミリー同様クック牧師も、このことをしばらく知らなかった。だがそれを知らされた時、正当な権利がその持ち主から奪われたことをはっきり知った。

ハリーがロビンソン家の弁護士であるマイケルモア氏が書いた手紙の写しを持っている、この争いが鎮まった何年か後にそれを公表することができる、とクック牧師は考えた。その手紙は、

「コナン・ドイルに一緒に本を書かないか、と言われた時の若いロビンソンの喜びをだれも否定することはできない」

と書いてあった。誰の胸にもよぎった質問は、

「いったい、なぜ、ロビンソン家の御者が、彼の雇い主である作家を出し抜いて、今一番人気のある小説の題に名前をつけられたのか?」

ということだった。

それを聞かれると、ハリーはきまりが悪くて、もじもじしていた。バートラムとは離れていたが、ハリーは彼に大変同情し、ドイルに対する怒りを抑えることができなかった。彼らの客としての特別な恩

恵を、ドイルは悪用したのだ。ハリーは、「わたしらはドイルを駅まで出迎えにゆき、帰りは送った。食事を用意し、もてなし、地元を見せて回ったり、湿地帯まで案内した。彼は牧師さんやパークヒルの使用人から特別扱いされた……まったくたいしたお礼のやり方だよ」

確かに初めの段階ではドイルも共著を訴えていたが、それも書店のレジの興奮と喧噪の中で忘れられていった。思いがけず大西洋を越えてアメリカの大手出版社のコリンズが、著者宛てに直接版権を申し込んできた。この著者とは紛れもなくドイルだ。

「シャーロック・ホームズのアメリカでの復活に六作品で合計二万五千ドル、また八作品では三万ドル、十三作品では四万五千ドルをお支払いいたします」というものだった。「著者」ドイルは、またもやバートラムを冷遇した。彼は葉書で個人的に、

「承知しました。A.C.ドイル」

と書いて送った。

コリンズが求めたのもドイルの名前だった。それはこれからも変わらないだろう。たとえ原作者はバートラムだということが漏れ伝えられても、大衆は聞き入れなかっただろう。無慈悲なものだ。

ドイルはこの作品を新たな出発点としてますます評判を上げ、世界中の大手出版社に注目され、誰もがこの「ドイルの本」を求めた。

だがドイルにとって、いつまでもこんな甘い日々は続かなかった。彼は母親に手紙を書いていたが、その返事の中で彼女は強い口調で彼をいましめ、ドイルが約束を守っていないこと、彼の銀行口座にしかるべき金額以上の多額の金が振り込まれていること、などを知らせてきた。

彼女はドイルの作品に不審を抱き、彼がバートラムの原稿を物語の構成も含めて真似て書いたのではないかと疑っていた。母親は、アメリカ人はこれまでの作品と比較して明らかに違うとわかったら、ドイルに幻滅するかもしれない、と心配していた。こ

れに対しドイルは、

「私はそれまでかっきり十年間、ホームズが登場する話は、どんな短いものでも全く書いていません。また書きはじめるのが、なぜいけないのかわかりません。ホームズは不死身で、今も元気に生きているとおわかりになると思います」

と返事を書いた。

ホームズは金儲けのためのお粗末な作品ということで、十年前にドイル自身によって故意に殺されてしまったことを世界の読者は忘れている、とでもいうのだろうか。おそらくドイルの母親が一番よくわかっていたのだ。

ACDノベルズ(アーサー・コナン・ドイルのホームズシリーズ)が復活し、タイトルも以前のような風変わりなものに変わっていた。コリンズから次に出したホームズの話は、「孤独な自転車乗り」だった。やがてコリンズの編集長は不満を表わし、新しいホームズのシリーズは、『バスカヴィル家の犬』と比べるとつまらない、上品さと想像力に欠け、小説としての水準は低い、『バスカヴィル家の犬』の様な作品をドイルは目指すべきだ、と激しく批判した。

実際ドイルの名前だけの作品だったので、水準がどうのということはむずかしい問題だろう。

ドイルは自分の原稿を弁護し、これに反駁したようだ。「ホームズの使いそうな」哲学を駆使したに違いない。汽車の中で書いた遺書に関する推理や血の付いた親指の跡をなぞるような、「ホームズのような」哲学を駆使したのか。

ドイルは蝋で取った指紋を血の中に浸すという指紋のトリックをブリトン号の船上でバートラムから買っていた。おそらくドイルはバートラムの作家としての素晴らしい才能を認めており、それに張り合えない我が身に絶望を感じていたのだ。彼はシャーロック・ホームズの生みの親だ。自分が書く小説が初めの頃の水準に達することを、自ら期待し、そしてそれがかなわぬと気がついても、そうとは認めなかったようだ。

名をなした作家がこれまで書いた物や文体で競うのではなく、小説の質という点で若いバートラムと競わなければならなかった。逆に言えば『バスカヴィル家の犬』はすべてバートラムが書いた、と信じている人がたくさんいたということだった。

コリンズ社が期待していたのは変化に富んだ奥の深い物語だ。巧妙に仕組まれた事件、予期せぬ展開、いくつかの出来事がやがて一点に収束する一連の物語。どんでん返しも当然含まれている。しかしこうした期待はみごとにあてがはずれた。彼らが真実を知ったら、ドイルの評判は永遠に損なわれただろう。

ドイルの手紙を読み、母親は大変心を痛め、息子が置かれた危うい立場を心配して、おそらく取り乱したはずだ。息子が今置かれている複雑な事情の中で、子供の時からの攻撃性を抑えられるようにと祈った。自らまねいた窮地とはいえ、こういう時にしか息子は自分を解放できないことを彼女は知っていた。

ドイルの感情が爆発すれば、人の良いバートラムはひとたまりもない。そんなことがあったらドイルも一巻の終わりだ。船もろとも海に投げ出されてしまう。鮫のむらがる、岩礁だらけの海に。

あいかわらず売れつづけ、どこまで伸びるのか予想もつかないこの本の売り上げから、バートラムは契約通り三分の一の歩合を受け取るようになった。彼は立派な家柄に育った人の例に漏れず、その収入を寄付することにした。毎年ニュートン大学に寄付金を送り、優秀な学生を援助した。バートラムの両親を見習ったのだ。

ニュートンアボット病院もバートラムの寄付の千ポンドで男性患者の病棟に簡易ベッドが一台増えた。人々はそれを「フレッチャー・ロビンソンのベッド」と呼んだ。

三分の一の著作権が守られたために、銀行に振り込まれるバートラムの収入は著しく増え、それにピアソン社からの定収入もあったので、彼はグラディスと相談して、結婚の日取りを決めることにした。彼女の両親は快く賛成した。ヒル夫妻は夫のモリスの健康が思わしくなく、家族を支える事ができなくなっていたので、これまでも心密かにグラディスの結婚を祈ってきたのである。

叔父夫婦も彼らの結婚を心から賛成し、アディソンクレセントで披露宴をしたらどうかと言ってくれた。パークヒルにも招待状が送られた。その中にはジョセフとエミリー、それに付き添いの使用人の汽車の切符が入っていた。

バートラムとグラディスは結婚式を一九〇二年六月三日と決めた。近くのアディソン通りにある聖バーナバス教会のハミルトン牧師に挙式を依頼した。

教会を訪れて牧師に熱心に教会を案内され、ふたりは早く当日にならないかと結婚式を心待ちにした。結婚式の準備はすべて整った。

問題が生じたのは、意外なところからだった。叔父のジョンの健康が悪化し、入院しなければならなくなったのだ。高齢と過労、それに話し相手の少なさから来るストレスが原因だった。幸い後妻のエミリーはまだ若く、夫の健康が回復するように懸命に看病した。

次に医者を必要とすることになったのは父ジョセフだった。診断はやはり高齢と過労で、ジョセフの場合、郡の議会の仕事が前立腺を悪化させたようだ。この病気はまだ外科手術が確立していなかった。エミリーは止めた方がいいと言ったのだが、どんなことが起ころうともロンドンに行くという。

「息子は一度きりの結婚をするのだよ。私が行かなくてどうするんだ」

とジョセフはきっぱり言った。

彼らは出発した。デヴォンから出ることのない付き添いの使用人にとってはこれは冒険旅行だ。汽車がでると不安で震えが止まらなかった。パディントン駅に着くと、メイドの二人は目を大きく開けて、窓から外の動きを観察した。騒音、蒸気、煙、人々。色々な物が寄せ集まっている様子を見て、一つ一つ感想を話している。

「下着に蟻がいるんじゃないかと思うくらい、せかせか歩いている」

とキャサリンは少し怒ったように言った。

ジョン卿の馬車を見つけたのはエミリーだった。馬車の横に堂々とロビンソンの名前が書いてあり、駅の入り口のところで他のたくさんの馬車と列になって待っていた。汽車はゆっくりと止まると、ジョンの強面の御者がドアを開けて挨拶した。

「みんなさん、こんにちは。マック・ウィリアムズが私の名前です。みんなさんに会えてうれしいです」

明らかにデヴォンとは違うアクセントだ。すぐにポーターも手伝って馬車に荷物を運び込んだ。マック・ウィリアムズは御者台に上って馬の耳の辺りをぴしゃっと鞭で打ち町巡りに出発した。馬車はケンジントンのアディソンクレセントに向けて、ロンドンの混雑した通りを抜けて走った。

日が長く、天気の良い日が続く季節だった。五月三十一日もそういう陽気で、バートラムはグラディスと彼女の母親にはじめて自己紹介した日の事を思い出していた。時はあっという間に過ぎ、結婚式の予定に何の変更もなかった。ウェディングドレスも縫い終わり、五月から六月へと月が移り、皆そわそわし始めた。

「ご機嫌いかが、グラディス?」

とエミリーが尋ねると、彼女は、

「とても普通じゃありませんわ。物は落とすし、何をどこに置いたか覚えてないし、きっと式場で大事な時に言葉を忘れてしまうのではないかしら。困ったわ、エミリー」

と口ごもりながら答えた。

「あらあら、たいていの花嫁はそんなふうに最悪のことを想像してしまうものよ。大丈夫、婚約者の横に堂々と立っていればいいの。あとは自然にうまくいって、なぜあんなに心配したのかって思うわ。牧師さんは、後に続いて言うように、と言うだけだから大丈夫よ」

とエミリーはなぐさめるように言った。

「そうでしょうね」

とグラディスが答えた。

「とても心配なのは父なんです。ここ何週間かとても体調が悪くて、それでも私を手ばなそうとしているの。それが父が私にできる最後のことだって……」

と彼女はふっと笑みをこぼした。

「お父様のお仕事は?」

「父は芸術家で、王立美術院の会員です。私はくわしくはわからないのですが、王室のための仕事をしていて、よい収入になっていました」

バートラムが突然口をはさんだ。

「ええと、ご婦人がた、ジョン卿からちょっとお話があります。どうぞこちらへ」

エミリーは微笑んで、

「ジョン卿、ってファーストネームに卿をつけて、少し変な感じね」

と言いながら立ち上がった。

「居間の方にお座り下さい。皆さんによくわかるように、事前にわかっている細かな式次第の稽古をします」

とジョン卿は言った。エミリーはジョセフの耳に鼻をすりよせ、そっと耳打ちする。

「あなたの弟は変わらないわね。新聞記事のように結婚式まで几帳面だわ」

ジョセフは老人が何も言うことがない時にするように静かに頷いた。

ともに蠍座生まれのこの兄弟はこれまで様々なことに挑戦し、功績を残してきた。彼らにはこれまでの長い人生の中で、常に試練と大きな悲しみがあった。ジョセフはリバプールで挙げたエミリーとの結婚式を思い出していた。世代の交代だ。数メートル先に恋人と一緒に座っているクレアを見る。クレアもきっとこの部屋で、結婚式の下稽古をするのだろう、とジョセフは思った。

　結婚式の当日、家中が活気に溢れ、式の稽古が大忙しで繰り返されていた。紳士たちは見たところ平静だったが、婦人たちはキッチンにキツネが入ってきたかのような騒動だった。使用人たちの役回りも様々で、主人につかえる者、ひっきりなしに出入りする客の応対をする者など、大騒ぎだった。

　ジョセフの妻エミリーは義妹のレディー・エミリーに目くばせをして、話があるという身振りをした。

「ジョン卿とバートラムはどこかしら?」

と尋ねると、ジョンの妻のエミリーはちょっと戸惑ったふうだったが、すぐにウィンクをしながら答えた。

「ご存じなかったでしょうけど、義姉さんと私の間柄だから言ってしまいますわ。披露宴はここではしませんの。特別な会場が用意されているんですよ。今二人で急いでそちらに行ってますわ。そしてそこが新居になりますよ」

「まあ。でもバートラムはそんなことは何にも教えてくれなかったわ」

「結婚式のあとにお城のように素敵な場所をお見せしますわ。でもしばらくは内緒にして置いて下さいね、エミリー。皆を驚かせるのよ」

　出かける時間になった。聖バーナバス教会には参列者がぞくぞくと集まった。みな上機嫌で、相当な人数だ。それぞれの家族の親戚一同、友人に加えて、バートラムの新聞社の友人、同僚、大学時代の友人でその数は膨れ上がり、あたりいちめん灰色の燕尾服とシルクハットだらけだ。教会の案内役にうながされ、それぞれ指定された席につき、花嫁の到着を待った。

　グラディスが父親と腕を組んで教会に入って来

た。父親は片方の手で杖をつき、重そうに足を引きずりながらゆっくり歩いている。グラディスは彼の横で堂々と歩いていた。ウェディングドレスはクラシックな浮き織り素材の、優雅な裾の長い白いドレスだ。腰のリボンは後ろで結んであり、優雅に流れ、手に持った花束の繊細な色合いと美しく調和している。ベールを通して、グラディスが微笑んでいるのが見える。

淡いピンク色のドレスを着た八才から十才くらいの年齢の可愛らしい少女が四人、続いて入ってきた。少女達はゆっくりと通路を進み、背の高いハンサムな新郎の方へ近づいた。教会には花があふれ、その優しい香りがオルガン奏者のかなでる和音と混ざり合った。

付添人が祭壇のところで止まり、ハミルトン牧師が満面の笑顔で迎え、短い挨拶をして結婚式がはじまった。賛美歌が広い天井に響く。

牧師が結婚の誓いの儀を始めた。グラディスは気がついていなかったが、牧師はグラディスを見ていた。でもなぜ何も言わないのだろう。泡は飛ばさないが、金魚みたいに口をあけてごくんと言っている。牧師は今度は少し力を入れて、誓いの言葉を繰り返した。

「グラディス・ヒル、あなたはこの男性フレッチャー・ロビンソンを、法律が認めた結婚による夫としますか?」

牧師は返事を待った。沈黙が続く。参列者の誰かが咳をした。バートラムは不安な顔をして、彼女を見た。彼の心に困惑した思いが一瞬走った。彼女は心が遠くへ飛んでいってしまったようにぼうっとしていた。

「えへん」

と牧師が咳払いした。グラディスは我に返り、皆ほっとした。

「お帰り、可愛い人」

とバートラムは囁いた。

「僕を夫としますか?」

「あたりまえでしょ、馬鹿なこと言わないで」

と彼女は大きな声で答え、参列者の間に小さな笑いがさざめいた。

「します」

と牧師がそっとうながすと、

「します!」

とグラディスは答えた。

「あなた方を夫婦と宣言します」

と牧師が言った。バートラムは牧師の合図を待たずに、グラディスの唇に濃厚なキスをした。

「おめでとう!」

という祝いの言葉を、誰も彼もが新郎新婦に連発し、それは使われ過ぎて流行遅れになりそうだった。教会を出ると、あちこちで写真を取りたいという人たちに呼びとめられ、取り囲まれた。ようやくよじ登るようにして馬車に座った。

正式にグラディス・ヒル・ロビンソン夫人となったグラディスは、頼もしい夫の脇に座った。ベールはもうかぶっていない。周囲の人々が見守る中を、白いリボンをひらひらさせて馬車が出発すると、屋根の近くまでのぼっていた男が狩猟用のラッパを鳴らした。その音を聞いて、前を通っていた人や馬車はバートラムたちのために道をあけた。

「グラディス、つぎは披露宴だ。でも場所はアディソンクレセントではないよ。ちょっと隠していたことがあるんだ。きっとびっくりするよ」

それを聞いたグラディスはわくわくして、子供のようにくすくす笑った。先頭の馬車の御者は行き先を知っていたようだ。まもなくバッキンガム宮殿の近くの立派な建物に着いた。

「ここが披露宴の会場なの、バートラム? 女王さまのお茶室でするのかしら?」

「ほとんど近いね。事情が違っていたら女王も来席したかもしれないよ」

グラディスはまだはっきりわからなかった。これから大きな冗談が始まろうとしているのか、あるいは……しかし現実がその答えを出してくれた。

「グラディス、花婿は花嫁を抱いて新居の敷居をまたぐんじゃなかったかな」

と言うなり、バートラムはさっとグラディスを抱き上げ、バッキンガムパレス・マンションの四十三号室に入っていった。

この高級アパートの中は建てられた当時の壮麗さをそのまま残し、すっかり改装されていた。金やクリスタルガラスのシャンデリアから凝った天井、縞のかべ紙、マホガニーのカーテンレール、凝ったガラスや真鍮のドア飾り、いたる所に敷いてある柔らかい絨毯、大きな曲線を描いてのびた、広くて歩きやすそうな階段、階段の手すり、壁の絵、すべてがクラシックだった。

高級な新しい家具もいくつか置いてある。それらは確か、数ヶ月前に店の前を通りかかったときに、バートラムから意見を聞かれたものだった。バートラムは彼女の好みを一つ一つ覚えていたのだ。買ったことを秘密にしてここに送らせたのだ。夢に見た以上に完璧なこの場所に。それだけではない、使用人も揃っていた。前の主人が亡くなり、そのままバートラムにやとわれたのだ。使用人たちは彼に感謝し、披露宴でも熱心に働いていた。

「明日は新婚旅行に出かけるよ」

とバートラムが言うと、

「どこ？」

とグラディスは、彼らが初めて会った野外音楽堂を思い浮かべていた。

「フランスだよ。ほかにあるかい？」

とバートラムが答えた。グラディスは驚いて気を失いそうになった。

翌朝早く二人は静かに、新婚旅行に出発した。その日、新聞はバートラムの結婚を報じた。陽気な記事で、興味のある読者のためにロビンソン家や友人など細かな雰囲気まで伝えていた。ドイルについてはいっさい触れていなかった。

不幸なニュースがあった。その日の最終版の死亡欄にグラディスの父の名前があった。その夜亡くなったのだ。この事実はバートラムたちが六月の後半に帰るまで伏せられた。グラディスの父は結婚式をすませ、彼の最後の願いと喜びであるグラディスをバートラムに手渡したのだ。だが楽しいハネムーンから帰ってきた時に、この知らせは彼らにショックをあたえるだろう。

バートラム・ロビンソン夫妻がバッキンガムパレスのマンションへ帰ってくると、使用人のエイプリルとどっさりとたまった郵便物が彼らを出迎えた。祝福のカードにいたっては、一つでは足らずいくつもの盆の上に乗せられていた。

ネヴィンソンから、六月後半に訪問をしたいという手紙も届いていた。エドワード王戴冠式の取材のためにロンドンへやって来るというのだ。

仕事場では、同僚たちが大げさすぎるほどの喜びようでバートラムを迎えた。ピアソン氏は結婚の祝いを述べ、彼が無事に戻ってきたことを喜んだ。そして彼がグラディスの父の逝去のお悔やみを言うと、バートラムは頭を叩き割られたような衝撃を受けた。

バートラムは、この時初めて義理の父親の死を知ったのだ。

彼はすぐにベイカー街に飛んで行った。扉を開けて居間にはいると、グラディスが母親の腕の中で激しく泣きじゃくっていた。悲しみに暮れる二人をバートラムは優しく抱きかかえた。すでに葬儀はすんでいたので、二人で墓を訪れ、花環を供えモリス・ヒルに最後の別れを告げた。その後何日も新居に、灰色で重たい空気がたちこめた。

バートラムは休暇中の仕事を処理するため残業が続き、家に帰りたくなる気持ちをそらしながら、過密なスケジュールをこなす日々をおくった。しかしさらに辛い日々が彼を待っていたのだ。

次期国王エドワードの戴冠式直前の虫垂炎などもあり、忙しい日々が続き、バートラムは新聞の名前欄や国王が指名するナイト爵位の授与者のリストなどは読まなくなっていた。

　ある日ジョセフ・フレッチャー・ロビンソンが朝刊を読んでいると、ナイト爵位の授与者リストの中に、癪にさわる名前を見つけ、息が止まりそうになった。

　ロンドンでもグラディスが同じ新聞を読んでいた。

「アーサー・コナン・ドイルにナイト爵位が授与されることになった。先の南アフリカでの我が国の軍事行動の際に、ボーア人に対して大英帝国陸軍が残虐な行為をおこなったとヨーロッパの新聞各社が報じたが、氏はきぜんたる態度でこれを論ばくし、国王とイギリスに献身的に尽くした。また作家として『バスカヴィル家の犬』という見事な作品を著し、それをストランド・マガジンに連載して前例のない素晴らしい成功を収めた。こうした業績が認められたのである」

　理不尽な思いと怒りでバートラムがいきり立ったのは言うまでもない。彼はまた事実を良く知らない記者や同僚から、

「なんで君には爵位が与えられないんだ？」

とたずねられるたびに、屈辱感を味わった。

　なぜ与えられないのだろう。国王に直接通じる人脈を頼って、爵位のリストからはずされた理由を尋ねてみてはどうか、また、本の成功にはバートラムの計り知れない努力が投入されているのにドイルだけが選ばれている、少なくともそのことだけは言った方がいい、と助言してくれる人もいた。ドイルは爵位を辞退しなかった。

　ノックの音がして、エイプリルが入ってきた。

「ネヴィンソン様という方がいらしてますが、お通ししてよろしいでしょうか？」

「ああ、もちろんだよ、エイプリル、ありがとう」

少し太ったネヴィンソンが扉口にあらわれ、トンネルのように大きい口を開けて笑いながら、つかつかと大股で歩いてきた。

「おお、よくきたな、ならず者ネヴィンソン！」

旧友は抱き合って再会を喜んだ。

「そうだ、妻のグラディスを紹介しよう。グラディス、ネヴィンソンだ。南アフリカ時代の相棒だよ」

グラディスは手を差し出して挨拶した。魅惑的な香りに、ネヴィンソンはくらくらして倒れそうになり、案内もされていないのに椅子に倒れ込んだ。バートラムとグラディスが手を差し伸べたので、床には倒れずにすんだ。彼は、

「まずお二人に……ご結婚おめでとう。素晴らしいところに住んでいるんだね。よくやったよ、バーティ君」

と言った。グラディスは話を聞きながら、彼らの学生時代を知ることができ、彼女はネヴィンソンに、結婚式の様子やフランスの新婚旅行のすばらしさなどを話した。エイプリルが飲み物をはこんできた。

会話はとうぜん、最近のドイルのナイト爵位の話になり、ネヴィンソンは熱心に語った。椅子にゆったりとすわり、静かにパイプをふかし、深く考え込んでいる様子だった。

「君は国王かドイルに直接不満を訴える考えはないのかい？」

とネヴィンソンは尋ねた。

「複雑な気持ちだ……」

とバートラムは答え、うつろな目で床を見つめた。

「グラディスも法的に争うことに賛成なんだ。僕は法律をやっていたし、費用も払えるのに、訴訟を起こさないのは弱虫だと妻は言うんだが……」

ネヴィンソンはすぐに、バートラムが法律に訴えるということが何を意味するかを悟り、彼が言いたいことをそれとなく理解した。グラディスにはこういうことはほとんど経験がなかった。

「だが、裁判で勝っても戦いは負ける……」

とネヴィンソンが言うと、グラディスは彼の言葉に異議を唱えた。ネヴィンソンは、

「なにかを得るには、なにかを失うということですよ。バートラムもこれには賛成じゃないかな。ドイルは頭のいいおっさんです。パンのどちらにバターが塗ってあるかなんて分かっているんですよ。これまでずっと君主制の強硬な擁護者でしたからね。ヴィクトリア女王が逝去した後は落ち込んでいましたけど、エドワードが後を継いで国王になることで、復活しましたね。評判の良くないつきあいをしてきた古い仲間ですよ、どちらも良い勝負だ。みんな知ってるようにね」

と言った。

「知ってるって、何のことなの？」

とグラディスが尋ねた。会話の中に自分の知らないところが出てきたので、口をはさんだ。ネヴィンソンは続ける。

「つまりですね、類は友を呼ぶってことですよ。諺は当たってる。エドワードとドイルは似た者同志なんです。エドワードは豪華趣味で儀式が大好きですね。ドイルも同じで虚飾はお手の物だ。王は実に女に弱いんです。彼の最初の密通の相手はネリー・クリフデンで、これが続いたので、国王継承者としてゆゆしき問題だとして警告されたんですよ。次はあの悪名高いモーダントの離婚だ。同じくらい責任があるとして彼の名前が挙がった。次はトランビー・クロフト・バカラット。ケッペル夫人とも噂になった。リリー・ラングリー、彼女は女優のジェシー・リリーです。別の女優のサラ・バーンハード、まだいましたね。全部で九人です。

当時、母親のヴィクトリア女王は彼を立ち直らせようとした。何度も密通をくりかえす彼を叱って『改心した』姿を国民の前に突き出したんです。そのくらいしか女王にできることはなかったんですね。だがそれは効き目がなかった。少なくとも我々新聞社側から見るとね。長いあいだ色々見て

きたし、記録もあります。それでもドイルは忠誠の姿勢を崩さなかった。すっかりエドワードの信用を勝ち得たってわけですよ。

だがドイルにも妻にかくれて過去にいくつか不義があったんです。病気がちの妻だったので、彼女のほうがそれを望んだという人もいる。それに反対の人も確かにいますけどね。事実、彼の妹に他の女といるところを見られて、みっともない不名誉な姦通を妹から痛烈に批判されたらしい。その時には彼女の夫のホーナング氏も一緒だったそうです。おそらくドイルの態度から、彼らは殴り合いのけんかになったようですね。『災難ともめ事』と言う言い回しが『災難とドイル』と言われるようになりました。ロバート・ルイス・スティーブンソンのジキル博士とハイド氏を思わせますね。

とにかくエドワードとドイルはそんなふうに上手くやってきたというわけです。だから、南アフリカの軍事行動の時に、ボーア軍の将軍がイギリス軍を非難したことは、国民には伝えないんです。十以上の言語で書いたビラを近隣の国に配ればいいだけなのに。しかし、イギリス軍の行動を否定したドイルは正しかったでしょうか？」

ネヴィンソンは眉を上げながらそう言うと、相づちを求めるようにバートラムを見た。

「いや、違う」

とバートラムはきっぱり言った。グラディスは少しいらだったように言った。

「それが正しくなかったら、新聞はなぜあれほどボーア人を残忍な敵だと書いたのかしら。イギリス人を殺した獣のような相手だと伝えていたわ」

「それはね、新聞社が記事を変えるように命令されていたからなんですよ。我々がボーア人にしたことは削除し、我々こそがれっきとした正義だ、という立場をとったのです。事実、ヨーロッパ諸国はみなヴィクトリア女王を非難しました。女王の逝去後はエドワードを非難しましたね、イギリス軍のしたことは残虐行為だといって。この間のエドワードのベルギー訪問の時は、エドワードを暗殺する動きもあったようです。その時はベルギー領コンゴの情勢が不安で暗殺にはいたらなかったのですが。

それでもバートラムと僕はイギリス軍のそうした犯罪行為をくりかえし記事に書きましたよ。軍は大量虐殺をした。男も女も、子供も赤ん坊も殺した。ありとあらゆる動物も殺した。家や農場を焼き払い、運良く捕虜になった者も収容所で栄養失調や病気で死んだ。あなたが読んだのは印刷が許された部分だけです。

ドイルは野戦病院の医者として戦地にいて、負傷兵達と接触していたんです。その患者の多くは残虐行為に関係していました。この医者は耳が聞こえなかったんですかね。それともネルソン提督風に見えない方の目で見たのかな。いずれにしても、ドイルは、国王とイギリスを守るのに相当な時間と労力を使った。くわしく正確に報告されれば、窮地に立たされる所だったんですよ。

彼は、自分が味方しているイギリス軍は確かに言われているような悪者だと知っていたのです。つまり結局彼は大衆をだましたわけです。ちょうど今度のナイト爵位やご主人の本の作者になったようにね。

ですから、グラディス、ご主人が最高裁判所まで争うということは、今まで隠してきた多くのことを明るみに出して、国王を召還する事になるんですよ。国民を幻想から目覚めさせるわけですから、大変な問題になって、王位や王政そのものも危うくなります。戴冠式が取りやめになることなんてことは小さな問題で……大変だ、外国の通信社があれこれ暴きたてて、イギリスはずたずたにされてしまう……」

グラディスはネヴィンソンが話した可能性を考えて仰天してしまい、しばらく口がきけなかった。沈黙が続いた。バートラムが口を開き、訴訟に関する

「僕は委託で数ヶ月前に出張に出かけたんですよ。それで僕の社の同僚の一人がその前に話してくれたことなんですが。ヨーロッパのある新聞社がドイルの戦争に対する意気込みに注目しましてね。なぜ彼はあんなに長い間、暴力の中に身を置いたのかと。磁石のまわりにある鉄が吸い寄せられるようだとね。この場合、前線ですよ。護衛の将軍が、敵は腐臭のする壕のほんの数メートル先にいる、と知らせる。まさにそこに彼らは立っているんですが。まわりにはネズミに食われた死体が……」

「やめて！」

とグラディスは叫んだ。話を聞きながら恐ろしい地獄絵を想像したのだ。

「すみません」

とネヴィンソンは謝った。

「でもそうなんです。ドイルは体温計ではなく、銃剣を持ちたかったんですよ。人間の身体の中を見て興奮したかったようです。なんとしても……」

彼の考えを話した。彼は訴訟を望んでいなかった。

「これはロシアン・ルーレットみたいに非常に危険なゲームだ。国王が巻き込まれることはまずない。ドイルは彼側の人間が、もしかすると僕のピストルを彼の頭に向けるかもしれないと知っている。僕が反逆の態度を少しでも見せれば、今度はその同じピストルが僕のこめかみに向けられるわけだ。父がチェスをする時によく言ってたよ。キング対ルークの古い手だ。駒を動かすがいい。チェックメイトさ」

グラディスは背筋が寒くなった。二人の言っていることは本当なのだ。めまいがした。この恐ろしい状況は避けられないらしい。選択肢はないのだ。永久に、墓の中まで黙っているしかないのか。場の雰囲気をかえようとネヴィンソンは話題を変え、一般の人には見せないドイルの性格について話しはじめた。

ネヴィンソンはドイルについて実にいろいろな情報を持っていた。

バートラムがネヴィンソンのグラスにシェリー酒を注ぎ、彼の言葉を受けて言った。

「ブリトン号で彼のひどい癇癪を見たときは、彼の性格が分からなかったよ。しかし実際、彼は僕の本を盗み、名前を奪い、デヴォンの僕らの御者の名前をつけた本で輝かしい成功を収めたというわけさ。イギリス国王に取り入って今度はナイト爵位か。ばかばかしい！」

ネヴィンソンがバートラムの隠された攻撃性を見たのはこれが初めてだった。バートラムはもう我慢の限界に来ていた。ネヴィンソンはバートラムの激怒を鎮めようとしてこう言った。

「ドイルがナイト爵位を辞退するという噂もあるよ。君、そのことは知ってたかい？」

「そんなことあるもんか」

とバートラムはきっぱり否定した。グラディスは横でとがめるような目をして彼を見た。

「そんなことをしたら、彼の母親ががみがみ言うさ」

とネヴィンソンが言った。これを聞いてびっくりするやら可笑しいやらで、皆どっと笑った。

「何で分かるんだ？」

とバートラムが笑いをこらえて尋ねると、

「質問はなしだ。僕もうそは言わない」

とネヴィンソンは、よく聞いて、と言うように、指を鼻の横に立てて言った。

「ドイルのおっさんは頻繁に母親に手紙を書くって前に話したね。彼は、爵位は受けられないと書いたらしい。これを信じるかい？　主義の問題として受けられない、というんだ」

「主義とは、一体どういうことだ？」

とバートラムは詰め寄った。

「これは推測だが、記者たちはその主義とは、君のことだと考えたらしい。ドイルは良心がとがめても、そのことを国王には言えないよ。彼は軍に深く関わっていて、あれはまるで軍服を着たトロロプ連隊だ」

「ほほう、それは驚いたなぁ」

とバートラムはあごを叩きながら言った。

「そうだろうね。彼の母親はいつもけんか腰で、おまけに派手好きだ。彼の虚飾は母親ゆずりだね。そして母親はおそらくドイルがダートムアの湿地をうろつき回った事は知っていても、君たちから計り知れないほどの援助を受けたことは知らないようだね。彼女は爵位が欲しいんだ。事情に詳しいものが言うには、彼女はエディンバラから出てきてドイルに会うと、傘で彼の頭を一撃して、『国王を侮辱して、主義とやらを見せたいなら出ていけ！』と胸が悪くなるくらいがみがみ怒鳴ったそうだ」

母親から傘でなぐられてこぶを作っているドイルの姿を想像して、三人とも大いに笑って、ほっと息をついた。ネヴィンソンは小柄なドイルの母親をまねて、背が一九〇センチ近くあるドイルを、怒りっぽい女教師のようにぴしぴし殴る格好をして見せた。

「どうするんだい、バートラム？」

とネヴィンソンが言うと、バートラムは肩をすくめて答えた。

「慎重にしなければならないね。確かにペンは剣よりも強し、だ。彼よりはペンをたくさん持っている。頃合いを見計らって機会を狙うつもりだよ」

ネヴィンソンは顔を曇らせて、

「気をつけろよ、彼は家庭でも暴力的らしい。妻のルイーズや子供たちにも手をあげたそうだ。家族は彼を恐れていたらしいよ。彼は頑固で、間違っていても考えを変えようとしない、簡単に人を許さない。これは彼の家族の言葉だよ。家族はこういうことが外に漏れないように気を使っていたんだが、なにしろ僕らには『信用のおける仲間』がいるからね。

ドイルには男の秘書がひとりついていたらしい。この男もドイルの息子のジェミニに手をあげたそうだよ。蛇みたいなやつらだ！」

ともかくもネヴィンソンの努力はむくわれ、その報酬というわけではないが、彼は戴冠式が終わるまで滞在することになった。戴冠式は八月九日だ。今度は予定が延びるようなことはないだろう。パレードの行列はバートラムの家のすぐ前の通りを通ることになっていた。


ナイト爵位の授与式の日、ドイル博士はバッキンガム宮殿の一室で待ちながら、一風変わった面白い男に出会った。会話を交わすうちに、この二人は霊魂の世界の話で盛りあがった。人は死んだ後にこの地上に生まれ変わること、また前世に受けた教育や知識を生まれ変わった霊魂に生かす可能性などについて大いに議論をした。こうした見解は長いあいだ異端視されてきたが、こうした霊的現象に深く心を動かされている人々も存在していた。

晩年ドイルは心霊現象に傾倒していった。この男、オリヴァー・ロッジ博士はドイルの考え方に大きな影響を与えたのだ。ナイト爵位を受ける時は、この二人は精霊たちにも挨拶していたのかもしれない。

剣が肩に触れ、

「立ち上がられよ、アーサー・コナン・ドイル卿」

と国王が呼び、コナン・ドイル卿が誕生した。

アーサー卿は儀式を終えると、同じく爵位を受けた仲間と祝賀会を楽しんだ。祝賀会も終わりに近づき、記念品の贈呈が行われた。

「シャーロック・ホームズ卿」と名前を呼ばれ、ドイルに記念品が授与された。包みは、かなりかさばったもので、気になって仕方がなかったので開けてみた。アメリカ製のシャツだった！

ドイル卿はたちまちハイド氏に変わった。かっと怒りだし、汚い言葉をわめき散らし、まわりにいた人たちを当惑させた、と、のちに報じられた。

ドイル卿は新聞の批評の的になっていった。国王からナイト爵位をもらった後のドイルは、数々の、汚い罵詈雑言をあちこちで吐いており、記者たちはこれを安全な社内のデスクから次々に記事にしていった。

特に痛烈な記事を書いたのはW・C・ステッドという記者だった。彼は記者として定評のある人物で、ジョン卿がナイト爵位を受けた際にも彼を攻撃した記者だ。彼はどんなナイト爵位に対するよりも激しい勢いで、頻繁にドイルの批判記事を書いた。酷評と栄誉の話題が新聞をにぎわし、月日が経っていった。秋から冬へと季節が移り、クリスマスが近づいてきた。バートラムとグラディスはパークヒルに帰ることになっていた。

グラディスの父が亡くなったので、彼女の母はデヴォンに帰るのはまたの機会にして、今年は一緒にクリスマスを過ごしてくれるように息子夫婦に頼んだ。しかしバートラムはデヴォンに帰ることを決めていた。グラディスはコウノトリの訪れがないことに多少良心の呵責を感じていたが、希望を捨ててはいなかった。

グラディスは暖炉の脇で熱心に本を読んでいた。

「グラディス」

とバートラムは言った。彼女は本から目を上げて、優しく微笑んだ。バートラムは続けた、

「僕はナイト爵位の授与式からずっと、僕を悩ましてきたことをじっくり考えてきた。もうあの本のことは終わらせようと思うんだ。ドイル卿の返事や、手に入る限り新聞の切り抜きと雑誌の記事を集めた。今それは僕の見解を書いたものも含めて全部入れ物に入れて、地面に埋めても大丈夫な容器に入れてある。ねじを強く締めて栓をする容器だよ。僕らのベッドをもう暖かくしてくれることはないね。これを……そうだね、タイムカプセルといってもいいだろう、これをパークヒルに持っていって、庭のどこかに埋めようと思うんだ。何十年かたって、将来の持ち主がこれを見つけて真実を知り、悪事を暴くかもしれない。ドイルや国王や出版社の連中は死ん

でしまって、一緒になって僕の事実を権力で潰すなんて汚いことはもうできないからね。僕は死んだ後はこの事実を伝えるために、幽霊になってパークヒルへ戻ってくるよ」

グラディスはとてもおどろいた。と同時に彼女は、夫がこれほどまでに心を傷つけられているということを、今やっと理解した。彼女はバートラムの計画を素直に受け入れた。それは彼の心をどんなにか癒したことだろう。

「将来はきっと面白くなるわね。素晴らしい考えよ。もう私は誰がそれを見つけるのかと想像してわくわくしてしまいます。でも見つけた人はそれをどうするのかしら。これはあなたのトーマス・ハーンの本よりゾクゾクする話だわ。ほんとうに面白いわ。私も一緒に幽霊になってパークヒルに住んでもいいかしら、あなた?」

と彼女は言い、二人は一緒になって笑った。

その年のクリスマスの贈り物の中でも特に「バスカヴィル家の犬」という本は、バートラムの誇りと憤りの思い出を象徴していたと言っていいだろう。その年の八月に出版されたその本を、これを書く時に様々な方法で助けてくれた大切な人々に贈った。

一冊一冊にバートラムは証明と証拠の言葉を書いて手わたしした。ハリーとアリスにわたした本の余白に、バートラムはこう書いた。

「ハリー・バスカヴィルへ　名前を使ったおわびとともに贈ります!　B.フレッチャー・ロビンソンより」

ハリーは名前のことは気にしていなかったので、冗談かと思った。

バートラムは著者として認められなかったが、彼の家族は登場人物として本の中に永久に残るのだ。バートラムの原稿にあった名前は、にかよった名前で本に使われていた。

二冊目はアグネス・クックに贈られた。彼女と夫のロバート牧師は、バートラムがダートムアを探索するのを助けてくれたし、ロバート牧師はダートムアの伝説をサビニ語（イタリア語）のアクセントで、グールドのピアノのような語り口調で歌をまじえて話して聞かせ、バートラムを励ましてくれたのだ。表紙の裏にバートラムはこう書いた。

「クック夫人へ　構想の発案を助けて下さったことに感謝を込めて　B・フレッチャー・ロビンソン」

さらに彼は両親のジョセフとエミリーにも

「息子より愛と感謝を込めて　バートラム」

と書いて一冊贈り、もちろん妻のグラディスにも、

「グラディスへ　永遠の深い愛をこめて　君のバートラム」

と書いた本を手渡した。

その本には著者とされたドイルの謝辞が印刷されている。こう書いてある。

「親愛なるロビンソンへ　君の話してくれた西部地方の伝説がこの物語の発端となった。加えて詳細および実際面でご援助頂いた。ここに深く感謝する。A・コナン・ドイル、君の助手、そしてけんか相手」

ナイト爵位以前に書かれたものだった。ドイルとバートラムの合意があったのに、ふたりの名前が並んで印刷されることはなかった。

十二月二八日は暗く気味の悪い夜だった。魔の手が忍び寄るように、ダートムアの冷たく陰気な霧はイップルペンをおおい、村人は扉に鍵をかけて落ち着かない不安な夜を過ごした。丘陵地を飲みこみ、霧は徐々にパークヒルの方へ向かってきた。パークヒルの高い煙突も不気味な暗い霧に隠れた。霧はあたりに渦を巻き、そびえ立つ木々も、すでに形が見えなくなっていた。木にぶつかった湿気が水滴になって落ちるのだろう、動きの悪い振り子のように不規則に、まるで悪魔の眉から落ちる汗のようにびちゃっ、びちゃっと、それは気の滅入るような音をたてていた。

ジョセフが疲れたので早めに休むと言うと、エミ

リーも立ち上がり夫に寄り添うように居間を出ていった。グラディスと二人きりになったバートラムは、

「三十分位したら両親も眠るだろうから、その後にしよう。もし何かあったら適当に言っておいてくれるかい？　僕はそっと出ていって……穴を掘る」

グラディスは分かっているというように微笑むと、

「いいわ、でもどこに埋めるの？」

と尋ねた。バートラムは少しだけ躊躇し、そして言った。

「僕と将来それを発見する人だけが知っていればいいんだ、グラディス」

と答えた。まもなく彼は温室からそっと出て濃い霧の中に消えていった。

だんだん小さくなる暖炉の火を見つめながら、グラディスは夫が庭を歩き回っている姿を想像していた。今頃バートラムはどこにいるのだろう？

突然、扉を叩く音が聞こえて、グラディスは飛び上がった。覗き込んだキャサリンもグラディスを見て同じようにびっくりした。彼女はもう誰もいないと思った、と言ってあやまった。最後の見回りをしていたのだ。

「申し訳ありません、若奥さま。お邪魔するつもりはありませんでした。あの、若旦那さまは、まだ……？」

と言いながら、部屋の中に目をやった。キャサリンの質問に凍り付きそうになったグラディスだったが、

「ええ、彼はもう……休みました」

と言った。

「そうですとも。もう休まれましたよね。お一人でいらしても、お二人のうちでわかっていらっしゃればそれでいいんですからね。おやすみなさいまし。よく眠れますように」

とキャサリンは微笑みながら丁寧に挨拶し、自分の部屋へ下がった。使用人はみな仕事を終えて部屋

へ下がり、彼女が最後だった。

グラディスは外にいるバートラムを思って知らず知らずのうちに震えた。暖炉に近づいて、消えそうになっている火をかき回した。しばらくすると、今度は静かに扉が開いて、グラディスはびくっとした。バートラムだった。いくぶん疲れているようだったが満足げに、

「終わったよ」

と言った。

「どこに埋めたの?」

と彼女が尋ねると、

「ハリーに見つからないところだよ」

と優しく答えた。

年があけて一月。デヴォンから戻ってきたバートラムには、ピアソン社の忙しい仕事が待ちかまえていた。限界を超えた仕事量で、独立したほうが良いのではないか、と考えるほどだった。

グラディスは帰宅したバートラムに封筒を手渡した。母のエミリーの字だった。真鍮のペーパーナイフで手紙を開けて一気に読んだ。静かにため息をつくと、身体をまっすぐにした。バートラムはまもなく内容を理解した。グラディスはまもなく内容を理解した。


「両親はわかっている」

とだけ言って、グラディスも読めるところに手紙を置いた。

それはバートラムの将来のためにも証拠を集めて裁判に持ち込もうという提案だった。確かに男らしい決断ではある。他にどんな手だてがあるというのだ。だが肝心の個人的な人脈が欠けていた。

数週間後、バートラムに転機が訪れた。ピアソン・マガジンの系列の雑誌であるヴァニティ・フェアの編集長に就任することになったのだ。

「彼はピアソン・マガジンおよびエクスプレス紙のために大いに貢献しました。彼が抜けることは社員全員にとって大きな損失です」

と重役会議の議長は言った。

「彼のようなカリスマ性を持った、学識ある、信頼の置ける人物をほかに見つけることはできないでしょう。立派な資質と人格の持ち主であることは誰もが認めています」

「バートラム・フレッチャー・ロビンソン君に乾杯!」

と言う声がすると、皆グラスを空にし、バートラムは背中を痛いほど強く叩かれた。

同僚はまた『バスカヴィル家の犬』について質問をした。おそらくバートラムの退社を複雑な気持ちで見ていたのはピアソンだ。彼はバートラムが例の本で著作権を奪われて辛い思いをしている時に、静かに見守っていた。

ピアソンは思った。目の見える人は見えない人を導く。目の見える人の方が有利なのかもしれない。しかし目の見える人にも人生は辛いものなのだ。では見えない人の苦悩はどう伝えればいいのだろう!

後にシリル・ピアソン氏に、ナイト爵位が与えられた。彼は目の見えなくなった兵士のための聖ダンスタン・ホームの後援者になり、これはその後発展して全英視覚障害者協会と名前を変え、彼は会長となったのだ。

数年が過ぎ、ジョセフの健康は悪化していった。ニュートンアボット病院のグリンビー医師が何度か呼ばれて薬を投与したが、体調は悪くなる一方で、回復は難しいだろうと言った。エミリーはうろたえた。ジョセフの身体はさらに弱っていった。

春が過ぎ、暑い夏に変わって、一九〇三年八月十一日、ジョセフが亡くなった。七十六才だった。葬儀はイップルペンの聖アンドリュース教会で行われ、村中から、また周辺の地域からも数多くの会葬者が集まり、ジョセフとの親交を失ったことを悲しんだ。

病院関係者、医師たち、法律関係の仕事の同僚、デヴォン州の裁判所関係の人々などだ。リヴァプールとエセックスからも弔電が届いた。

弟のジョン卿は深く心を痛め、自身の健康にも不安を抱き、葬儀に参列するのは辛そうだった。

ジョセフは教会の神聖な墓地にある、大きな枝を広げた栗の木の下に葬られた。そこは二十一年間、ジョセフが熱心に手入れをしてきた場所だった。控えめで、高潔な男が永遠の眠りについたのだ。遺族は墓石を墓に据え付けた。

ロバート牧師の祈りの中、エミリー、バートラム、グラディスがジョセフに最後の別れを告げた。叔父夫婦とともにロンドンに戻ったバートラムは、ひとり遺された母をおもうと、心が引き裂かれる思いだった。しかしキャサリンがエミリーを良く気遣い、励まし、話し相手になってくれていた。それでクレアとその婚約者も含め六人は一緒の汽車でパディントンへ戻ってくることができたのだ。

第七章
ナイツ・オブ・オールド277

ジョセフを失った悲しみからも癒され、ハリーはその年も王室御用達と言えるくらいのみずみずしい野菜を収穫した。彼は荷馬車に野菜を積み込むと、古いオーク製のハンドルをあやつり、庭を回ってパークヒルの玄関前を通り、台所の方へと向かっていた。とそのとき、砂利をふむ車輪の音が聞こえ、樺の木のあいだから二頭の馬と牧師の馬車があらわれた。

「奥さまはいらっしゃるかな? ハリー」

と牧師は声をかけた。

「はい、いらっしゃいます。呼んでみましょう」

そういうと、ハリーは扉の呼び鈴を引っ張った。

エミリーはロバート・クック牧師とつれの紳士を応接間にとおした。彼はステンドグラスのデザイナーで、その評判は聖アンドリュース教会もエミリーの友人も太鼓判をおすものだった。エミリーとバートラムはジョセフの思い出としてステンドグラスを教会に寄付することにしたのだった。

デザイナーはガラス細工の幅や奥行きなど、何種類もの組み合わせを並べ、エミリーに見せた。エミリーは彼に注文することに決めた。

型が作成され、ガラスがガラス切り用テーブルの上に並べられた。ガラスはすべて最高級品で、純粋な透明感が日光を通し、すべての色合いや微妙な陰鬱を効果的に写し出した。

エミリーの選んだデザインは荘厳なものだった。ジョセフの思い出としてふさわしく、この先何百年も教会の宝になり人々の記憶に残るだろう。窓の土台には鉛の枠があり、古い英語で文面が書き込まれてあった。それは、

「栄光の神へ、ジョセフ・フレッチャー・ロビンソンへ愛する思いを込めて、デヴォンの平和への正義、二一年間教会地区監督を務め、一九〇三年八月十一

日、七六才にして永眠する。妻と息子より窓を寄贈」

つづいてジョン卿の悲報が特急列車のように家族を通過した。皆は八月の兄ジョセフの死を病んで弟のジョンも亡くなったのではないかと噂した。

その年のクリスマス。グラディスとバートラムはエミリーと一緒に過ごすことにした。エミリーは友人と使用人たちの暖かな心遣いで元気を取り戻していた。

彼女の人生観はジョセフとジョン卿の死、人生における身分の違い、金持ちが貧乏人にする不当な要求、を知るにつれて変わっていった。貧乏人は一切れのパンのために懸命に労働しても、ポケットに週一度、一シリングしか入らない。

ハリーとアリスはエミリーを励ますために自分の子供たちを頻繁に屋敷へ連れていった。少女たちも「エミリーおばちゃま」の甘やかしに大喜びをした。

ハリーとアリスが父親であり、母親であることにバートラムは羨ましさを感じた。神様はいまのところ、バートラム夫婦の努力にこたえてくれていなかった。

彼らの長女、七歳のマイートルは、いつも質問ばかりしているやせっぽちの個性的な子だった。

「私の名前は『愛』って意味があるお花からとって、お父さんが決めたのよ」

「そうか、お父さんが決めたんだね」

とバートラムは彼女を抱き上げながら答えた。

「お父さんは君を馬に乗せてくれたことがあるかい？」

「チャーリーの背中に一度乗せてくれたことがあるけれど……あまり好きじゃない」

「どうして好きじゃないの？　マイートル？」

「だって、チャーリーはすごく大きいんだもん。私を怖がらせるし。すごく背が高いから、私の頭は雲に隠れちゃうのよ」

「それじゃ、ドビンに乗ってみるかい？　小さいし、とってもやさしいんだよ」

「うん、いいわよ！」

と彼女がこたえると、バートラムは長い足を組んで座り、マイートルを足の上に乗せた。

彼女は命令した。

「さあ行くわよ！　ドビン！」

馬はすぐに小走りに走り出し、かわいらしい騎手は実況をはじめた。彼は彼女の手を手綱のようにしっかりと握った。彼らはお父さんを捜しにダートムアを冒険するつもりなのだ。気味の悪い沼や湿原を避けて旅はつづいた。……すると突然、大きな意地悪犬があらわれ、王女さまの小さい足をかじろうとした。

「ピシッ、ピシッ！」

実況はつづいた。マイートルはすぐに手綱を引いた。

「ドビン！　止まれって言っているでしょう?!」

バートラムは鞭で打たれて止まり、マイートルは彼を睨みつけながら、人差し指を振り上げて言った。

「何回言ったら分かるの？　あれは犬じゃないのよ。猟犬なのっ！」

部屋にいた誰もがお腹を抱えて笑った。バートラムは「ご主人さま」に逆らって走り出し、沼に突っ込み、首元まで黒くねばねばした中に浸かり、大声で助けを求めた。マイートルの悲鳴でみんなの耳がはりさける前に、ハリーが「人間の足がある馬」を助けた。

エミリーは目の前の様子をながめながら、母であること、親であることに思いをやっていた。木も人の生命もおなじだ。冬に木が枯れ、夏を迎える。果物の種もそう、時期がくれば庭は果物であふれる。生命は永遠なのだ。

エミリーは毎年恒例となっているクリスマスの行事にマイートルを連れていこうと決めた。バートラムと彼女は地元の村人たちにクリスマスプレゼントを届けるのだ。

一番大きな馬車が玄関前に運ばれ、エミリーの指示でどんどん贈り物が積まれていった。エミリーはまえもって人々に何が必要なのか調べ、それぞれ、長靴、子供服、食料やお金など用意しておいた。贈り物を受け取った人々は感謝をし、クリスマスの挨拶をする。ある人はほっと安心し、またある人は毎年この時だけ歓声をあげた。天候が悪くても土地を耕し、六十時間きつい労働をしても、このあたりの賃金は一ポンドにもならず、地主は家賃として十分の一のお金を取り立てるのだ。

村を南から北へと縦断して牧師館へ向かった。ロバートとアグネスは彼らを歓迎し、クリスマスの挨拶をかわした。アグネスお手製の飲み物で身も心もゆっくり暖まることができた。

贈り物を交換しながらロバート牧師は、ジョセフの死が訪れて、二十二年前から続いているこの貧しい村人たちへの贈り物は終わりになると思っていた、と言った。目が合うとエミリーは、

「恥ずかしいわ。ロバート、私にもつづけられるかしら？」

と彼女はからかうように言った。

「おお！　ちっとも気がつきませんでした！」

彼は目のはしに「小悪魔」が忍び足でちかづいてくるのを捕えて、微笑んだ。「小悪魔」は突然アグネスに飛びうつり、体当たりをしてびっくりさせた。エミリーは笑いをこらえ後ろを向いていた。

グラディスは二人の子供の母親となったアリスの整った顔を複雑な思いでながめていた。彼女たちはパークヒルでマイートルと遊んだり、赤ちゃんの世話をした。生まれも育ちも違っていたが、お互いに大人の女性として励ましあい、情報交換をした。

グラディスは父親が亡くなったときのこと、後悔の思いなどを話した。話題はバートラムがボーア戦

争への出発するときへと移り、そのときの悲しみ、安全を危惧したこと、ジャーナリストと編集長時代のことなどを話していった。

話しが一通りすんだころ、ちょうど一行が玄関に戻ってきた。興奮しているマイートルが、

「お母さん！　私たちがどこに行ったかわかる？」

「知りたいわ。おしえて」

とアリスは言った。

「教会の階段をたくさん昇って塔のてっぺんに行ったの！　そこはね、ダートムアがずーっと遠くまで見られるのよ！　ああ、お腹がすいちゃった！」

ちょうどメイドがワゴンに二つの大きな銀製紅茶ポットと、美味しそうなケーキを運んできた。

「僕も腹ぺこだぞ～！」

バートラムが狼の耳のように頭に指を立てて唸ると、マイートルは叫び声を上げ、アリスのスカートの後ろに逃げた。その隙にバートラムは彼女のクリームケーキを頂いた。


年があけ、バートラムたちはロンドンのマンションに戻ってきていた。

その夜、グラディスは苛立つ思いで夫の帰宅を待ちわびていた。バートラムはライオンの檻のような家に帰宅すると、妻の性格の激しさに驚き、とにかく訳を聞いて彼女を冷静にさせなければと思った。

グラディスは以前からある住人とうまくいっていないことを話していた。他人のことを、そこそこと熱心に観察している女性だと聞かされていた。

その彼女は、長い間シャーロック・ホームズを愛読していて、ホームズの復活をとても楽しみにしていたのだ。頭の中は『バスカヴィル家の犬』に関する話題で一杯だった。そして、最近ここに越してきたという、ある無愛想な紳士のことをグラディスに告げたのだった。

その紳士に
「おはようございます」

と丁寧に挨拶しても、いつも返事はなく気むずか

し気な様子なので、後ろを振り返ってしまう程だと言った。時々すれちがうので、よくよく紳士の顔を見てみると、驚いたことにその紳士は、アーサー・コナン・ドイル卿だというのだ。

「彼はこのマンションに部屋を借りているのよ！　バートラム、どう思う？」

バートラムはどもってしまった。

「ドイルが、この『バッキンガム・パレス・マンション』に住んでいるってことかい？　グラディス？」

「その通りよ、そのニュースに私も本当に驚いたの。仕事でロンドンに来るときだけいつもここに住んでいるみたいなの。彼のお母さんも時々エディンバラから来るそうよ。彼はいたりいなかったりみたいだけど」

「なるほど、グラディス。わかった。『ナイティドワン』だ。同僚が今週教えてくれたのだけれど、ドイルは二千ポンドの大金を投入して、アデルフィ劇場を借り、『ハウス・オブ・テンパリー』と呼ばれる劇をプロデュースするらしい。キャストにおおよそ六百ポンドを賃金として支払ったそうだ。

凶暴な劇で拳を振り上げ戦う場面が繰り返しでてきて、頻繁に血が流れ、男性でさえ気を失いそうだと言ってたよ。君も覚えているだろ、ジョン・ブル社に勤めている僕の友人のクレメント・スコットが話してくれたんだ。満員の観客は大声で叫び、ひいきの戦士を応援し『狂った豚』のように叫ぶらしい。紳士たちはそんな下品であきれるような脚本を創った医師ドイル卿を非難しているんだ。治療が必要なのはドイル本人だよ。

ネヴィンソンも言ってただろう、ドイルは『ジキル博士とハイド氏』を完全に体言してると。スコットは彼よりは楽観的だな、そんなに荒っぽく下劣な振る舞いは長くは続かないと予想している。『バスカヴィル家の犬』の件での影響もあるけど、僕は、そんな反キリスト教的な興行に彼がお金を投じていると考えただけで嫌になってくるよ。彼はこの世の中を身震いさせることに成功した。だが、その野蛮な行為がビジネスの投資だとは考えられない。

君はドイルがこの建物に住んでいるというし、君が安全でいられるか不安になるよ。別の住まいを考えるべきかもしれないな。どう思う？　グラディス」

グラディスは部屋の素晴らしい装飾と家具をしばらく見渡して考えながら座わり、言った。

「引っ越すのは本当に寂しいことだけど、ここにそんな野蛮な人がいるなんて、耐えられない。あなたの意見に賛成します。使用人も問題なく変えられるでしょうし、気立てのよいエイプリルから離れると思うと寂しいわ……。でも凶暴な脅しがあるかもしれないなんて生活を楽しめませんもの」

バートラムはうなずいた。グラディスはいつでも彼の大切なパートナーで、誰も彼女の場所を埋めることが出来ない。ネヴィンソンが言うように、ドイルの家系には凶暴性があるのだ。

いずれにせよ、作家コナン・ドイルの未来は安泰なのだろう。イギリス国内では、新作はもちろん、古い作品も再び見直され、アメリカの編集者は不思議に思った。

一方、バートラムは、カーナヴォン卿が投資しているあるニュースに興味を持った。エジプトで二千五百年前に埋葬されたミイラの墓の考古学発掘である。これを取材できれば、彼の雑誌の読者が増えることは間違いない。バートラムは、エジプトのピラミッドへの旅の手続きを整えた。

今、目にしているエジプトのピラミッドは、巨大な一枚岩を集めてできたもので、ダートムアで見られる岩と似ている、一つ十五トン以上の重さがある石を集めて、歴史の本にあるように暴力と手製の縄を使って造り上げたとしか考えられないのだが、実際は、古代の人間にはわれわれが想像もできないような方法や能力があったにちがいない。だがそれはシャーロック・ホームズにも解けない謎だ。

家に残されたグラディスは、暇つぶしにトランプをするしかなかった。バートラムはピアソン・マガジンとデイリー・エクスプレスに記事を売るつもりでいた。ビジネスチャンスだ。

発掘の最初の記事は「ミイラの呪い」が現実に起きているという不吉な話で注目をあつめた。「ミイラの呪い」は王家の墓に侵入し、埋葬品を冒涜しようとする人間に死をもって制裁を与える、というもので、実際起こるときまではただの噂にすぎなかった。

だが「事故死」の記事が、「侵入者の死」とされ、噂は不変のものになってしまった。カーター氏の報道は大成功だった。

カーナボン卿の考古学者と発掘者は「クローチング・ドック（はいつくばる犬）」が描かれてある「王家の封印」を発掘した。その絵は死んだ王の姿をイメージしたと認識され、王が生まれ変わる天国の過程を旅するために姿を変えたもので、力を再び得るために透明で神秘的な安息の場所「霊の世界」から輪廻し、次に生まれ変わる肉体に再び入り、さらなる経験のため世俗的な人生がはじまり、そして、魂は完成されるのだ。

バートラムはドイルと教授のオリバー・ロッジ卿がナイト称号について会話したことを思い出した。ナイトの称号の精神的な信念はエジプトの信仰と驚くほど似ていたが、それは千年以上も離れている。人間の理解力に隔たりはないのだ。古代の騎士のようなエジプトの王は「九体の肖像」のイメージで象徴されるように続いていく生命を生き、同じ数だけ障害を乗り越え人生の神秘的な旅が最終的に王の楽園へと導き、彼らは永久に人間の「帝国」を見下ろすのだ。

ロンドンではグラディスが「帝国」のさみしさにたえきれず、「エジプトのミイラ」を呪い、いっそのこと自分がミイラになってしまいたい、と願っていた。恐ろしい話が本当ならば、呪いは夫をすぐに犠牲者にして亡霊がこだまする空っぽのピラミッドに連れていくのだ。そしてラクダがカイロの熱い砂に唾を吐く。淑女らしからぬ発想だったが、沈んだ気分にぴったりだった。

不満がつのり、憂鬱な気分にたえきれず、グラディスはデヴォンのエミリーを訪ねることに決めた。

ニュートン・アボット駅、ハリー・バスカヴィルは、笑顔でグラディスを出迎えた。あいかわらず馬車には汚れが一つもない。馬車にのりこみ、グラディスはまるでバートラムの兄弟のようなハリーとの会話を楽しんだ。

十五分後、彼女はエミリーの腕の中にいた。応接間は暖かく、以前とかわらず美しく整頓されていたが、ジョセフなき屋敷は、不思議と何か違っていた。

グラディスはお茶を飲みながら聞き役に徹していたのだが、エミリーの話しはなぜか焦点があわず、それをグラディスに知られたくないようだった。グラディスはおせっかいとも思ったが、

「どうかなさいましたか？　なにかお悩みですか？」

とたずねてみた。

ストレスと緊張、それに年齢によるしわと窪みがエミリーの風貌に加わって、以前の彼女の顔よりおうとつがあるようだった。エミリーは膝で無意識に絡ませている自分の指をじっと見つめつづけ、沈黙はしばらく続いた。グラディスが義理の母の手に自分の手をそっと置くと、エミリーはやっとの思いで言葉を言おうとした。

「私は……」

沈黙が彼女の唇を締め付けているかのようで、彼女はやっと口をひらいた。

「……ジョセフがいなくてとても寂しいの。私には

彼がすべてだったのよ。命、力、それに、目的、私たちはたくさんの物を手に入れたわ……。あなたとバートラムがここに住めないのもわかってるの。仕事があるんですものね。だけど……」

ハンカチに涙は溢れだした。

「なぜもっと早く言って下さらなかったのですか？ 私はここに喜んできましたのに……。お元気になられたとばかり思っていました」

グラディスはつつみこむようにエミリーに腕を回した。せきを切ったように彼女は体を振るわせ涙にくれた。

キャサリンは奥さまが泣いているのを聞いて静かにドアを開け、用心深く入ってきた。グラディスと目をあわすとキャサリンは心配そうに微笑み、部屋から静かに出ていった。エミリーの体は落ち着きを取り戻しはじめた。

「もう大丈夫よ。あなたに話しておかなければならないことがあるの。聞いて下さる？」

「もちろんです」

グラディスは気遣って答えた。

「私たちは聖アンドリュース教会にステンドグラスを神とジョセフへと奉納したのだけれど、わたし自身のためにも同じ窓を取り付けたいと思っています。でも自分では出来ないの……。寄付金は充分に渡してあります。私が死んだらバートラムとあなたでこの最後の願いを聞き届けてほしいとおもって。天国で私は大切な人といっしょになるわ」

そういうとエミリーはまた泣き崩れた。グラディスはどんなことをしても彼女の力になりたいと思った。

「それから、グラディス。私は一人息子とあなたにすべての土地とパークヒル屋敷を残します。農家や牧場と家畜、森林使用権、馬や馬車にハリーとアリスが現在住んでいる小屋、それと銀行口座はあなたたちが信託受益者になっているので、もう働く必要はないのよ。ジョセフと私が二つの遺言を受けて、パークヒルを購入した時とほとんど同じ様な状況だと思うわ」

グラディスはエミリーの話をきいて心を痛めた。エミリーの話は彼女を本物の裕福な女性にさせてくれるもので、それは世界を意のままに動かす事の出来る夢の王女以上のものに思え、胸が詰まりそうだった。

「エミリー、でもどうして私にそのようなことをお話しするのですか。私が助けることが出来ないくらいの重病にかかっているのですか?」

エミリーは答えた。

「違うのよ。ただこれ以上生きていたくないから。ジョセフのところに行きたい」

涙はまた激しく溢れだした。グラディスはエミリーのかなえてあげられない望みをどうしようもできずに涙した。そしてもう一度慰めるために彼女を抱き、助けを求めるように、思いはアフリカにいるバートラムへと飛んでいった。


グラディスは滞在している間、使用人たちがエミリーをどう思っているのか聞いてみた。誰もがエミリーのことをとても良く思っていてグラディスは安心した。何が起きるか気が気ではなく、ロンドンへ帰る日をずいぶん延ばした。

アリスとハリーはグラディスを安心させようと心に決めた。こんな時に限ってバートラムは彼女のそばにいないのだ。ハリーは彼がどこにいるのか尋ねた。グラディスは無造作に返事をした。

「彼はエジプトでミイラを追いかけているの」

ハリーは不思議そうな顔をして聞いていた。

「彼はすぐに帰ってくると思うわ。あなたも知っているように彼はとても強いし、ボーア戦争の銃弾もすべて外れたし、ラクビーで無鉄砲にチャンスを捕まえるように家に帰ってくるでしょう」

ハリーはよく考えながら頷いた。

「そりゃそうだ。クリケット試合でも鹿のように走っていたな」

エミリーのために何ができるのだろうか。グラディスは牧師に会いに行こうと決め、ハリーに連れていってもらった。

そこで彼女はおどろいた。石壁のむこうで、裸の牧師が斧を振り上げているのだ。なんだか野蛮なことをしているようで、不平を言いながら、斧をふるっている。教区民が斧で苦しめられているのではないかと思った。彼女がどうしようとためらっていると、その時、ロバート牧師が、

「グラディス！　驚きました！　お入りなさい。どうぞ」

ゆっくりと門に近づくと、ようやく様子がわかった。彼の法衣は腰から下に垂れ下がり上半身裸で、庭で薪を割っていたのだ。

「何かあったのですか？　グラディス。バートラムは一緒じゃないのですか？」

「古代ミイラと宝の発見の取材でエジプトにおります」

「ああ、私が生まれるずっと前のことだね」

と彼は答えた。

「私がこうして裸のとき、世界のお金持ちの人たちには何が起こっているのでしょうね」

そして、半裸の自分に気付くと、あやまりながら服を着た。

「失礼しました。どうぞ中にお入りなさい、グラディス。アグネスもあなたに会えて喜びます。お話も聞きたいでしょう」

応接間に座ると、すぐに本題を切り出した。

「エミリーのことが心配なのです。今回偶然バートラムが家を留守にしているので、私はデヴォンを訪れる事になりました。彼女はクリスマスから相当具合が悪いようで、今はジョセフのそばに行きたくてたまらないのです。彼女の決意のあまりのかたさに、まわりが努力しても何かが起こるのではないかと不安なのです。これ以上生きていたくない、と思って

いて本当に心配しています。あなたのお力をお借りできたらたいへん嬉しいのですが、牧師さま」

ロバート牧師は深く息を吸い込み、考えながらあごを撫でて話した。

「私たちも同じように感じていました。変わればよいと祈りを捧げてきましたが、これはきっと神様の意志なのでしょう。もちろん確かではありませんが。以前独身の地区教区員にも同じ様な変化があったことを知っています。死別してからずいぶん時が経っていってもどうしても思いを断ち切れず年々思いは強くなり、そして、神の仕業に任せました。だが、エミリーの場合、神と、もちろん亡き夫に奉仕することが一番だと彼女は思っているでしょう。誰もそうしようと考える事を非難できませんし、私たちに自分の意見があるように彼女の思いは強く、他の見方を受け容れないと思います。けれど彼女のことを大切にしているという私たちの気持ちを受け取ってくれるでしょう。彼女はいつでもこの教会地区で最も大切な女性なのですから。えーと、玄関の机にあなたに連絡できる住所を置いていって下さいますか。グラディス。何かこちらに戻らなければいけないことが起きたら、すぐに連絡しますから」

グラディスは信頼と安心感を与えてくれた二人に感謝した。

「素晴らしいステンドグラスをお見せいたしましょう。神とジョセフに捧げた窓です。完成したばかりなのですよ」


グラディスは牧師館から砂利道に沿って聖アンドリュースの墓へ行く道をロバート牧師と歩きながら、この訪問が前から予期されていたような不思議な気持ちを覚えた。

草の上をゆっくりと黙って歩き栗の木の下でとまる。そばにジョセフの墓が御影石の十字架で輝いていた。ロバート牧師は短い祈りを捧げ、聖アンドリュースの玄関と大きなオークドアの入り口がある板石の方へ続く、曲がりくねった道に戻っていった。

教会に足を踏み入れると、まるで泡の中に入ったようだった。小鳥のさえずり、馬のいななき、馬車の車輪の音などが一斉聞こえなくなり、天使が心の内側に羽を降ろし、内なる魂は沈黙の歌声で浮き上がり、視界の表面に見える一つ一つの過去の出来事をやさしくこだまする。透明なイメージが心の中に沸き上がる。グラディスは自分だけの世界に踏み込み、彼女は、何世紀も同じままの、むき出しの板石の上をさまよい歩いた。祭壇の前で微笑み、指輪を交換して、教会登録所での結婚式で笑った新婚夫婦はどこにいるのだろう。洗礼式で冷たい水を頭にかけられ驚き泣き出した数え切れないほどの赤ちゃんはどこにいるのだろう。どのくらいの棺桶がこの通路をゆっくりと運ばれていったのか。

右側には壮大なステンドグラス窓があり、輝いた色使いで、微妙な陰鬱と調和で使徒をとても珍しく、そして力強く描いている。グラディスはそびえる窓枠の前に立ち見上げた。礼拝堂の木の壁はステンドグラスの色で輝いた。

グラディスは光で神聖にされ、洗礼されて天の方を見上げ、義理の父へ、妻の到着を備えておくよう特別な想いを静かに送った。想いの伝わりは耳を必要とせず、頭の中に願いを叶えてくれる光と共に彼からの返答を「感じた」。

教会の外にでると、気力はよみがえり、グラディスは自己の責任からすべて解放されたようだった。彼女は何も言わずロバート牧師の手を感謝して握った。彼女がまだ神秘の世界にいることを彼はわかっていた。牧師と別れて、彼女は門のところで待っていたハリーの所へもどった。彼は彼女を不思議そうに見ていたが、何も尋ねない方が良いと思い、また彼女もそれを受け、ふたりはパークヒルに戻っていった。

屋敷に戻るとエミリーは、グラディスの外出を知らないふりをしたが、言葉はかわさずとも二人の絆はかたく結ばれ、愛の交流が確かに存在していた。

グラディスが出来ることはもうない。バートラムがエジプトから戻ってくる。そろそろロンドンに戻らなくてはならない。でもどうやって、この悲しいことを彼に知らせよう。

ハリーは鉄道駅のプラットフォームに降り、グラディスの荷物を客車に積み込んだ。窓枠の中の美人画がお礼を言った。彼はグラディスを安心させようとしたが、二人とも時代の終わりが近づいていることを実感していた。

ロンドンにあるバッキンガム・パレス・マンションの四十三号の景色が目に入ると、グラディスは安堵の溜息をついた。エイプリルは扉のところで彼女を出迎え、執事は荷物を運び、運転手を帰した。

エイプリルから夫の便りを聞くと、今晩遅くに帰宅するとの知らせが昨日あったという。デヴォンから戻って本当によかったと、グラディスは思った。寝室で入浴するためのお湯を入れてもらい、応接間に食事のお盆を運んでもらった。

午後の光が落ちていき、グラディスは外を通るすべての馬車の音に神経を集中させていた。窓の所をいったりきたりし、不満でいらいらしながら馬車を眺めていた。心配そうな顔で時計をにらみつけるその顔は、旅の疲れもあるのだろう、険しい表情だった。

帰りの遅い夫と、独り身でいることのいらいらが積み重なり怒りが煮えたぎって、ついに彼女は窓の所に歩み寄り、感情を吐き出した。

「一体全体彼はどこにいるの？　罰が当たればいいわ！」

と彼女は大声で言った。

「すぐ後ろにいるよ」

とバートラムの声がした。グラディスはびっくりして叫び声を上げ「彼の」顔をみてよろめいた。日焼けして、健康そうな顔、そして、「微笑んでいる」。

良く笑っていられるものだ。怒り、驚き、安心、そしてとまどいで、彼女はどもってしまった。

「だけど、どうして、着いたの、あそこから」

バートラムは彼女の脇から腕を押しつけ、これ以上抗議を出来ないようにキスをした。彼女は安心して身を任せ、

「ああ、バーティ……」

と弱々しく溜息をついた。

彼はグラディスを抱き上げソファへ連れていき、彼女の隣にすわった。

「タクシーの運転手に通りで止めてもらって家まで歩いてきたんだよ。エイプリルには泥棒だと思われたらしい。女性の口を手ふさぎ、静かにしろと耳に囁いたのは初めての経験だった。彼女はまだ玄関の床の上で興奮しているはずだ」

グラディスは想像して笑った。

「それから、探偵のように階段をこっそりと上がり、すると執事とぶつかった。どうして彼らはいつでも後ろ向きに部屋から出るのだろうね？　君が飲み終わったお茶がのっているお盆で頭を殴られそうになったよ。今、彼は激しい動悸をおさえるためキッチンでお茶をすすっていると思う。柔らかいカーペットの上を歩いてゆくと、応接間の扉が少し開いていて、あともう少しで君を驚かせると思ったら、君の疲れ切った姿が見えた。僕がそっと近づこうと思ったら、『バカ』とか『呪われろ』とか君は僕の悪口を言っていた。それが僕の愛する妻の願いなのだろうか？」

グラディスはみるみるうちに赤くなった。バートラムは彼女の顔をやさしく持ち上げた。見つめ合い、何も語らず気持ちを伝えた。彼女は涙を流して震えていた。何か問題が起きているのだろうか？　疲れる前に解決しなければならない何かがあることは確かだ。

「僕に話さなければいけないことがあるのだね、グラディス。重大なことだと直感で感じるけれども」

グラディスはデヴォンへの旅のことエミリーが抱えている問題、牧師、パークヒルの使用人、ハリーとの会話などを簡単に話した。みなは信頼のおける人たちで、彼女の言うとおりにしてくれるだろうと言った。

「それで、母はどこが悪いのだい。父のことかい？」

「そうなの、グリンビイ医師と少しお母さまのことを話したのだけれど、ジョセフが亡くなったことからの慢性疲労による健忘症がおきているのですって。キャサリンが言うには、グリンビイ医師は最近になって何度かこっそりと診察に来ているらしく、彼女の病状に合わせて処方箋をだしてくれているのですって。だけれど、彼女は薬を飲みたがらなくて、治せる薬はないと思っているのだわ。

むずかしいことかもしれませんけど、彼女がどこに住むかということを決めなければならないわ。もし、パークヒルに残るのなら、看護婦が常に付き添っていないとならないし、それともなければ、老人ホームか、両方ともだめなら、ここで一緒に暮らすか、私たちがデヴォンに引っ越すかなの」

予想もしていなかった問題にバートラムは落ち込みそうになった。が、この件は話し合わなければならない。ふざけたように彼は言った。

「まさしく、エジプトのミイラ（マミー：お母さん）の呪いだね」

グラディスは彼を叱り、言った。

「お母さま（マミー：ミイラ）じゃなくってよ」

この話題は夕食後まで心をしめていたが、バートラムはお皿をどかしながら話題を変え、エジプトの素晴らしさと不思議さを話し始めた。信じられないほどの黄金の工芸品が発見されて、カーナヴォン卿が今月中にロンドン博物館へ船で送っているが、それをグラディスに見せるのをたのしみにしていると話した。

「ネヴィンソンがドイルはお母さんに圧力を掛けら

れてもナイトの称号を受け取らないことについて、ドイルは明らかに「正義」だと言ったことを覚えているかい。ネヴィンソンはドイルの「正義」は実際、僕と犬に対する罪の意識からだと確信していたのだ」

グラディスは頷いた。

「王の墓でイタリアの考古学者との会話を聞いたら、おそらく君はよろけたと思うよ。考古学者はロンドンに留学していたので、流暢な英語を話し、僕たちは二人ともジャーナリズムに興味を持っていたのでよく話し合った。それで、驚くことには突然、彼は僕にある話をした。南アフリカ帰りの英国で僕がその「紳士」に会う前の頃に間違いないが、千九百年か、その前後に、ドイルはイタリア政府のためにあることを遂行したということで、感謝の意として政府からイタリアでナイトの称号を受け取った。だが、新聞には一言の抗議の言葉も報道されていなかった。どうしてかというと、記事にされなかったからだ。家族への表彰を収集するのが好きなドイルのお母さんは明らかにこの事を前もって知っていたのだが、息子がエドワード王のナイトの称号を受け取らないように曖昧にしたことに戸惑っていたのだ。僕はそのニュースに本当に驚いてしまった」

グラディスはバートラムを信じられないように見てから言った。

「それなら一体どうして私達の王様と国からの称号を辞退してあんなに大騒ぎをしていたの？」

ゆっくりと持っていたコインを落とした。

「たぶん、ネヴィンソンは正しかったのだろうな。罪の意識だろう。僕は憎まれるだろうな」

グラディスはその情報を考えてから、不吉な考えを付け加えた。

「バートラム、寒気がするようなことがあるかもしれないわ。ドイルは以前のイタリアの授与式がいつか公に暴露されるかもしれないと気が付いているに違いないわ。事実、ネヴィンソンが他のジャーナリストと関わりを持ってそこからすでに知識を得ていることは予想が付くわ。だから、もし、誰かが脅されたり、王様に密告したりして、あなたが疑われたら、ドイルはどうするのでしょう」

「そんな、グラディス、君はそんな恐ろしいことが起こると考えているのかい！」

だが、彼の論理的な心はすぐに答えを出した。

「正直に言って、僕に対して脅さないとおもうよ。グラディス。当然、王室はイタリアと道理を通して連絡が付いていると思う。だから、エドワード王はもう知っているだろうし。だから、そんなことをして何もならないよ」

「そうね、それが望ましいわ。だけど、これはどうかしら。もし、王様が自分の戴冠式でナイトにナイトの称号を授けたと知ったらどうかしら、それは明らかに無駄なことだし、ドイルはボーア戦争での告発のために宝冠を守ろうとしただけで、あなたとネヴィンソンは告発が実際何だかを知っていたのでドイルが情報を全く違うように伝えたのではないかしら。それが記事になって、ヨーロッパ中の国々へでまわることを彼は気が付くに違いないわ。私たちも、彼も知っているけれどその本を書いたのは彼だけだと信じられているし、ナイト爵位授与式の王の公布を信じて、自分一人では書かなかった。みっともない取引をドイルがしたことを新聞社は知らされることになったら、ドイルの評判もそうだけれど王の立場がどうなるか考えてみて。ニューンズの株主たちは株主総会で故意による虚偽の陳述をされたと、どれだけ怒ることか想像してみて。出版社のスミス・エルダーは間違いなく乱闘に引き込まれるでしょうし、とりとめが着かない騒ぎになるでしょう。最もありそうな根拠と情報が漏れる可能性がある人は誰か考えてみて」

グラディスは黙って自分の首を指でナイフのように切って見せ、続けた。

「この国はこのことが知れるとヨーロッパ中の笑い

物になるわ。王様も退位する事になるかもしれないし、ドイルは自殺した方がいいかもしれないし、私たちの生活だって凄く淋しいものになるでしょう」

バートラムは外国から帰ってきてほっとしていたのだが、その可能性を聞いて不安になり、確かに危険を感じ、心配そうな顔で深く考え込んだ。

『バスカヴィル家の犬』は千語毎に百ポンドの収入を得て、ドイルの「アキレス腱」が十九万二千語で、合計一万二千八百ポンドはナイトで受け取り、六千四百ポンドはバートラムにいった。だが、このお金がドイルの大きな問題になった。そして、バートラムにはとても脅威になり、新聞社の立場は「サーベル」の音が鳴り響く乱闘の方向へと向かった。

シャーロック・ホームズはナイトの称号に影を投げかける「悪魔の生まれ変わり」として、作家ドイルに取り憑きつづけた。復讐するかのようにホームズへの嫌気がすべてのページに張り付いている。一つ一つの物語は繰り返し「～の冒険」と題名をつけられることになった。バートラムの作品のカラーからはかなり外れていて、十五年前にドイルが破壊したかったイメージそのものの復活が続いた。彼の母親からの同情的な多くの手紙も重荷を軽くしてはくれなかった。彼女はナイト爵位を世界中から頂こうとするのと同時に、彼のコメントに注釈を加えるべきだった。母親の気性の激しさのせいで、作家ドイルは静かな心でペンを執ることができなかった。

コナン・ドイル卿のいけない部分は、グラディスが述べた事実のようになるのだろうか。バートラムの生活すべてを脅かす、悪意のある気性を放つだろうか。それともなければ、ドイルはビクビクしながらパイを食べ、手にコップを持ち、合同著作を提案するもう一方の微かな望みが残っている。

このところのバートラムは「ヴァニティ・フェア」で働くことに幻滅を感じていた。スクープを伝えるときのあのアドレナリンが押し出されるような駆り立てられる感じを思い出す一方、会社を売りに出そうかと考えはじめていた。そして買い手が見つかるまで、彼は作家として自分を確立すべく、自分の名前で何冊かの本を発行することに専念した。

文学の歴史は彼の初期の作品である一八九〇年後半のイップルペン村が読者の心を捕らえたと報じ、歴史的な側面からの英国の遺産が大々的に調査されることになった。一九〇四年には、彼の母の貴重なコレクションからいくつかのフィクション小説と「トーマス・ハーンの謎とダートムア物語」がピアソン社から発行された。

この数カ月、グラディスは新しい住居探しが思うようにいかず、いらいらしていたが、今の住居のベルグラビィア、イートンパレス四十四からそれほど遠くない場所に、充分な広さで、個性的な物件を見つけた。よく調べ、バートラムも賛成した。

エミリーの状態は手紙で知らされていた。体は衰弱しているが、ときとして回復の兆しがみられた。バートラムは編集長から解放されるため、購入者を捜していた。まるで刑務所の壁の鎖につながれた囚人のような状態に徐々にプレッシャーを感じはじめていた。

グラディスは彼がしょっちゅう留守で残業が多いことに不平を言い、少しはスタッフにまかせればいいとお願いしても、人材がいないということがグラディスにはどうしても理解できなかった。愛し合う二人の関係はこのことでよく暗礁に乗り上げた。

グラディスは以前、父親の病気でお金がかかり節約のためすべてのメイドを解雇したことがあり、その頃、実家で大好きな家事をしていたことを思い出していた。今は使用人たちの邪魔をすることもできず、物思いに沈みがちだった。

子供が欲しいという、二人の願いはいまだ届かず、それがまた彼女を悩ましていた。子供を育てたいという母性本能なのだろう、道で乳母車に赤ちゃんを乗せて歩く姿を見かけると飢えた子供がパンを欲しがるように羨ましがった。

ある時、どこで仕入れたのか、近所の人からよからぬ噂を聞いた。世の中には、裕福な紳士のための癒してくれるサービスを提供する貸部屋がある。その「貴婦人」のひとりが妊娠したがゆえに収入の道を失ったというのだ。そしてグラディスは妊娠をしなくて幸運だと言った。この話が彼女の心の中に種をまいてしまった。子供を欲しいという気持ちは変わらない。夫が他の子供の父親になるということはないのだろうか？

一九〇六年、二月。バートラムは雑誌記事のため、ロンドンの博物館のエジプトのミイラの調査で忙しくなった。三月になり、ヴァニティ・フェアーを購入したいと言う人があらわれた。いい条件だったが、愛する妻と、復帰したいと望んでいる新聞社業界にも気をくばる必要があった。

幸運が舞い込むきざしとしては、ある「人物」がバートラムの才能に興味を持っていると噂があったが、いまのところ、何も連絡はなかった。数週間後、デヴォンからオフィスに電報が入った。

「エミリーの病状が再発した。グリンビイ医師が治療中。すぐに帰宅することをすすめる。クック牧師」

バートラムは震えた。ビジネス・チャンスのまっただ中、すべてから目がはなせないこの時期にこんなことが起こるなんて。だが、母の方が大切に決まっている。

エイプリルはバートラムからの電話を受け取り、受話器をグラディスにわたした。彼女はその知らせを聞くとすぐに一週間の予定で荷造りするようにメイドに指示した。タクシーの運転手はプルマン列車に間に合うように猛スピードでパディントン駅へ向かった。もし、かれらの出発が一時間遅れていたら、訪問をキャンセルするエミリーからの電報を受け取っていただろう。キャサリンは緊急事態に対処し、グリンビイ医師とロバートもたよりになってくれ、エミリーは持ち直していた。しかし、一時的な回復は見せかけだけのものだったのだろう。

蒸気機関車はサマーセットのタウントン駅で故障し、バートラムとグラディスは駅長からくりかえし謝罪を聞かされ、結局、ロイヤルホテルで一晩泊まることになった。ホテルからパークヒルに電話し、エミリーの現状を聞き、二人はホッとしてベッドに入った。そしてハリーが待っていることを知り、さらにくつろいで朝食をとった。

ニュートン・アボット駅。グラディスはハリーの手をかり、馬車の中に入った。中は皮の豊かな香りで満ち、席に着くと座席はやさしくきしむ音をだした。馬車は揺りかごのように揺れた。ハリーはトランクの中に荷物を積むと、パークヒルへ向けて出発した。

彼らはエミリーのことが気掛かりでしょうがなかったが、ハリーは自分たちの目で確かめたらいいと言うだけだった。実際、使用人たちはこの数週間をエミリーと過ごしてきたが、話すことはほとんどないのだった。ハリーはさりげなくふるまっていたが、エミリーの健康、そして妻と二人の子供が暮らすパークヒルの将来を懸念していることは隠しきれなかった。

屋敷の手前にグリンビイ医師の馬車がとまっている、バートラムは不安をかきたてられた。グラディスをハリーにまかせ馬車から飛び出し、玄関を勢いよく開け、階段をかけのぼり、エミリーの部屋の前に立った。

部屋の扉は少し開いていたが、カーテンが引かれているのだろう、光はほとんど入っていなかった。彼は、中にいるグリンビイ医師の身動きしない背中をじっと見つめた。それは父ジョセフが亡くなった時にも見た光景で、暗がりの部屋から何かを感じ、彼は背筋が寒くなった。患者は横たわり、医師は無言で目を閉じていた。バートラムは心の中で叫んだ。

「神様、やめてください。お母さんはだめです。まだだめです。どうかお願いします」

涙があふれ、目の前の光景をぼやかし、足は鉛のように重くなって前に進めなくなった。袖口からゆっくりと冷たい感覚が這い上がってきて、やがて肩に硬直が襲ってきた。背後からグラディスの香りが近づき、そして耳元で囁いた。

「早く部屋にはいりましょう。バートラム、勇気を出して」

ふたりはゆっくりと扉を押し開き、エミリーの寝室に無言で入っていった。グリンビイ医師は診察中で顔を上げなかった。二人はベッドにそっと近づき、幽霊のように立ちすくんだ。

エミリーは灰色の顔色をして身じろぎもせず、頬の肉は落ち、骸骨に皮膚をかけた幽霊のように目は窪み、口は少し開いて、ベッド脇の水の入ったコップの中に入れ歯があった。部屋の空気はすでに変わり、神はこの恐ろしい時間を冷たく微笑んで見ていた。

うすぐらい部屋でエミリーの胸を見ると、呼吸の上がり下がりをしているようすがなかった。バートラムは二度と母と話すことが出来ないと知り、こみあがる涙で喉が詰まり、すすり泣いた。グラディスは結婚式の時のエミリーを思い出し涙が流れた。幸せそうな笑みをピンク色の頬に浮かべ、バッキンガム・パレス・マンションでの披露宴を楽しんでいた。今はもうその住まいもなくなり、がりがりにやせ細ってしまった義理の母は新しい住まいに遊びに来ることは出来ないのだ。ここ数年、大切な人々を失ってばかりいる。

グリンビイ医師はゆっくりと体を起こし、深く息を吸い込み、患者から目をそらさずに、聴診器を巻いた。そして、かがみこむとかばんの中から小さな入れ物を取り出した。蓋をはずし、エミリーの唇の下でそれを静かに振った。かすかに部屋の中で音がしたが、それはあまりにも小さい音で、どこから聞こえてくるのか分からなかった。ふと気がつくと、ベッドの中で、エミリーが軽く咳をしていた。

グラディスとバートラムは悪夢から目覚めた。グリンビイ医師はポケットに入れた命を吹き返す小壜を再び鞄の中にしまった。医師は満足げに彼らの方に振り向いた。落ち着いたその様子は二人の到着に前から気が付いていたようだった。

彼は冷静沈着、ヴィクトリア時代の医者の典型で、黒い縞模様のスーツを着て、襟の高いシャツに黒い蝶ネクタイを着けていた。彼は細長い顔で弱々しく微笑み、

「心配させてしまったようですね」

と舞台の上の手品師のように言った。

「すこし説明をしたいと思いますが、よろしいかな?」

彼らは頷いた。

「数週間前に、コッティジ病院でグラディスには説明しましたが、エミリーの腫瘍は大きくなっています。病院の外科医師の技術は確かなものですし、エドワード王の財政援助も受けています。しかし、彼女はそのままにしておいて欲しいと言って私たちの言うことを聞いてくれませんでした。助かる見込みがあるにもかかわらずその機会は与えられませんでした。あと出来ることは、安静にして、看護を怠らないことだけです。

それから、私が処方しました薬について、承諾して頂きたいのですが、物質の一つはアヘン剤で「それは」過剰にとると毒ですが、少量を処方することでお母さまが苦しみ続けている痛みをやわらげます」

死を決意している病状とはいえ、病気の母に「毒」が薬として飲まされていること知ってバートラムはショックを受けた。医者という専門家には許されるのだろうか。さもなければ、彼は……そんなばか

な！　その瞬間グラディスと目が合い、彼女も同じように考えているのが分かった。グリンビイ医師は話し続けた。

「エミリーが年と共に衰弱していることを、私たちは受けいれなければなりません。あなたのお父さまの所に行きたいとの彼女の決意をおもうと本当に困りました。お父さまはとても素晴らしい人で彼と働けたことを私は誇りに思っています。もう私に出来ることはほとんどありません。本当に申し訳なくおもっています」

彼らはグリンビイ医師にお礼を言い、今後のエミリーへの専門的なアドヴァイスを求めた。グリンビイ医師はニュートン・アボットのフォード公園にある「スプリングフィールド」と呼ばれる、とても評判の良い特別老人ホームに問い合わせをしたらどうかと提案し、婦長の名前を教えてくれた。この件に関してはもちろん彼らに委ねられた。

「あらゆる意味で快適な住まいを用意することがエミリーのためになるかもしれないですね。私のつまらない意見ですが。よくお考えになって。のちほど郵便で処方箋を送ります。それでは、さようなら」

彼の言葉は、これで最後、というように聞こえ、バートラムは咽をつまらせた。エミリーに今必要なのはそのような方法以外にないのだということを悟った。しかし、その手続きをすることこそが、最も気力をくじくことのように思えた。

二、三日すると、話せるほどにエミリーは回復したが、これ以上看護なしではいられないことが分かった。大勢の友人たちや使用人、パークヒルとの別れを決意しなければならない時がきたのだ。

バートラムとグラディスは婦長の予約を取り、施設を訪れた。その施設は均整のとれたヴィクトリア調のヴィラになっていて、正面から見るとパークヒルと同じような美しい建物が敷地に建っていた。

敷地からはフォード公園の年輪がいった常葉樹で縁取られた広々とした芝生を眺められ、くつろげる環境のようだ。庭の後ろは腰を下ろすのに最適で、庭師が丹念に手入れをした庭園を一年中賞賛できる。一緒に訪れたエミリーも、施設にはいることを承諾し、そして必要な手続きがなされた。

パークヒルのメイド、キャサリン・アレンは、エミリーの希望通り、彼女を訪問介護するべく、パークヒルから引っ越した。

バートラムとグラディスは、ロンドンに帰るまで、毎日エミリーを訪問した。ハリーは、主人なきパークヒルで、残る仕事を片づけながら、それでもまだ、エミリーの入所が一時的な出来事で、いつかはこの屋敷に帰ってくるのだ、という想いを捨てきれずにいた。

自分の死によって家族に起こる不測の事態に備え、マイケルモア弁護士が、遺言書を通して彼女の意志を受け取っていた。

グラディスとバートラムはキャサリンにエミリーの世話を続けてもらえることにお礼を言い、アグネスとロバート牧師に挨拶をすませたら、ロンドンへの出発してしまうが、何か起こったらロンドンの彼らをよんで欲しいとキャサリンに一任した。

バートラム・ロビンソンは、出来る限りのことはした、と沈んだ気持ちでロンドンに帰ってきた。オフィスに戻ると、株主たちが嬉しいニュースを伝えて来た。今もっとも人気のある雑誌社の所有者にヴァニティ・フェアの所有権を移すことが決定したのだった。あとはバートラムが必要な書類にサインをするだけだった。

いよいよ次の職を決定する時期がきた。郵便物の中に「ワールド新聞社」のオーナー、ノースクリフ卿からの手紙があった。手紙はバートラムの経験と能力にうってつけの空席があるとのことで、その話し合いへの招待状だった。話し合いの結果、お互いに同意し、ノースクリフ卿は微笑み「編集長」の机の上にB・フレッチャー・ロビンソンの真ちゅうの名札をうやうやしく置いた。グラディスは夫と過ごせる時間がふえて安心のため息をつき、世の中は平和になった。

忘れた頃、黒い雲が不吉な電報を運んできた。電信会社のゴム印は午後二時十五分、南デヴォン、至急。となっていた。

バートラムは直感で中身を知り、震える手で、自分の感が当たっていないことを祈りながら、電報を読んだ。

「エミリー・ロビンソン、スプリングフィールド施設で午後、死去。キャサリン・アレンとグリンビイ医師付き添う。葬儀屋手配済み。葬儀は要請通り聖アンドリュースにて通知。アグネスと私より深くお悔やみ申し上げる。ロバート牧師」

世界はすべてを刈り取られたような最悪の場所になった。イートンテラスではグラディスがバートラムの悲しみを知り涙していた。

喜びを高めあった日々は思い出となり、結婚生活のマンネリを抜け出すためには、アイディアが必要だった。待ちに待った休暇がはじまり、グラディスとバートラムはクリスマスをフランスで過ごすべく旅立った。

彼女の夢は現実となった。仕事から離れた夫を独り占めして、セーヌ川の岸辺を堂々と歩くことはとてもスリルがあった。パリの冬空に黒く映えるエッフェル塔に感動し、シャンゼリゼでは屋根のない馬車にのり、彼女の気分は華やいだ。

ナポレオンの凱旋門はフランス反乱の砦として勇敢に建っていた。空気はすがすがしく川は広く、何もかもがとても……フランス的だった。献立は種類が多く、それはずらりと並ぶ女性のドレスも同様だった。心が満たされつつあり、グラディスはハネムーンをやり直しているつもりだった。

開いているドアからコンチェルトの旋律が商店街に流れている、それを聞きながら歩き続けるのだ。いたるところで、劇とレビューが宣伝されていて賑やかだ。シャンペンのコルクのぽんぽんと飛ぶ音、グラスのカチャカチャいう音、縁取り鏡に映し出されるシャンデリアの輝き、人を魅了し、香りよく美味しいコーヒーに食べ物、素晴らしいワイン、ぴかぴかの家具など、心躍らせるものばかりだった。この人々は楽しみ方を知っている。

蜃気楼の夕べ、ふたりはダンスフロアでお互いの瞳に朝露のピンク色が映し出されるまで時間を気にせずに踊り続けた。こんな贅沢はいったいどこから来るのだろう。豪華な部屋、うす水色の壁が繊細な形の天井を飾り、しっくいの壁の上にある天井蛇腹にはイタリアの妖精が描かれている、奥行きのある額縁にはめられた現代画家による絵画のようだった。画家は神の好みを知っていたのだろう。

楕円形の鏡は本物のルイ時代の家具だ、金糸を使った栗色のリネンパネルが背景にあって、家具作りの職人が凝った曲線を描いている。何て古風で趣きがあるのだろう。何てフランス風なのだろう。柵で囲まれた大きいバルコニーからは素晴らしい町の全景が目に入ってくる。広いカーペット敷きの階段はエレガントな真ちゅうの手すりがついている。その階段で彼女の従者が静かに待っていた。エミリーとジョセフが今の私を見ていてくれたなら、とグラディスは思った。

ナポレオン司令官のように着こなしたウエイターが近づいてきた。

「いらっしゃいませ、こちらにどうぞ」

彼は言葉がうまくなく、ジェスチャーをした。彼について行くとバルコニーに優雅なテーブルがあり、美味しそうな朝食がすでに用意されていた。

「この愛溢れる料理のおかげで僕の忍耐はどこかに行ってしまった」

気ままに時を過ごすことで一日は溶けていった。気軽に横になることを堪能し、それを繰り返した。夜にはワインを飲む、不思議なほどゆったり落ち着いた気分。華やかで、堕落したホテルの「エレガンスホール」でダンスをして、イギリスでの傷ついた思い出を一掃した。

気がつくと、バートラムの視線が妻の寵愛を無視してどこかに逸れていることに気が付いた。彼女はこわばった。バートラムは愛想よく立ち上がり、二人の方へ近づいてくる紳士たちに挨拶をして、握手した。そののちグラディスに言った。

「新聞社での僕の同僚で、開催されるパリ・モーターショーの競争相手だ」

彼らは、フランスのニュースを話し合い、テーブルの会話を台無しにした。つまらない離婚の法律を当時の宗教のリーダーが批判して、反聖職者主義の話題で盛り上がり、話題はコンゴでのベルギー紛争と共にモロッコの無政府状態に関しての見解へと移っていった。このような討論が続いてグラディスを苦しめ、さらには「自動車」を運転する際に制限や期限などで忍耐が必要だと話しが続き、彼女はもう、席を離れたくなった。

とうとうグラディスは、彼らが割り込んできたことに対して、あからさまに嫌がり、バートラムが謝ることになった。外での男性はこういうことがあって当然だと、彼は説明をした。それにしたってあの人たちは図々しいとグラディスは感じた。

翌朝、バートラムはお腹をこわした。贅沢な食事と年代物のワインが原因かもしれないと、その時グラディスは楽観的だった。しかし、時がたつにつれ、予想の出来なかった問題へと進んでいった。

バートラムは痛みで気を失い、高熱が続き、衰弱していった。グラディスはフランス人の医者を呼んだが、言葉が通じなくて困り、バートラムがなんとか理解できたのは、自分が「毒」か「魚」（フランス語で発音が似ている）を食べたのではないかと言うことだけだった。バートラムは薬を服用することは構わなかったが、ただ、飲むともっと悪くなるように思えた。医者は明らかに誤解して仰天したような身振りをして、彼らに任せて帰ってしまった。

グラディスは泣きながら、英語を話せる医者をボーイに頼んだが、ボーイも言葉が理解できず、見えない蝿をふりはらっているように、ただ手をふるばかりだった。支配人は仕方がない、というように肩をすくめ、彼はフランス語で同僚になにか伝え、手のひらを天井に向かって仰ぎ、彼女に変な顔をしてみせた。フォイアー・ホテルにいる傍観者の紳士淑女の群衆は、なにやら納得しているようだったが、彼女の耳には英語が聞こえてこず、グラディスの怒りは爆発した。病気の夫のために医療援助が必要だと、いらいらしながらレセプション・カウンターを握りしめたこぶしで叩くという、貴婦人らしからぬ行為をした。

世界にはどうしようもない愚か者がたくさんいて、誰一人として親切や協力が必要だということを理解してくれないように思えた。彼女はただ、ボナパルトによるヨーロッパの血統を向上させる勇敢な努力から逃れる「バカな外国人」の一人に過ぎなかった。

悪夢のように彼らの声が気味悪く彼女の耳に響いてきた。彼女は部屋へ戻る通路で叫び、うつろな状態でいる病気の夫のそばで横になって泣いた。彼女が何をしたって言うのだろう。彼女の責任なのだろうか。どうして。何故なの、彼女はすすり泣いた。

痛みで苦しみながら、バートラムは彼女を慰めようとして、指で彼女の髪の毛をやさしく撫でた。痛みで話すことすら出来ないまま助けを求めようとしながら、トイレにもう一度どうにか行き、十五分後に戻ってきたときは床の上に倒れた。彼の顔は死んだように真っ白で、耐えられないほどの苦しみによる皺が刻まれていた。

彼らは一日中部屋に閉じこもり、グラディスは彼を沐浴させるため濡れたフランネルで体を拭き介抱した。水を口にたらしてみたが、全く回復する様子もなく、夜には浅く息をして、初期段階の意識不明状態になっていた。再び、医者を要求して、狂ったような身振りで手を振り、魔法が彼女にかかればいいと願った。

おそらく、医者の到着がもっと早ければ、バートラムが死ぬこともなかっただろう。医者はひどく狼狽して、すぐに、同じ事を考えるであろうホテルの支配人を呼び寄せ、二人で明らかに共謀しているような訳の分からない会話を交わす恥ずべき行為をした。ちょっと辛いような顔つきが彼らの意図を解く手掛かりになった。

ベッドルームはすぐに大騒ぎの舞台となり、マネージャーは葬儀屋を呼んだ。ほかの泊まり客が死人を見て、料理が原因だと疑われる前に証拠を消すべく、秘かにホテルから連れ出そうと決めているようだった。とんでもない災難だ。だが慎重に対処すればことは小さく済むだろう。

葬儀屋は非常口のドアを開け、こそこそと建物の裏を下りていき、バートラムの体は部屋から出され、しばらくの間、支配人室の玄関に置かれた。グラディスはスタッフに付き添われ、なだめられるように部屋から急いで出され、トランクは迅速に馬車の中に運ばれた。完璧なまでに仕切られて、グラディスはバートラムの黒い棺桶と船着き場で再会したが、それは彼が冷蔵庫に入れられるまでの短い時間だった。イギリス行の一等切符を手渡され、

「支配人からの志です」

「良い旅を、マダム」

と言って、ホテルの重役は顔をこわばらせ名前も言わずホテルに帰っていった。

船は蒸気を上げて、すぐに暗い夜の中を出航し、電信室では彼らの到着を待つようイギリスの葬儀屋にメッセージを打ち込んだ。それからグラディスはロンドンでかかりつけのメンジー医師にこの悲劇を伝言し、彼女の兄弟のクロードに、サウザンプトン港の波止場に迎えにきて、と二人に手はずを整えて貰った。

一九〇七年一月二十二日、ロンドンとヨーロッパ

の新聞の死亡記事欄は畏敬と責任を持って記事を載せた。

「バートラム・フレッチャー・ロビンソン氏は昨日早朝に死去。ジョセフ及びエミリー・フレッチャー・ロビンソン氏の一人息子で、南デヴォン、イップルペン、パークヒルに住み、カッセル・マガジンのヨーロッパ特派員を経て、アーサー・ピアソン・デイリー・エクスプレス新聞の南アフリカニュース・ケープタウンの海外特派員であった。その後、短期間ヴァニティ・フェアの編集長及び共同経営者であった。その後ノースクリフ卿の「ザ・ワールド」の編集長をつとめた。

リバプール出身、デヴォンのニュートン・カレッジ卒業後、ジーザス・カレッジに入学し、ジャーナリズムの道を執るため法学員の弁護士としての法律学士を断念する。

バートラムはまた、『バスカヴィル家の犬』をアーサー・コナン・ドイル卿と合作した。ジョン・ブルの歌は彼の多くの文才を讃えてくれる。グラディスと結婚し、二人の間には子供はいない。フリート通りは彼の死で多大な損失を受けるであろう。追悼式はストランドのエセックス教会にて執り行われ、葬式は一月二十四日木曜日、デヴォンの聖アンドリュース教会にて行われる。バートラム・フレッチャー・ロビンソンは優しい人で、享年三十六才だった」

追悼式の日、エセックス教会は扉の所まで混み合い、フリート通りの事務所は空になった。「ロビンソン死去」の悲しいニュースが世界中の新聞に載った。友人たちは真相を知って心からの哀悼の意を送った。バートラムは学生時代から多くの友人に恵まれ、敵はいなかった。そして誰もが「なぜ?」と呟いた。

グラディスの電報を受けとったロバート牧師とアグネスは、ショックで倒れそうになった。イップルペン全体がこの恐ろしい知らせに凍りつき、震え上がり、そして同じように「なぜ?」と問いかけた。たった三十六才で謎の死? あんなに元気な男がどうして?

彼の微笑みは皆を微笑ますことが出来た。皆が彼を愛していた。しばらくすると、当然のような憶測が流れはじめた。

「殺人の可能性があるのでは?」

人々はドイルが他の事件で調査したことがあると聞いたことがあるので、ドイルがこの事件の調査をすると期待した。しかし彼は断った。

また一方では、

「どうして『犬を盗んだ男』が『作家』の殺人を解決できるのか?」

まもなくバートラムのフランス滞在が評判になり、話は広まった。フランスへ「出張」旅慣れている人々はそのような国を信用するのは愚かなことだと首を振り、「不衛生だ」と言い、イギリスは石鹸と水だが、フランスではその替わりにパウダーと香水を使っている、水は入浴できないほど汚いのだろうと言った。話がどんどん増え、推測を交えた話が納得のいかないまま人々の心に根付いていった。

グラディスは夫の葬式を指揮する超人的な仕事をこなし、バートラムがニュートン・カレッジの学生だった時からの校長であるミニアー牧師がデヴォンで協力をしてくれて、親しいつきあいをしていたクック牧師が聖アンドリュース教会で葬儀を行った。

棺桶はパディントン駅を出発し、大勢の友人と参列者に付き添われて一月二十四日午後二時四十分にデヴォンに到着した。その中にはノースクリフ卿夫妻の姿もあり、特に卿はグラディスの苦悩に同情的だった。ニュートン・アボット駅では聖アンドリュース教会へ故人を移すようにされて、ガラス張りで中が見える棺桶に花が添えられた。約二十頭引きの馬車は相当な数の参列者を運ぶ行列となったが、この段階でグラディスは夫の葬式に出席する事が出来ないと知らせた。

彼女は泣き崩れ、これ以上続けられる状態ではなかった。ノースクリフ夫人が付き添い彼女は近くのホテルで休むことになり、ノースクリフ卿が教会で代表を務めることになった。

ロバート牧師はグラディスが姿を現さないので不思議に感じた。

バートラムの友人たちは悲しみ、馬車一杯の花、リース、お悔やみのカードを贈った。ワールドのピアソン氏を含めてロンドンの新聞社関係者たち、大勢の地元の友人も見えた。多数の弔電が送られた。聖アンドリュースは限りなく一杯になって、ウエスタンモーニングニュースと地元新聞はこの事を報道した。

そして噂の人物アーサー・コナン・ドイル卿は参列しなかった。彼からの弔電も見当たらなかった。世界の端に住んでいる人たちが、時間を作ってきているというのに、どうしてドイルはシャーロック・ホームズを復活させた人のために訪れないのだろうかと人々はおおいに眉をひそめた。

ドイルはロンドンのエセックス教会でも姿を見せなかった。式典に参列していたらストランド社や絶えず目を光らせている他の新聞社が記事にしないわけがなかった。この事がデイリー・エクスプレス社のレポーターの心に残って、一九〇七年にドイルにコメントを求めた。

「私はロビンソンにエジプトの墓やピラミッドの発掘調査から手を引いた方がいいと懇願したんだよ。だが彼は辞めなかった。それだから、『ミイラの呪い』が起きたのではないのか」

とコメントし、悲しさや同情の気持ちは見て取れなかった。

一月の寒い朝の葬儀も終わって、午後、ノースクリフ卿は、暗くなってからホテルの部屋に戻ってくると、泣いているグラディスに肩を貸し彼女を慰めた。

堪え難い夜が過ぎ、憂鬱な金曜日の朝がやってきて、バートラムの死去の思い出を連れてロンドンの空っぽのイートンテラスに帰る日がやってきた。地元の人に協力をして貰い、バートラムの墓石をエミリーとジョセフの隣に据え付けた。地元ダートムアのみかげ石で彫られた墓碑には、

「バートラム・フレッチャー・ロビンソンを愛する思い出として、イップルペン、パークヒル、グラディス・ヒル・ロビンソンの最愛の夫で、一九〇七年一月二十一日、当年三十六才に死去する。神の御心の下で真実と善良をなさり賜え」

彼の死は母の直後だったので、母のステンドグラスにバートラムも入ることが出来た。三位一体の象徴と情熱である聖ペトロと聖ポールの神の僕を描いた色彩豊かなものだった。五つの聖なる傷と正餐のパンは鉛のパネルで立てられ、パネルの碑文は、

「神に栄光あれ、一九〇六年七月十四日、六十七才にて永眠する、愛するエミリーロビンソンの思い出に栄光あれ。六ヶ月後に死去した息子のバートラム・フレッチャー・ロビンソンより窓を寄贈する」

グラディスは広大なパークヒル所有地すべてを相続して、六百エーカーの土地に、農場、家畜の群、ロッジ、馬、数台の馬車などの巨大な帝国の当主となる。彼女は家族三名の最後の遺言によって、それらを一人で相続し、貴婦人の地位、独立した収入を持ち、ロンドンの高級住宅に住んでいた。

たった二十八才で、自分の父、ジョン卿、ジョセフ、エミリー、そして、夫の悲運な死に直面し生き抜いた。彼女の母は急激に年を取り、もうじき神様の下に召され、ベイカー街の上等な屋敷もまた手放すだろう。グラディスは経済の面で何も心配をしないでこれから先も充実した生活を出来るだろう。ただ彼女には子供が出来なかった。

一つだけ問題なのは、パークヒルを処分して彼女名義の銀行口座に振り込むことだったが、決定出来ずにいた。グラディスはイップルペンに住む友人や忠実な使用人と顔を合わせなければならなかった。

バートラムの葬式でその人たちを避けたのは、彼の突然の死について質問してくると思ったからだろう。彼らはビーズのような輝く目をしている「荒れ地にいる犬」のように待ち構えているだろう。それでも彼女は計画を実行することにした。

グラディスはロッジの入り口に立ち、頑丈な玄関に飾られた蹄でノックをした。扉を開けると、アリスが全く予期せぬお客に驚いた。

「一体どこから飛んできたの？」

彼女は本当に驚いて質問した。グラディスは質問を避け、中へはいると言われたとおり台所のテーブルの前に腰を下ろし、自分が来たわけを言い始め、相手は驚いて聞いていた。

「アリス、バートラムが亡くなってから私が屋敷を殆ど使っていないことに気が付いているでしょう。屋敷には使用人が数人とハリーがあなたの手を借りて手入れをしてくれているわ。屋敷は……」

突然扉が開き、ハリーが彼女の言葉を遮った。


「グラディス！」

彼は驚いて言った。

「えーと、あなたに会えて嬉しいな。何かお役に立てることがありますか？」

ハリーはアリスを心配そうに見て、理由を聞こうとしたが、だめだった。アリスは夫が帰ってきたので前の話を続けようとした。

「グラディスは長くいられないの。彼女は家のことを話したいんですって」

ハリーの目はためらった。

「どの家？」

彼はがっかりした声を出した。

「あそこの大きい家よ」

アリスはパークヒルの方を指さした。グラディスは答えを予想しながら切り出した。

「ハリー、私が住んでいるロンドンからずっと離れているあんなに大きな家は必要がないの。夫と最後に住んでいた住まいで十分なの。それで、心にひらめいたことは、あなた達には家族が増えるだろうし、あなたとアリスがちょっとした家賃を私に払って、あの屋敷に移ることに興味があるのではないかと思ったの。あなたのご先祖がトラブルで相当な所有地を失ったことを私は知っているわ。だから、この申し出が気に入ってくれれば、おそらくあそこは『バスカヴィル家』と呼ばれるでしょうね」

二人は魚が泡を吹いたように驚き、口をぽかんと開けたまま、口も利けない状態でお互いを見て、二人同時に声を出した。ハリーはアリスが話そうとするのを遮ろうとしたが彼女は決意したように続けた。

「グラディス、何て素晴らしい考えなのかしら。あのお屋敷の領主になるなんて、年取った母が聞いたら何て言うかしら」

彼女は笑って、次に何を言うか考えた。ハリーは仰天して、アリスが次に何を言うか予想できず、申し出のことでグラディスにお礼を言って、黙ったまま彼の顎を撫でた。彼の心は彼女の言葉を信じられず、動物と園芸で生活してきた男にその地位が合わないだろうと実感して、きまりの悪い思いをした。

結局、二人は申し出を断った。グラディスの予想ははずれたのだ。

「あなた方は信頼できたのに。残念だけれど、売ることになるわ」

当然、バートラムの死に関してたくさん質問されたが、グラディスは彼の悲惨で突然の死を報告するくらいしかできなかった。彼女は言った。

「彼は……」

しばらく中断して彼女は説明した。だが、涙が溢れ、グラディスは亡くなった夫の悲しい死の思い出で喉が詰まった。彼女は謝り、ハリーは遺憾の意を表した。

ハリーはグラディスが行こうと思っているところに連れていくと伝え、彼女は身振りでお願いし、そして牧師館で降ろしてもらった。再び驚きの対面があったが、彼女が来るのは分かっているようだった。涙の跡がある顔で説明して、彼女は深い同情と理解をロバート牧師とアグネスから受けた。ハリーはそのうちにグラディスが鉄道駅に帰ると思い待っていた。そして屋敷が一九〇七年の終わりには新しい所有者の手渡るのだろうと複雑な思いを巡らせていた。

グラディスはパークヒルの玄関で止まり、残っている使用人に別れを言って、新しい雇い主に出す推薦書を書くと約束した。彼女は最後に涙ながら家の中を見て、ハリーの馬車に乗り込み、ゆっくり出発した。

道を下っていくとき、何の理由もなくグラディスは振り返り手を振った。そこには目に見えない三人の亡霊がおなじように手を振っていた。未来のパークヒルの所有者が、グラディスの『嘘』を暴く事になるだろうと予言して。

第八章　誰にでもいい時代はある

ハリー・バスカヴィルの四代前の祖先はヒートリー・ハウスと呼ばれるとても大きな屋敷を相続した。『バスカヴィル家の犬』の中ではバスカヴィル・ホールとなっていて、ニュートン・アボットから十五マイルほどのダートムアにそれはあった。彼らはまた別の所有地も持っていて「スピッチウィック」という名前で荒れ地のはしのアシュバートンにあった。

バスカヴィル家は何代もの間、領主だった。その子孫でありながらハリーの祖父は浪費家で数々のゲームやレースなどのギャンブルで負け込み、お金を失った。所有地を担保に入れたのは言うまでもなく、そして抵当は流れた。

現在のバスカヴィルはパークヒル屋敷で働くことになったが、ハリーとアリスは今の生活の方が気楽だった。

一九〇七年半ば、グラディスはパークハウスで総額三五九四九ポンドを手にした。平均労働者の稼ぎは、一週間で一ポンド弱、弁護士は一年で二千ポンド、バートラム、ジョセフ、エミリーの遺言で間接的な相続ではあったが、すべてがグラディスに残された。イートンテラスの不動産も彼女の名義だった。近い将来、ベイカー街の母の家も相続するだろう。

幸運なのだろうか……それとも？　どうであれ、パークヒルを手放すことで、思い出も払拭することができる。そう！　彼女の秘密は守られることになる。所有地は分けられることになった。住まいの部分は新しい所有者の手に渡り、農場はウエバー農園が買い取った。

マイケルモア弁護士を介して、グラディスは求婚者に会った。その紳士、ウイリアム・ジョン・フレデリック・ハリディ少佐は帝国軍の出身であり、ボーア戦争を生き抜いた名誉ある兵士で、そのため現在の地位まで登りつめ、財政面でも充分な褒美を授かり、サフロン・コートとして知られる素晴らしい住居に住んでいた。偶然にも彼の友人のハロルド・マイケルモア弁護士が住んでいるチャドレイにあり、ニュートン・アボットからは八マイル離れていた。

しばらくしてグラディスと婚約をして結婚した。その二年後の一九〇九年十月、チャドレイ、ロンドン、パークヒル、三軒の所有地を続けて売却することになった。

パークヒルはシドニー・キング・エルドリッジ氏が購入し、彼は三代目「領主」となる。更に時が過ぎて七人の「領主」に引き継がれ、最後の領主はグラディスが永久に閉まっておきたかった謎を解く事になるのだった！

売却した資金でオックスフォード州にあるヘンリー・オン・テームズ、聖マークス通り「ノースエンド」八十二番地を購入して、一九四六年六月十四日、ウーリー・グランジ・アチェスト病院でグラディスが死去するまでの三十八年間、彼らはそこに住んでいた。

二度の結婚でも彼女は子供を授からず、子供が出来ない体なのかもしれないという結論に達した。この現象に対して彼女はいつも他の人のせいにしていた。

彼女の弁護士はその時もデヴォンのハロルド・マイケルモアで遺言状の執行を扱い、年取った夫のウイリアム・ハリデェイと彼女のたった一人の甥であるピーター・ウイザー英海軍外科医師に約四二七九八ポンドを残した。

一九〇九年にグラディスが二度目の結婚をしたころ、アーサー・コナン・ドイル卿の結婚がニュースとなっていた。相手の女性は、ジーン・レッキーといい、今は亡くなった前妻に隠れて何年間も、彼女に言い寄っていた。グラディスと同じ二十九才だった。

彼の義理の兄であるホーナングは少なくとも、初めの頃ドイルが申し分のない振る舞いをしていたので、批判をすることを思い留まっていた。

ジーンは彼女の夫よりも二十一才若く、ドイルの娘と間違えられた、自分の娘となると彼は五十才も年上だった。

結婚式の写真のジーンは華やかなウエディングドレスを着てはいるが、まるで葬儀に出席しているような表情だ。幸せな微笑みが全く現れていなかった。ジーンは逃れることの出来ない状況に追い込まれた原因があったのではないかと疑われた。とにかく貴婦人という肩書きはある。

しかしドイルは蜜月がすぎると、自分の自由のために家族を無視するやり方をふたたび繰り返したのだ。何人かの子宝にも恵まれ、その息子のエイドリアンは後に出版される本の中で、父の振る舞いと暴力を証言することになる。

同じ頃、デヴォンのハリーは最高の時期を迎えようとしていた。

イップルペン村のフラワーフェスティバルでは豊富な知識と公平な審査員のハリーは出場者の信頼を得ていた。

イップルペン・クリケット・クラブに行くと、三十八才になるハリーの心に二年前に亡くなった最愛の友人が浮かび上がり辛くなった。まるで昨日のことのようなのに。

ハリーにとって、ジョセフは素晴らしい手本だった。彼の行儀見習いをしていたことが役に立つ時が来た。聖アンドリュースと同じ名前のアシュバートンにあるメソジスト教会で教区監督としての信頼ある役割を引き受けることになったのだ。その教会は宗教の上、奇跡の泉であり、訪問者は良く教会を賞賛しに来て、ハリーが摘んでくる野花のブーケは皆を楽しませた。また、彼の素晴らしいところは、教会を訪れる人々に、記録を読むのではなく、神への素晴らしい象徴である教会の歴史を彼が詳しく口で伝えることだった。気だての良さと整った顔立ちが地元の人も訪問者にも評判が高かった。そんなことで、アシュバートン・アーバン・地区委員会の町の地域助役に、選出された。亡きジョセフ・ロビンソンもハリーを誇りに思っていることだろう。

風向きが変わり、一九一二年には大勢の命を失ったタイタニック号の悲惨なニュースで国全体に風が吹き荒れた。

それを秘かに喜んでいたのはアーサー・コナン・ドイル卿だろう。彼はW.C.ステッド氏のことで長い間不満を漏らしていた。ステッド氏は歴史的な背景を踏まえた評論家で、新聞業界の同僚と競い、ドイルの態度、彼の公での振る舞いを、彼の週刊誌に辛辣な物言いで記事を載せ、ドイルの現在を厳しく批判し続けていた。ドイルにとっては腹立たしいトゲのような存在になっていた。今はもうそのトゲも永久に取り除かれた。ステッド氏は『バスカヴィル家の犬』の小説のことでバートラムに対するドイルの仕打ちに目を付け、痛烈に批判した。しかし彼は今、北極海の深い海に沈んでしまったのだ。

そしてドイルは霊への興味がますます増大していた。シーンスに避難場所を見つけて、成功を願っていた。シーンスはステッドの精神を受け継ぐことはなかった。

若妻ジーンは、すでに何度か怖い思いをして、もう決してそのような目にあいたくなかった。憶測にすぎないが、そのうちその謎も説明が出来るだろう。

ドイルも段々年を取ってきて、彼が現在に至るまでの出来事や旅行に関する個人的な本を書こうと思っていた。それは、彼が死去する六年前の一九二四年に発行され「回想と冒険」と呼ばれる自伝になり、聖霊教会への援助と信仰についても書かれていた。この本は大衆の興味をかきたてるに違いないと、多くの編集者たちは、心を惹きつけられた。ハウンディングプレスは何年間もぱっとしなかったのだが、いよいよハリーに目を付けた！「ハリー・バスカヴィル物語」は『バスカヴィル家の犬』に便乗したもので、これは亡きバートラムも想像することはできなかっただろう。

アッシュボーンはあっという間にレポーターたちが群がった。皆、本が発行される前に詳しい情報を手に入れたかったのだ。ハリーは、バートラム・フレッチャー・ロビンソンが『バスカヴィル家の犬』に関わっていた当時のことについてたくさんの質問を受けても全く不平を言うこともなく、バートラムには最終的な権限があったと冷静に答えた。

一九三〇年ドイルはスリーの自宅で自然死し、彼が死んだことによって、世間ではシャーロック・ホームズ熱が高まった。彼の埋葬は裏庭の物置小屋の横で行われた。家族は前もって指示されたように、彼が確信を持っていた「霊界」へ旅立つ祝福のため芝生に「誓いの印」を立てた。

その頃、バスカヴィルの娘たちが申し分のない婚約者と結婚する事になって、お祝いをしていた。マイートル・バスカヴィルはマン夫人になり、ユーニス・バスカヴィルは最初の妻を亡くしたウエリントン氏を選んだ。

ハリーが報道陣に対してわきまえて接していたのに対し、娘たちは長年に渡って克明にしるされているスクラップブックと日記を見たり、それを誇りを持って、父の半生の歴史を収集するようになった。彼女たちのニュースの切り抜きはとても興味深く信頼できる根拠があった。

ハリーが六十四才の年、十一月十七日金曜日に、アリスとハリーはトーキーのウエズレイ教会で金婚式を祝い、多くの友人が夕食に招かれ社交の夜を楽しんだ。そのイベントは一八九四年に二人の挙式を行ったビービー牧師が再び執り行い、ハリーのことを賞賛した。アリス・バスカヴィル夫人は同じように教会や地元の会で活躍していた。特に、アシュボーン療養所へは色々な患者を見舞って良く花を持っていった。六十九才になってもハリーとアリスは良くダートムアまで歩いて旅した。ハリーは健康だったが、アリスは病気がちになり、自由がきかないときもあった。

予告もなく、新聞が再び『バスカヴィル家の犬』に反応を示してきて、ハリーが初期の頃にコメントした多くが再現されたが、長い事経っていたので、劇的効果はもたらさなかった。

思いがけないことに、バートラムの前の弁護士が新聞社に訂正するよう言ってきた。「バートラム・ロビンソンの」『バスカヴィル家の犬』に対して、彼らがおかした間違いに対して叱責した。ハロルド・マイケルモアは昔パークヒルにたびたび訪問し、何年もロビンソンの家族と楽しい時を過ごしたことを回想し、バートラムが原作を書いたのは絶対間違いない、とその記事に対抗した。ハロルドの証言は優勢になり続けた。初版本がB.フレッチャー・ロビンソン氏からのサインをして個人的に送られたのだと実証するマイケルモア氏のコメント、ハリーも当然、支持すると書かれたこのレポートを、ハリーの娘は見逃さず、注目した。

時は過ぎて、読者も次の世代になり、最初に書かれたときのようにこの話に夢中になった。読者の関心は深まり、新聞社の関心も広まった。地元の特派員は、大衆の興味がアシュバートンに根ざしはじめたことを驚きをもって見守っていた。

レポーター連中は不躾に約束もなくやって来た。いきなりドアをノックして、ハリーという重要人物に会うための決意を外国風のアクセントで説明した。カナダ、北アメリカ、東西アメリカ合衆国、フランス、ベルギー、ドイツ、スペイン、イタリアなどヨーロッパから、次から次へと人々が訪れ、中東、インド、亜大陸、日本、中国、オーストラリア。みんなハリーの傍に立って写真を撮り、インタビューを記録し、過去をまるで昨日のことのように、話しを蒸し返して記事にした。多くの記者はハリーの数々の回想から驚きを引き出し、表現豊かですべてを知っている返答を熱心に賛辞して、ハリーの気を引くように努力した。

訪問者は押し寄せ続け、『バスカヴィル家の犬』はデヴォン名物になった。

人気者になっても、ハリーの人柄はまったく変わることがなかった。人々を魅了するハリーの話は、ある意味デヴォン風、田舎の痛快さがあった。

写真家は『バスカヴィル家の犬』の原作者を知っている最後の人物を、後世のためにそのイメージを記録して、サイン付きの本にした。ついにはハリーのところに多くのファンレターが寄せられるようになり、刺激的な手紙やハリーが訪れたことがないところや、決して訪れることが出来ないと思われるような国の、シャーロッククラブの会員に認定された、と言ってよこす珍しいカードなどが送られてきた。

もはやアイドルという状態が続いた。

地元の新聞社「ジャーナル」一九五一年十月十七日水曜発行。

「アシュバートンのハリー・バスカヴィル氏は『国際的名誉』を脅かされた」

とあった。

不幸にもその年はアリスが重病を患い八十五才で亡くなった年だった。葬式はアッシュバートンの聖アンドリュース教会で行われ、彼の深い悲しみをわかろうとしない、望まない訪問者が次々に押し寄せた。ハリーはそれに慣れる事が出来なかった。彼が喪に服しているのに、誰も彼を侵害したことを非難する記事を載せなかった。

「ジャーナル」はまたコナン・ドイルの『シルバーブレイズ』も『バスカヴィル家の犬』と共に「ロビンソンの」小説だと広く報道し、新聞社とテレビ局はそれらの物語に出てくる、ダートムアの特徴的な役割を報告した。

一九五一年六月初め、著名な写真家スチュワート・ブラック氏が今は白髪になったハリーに写真のモデルを申し込み、ハリーはそれを、不滅の活力を持って勇敢に引き受けた。その写真は有名なロンドンの写真館に飾られた。ブラック氏はドイルの小説とシャーロック・ホームズの崇拝者であったと報告されていた。ハリーの写真はグラディスの以前の玄関先にあるロンドンのベイカー街で催されたシャーロック・ホームズ展に出品された。

ハリーは、シャーロック・ホームズ協会の前会長であるS.C.ロバート氏、アメリカのマサチューセッツにあるケンブリッジ大学の副総長に出会い、新しく設立された、ニューヨーク・シャーロック・ホームズ協会の名誉会員になった。

また別の会員のクリストファー・モーリー氏は、次にイギリスに旅する時は、アッシュバートンを訪れたいとハリーに伝えた。ハリーは不朽の名声を得て驚くような助力を受けたりしたが、『バスカヴィル家の犬』はドイルが書いたと信じているとドイルの家族側からたびたび挑発を受けた。

一九四九年の二年前くらいにアーサー・コナン・ドイルの二度目の結婚による息子エイドリアンはジョン・ディクソン・カー氏と手を組み、二人は合作で「アーサー・コナン・ドイル卿の生涯」とつけられた本を編集した。

彼らは部屋でとても根拠がある珍しい発見をした。おそらく、屋根裏だろうが、ドイルの生涯すべての郵便物が大量に含まれていて、そこにはまた、膨大な手紙の束があり、その多くは初めから多年にわたり、彼の母から手紙があり、相互関係のある彼からの手紙だけはなかった。

積送品は一ダースにもなり、それ以上ありそうな箱には他の手紙のやりとり、小包、封筒、メモ、「日記」発行されていない文学作品、内容のある一覧表には場所、出来事、切り抜き、計算書、訪問先、人の名前、記念日、家族の日誌、招待状、本、批評、劇のチケット、写真など、彼の生活に関わったすべての膨大な数々の品が記録されていた。双子座は何も捨てないで貯め込む特徴があるとよく言われるが本当だった。

この本は今や、ハリーの体験と良く結びついており、報道陣は息をのんで集まり、飽きることなく活動し始めた。

一九五七年十一月一日金曜日に花火が思ったより早く打ち上げられ、大々的な見世物がデヴォンにある新聞社「ウエスターンタイムズとガゼット」の上を滝のように流れた。ページの見出しは目を引くもので、記事には特別な写真が載せられていた。

「ヒートリーハウス、ハリーはシャーロックのバスカヴィルホールとして知られる屋敷を失った」

一九八一年に撮られたイップルペン・クリケットクラブでの写真や他の写真も添えられていた。一番背が高い選手はバートラム・フレッチャー・ロビンソンで高襟シャツにネクタイ、ベストを着て、大学の麦わら帽をかぶり、ウォルター、アルバート・ウエバーと若いハリーと一緒に写っていた。また八十七才現在の写真もあった。

このレポートは多くの新しいファンにアシュバートンを訪れるよう勧めているものだったようだが、彼がウエスト通りの聖アンドリュース教会の反対側にある新しい場所に引っ越したので、訪れた人はがっかりしただろう。そこは「ドーンクリフ」と呼ばれ、ハリーとアリスの最後の家になった。

前に述べた「ジャーナル」はエイドリアン・ドイ

ルとディケンス・カーの本からの抜粋を載せ、ドイル卿が合作の申し出をバートラムにして断られたという部分を参照していた。

それはドイルがボーア戦争の間に『バスカヴィルの犬』を書いたと暗示している。エイドリアン・ドイルの主張はこうだ、ドイルが嫌っていたホームズが、八年以上前にスイスで葬られたのに登場している。逆に言えば、バートラムがドイルに関わることを望んだが断られたという理論が成り立つことになる。

バートラムのサイン入りの最初に発行された本のコピーをハリーが持っているにもかかわらず、討論は続けられた。ドイルが自分だけの仕事で本を完成させた、というのがドイル側の主張だが、ドイルがバスカヴィル氏に会ったことがあるのかどうかも疑問になってきた。ということで、ハリーにいろいろな質問がいった。ハリーは、どんなときでもあたりまえのように立証しつづけた。

「バスカヴィルの伝説はない、すべてはロビンソンの頭で創作された物だ」

一九五八年の一年間、雑誌の表紙は夏の山火事のように荒れ狂い、『バスカヴィル家の犬』にまつわる物すべてに対して抑えきれない渇望を満足させようといているようだった。なかでもとくに、バートラムがいた新聞社、デイリー・エクスプレスは一九五九年三月十六日に手に剣と盾を持ってそのジレンマを一掃し、全ページを印刷するのに何ガロンものインクを使った。そこには、

「その人の名前はハリー・バスカヴィルと言う。本日彼が言ったことはシャーロック・ホームズの伝説に大きな波紋を招くことになる。多くの人は「現実の謎」が浮上したことに驚かされるだろう」

そこにはわらの束のような白髪をしているハリーの

年取った顔写真が大きく載せられ、このコピーは五十年間の著作権保護がされていた。今や飢えた「地獄の犬」が外に出てきたのだ。エクスプレスの記者は続けた。

「誰が『バスカヴィル家の犬』を書いたのか？　ベーコンーシェイクスピアの論争と同じようにこの事実も存在している。五十年も沈黙を守り続けた、ハリー・バスカヴィルはアーサー・コナン・ドイル卿が作者であるという、ねじ曲げられた真実を墓まで持って行くことはできなかった」

レポーター達はハリーの自宅へどっと押し寄せた。

「若いジャーナリスト、バートラムは原因不明の死を遂げたが、彼こそが『バスカヴィル家の犬』の作者である」

とハリーは述べ、さらに続けた。

「ドイルは物語を書かなかった。物語りはイップルペンのパークヒルでフレッチャー・ロビンソンによって書かれたのです。でも彼は値すべきねぎらいを受けることができなかった。私はその場にいたので知っているのです」

新聞は大々的に本を調べることになった。公平をきすため、デイリー・エクスプレスの記者はスイスに住んでいるエイドリアン・ドイルに電話し、彼の気持ちを問い合わせた。息子も父に似ているのだろうか、彼の父、コナン・ドイルに対するどんな批判にも挑戦的で、怒りのコメントがかえってきた。ドイル氏がデイリー・エクスプレスに話したことを引用すると、

「フレッチャー・ロビンソンは物語を一行も書いていないし、彼は父が本を合作しようと申し出たのに断った。ロビンソンはプロジェクトの最初の段階で身をひいたのだ」

しかし、エイドリアンは、父親がハリーが御者を務めるロビンソンの馬車で荒れ地に何度も足を運こび、バートラムとロイヤル・ダッチー・ホテルに滞

在したり、パークヒルに住みこんだことは認めた。

「そういう意味では彼はとても貢献してくれたのだ。だから父は本の前書きでロビンソンにお礼を述べたのだ」

ドイル卿がスミス・エルダー社との契約の詳細を家族に伝えていなかったことは明白だった。エイドリアン・ドイルを信じるならバートラムがたったの二度しか会ったことのない男にこれほど寛大な援助するということがあるだろうか！

それにくらべて、わかりやすいハリーのコメントに人々の賛同が集まるようになった。彼の決意は、誰かをおとしいれても何の得にもならないことは誰の目にもあきらかだった。

エクスプレスの記者はシャーロック・ホームズの研究家にも意見をもとめていた。

「何故突然ホームズが『バスカヴィル家の犬』に登場したのか、大きな謎だったが、これで説明がつくかも知れない。ドイルは彼の嫌いなシャーロック・ホームズを『金儲けのためのお粗末な作品』だとして殺してしまったが、ヒーローを殺すことで、読者の嘆きに直面する可能性もあり、別の作品を出さなければならなかった。そこで、もうすでに存在していた物語を使おうと、フレッチャー・ロビンソンの同意をとりつけたのかも知れない。しかしホームズを中心人物に持ってくるのは不可能だと分かった」

デイリー・エクスプレスは容易に騙されず、今や後ろ足で立ち、脅かし続けるライオンのような存在になっていた。一九〇七年の無名の新聞からの切り抜きを引用している。

「ロビンソンは多くのスリルある探偵小説の作家で、彼はエジプトミイラの呪いの調査を始めた。彼は調査を終えることなく三十五才で亡くなった」

新聞は続く。コナン・ドイルがバートラム・ロビンソンの死を聞いて、答えた記事によると、

「ミイラのことで心配していると彼に警告した。調査を続ければ、自分の運命を危険に陥れることだと

伝えたが、彼は夢中で辞めようとはしなかった。そして彼は病気になってしまった。私にとってこの世界で彼こそが最も死んで欲しくなかった人で、強く、丈夫で、素晴らしい健康の持ち主だったが、死んでしまった」

ドイルの気高い表明だったが、「世界」はワールド社の編集長を意味していたのではないか！

バートラムの死によって、合作者のことが忘れられ、エイドリアンの記憶にも何も残らなかった。そして、コナン・ドイルの名前だけはいつまでも残った。

ロビンソンの死はネズミによって汚染された水が要因の良くあるチフス熱が原因で、二千五百年前のミイラとは無縁だった。

ハリー・バスカヴィルの死はアシュバートンとイップルペンをどん底に落とし、ニュートン・アボットの村や町に恐ろしい黒い雲が流れてきたようだった。

彼の葬式は彼の実家の道路前にある聖アンドリュース教会で執り行われ、そこの墓場で愛する妻と一緒になった。

ハリーの死亡記事は世界中を駆けめぐり、彼を失った悲惨さを予感して、遠くの地平線にさざ波がたった。昔の戦士のようで、大きな黒い犬の飼い主でもあった。ハリーの生活と時代はバートラムと深く結びついていて、「あの」本のことは新聞、週刊誌、月刊誌であいかわらず話題になっていて、読者は過去の出来事について詳しくなっていた。

地方紙のミッド・デヴォン・アドバタイザーは一九六八年十月二十六日の見出しで、「コナン・ドイルで有名なバスカヴィルの故郷」と題し、過去の騒動を繰り返した。さらに、十月二十四日に姉妹会社であるウエスターン・モーニング・ニュースでも、以前のデイリー・エクスプレスをしのぐほどのあからさまなこき下ろし記事をのせた。

エディス・ウイーラーは、

「シャーロック・ホームズが大好きで、本当に死んだと信じている人たちと同じように、またその創作者と同じように、B・フレッチャー・ロビンソンもシャーロック・ホームズに復活して欲しかったのかも知れない」

彼女はコナン・ドイルの自伝を含めて何年にもわたり彼の文学を細かく調べ上げていた。彼女は、シャーロック・ホームズを救い出し、センセイショナルに人気と命を吹きかけた、バートラムの見事なまでの執筆能力を越えることはドイルでさえ出来なかったと言う、バートラムについては自伝にも書かれていなかったことを彼女は見抜いていた。

シャーロック・ホームズを嫌って七十六年前にスイスのライヘン・バッハで彼の死を計画したドイルよりも「バスカヴィル家の犬」を書いたバートラムの方がシャーロック・ホームズをもっと成功させることが出来たのではないかと書かれていた。

エディスは英国の歴史に値するこの出来事と記録を記念して飾り板を「打ち込む」ことを地元に提案し、そこで記事を終わらせていた。飾り板のアイディアはパークヒルが正当な場所なのではないかと勢いをつけたが、バスカヴィル家が以前に住んでいた「ウエスタリーテラス」の方が本当だと怒りの意見も出て、論争によって、あらゆる設置が禁じられることになった。

そしてパークヒルにはたくさんの亡霊たちが自由に出入りするようになる。歴代の所有者を怖がらせ、彼らは命からがらそこから移っていった。

次の三十一年間は報道陣が絶えず目を光らせていて、犬が微かに吠える音も耳をそばだてていた。夜明けの時間午前三時にビリヤード台で象牙の球がキスする音に関して新聞は記事を載せていなかった。

百五十年間、風変わりな歴史とすべての証拠をそなえたこの部屋に、ビリヤード台はもはや存在しない。新聞は予告もなく「地獄の犬」が荒れ地で吠えると、くり返した。それは古いケーキに魅力的なかざりつけをしたようなもので、年を追うごとに豊かになっていき、墓からたくさんの霊を呼び出した。

第九章　結末のねじれ

パークヒルには間違いなく先代の所有者の霊たちが取り憑いていて、屋敷もあまんじて彼らを住まわせている。同じ屋敷に住む私たち人間は単なる客なのだろう。そしておそらく私たち人間の考えや行動は彼らには筒抜けであり、それを防御する手立てはないのだ。

もちろん私がこの日誌を出版しようと思っていることにも気付いているはずだ。まもなくなんらかの形で私にコンタクトをとってくるだろう。案の定、このあとの四十八時間で私をとりまく空気は驚くほど変わっていくのだっだ。

最初に気づいたのは、夏場に良くあるひと雨欲しいような息が詰まる空気だった。圧縮された静けさがどんどん危険な状態になってくるのがわかった。ホールに霊のエネルギーの「霧」があらわれはじめた。目に見えていた物の存在が危うくなる、そんな髪の毛が逆立つほどの緊張。「切り裂きジャック」のナイフで切られる寸前のようだ。胸騒ぎが増してくる、私は扉や窓を開いてすぐに出られるようにし、彼らの誘いに挑むことにした。

夜になると居間に聴衆があつまりはじめ、彼らは完璧な舞台を演出しはじめた。今宵の演目によっては私の弱った心臓を直撃するかもしれない。

演出は再び壁にあるドイルの絵を銃弾のように発射させることだった。今回のはかつてないほどの激しい爆音がともなった。

金縁の絵を見つめていると、それは威厳を持って空中に弧をえがくよう舞い上がり、おごそかに進み、マホガニーの暖炉の先まで周航した。まるで、見えない子供が模型の飛行機でも操っているようだ。そしてゆっくりと、滑走路に入っていき、降下しはじめ、硬直した両足近くのカーペットの上に騒々しい音を立てて着地した。作家は、もはや暖炉の前でくつろいでなどいられなかった。絵は「ビシッ」と音を立ててひっくり返り、カーペットの上で逆さになって、死んだドードー鳥のように横になっていた。

砂浜で馬が駆け回るような音が耳もとで鳴っている。けなげにも私の心臓がまだ動いているのだ。深呼吸をして、一歩近づくと、部屋はまた緊張しだした。私はドイルの絵のそばで優しく言った。

「それではこの話にはもっと何か『ある』ということだね、バートラム」

心霊作家はうなずきを感じ、そしてしだいに空気が元に戻りはじめるのがわかった。ホールの霧が消えはじめた。方向が指し示されたのだ。彼らのパフォーマンスは無駄ではなかった。しかしおそらく、今まで調査した中で一番特殊だろう。明日は私の人生を変えてしまうかもしれなかった。

電話に出た女性はつよいフランス語のアクセントがあった。イギリス男性を骨抜きにするタイプだ。子犬のような顔だちをしているに違いない。私は腰を下ろした。彼女は私の問い合わせに、

「えー、パリのイギリス大使館の電話番号ですね。少々お待ち下さい」

「アロー」

また同じハスキーな声が聞こえた。

「パリに電話するのでしたらこの番号をおかけ下さい」

ありがたいことにフランス語を「プティ（少し）」も必要としなかった。

「どうもありがとう、マドモアゼル」

彼女はチッチッと通話口で言うと、

「マダムです」

と訂正した。

「とにかくありがとう。さようなら、それから、メルシー」

彼女は結婚していたのだ。おそらくフランス人のご主人だから彼女のフランス語なまりの英語に全く気が付かないのだろう。お気の毒に。まあどうでも

いいが。

つぎの電話をするとき、カップからフレンチコーヒーのかおりがただよってきた。これは吉兆のしるしなのだろうか。フランスへの呼び出し音ははっきりと聞こえ、一分くらいそれは続いた。

「おはようございます、パリのイギリス大使館です。ご用件は何でしょうか？」

非のうちどころのない英語がかえってきた。私が用件を伝えると、内線でべつの職員にまわされた。

こんどの女性は成熟した感じだ。きっと弾丸が込められていない拳銃を持ち歩くタイプだろう。

「おはようございます。イギリスの南デヴォンから電話してるのですが。一九〇七年一月二十一日にフランスで亡くなったイギリス人について調べていただけないでしょうか？」

「はい、その方がどこでお亡くなりになったか分かりますか？」

彼女は尋ねた。

「正確にはわからないのですが、パリだと思います」

「フランスで亡くなる外国人は埋葬前でも国外へ出発する前でも警察署に死亡確認証の登録をしなければいけないと法律で定められていますので、この件はこちらでは分からないのです。問い合わせをしてみますが、一時間ほどかかると思います。そちらの電話番号をお知らせ下さい」

私はフランス大統領チャールズ・ドゴールのように背中に手を回しホールを歩き回っていたが、そのうちにフランスの国歌を口笛で吹いて玄関のカーペットに聞かせ、時間はエスカルゴのようにゆっくりと過ぎていくようだった。彼らは電話を掛けてくれるのだろうか、それとも、外国人からの取るに足りない九十年前の問い合わせをほっておくだろうか……。

そのとき突然、電話が息を吹き返したように鳴りだした。私は受話器を取り上げ、微かに響いている回線に自分の番号を言った。

「そちらは、……氏の、……」

彼女は二つ付いている私の名前につっかえていた。

「はい、私です」

私は電話の相手が誰かすぐ分かり答えた。

「こちらはパリのイギリス大使館です。お問い合わせの件ですが、フランス全土にある『すべての街』と都市にあるコンピューターの記録を調べましたが、死亡証明書の記録が『ない』ことを確認しました。フレッチャー・ロビンソン氏はフランスで『死亡していません』」

私は唖然としたが、どうにか言った。

「メルシーボクー。マダム。オールボワール」

と震える手で受話器を置いた。霊のパフォーマンスが続いた理由がこれで分かった。問い合わせの結果は驚くべきことだった。

グラディスはなぜ、パークヒル、イップルペンにいたすべての人と友人である牧師と妻のアグネス・クックに嘘をつかなければならなかったのか。大きな問題はその理由だ。

彼女はもちろん、バートラムがどこで死亡したのか知っている。夫の死についてあやまった情報を伝え、人々をあざむいたのだ。彼が食中毒になったという、彼女の言葉には疑いがある。彼がフランスで死亡して『いない』ことはすでに確認できた。法律に違反するような何かがバートラムの身に起きたに違いない。多くの人々が噂したように……殺害された！　幸せな結婚生活、何の不自由もなく暮らしていたのに。夫の命を奪ったのだ。

本当に何が起こったのだろうか。彼を消す必要のある人物は、親しみある振る舞いで彼に友情をしめし、利用したのではないだろうか。いく日もそのことを考えたが、思考は行き詰まった。

彼が実際、ピアソン・マガジンの仕事でフランスにいたとしたらどうだろう、ノースクリフ卿のワールド新聞社で編集長の地位にいたのだから。編集長として装っていたが実はフランス政府に陰謀を企てた秘密反政府組織に関わっていた、そしてある秘密捜査員の工作に誤って巻き込まれていたのだろうか。秘密をもらせと脅され裏切ることになる、彼を黙らせるのには毒を盛るだけだった。それから、謎の黒い箱を取り出し、すぐに英国で埋葬された。王は何か知っていたのだろうか？　英国政府がこんなひどいことをしたのだろうか？

もしそうなら、つぎは私の番だ。今まで誰もこの事を調べていないことに気が付いて、恐怖を覚えてきた。

パリのイギリス大使館と王室、諜報部は連絡を取り合い、私がバートラムの死について問い合わせたことを知っている。私の電話番号も知られている。スコットランド・ヤードからの捜査員がここのドアに到着するのも時間の問題だ。するどい目つき、厳しい顔つきの男たちが国家秘密条例にサインを求めにくるのだろうか？　それともなければ……恐ろしい考えが私を支配した。しかしどうにもそれが正しいような気がしてならない。

何度も何度も問いかけて、行き着いてしまうのはバートラム殺害だった。グラディスは秘密を守るように強要されたのだろうか。だから彼女は嘘をついたのだろうか。もしそうなら、自分の身を守るために夫の死の原因を偽装したのだ。彼女がバートラムの葬式に参列するのを拒んだとき、真実を誰かに暴かれることになりはしないかと、恐れていたのかもしれない。

「ガチャン！」

突然、肘の横にあったレター・ボックスが落ちた。見るとそこには、配達されたばかりの分厚い封筒が床に投げ出されていた。それを見て私は弾かれたように飛び上がった。用心深く、封筒をやぶり手紙と緑色のカセット・テープを取り出した。添えられている手紙はハリー・バスカヴィルのものだった。彼の子孫のマイケル・ボーン氏は、ハリーの時代の遺品と一緒に大量の切り抜きもたくさん所蔵していて、これまでも気持ちよく私に協力してくれていた。彼の手紙には、

「親愛なるロジャー、先日ハリーの所有物を整理したところ、たくさんの新聞切り抜きを見つけた。すでに君に送ったものもあるが、ユーニスが保存していた多くの写真を同封する。それから私は偶然、ハリー・バスカヴィルの録音テープを見つけた。これは地元ラジオ局の専門家が吹き込んだようだ。ハリーの自宅があったアシュバートンのBBCだろう。残念なことに、最初の部分に私がコーラスを録音してしまったので、後半だけしか聞けないのだが。興味を持ってもらえたらと願っている。敬具、マイケルより」

私はすぐさまラウンジにあるカセットプレーヤーのところへ行き、注意深くその託された宝を入れ、再生ボタンを押した。バートラム、グラディス、そしてアーサー・コナン・ドイルが何十年も前にビリヤードをしたこの同じ部屋で。ハリーは暖炉仕事をしながら、二人の男がバスカヴィルの犬の誕生について話し合っているのを聞いていたに違いない。ハリーは一九〇七年に雇われ、一九六二年三月二十八日に亡くなったのだった。私は彼の存在を身近に感じた。力強い彼の声が響きわたり、こう言った。

「友よ、よく聞きなさい。同じ日に二度も驚くことになりますよ」

『ハリー・バスカヴィル自身の声による録音テープ』

ハリーがニュートン・アボット駅にドイル氏を迎えに行くよう、バートラム・フレッチャー・ロビンソンから言われたのは一九〇一年のことだった。

(以下引用文)

「……は何も言わなかった、そこで、彼らは時間を決めることにし、コナン・ドイルが着いて、私はニュートン・アボット駅から彼を連れてきた。ドイルは八日間パークヒルに滞在し、また彼を送っていった。私は彼をボヴェイ・テラシイとヒートゥリーにも連れていき、ハウンド・トーを見て回わった。そこは物語の糸口を見つけるために行った。

本が書かれ、彼らは初版本をくれると私に約束した。だが、発行されてすぐ、ロビンソンはピアソン・ウィークリーの用事で何かの件を収集しにフランスに行き、食中毒にかかり、たったの八日間で死んでしまった。そして、本はコナン・ドイル作と呼ばれるようになり、作品に対する栄誉と印税をすべて得ることになった。

私が若かったときは、本の署名について何も思わなかったし、そのことについて全く考えたこともなかったが、映画化されてから初めて、何てバカだったのだ、と思った。私の本にはロビンソンの署名しかなかった。ちょうどその頃、ドイルは亡くなった。

私はドイルに本を送らなかったんだ。言うのを忘れていたが、本にあるヒートゥリー・ハウスがバスカヴィル・ホールだ。そこには私やドイル、ロビンソンが生まれるずっと昔に私の家族がそこに住んでいたので、アボッツカーズウェルの牧師が私の父に、昔の証書や書簡などを持っているかと尋ねに来た。牧師はその屋敷を私たちの家族が所有していたことを知っていて、どのようにしてその屋敷を手に入れたのか、どうして屋敷を失うことになったのかを調べるつもりだった。だが、何も証拠になる物も、証書もなくて、父はそれ以上聞かれることはなかった」

インタヴュア（ラジオ）

「それで、あなたがパークヒルにいたときはドイルとロビンソンがその場所をバスカヴィルホールと呼んだのは事実ですか、彼が本の中でその名前を付けたのはそれが理由だったのですか？

ハリー
「はい、はい、それが理由です、バスカヴィル一族、ロジャー・バスカヴィル、昔は皆そこに住んでいたのですよ」

インタビュア
「事実なのですね？」

ハリー
「ええ、そうです。事実です」

テープ終了

ハリーの言葉は居間の壁に刻みつけられた。どんなに質問が押し寄せても、どんなに気のきいた台詞を言っても、強靱で何も語らない柱の代役を務めた。テープを巻き戻して再生し、集中して聞いた。

「ロビンソンはピアソン・ウィークリーの用事で何かの件を収集しにフランスに行き、食中毒にかかり、たったの八日間で死んでしまった。そして、本はコナン・ドイル作と呼ばれるようになり、作品に対する栄誉と印税をすべて得ることになった」

この時にはじまっていたのだ！　ハリーは気づかなかったのか？

しかし、ハリーがグラディスの情報を確認するために、イギリス大使館に接触していなかったのは明らかだし、そんなことを考えたこともなかっただろう。彼は親友を失い、彼女も愛する夫を失ったのだが。もっと適切に言えば、グラディスはハリーが話すだろうと思ってハリーに嘘をついた。彼女は、ピアソン・ウィークリーの用事でバートラムが情報を収集していたと伝えた。一九〇二年の五年前にピアソンを辞めて、その時は、ワールドの編集長をして六ヶ月だったのに、これは故意に誤った情報を流したのだろうか？　いや、そうではないだろう。彼女は嘘をつかなければならない、という大きなプレッシャーからフロイド的失言をしたのではないだろうか。

あらわれてきたのは疑わしいことばかりだ。バートラムが一体どこで死んだか調べる必要がある。彼の死亡証明書をただちに請求し送ってもらわなければならなかった。

まもなく、イップルペン在住のハニーウェル氏がこのテープの情報を提供してくれた。彼の直筆のメモとハリーのインタヴューが記録された「タイム」の切り抜きが添えられていた。

インタビューは一九六一年二月六日、アシュバートンのウエスト通りにあるハリーの自宅で行われたものらしい。その時ハリーはすでに九十才の大台にのっており、ＢＢＣの企画部はいくぶん焦ったのかも知れない。製作はインタヴュアであるダグラス・コック氏だ。

ハリーは力強い声ですらすらと自信をもって答えている、記憶にまったくよどみがないように思えた。このテープを聞けば、一連の出来事が誰の目にも浮かんでくるに違いない。月日の経った記憶によくありがちな間違いが全く無い。これは証拠として信頼できるものであろう。

ハリーはロビンソン家の最後の一人、グラディスが彼のロッジを訪れたとき様子を正確に引用していた。夫の職業の間違いを、死別によって精神不安定な状態だったからだと言ったが、彼女の代理で式に参列したノースクリフ卿がバートラムの雇い主だということは誰でも正確に思い出せることだった。

これだけで、バートラムは仕事でフランスにいた、という話が全くの作り話だったとは決められないが、では夫の葬式に参列しなかったグラディスの目的は何だったのだろう。多くの友人たち、とくにクック牧師とアグネスに、バートラムの死に関する質問をされる恐れがあると思ったのだ。その状況を彼女は避けたかったのだ。

ニュートン・アボット駅に着くまでのあいだも、取り乱した友人や親戚ばかりだっただろうし、彼らも涙にくれるグラディスに気をつかって汽車の旅を過ごしていたに違いない。しかしこの最後の彼女の行動は謎で包み込まれている。明らかにバートラムの死は自然死によるものではなかった。実際に何が起こって彼女がどうして隠さなければならなかったのか、この先の調査が教えてくれるだろう。

出生・死亡登録所は素早く対応してくれ、数日後、茶色の封筒の中から必要書類が現れた。パンドラの匣は何を証明するのだろうか。

死亡証明書二六二番。イギリス大使館は正しかったのだ。バートラム・フレッチャー・ロビンソンは、フランスで死亡していない。一九〇七年一月二十一日に、ロンドンのベルグラビィアのイートン・テラス四十四番で死亡していた。こんな証拠があるのにグラディスはわざとデヴォンにいる人々に嘘をついたのだ、やはり陰謀は起こっていたのだ！

死亡したときは死体を検死する医師の立ち会いが必ず必要で、異常があれば検死官事務所へ調査のために引き渡され、検死のために葬儀屋の手術台に乗せ、採血し、胃の中身を調べ、死体にしるしを付けるなど他にも色々した上で死亡理由を確定する。仮に不審なことがなく、医者が納得したとして、それから、専門的立場から診断された理由を死亡証明書に詳細に書き込まなくてはならないし、医者は夫、または妻に立ち会わなければならないと法律で決められている。この場合、グラディスは葬儀屋へ出さなければならない証明書と共に最初の写しを受け取っている。葬儀屋は、現在の出生死亡登録所だが、当時の死亡記録所に後で提出する書類と一緒に葬儀の手続きをするために死亡証明書がなくては先の手続きを進めることが出来ない。もし、何も問題もなければ、葬儀屋は上からの指示を受け、料金が支払われ、故人を引き取った上で、棺桶を大工に注文することができる。

グラディスはこの証明書をもちろん読んでいた。専門家の手で書かれた写しは次のように正確ではない部分が含まれている。

メンジー医師によると、

「バーナード・フレッチャー・ロビンソン」

となっている。「医師」の部分で、ドイル医師がこの特異な状況に何か関与しているのではないかと閃いた。だが、これにはヘンリー・メンジーB.A.医師と署名されている。一九〇七年が含まれるケンジントン開業医住所録で彼の存在を確認した。彼は一八九四年、二十才の時ケンブリッジ大学で医学博士を取得し、一九一三年四十才の若さで引退している。上流社会相手の職業で報酬も安定しているのに何か変だった。メンジー医師はケンジントンにあるアシュレイ・ガーデン四番地で開業し、そこに住んでいた。

バートラムの死後、最後の診察をしたのは彼に間違いはない。バートラムたちの主治医として、一八九八年に記録された患者登録があるので最初の診察は彼の診察室で行われた可能性が高い。そして、一九〇六、または七年の十二月から一月にかけてバートラムが病気になったのだ。そうなると医師と患者としての関係は九年間にまたがっている。

バートラムが患っていた二十二日間、何度か往診もしただろう。三十代の若い医師にそんなことがあるとも思えないのだが、もしかりにメンジー医師が物忘れがひどい人物だったとしても、バートラムの名前とクリスチャンネームは知っていたはずだ。患者のカルテは常に持ち歩いているものだろう。どうして彼はこんな重要な過ちに気づかなかったのだろうか？　もしかしたら、彼にとっては初めての検死で、正しい診断がむずかしかったのだろうか？　この件のような間違いはあとで訂正するときに、難しい問題が起きてくるものだ。この医師は無責任で無能であるといわざるを得ない。

ヘンリー・メンジーB.A.医師による証明書には、「三六才男性、職業・ジャーナリスト、編集長」と書かれている。さらに死亡原因は目を引くものだった。

「二十一日間におよび腸熱がつづく、腸に穴が開き、二十四時間腹膜炎を起こした」

グラディスの弟、J.P.C・モリスも検死に立ち会っており、彼の署名もあった。彼は海軍の将校だったが、ネルソンのようには観察力を持ち合わせていなかった。

登録は一九〇七年一月二十二日になっている。

「彼は二十一日の早朝に亡くなった」

だが、のちに確認されたのだが、医者が検死をおこなったのは、その三十二時間後の木曜の午前九時だ。どうしてそんなに遅れたのだろうか？　一月の寒いヴィクトリア時代の寝室とはいっても、死体は臭ってきはじめるだろうし、死後硬直で固くなっているだろう。彼の死亡原因の説明を見てみるとする。

「腸熱、腸チフス、腹膜炎」

「腹膜」が膨張する病気と最初に医学用語で書かれている。胃、腸、その他内臓が「重症」であったのだ。

それにしてもバートラムは、前年の一九〇六年十二月三十一日に発病し、「二十二日間」闘病し、死亡した。いったいどこでチフスを患ったのだろうか。情報は確認されていない。とにかくバートラムは死亡した時点ではバーナード・フレッチャー・ロビンソンと呼ばれていたのだ。

チフスと聞いてドイルがボーア戦争で野外医師をしていた頃の話を思い出す。英国軍の兵士の多くが、澄んでいるように見えても川の水を飲むな、という指示を無視し、そこで体を洗ったり、繰り返し飲んだりして、つぎつぎに死体になり戦火で死んだ動物たちとともに山積みになり腐っていった。その川からの蝿や蛆虫がさらに被害を拡げた。

だが、バートラムが南アフリカにいたのは病気になる七年も前だ。しかも戦線近くにはいなかった。

発病当時はイギリスにいて、はつらつと大好きなラグビーを楽しみ、他のゲームを観戦するときは記事にしていた。チフスに感染する機会などまったくなかった。

一方、英国王エドワード七世はバッキンガム宮殿の下水からチフスに感染した。なぜ彼が下水にいたのか、彼の自伝では知ることが出来なかったが。

王の普段の健康状態といえば、バートラムとはまったく正反対、彼より若かったが、晩さん会では二十二皿も平らげるような太りすぎの体型で、暇をもてあまして、いつ死んでもおかしくないような病的な顔色をしていた。彼はチフスにかかり、何ヶ月も患ったが生還した。神は王を救ったのだ。

もし仮にイートン・テラスの水が伝染しているネズミによって汚染されていたとしたら、グラディスを含めた屋敷の使用人も当然、チフスにかかるはずだが、彼らは大丈夫だった。それに「ザ・ワールド」のオフィスで汚染された水を飲んだとしたら、新聞社全体を脅かす病人の数になるだろう。どちらもバートラム一人だけが不幸にも感染するということはないはずだ。調査が進むにつれ、この死亡証明書の真偽がさらに疑わしくなってきた。すべての疑問の答えはさらに謎を生み出し、ますますバートラムの不自然死を否定できない土台を作り上げていくことになっていく。単にパークヒルという屋敷を買ったことからはじまったのだが、驚くような新事実が展開しはじめた。

バーナードという誤りをバートラムに変えるために、グラディスの弟、J．P．クロード・モリス氏は再びロンドンで船を降り、そして南デヴォンからはハロルド・ゲイ・マイケルモア氏が登記所で証明書を訂正するためにサウザンプトンにやって来た。そして、宣誓のうえ「バーナードからバートラム」に名前を変え、登記所から署名を受けた。何てばかげた話しなのだろう。

一九〇七年二月二十七日に変更と宣誓が行われているのだが、葬式はとっくにすんでおり、死体はサウザンプトンから百マイルも離れたところで墓には土がかけられている。

ロンドンの葬儀屋も南デヴォンの葬儀屋も死体の身元もはっきり確認していないのだ。もっともロンドンで封印された棺桶のふたをわざわざ暴いてやろう、などという人間はいなかったに違いないが。ということは、フレッチャー・ロビンソンの墓には誰が入っていてもかまわなかったということになりはしないだろうか？　そして正確にいうなら、その人物はバーナードと呼ばれていたのだ！

では本物のバートラムはどこに埋葬されているのだろうか？

ハリー・バスカヴィルの録音テープ。

「ロビンソンはピアソン・ウィークリーの仕事でフランスに行った、そこで食中毒にかかり八日間で亡くなった」

バートラムは三週間と一日、二十二日間患ったのではなかったのか？　けっして八日間ではなかったはずだ。

新聞はバートラムの死亡記事を報道していた。バートラムの経歴、ジャーナリズム業界の地位、功績も記録されている。

バートラム自身の新聞社ワールドは、デスクに彼の姿がないので淋しいと記事にしていた。約七ヶ月前にノースクリフ卿のあとをうけてバートラムは編集長の地位についたことなどが、一九〇七年一月二十二日の一四五ページで報告されている。

「B・フレッチャー・ロビンソンがわずかな闘病の後、我々が死を報告することになるのはとても残念なことです。彼はこの雑誌の編集長の席に去年の後半から就いていました」

彼の文学的才能についても述べられている、

「彼はスポーツマンとしてもかなりの腕前だったが、アーサー・コナン・ドイル卿とも小説の合作した」

「タイムズ」新聞も同じ日に記事を載せた。

「ワールドの編集長、B・フレッチャー・ロビンソン氏は昨日の早朝、イートンテラス四十四番、ロンドンの彼の自宅でチフス熱にかかり八日間の闘病のすえ亡くなった……」

他の新聞も同じような記事を載せていたが、どの新聞も「ワールド」の編集長バートラムが仕事から離れていた日数は正確に八日間であったと知っているのだ。それなのに、どうして医者は合計二十二日間の闘病期間と報告したのだろうか？

シナリオ中にちりばめられた不釣り合いな事実。出現する新しい証拠は疑惑を増すばかりだ。

イラストレイティド・ロンドン・ニュースは一八七七年七月十四日発行の三十八ページで「電話の実験」という見出しの記事を載せている。それはロンドンのクイーン劇場で行われたイベントで、科学、音楽、文学など分野における権威者の面前で、最新技術の「電話」の考案により、何千ヤード遠くからワイヤー一本を経由して選んだ目的地へ会話、音楽や、他の情報を流すことが出来ることを紹介した記事だった。イベントは成功し、電話の未来は約束されたように思われたが、必要なケーブルやポストを自分の敷地内に設置するのをいやがる人が多く、電話の普及は難航した。

一九四五年後半でさえ、自宅に電話を持っていると自慢できる人は少なかった。オペレーターにつなぎ、「ホワイトホール、一二一二」と申し込めば警察署につながってしまったし、同じように、友人にかけようとしても警察にもつながってしまっていた。

このように、この交信システムは一九〇七年当時、かなりいい加減なもので、実際、田舎の地域では全くといっていいほど繋がっていなかった。

イップルペンの郵便局は電報のケーブル線があった。一九〇七年一月二十五日金曜日に発行されたウエスターン・モーニング新聞がバートラムの葬式の記事を報道するときもこのケーブルが使われた。その記事は、

「イップルペンでのB・ロビンソンの葬式」

彼の葬式は一九〇七年一月二十四日木曜日午前に行われた。バートラムの死は一月二十一日月曜日で、死亡診断書は二十二日に書かれた。仮にバートラムの前に亡くなった人が大勢いなかったとしよう、そして葬儀屋の下請け業者の建具屋がバートラムの六フィート三インチにあわせた棺桶をすぐに製作できたとする。私の経験からすると、そのころの棺桶は詳細に注文を受けた手作りの棺桶で、工場では作られていなかった。バートラムの場合、背が高かったから七フィートの長さの棺桶が必要だったろう。通常、ニレ材を使用するが、金持ちの間では、イギリス・オークが人気があった。百年以上経っても土の中で耐えるといわれていて、他の家族が墓にはいる時や、たまに遺体の発掘の時、墓堀が誤ってつるはしをぶつけても、ドーンと音が反響するほど丈夫な木材だった。

その頃はフランス風に光沢のある両側と上側に丁寧な細工で、美しい真鍮のハンドル、たいていは枕がついており、内側はクッションで仕上げられていた。子供の棺桶なら三日間で作れるかも知れないが、普通のものは四日間かかる。

そしてさらにねじ曲げられた事実を、私たちは信じ込まされていたのだ。

一月二十二日の午前中、葬儀屋は馬車でイートン・テラスに遺体を取りに来た。その時すでに三十二時間冷やされていた遺体を安息所に置いて、葬儀

屋は仕事場に戻る。

　通常遺体は一週間以上冷たい安息所で保存され、その間に書類の手続き、葬儀登録書類などをすませ、それから教会を選び、参列者全員が参列できるような日を決めなければならなかった。墓は天候の善し悪しに関わらず、夜間でも手で掘られていた。例えばエセックスの土は粘土質なので、六フィートの深さの穴を掘るためには、雨水が溜まらないように屋根付きで作業するようだったろう。

　場合によっては警察が棺桶に入っている遺体の写真を撮って調べ、首に記載された宝石がついているか、指輪がはめられてあるか、または棺桶の中にあるか、棺桶のふたは釘が打たれずにちゃんとネジで閉められてあるかなどを確かめる。

　バートラムの場合、ロンドンの葬儀屋は通常より大きな棺桶を用意し、パディントン駅へ輸送するという仕事が追加されたであろうし、ニュートンアボットの葬儀屋に埋葬を委ねるための、必要な書類の写しと追加の書類の用意もしなければならなかっただろう。デヴォンの葬儀屋は百名くらいの弔問客を予想して、馬、馬車、霊きゅう車を用意する。


　一月二十二日火曜日、グラディスは夫を失った疲れで衰弱している。一月二十四日木曜日午後二時四十分ニュートンアボット駅、彼女は弟のクロードに付きそわれ、遠くはインドのボンベイ、リバプールの家族たち、イギリス全土から集まってきている友人や親戚と接していた。

　彼らは電話や電報、もしくはバートラムが前にいたヴァニティ・フェア、ピアソン・ウィークリー、デイリー・エクスプレス、ワールドなどの新聞各社で知るやいなや、全員がパディトン駅に出向き、バートラムの棺桶と同じ列車に乗ったのだろうか？

　火曜の朝から水曜の夜までのたった三十六時間しかなかったのだ。グラディスはどんな方法をつかってこの驚異的な段取りができたのだろう？　睡眠もとらず、食事もせずに、電話をかけまくったのだろうか？　参列を予定しているすべての人間は電話を持っていたのだろうか？　もしくは、電報を受けとった……。もちろんどちらの方法でも良いのだが、電話が鳴り、バートラムの悲報を聞いた相手が何も話をしないとは思えない。ショックを受け、お悔やみをのべ、詳しい説明を聞きたがったのに違いない。

それでも次々に電話をしていったとしよう。参列者の職業、経済的状況に関係なく、列車の乗り継ぎの説明をする必要もあっただろう。

すべての長距離電話は通常「本人から本人」へ電話交換手を介して連絡していた。他の国への電話は数日前に予約する必要があったのだが、参列者リストに載っているインドからのラトン・タタ夫妻はボンベイにはおらず、たまたまその週はロンドン近郊にいたようだから、この場合、負担はかからなかったと思われる。しかし、明らかに不可能であるとはっきり言えるのは、新聞の死亡記事、墓石の墓碑や大量の公的書類などによって詳しく書かれている行事を行う充分な時間がなかった。イギリスの西海岸から東海岸まで三百マイル離れている、手はずを整えるのに最低一週間はかかるだろう、それをたったの三十六時間でやりとげるなんて、魔術師フーディーニだって出来るかどうか分からない。グラディスはどうやって葬式の準備を整えたのだろうか？

医者に関しての重大な問題も残っている、それはバートラムの闘病期間だ。一九〇六年十二月三十一日からバートラムが死亡した一月二十一日までと、医者の日付がある書類に示されているが、最初から彼が診断していたのではなかったとしたらどうだろう？

すべての新聞記事が不正確だとして、医者の最初の診察が一月二十二日、バートラムの死後三十二時間後であったとしたら？　それなら死亡証明書にある情報のすべてはグラディスと弟のモリス氏への質問とその答えに頼って書かれたのかもしれない。医者は呼ばれるまで病気のことは全く知らなかったのだ。

チフスにかかり苦しんでいる人がいれば、誰だって医者を呼ぶに違いないのに、妻グラディスはどうしてそのような無責任な行動をしたのだろう。

グラディスは二十六才で子供はいなかった。もちろん、内科、外科、どの病気の専門家でもない。彼女の経歴は、裕福な両親と召し使いに囲まれて朗かに育てられたというだけだ。しかし夫の死と彼女が関連しそうなすべての落とし穴からうまく逃げおおせた。

彼女は正確で実用的な指示によって成功したのだ。薬を飲ませ過ぎないように、毎日その量を増やした。

犯罪者の心を持った医者を家庭教師につけて、経験豊かなメンジー医師を見事に欺いたのだ。もちろんその人にもかなりの動機があったに違いない、もし発覚すれば処刑される危険が伴うのだから。

グラディスと秘められた関係があり、彼女と共謀、もしくは権力で彼女を使って、彼女の夫を殺す約束をすると共に金銭面での援助も約束したのだろう。しかし彼らは一つだけ見落とした。それはバートラムの闘病期間だ！

使用人はほぼ一週間、バートラムの寝室に近寄ることは禁止され、バートラムが助けを呼べないようにした。換気されない暗い部屋の中で意識不明の状態で横になっているバートラム、一週間後にその状態のままの部屋へ医者が入ったら、一体どう思うのだろう。

彼の臭覚は腐りかかった人間の肉の匂いで麻痺してしまったのだろうか？　だから、遺体をよく調べなかったのだろうか？　バートラムは今までに経験したことがないような胃の痛みで苦しみ、下痢が流れ出していて、メンジー医師が述べた表現によると汚い状態だった。さらにチフスは伝染病なので、バートラムが遺言で埋葬方法を指定していない限り、医師は火葬にするよう指示し遺体が残らないようにするのだが、彼の場合はどうだったのだろうか？

デヴォンの地元紙は書いている、

「霊柩車はニュートンアボット鉄道駅から聖アンドリュース教会まで棺桶を運び、一九〇七年一月二十四日木曜午後に両親の墓の横に埋葬された」

やはり火葬ではなかったのだ！　骨壺は馬引きの霊柩車を必要としない！

この疑問に答えを出せる人物はハロルド・マイケルモア氏だろう。弁護士の宣誓で世間に公表することが禁じられているが、長年に渡りロビンソン家の友人でもあったので、この事は重荷になっていたはずだが、彼は上からの圧力もないのに記録に関する調査協力を拒絶した。

あらゆる関係職員はこれらの問い合わせに対して無理難題だと言って抵抗していたが、合法的にそれらを得られることができ、そしてそれが大変なことを証明した。

バートラム・ロビンソンがそれを知っていたとすれば、彼は出版関係にそれを事実として流すに違いない。そうなるとある人の名誉を間違いなく毀損することになる。

グラディスはドイルの攻撃的な態度にひどく恐れを抱いていた。非紳士的で、許しがたいと、エジプトから帰国したバートラムにも伝えている。このことで忠誠心のあるドイルは英国王が退位させられる事になるかも知れないし、前例のないほどのスキャンダルになるだろう。

グラディスがバートラムにどうにか遺言を書かせたのは彼が死ぬたったの四十八日前で、それからもグラディスの別の意図を読みとることが出来る。

海外取材のあいだの魅力的な妻の行動にバートラムが疑いを持ち、彼がその事実にある種の恐れをいだいていたのだとしたら、遺言書に彼を脅かしていた人物の名前が記録されているかもしれない。そのときは根拠のないものだったかもしれないが、のちにそれが実行されたとなれば、遺言書にははっきりと暗殺者の身元が載っているはずだ。だとすれば、次の書類の調査で必ず情報が得られる。

エクセターにある遺言検認所にバートラムの遺言書を請求した。私は寝ずにこの矛盾している証拠、混み入った謎を突き崩そうと試みたが、土台に近づくことすら不可能に思われた。果たして偶然の積み重ねだけでこんなに入り組んだ謎が残せるものなのだろうか？

幸運なことに私の不眠症は十日間でおわった。遺言検認の茶封筒が届いたのだ！　三枚の紙が中に入っていた。昔の機械でタイプされているものだ。

最初に注目したのは、バートラムの死後、不動産の全部をグラディスだけに遺贈するとなっていることだった。それには馬が数頭、数台の馬車、グラディスの父のものだった高価な絵画（ドイルではない）銀食器、陶器と陶磁器、家具、それはすべての家財と詳細に記入されていて、彼らに子供がいれば細かく配分されたであろう。それから、遺言検認の間、すぐに使えるお金として、現金五百ポンドが渡されている。

それから目を引かれたのは一ページ目で、それは三分の一くらいから変な風に始まり、最後に証人やバートラム自筆のサインがなく奇妙なものだった。

驚いたのは最後の行がロンドンのバートラムの弁護士W・Eクリンプによって加えられたのでなく、すべての書類をタイプし直すことを認めているのはデヴォンのマイケルモア氏によるものだった

「この遺言書の検認は一九〇七年二月十六日にハロルド・ゲイ・マイケルモアを執行人の一人と認める」

この書類は元の遺言書ではないので、どんなこと

でも書き込むことが出来た。これに殺人犯の名前が載っているだろうか？

私は遺言書がすべてタイプし直されていると遺言検認所に言い張ったが、職員はこれは法廷で認められた写しである可能性があると言い、何が問題なのか解らないようだった。

たとえば、顧客が言葉の乱用をしていたり、人や会社を中傷したり、生存している人に対して、証明されていないことを告発しているとかだ。彼らはバートラムに法律知識があったことを知らないのだ。

バートラムの命を脅かしていた攻撃者の名前、しかもその人物は野放しで、すでに目的を疑いなく達成している。そのことを知って弁護士が遺言書を本当に引き出したのかも知れない。バートラムの元の書類は手書きか何かでロンドンにあるサマーセットハウスに送られたのだろうと私は確信している。だが、彼らはマイケルモア氏の代用品のコピーを送ってきた。これは欺きだ。事実この後何週間もかけて連絡を取り合ったが何の進展もなく、職員はバートラムの元の遺言書は公開することが出来ないと言ってきた。

殺人を暴くためにこの請求をしているとその理由を詳しく述べた手紙を送った。ついに彼らはバートラムの最後の遺言書は現在、仲裁付託になっていて、ロンドン郡判事の管轄権にあり、判事は言われた書類の内容を公開すべきかの決定を法廷にだすよう記録所に指示を出してくれていた。

待っているのは辛く、推測が期待になり、仮に判事が遺言書を公開したら、調査は成功したようなもので、反対に差し押さえられてしまえば、殺人者の名前や公開を禁じられている詳細を知ることが出来なくなる。

三ヶ月後「ロンドンのハイ・ホルボーンの原理登録所にある家庭管区」の倉庫からバートラム個人の写しを引き抜くことに成功した。送り主と受取人を確認し、勝ち誇った期待で、封をあけると、まさしくバートラム自身がサインした手書きのオリジナルのコピーだった。ついにこの私はバートラム・フレッチャー・ロビンソン本人の遺言書を手に入れたのだ。これから悪人が暴かれることになる。

バートラムの手書きの遺書は法廷で認められたマイケルモア氏の写しとどのページも細部まで一致していた。彼の意志で一九〇七年当時も莫大な財産であった三万六千ポンドのパークヒルはすべてグラディスに遺贈されることになっていた。

私は失意のどん底に落ちた。しかしひとつの疑問が頭をかすめた。

「バートラムの遺言書を何時間もかけてタイプし直す必要があったのだろうか?」

答えは技術の変化だとわかった。請求者に同じものを配ることが出来るロネオ複写機に移行するためだ。手で回転させて使うインク付きローラー仕様で次々とコピーが出来るのだ。バートラムの死後九十三年も経った今でも使われている。

しかしどうも割り切れない気持ちがのこり、拡大鏡を使って一行ずつ調べ始めた。

「これだ!」

オリジナル遺言書はバートラムの直筆の日付がないのだ!

「十一月十三日をもって……一九〇六年」

と明らかに別のペンを使って付け加えられている。これではチャンスがある人物ならいつでも変えることができたであろう。もしかしたらこれさえも彼の最後の遺言書ではないのかも知れない! 巧妙に考え抜いたものだったであろうが、私はその嘘を発見した。グラディスは遺言書に近づくことができたのか? 彼女が日付を変更し、書き加えたのだろうか?

遺言書が正確でないことを告げるため再び検認所に行くと、職員は驚くような情報を教えてくれた。ヴィクトリア・エドワード時代には遺言書作成者の慣行でオリジナルの書類に日付を加えないということは良くあることだったそうだ。そしてそれが詐欺に使われることがあると認めた。検認所ではそのような犯罪を防ぐためにたびたび弁護士に助言していたが、法律を変える管轄権はなく、この慣行は残念なことに今日まで続いている。

グラディスは子供が欲しかったのだろうか？　母性本能がフラストレーションを怒りへと変えたのか。彼女は代わりの充足感を見つけたのだろうか？　仮に夫の働き過ぎが原因で女性のセックス願望を満足させられなかったとする。そのうち彼女は金、富、裕福さを優先するようになる、いつかは自立しようと考えていたのだろうか。悪事や危険を冒してまで新しい結婚相手を見つけようとしたのだろうか。それとも退屈から抜けだし刺激を求めただけなのか。もしくは逃れられない理由から一連の悪事を強いられたのだろうか。

ともかく彼女の企みはイートンテラスで現実になったのだ。夫を殺そうと共謀し決行する機会を狙っていたのだろうか？　ドイルがこのシナリオを書いたのか。

別の専門家の助言を得る必要があるだろう。

私の同僚が、ある将来有望な医者にこのミステリーのことを話していた。彼の診療をうけるたびに色々な話をし、そしてしだいに彼はこの事件に関心を持つようになっていた。

その医師はバートラムの死亡証明書の写しを受け取ると、ヴィクトリア時代後半からエドワード時代前半にかけて、医者が使っていた文献を調べてくれると申し出てくれた。

何か証拠がでてくるとよいのだが。

「ロビンソン氏の情報をもっと知りたいと思います、彼はいくつで死んだのですか？」

「三十六才です」

「彼の身長は？」

「六フィート三インチです」

「体重は？」

「約十四ストーン（約二百ポンド、九十ｋｇ）です」

「彼の趣味とか行動について何か知っていますか？」

「記録によりますと、彼は機会があればラグビーをしていたそうです。健康だったようですね。学生時代はジーザス・カレッジでラグビー部のキャプテンをしていていました。またクリケットも定期的に試合していたという記録が残っています。ジャーナリストの仕事に携わってからは南アフリカをはじめ海外にもよく行っていたようです。上流階級でエリート、高額の給与、栄養たっぷりの食事をしていました。人柄がよかったので友人も多く、皆に愛され尊敬されていたのは間違いない事実のようです」

　医師はこれらの話を熟考し、さらにいくつかの質問をすると、机上にある古びたヴィクトリア・エドワード時代の三冊の医学学術書で全部調べた。死亡証明書をゆっくりと参照して、顎を撫でてからまじめな顔で見上げて言った。

「この死亡証明書は「腸」としてあるが、これはチフスの別名です。だが……」

　彼は途中で話をやめ、頭を振った。

「君がいうような三十六才の健康な若い男性が死ぬとは思えない」

「そうなんです。先生」

　私は答えた。

「ねずみの糞で汚染された水を飲んだのかも知れないが、一九〇七年のロンドン・ベルグラビアで感染していないことは事実です。私は彼がチフスで死んだとは信じられません。

　別の可能性……。それはチフスと全く同じ症状を起こすもの。もしそれが使われたとしてもメンジー医師はこの証明書と全く同じ証明書を書いたに違いありません。ロビンソン氏の死亡原因は毒だったのではないかと確信します」

まったく無表情にこの重要な情報はもたされた。そしてそれは金縁の絵画よりも私の足に重くのしかかってきた。テープでハリーがデヴォンなまりで話していたグラディスの言葉が時を超えて私の心に響いてきた。

「ロビンソンはピアソン・ウィークリーの仕事で何かの件を収集しにフランスへ行き、食中毒にかかり、たったの八日間で死んでしまった」

新聞の報道でもたったの八日間だった。

今この目の前にいる医師がその謎を解きあかそうとしている。バートラムの死亡の朝、メンジー医師は呼び出されたが、グラディスと弟に質問することしかできなかったのだ。私たちはやっと理解できた。

そして証明書が二十二日なのは、チフスと診断を下し、死亡した日から遡って証明書を書いたのだ。これで説明がつく。期間がもっと短ければ、グラディスは間違いなく調査の対象になってしまい、一九〇六年十二月までさかのぼって話を作り上げなければならない。メンジー医師は騙されただけで無実だ。すべてグラディスが仕組んだのだ。彼女が部屋に重いカーテンをひき、彼をうすぐらい部屋に閉じ込めたのだ。

バートラムは眼鏡なしではいられないほどのひどい近眼だ。妻を信頼していただろう。無味の毒が盛られた一杯の水。グラディスはメンジー医師と対決するため、夫の死のリハーサルをしたのだ。医学の知識を持つ何ものかからくわしく症状が説明できるように教育を受けたのだ。

私はようやく正気にかえり医師のほうを見た。医師も私の顔を見ながら話をつづけた

「これらの医学書が示す通り、ヴィクトリア時代、アヘンチンキ（ｌａｕｄａｎｕｍ）と呼ばれる物質を使用することが許されていました。赤ん坊や幼児を安静にするための鎮静剤として使用されていたん

ですね。母親の多くはこの方法で子供をなだめていました。成人には少し多めに服用すると、頭痛やインフルエンザの症状を軽くしました。言うなれば、現代のアスピリンの代用品です。アヘンチンキが麻薬と違うところは、アルコールに溶けること、摂取しすぎると死に至るということです。ですから、いらいらした母親や教養のない母親が与えすぎ、不注意による子殺しがたびたびあったようです。当時クリッペン医師は子供の死体を相当の額で病院の裏口で売っていました。解剖実験のためですね。

バートラムが小さじ半分のアヘンチンキをすでに摂っていて、風邪の薬を飲んだと仮定したら、この証明書に書かれてあるのと全く同じ結果が生み出されます。役に立つ応用です。毒は腸と胃に消化酸を出し、胸焼けの原因になります。さらに他の内蔵にも影響があると思って下さい。比較的早く亡くなったようですが、それまで彼は耐えられないほどの痛みで苦しんだでしょう……」

「それは先生……彼は殺されたということです！」

医者は答えず、黙ったまま、眉を上げ心配そうな顔をした。

「アヘンチンキはまだバートラムの体に残っているのでしょうか？　解剖したら死亡原因は明らかになりますか？　証拠になりますか？　警察やスコットランドヤードは法医学実験のための死体発掘を許可してくれるでしょうか？　聖アンドリュース教会の牧師の同意はもらえるでしょうか？」

私は彼の返答を待っていられず次々に質問した。

「私は医者で毒物学者ではありませんが、イップルペンの土壌の質はすでにあらゆる物質で汚染されてアヘンチンキの判明が難しくなっているでしょう。鉛の線が入っている棺桶が近くに埋められていたなら解剖が出来ないことになるでしょうから、そのことについては専門家に聞いてみる必要があるでしょう。だが、死体発掘命令が下りて、バートラムが殺人者によって間違いなく毒殺されたという十分な証九十三年後の今、調査を進めてみても「足跡」に代表されるような決定的な証拠や、曲げられない事実を発見することは難しいに違いない。

シャーロック・ホームズの目を持って足取りをたどるしかないのだ。たとえば、川の浅瀬の踏み石のところどころに足跡が続いているとする、土手から眺めているだけでは水が反射して見る者を混乱させるだろう。だが慣れた旅人は今まで歩き慣れた知識と、生まれながらの勘でくだけ散る波の向こうの石切り場まで追跡できるかもしれない。すると近づいて行くにしたがって、反対側に足跡が出現する。このことでアリバイを乗り越えることができる。真の無実とは、そのような証拠でどんな疑惑も寄せつけない。

ドイル自身の言葉を借りると

「その事件が奇怪でグロテスクになればなるほど、それは調べる価値があるということだ。ケースを複雑に見せている点を、十分に思案して、科学的に対処すれば、ケースはもともと単純だったことが分かる。同様に、

拠を見つけたとしても、殺人者もとっくの昔に自分の墓の中にいますよ」

故人が霊になって、私の前にあらわれ、悪事を暴いてくれることを望んだ、とは私は告げることができなかった。そしてだいぶ時間も過ぎたので私は帰ることにした。

「先生、貴重なお力添えを本当に有り難うございました」

「実際あなたの調査にすごく興味があります。結果が分かったら必ず知らせて下さい」

「もちろんです。ありがとう、先生」

その約束は守られた。疑惑だけからはじまった心もとない調査だったが、筋の通ったシナリオを書き上げることができた。しかしいくつかは推測であり、時が経ち過ぎて証明できないものもあった。状況証拠に対する警察の質問は初めてではなかったし、最もありそうなのは陰謀活動だろう。

処すれば、事件を解明出来るのではないか」
ということだ……彼が述べた通りにやってみよう。

グラディスは二十二才になったばかりの若い花嫁だった。彼女の父フィリップ・リチャード・モリスは一八三六年生まれ、愛娘の結婚式に出席をしたときは六十六才で、その同じ年に亡くなった。

モリスは一七八八年七月十四日、ロンドン・ニュースによって批評されたロイヤル・アカデミー・オブ・アーツの会員で、画家として成功を収めた。彼の絵画はヴィクトリア女王とエドワード王の死後も宮殿にかけられ、大切に保管されている。

グラディスはモリス・ヒルズによって贅沢に育てられた。三十六才で亡くなることになるバートラムがその父親の責任を引き継ぎわがままで贅沢なグラディスにほとんどの財産を託したのだ。

彼女が初めて味わった挫折は妊娠できないことだった。母性本能で子供を授かりたいとどんなに祈っても、神様は応えて下さらず、今まで失望したことのなかったグラディスの心にいらいらと怒りが根付いていったのだ。バートラムが仕事で家を空けることがすべての原因だと、何度も大騒ぎし、よく喧嘩になった。毎日、道で見かける子ども連れの母親を見ると、彼女たちの不幸を願うことで精神のバランスを保つようになっていった。

夫のバートラムはどこへ行ってもいとも簡単に友人を作り、彼が触るすべての物は黄金に代わり成功するのに、父親にはなれないというのは不思議でたまらなかった。

文学者であろうとする彼は弁護士への道をあっさり捨ててしまい、良く言えば寛大とも言えるが、バートラムの気弱な態度も彼女をいらだたせた。『バスカヴィル家の犬』の著作権の正当性を問う話にも平静で、彼の立場を明らかにするため法的手続きを取ろうという提案にも耳を貸さなかった。

ドイルは一八〇〇年代後半から文通などをとおして頻繁にジョン・ロビンソン卿とつきあい始めた。英国で彼と再会したとき、バートラムに会ったドイルは再び意欲が湧いたのだろうか。シャーロック・ホームズは八年前に終わってしまったし、その時の彼のひきだしには戦争での殺戮の回想以外何も入っていないことに、ドイル自身気付いていたのだ。若い作家の魅力的な物語がドイルの昔を思い出させたのは不思議なことではなかった。

医者の資格を取ったばかりの若い頃のドイルは南海岸で過ごし、ほとんど来ない患者を待ちながら冒険心に満ちた探偵の創造をしていた。最後には嫌でしょうがなく、ライヘンバッハの滝に捨ててしまった。が、その滝の流れが二方向に分かれていることに気づいたのだ。スミス・エルダーの要求に対して、ドイルはバートラムの将来を脅かす道を選んだのだ。はじめは恐る恐る復活の計画を立てたのだろう。

ドイルが同意することを躊躇していると、彼の弱点を良く知っている出版者たちからかなりの報酬の申し出が続出した。この出来事は歴史に残るが、ホームズはW・C・ステッドを味方につけ、再び地位を得たように思えたが、時間切れで爆発してしまうという最悪な結果を生み出してしまった。

若いグラディスが二人の男を比較してみたことは言うまでもないだろう。ドイルは父親のようであり、一途な騎士である反面、聴衆の面前で恥じらうことなく向こう見ずな暴漢でもあった。そのドイルはグラディスが本でしか読んだことのないような富と未来のある夢の国々を旅している。彼女は自分の美貌と若々しい魅力に賭けたのだ。

ドイルは若い女性を好むという評判があった。それに、彼がパークヒルでの食事中、秘かに貪るような目つきで彼女を見ていたのを覚えていたし、彼が妻との結婚生活を危機に陥れることを承知で何回も浮気をしていたことも知っていた。この暴漢ドイルとの行為が、夫を始末したいというグラディスの空想の欲求を強くかき立てたのだろうか？

ドイルはバートラムと同じバッキンガム・パレス・マンションに部屋を持っていた。彼は、

「おはようございます。奥さま」

と無愛想に言ってグラディスを怖がらせたというだけではなかったのだ。共謀して架空の話しを作り上げたのではないかと疑いを持たざるを得ない。退屈していたグラディスの気を紛らわすため、以前、英国王とドイルの評判を落とした姦淫を危険をかけてまた繰り返したのだ。

ドイルは、大嫌いなシャーロックホームズを復活させるおり、ドイルの母から手紙で叱責された。ナイトの称号を受ける資格がある人間に反した機転に欠けた行動だった。ナイトが持つ含み、資格、服装のデザインはいつでも変わらぬ短気な性格の新たな手先となった。アメリカの出版社コリンズから三万ドル受け取った事とそれに続く進展に対しても母親からの辛辣な叱責があった。

ドイルは彼女の警告を無視し、十年間の安息後に、バートラムとスミス・エルダーがシャーロック・ホームズを復活させ、ドイルはお金を受け取った。彼が述べたことを引用すると、

「発狂した編集者ども」

そしてこの言葉を言ったことを彼は後悔しなかった。

ジョージ・ニューンズは英国の著作権でスタンド社での出版に対し更に約六十％加えることにした。頭文字「T」とのトラブルが持ち上がり、アメリカからドイルの作品に対する拒否がたびたび持ち上がった。

バートラムが『バスカヴィル家の犬』を書いたことを知らないこともあり、同一基準のものを期待していたのに一連の作品が低水準だと評価されたが、すでに手遅れだった。

ドイルはいまいましいシャーロック・ホームズの

復活をバートラムが確立してしまったという状況と、大衆の要求が脅威となりひどくプレッシャーを感じていた。

エドワード七世とドイルは親交を持っていたが、イタリアでナイトの称号を受けたことを知っていたのか、ナイトの授与を簡単には授けなかった。ヨーロッパからの告発からイギリス国家を守り、ドイルが作ったパンフレットに対しての忠誠心が恩恵を受け授与されることになった。

だが、バートラムとネヴィンソンはこのことを非常に不正確だと思い、ボーアがイギリスを告発したように、ヨーロッパがその行為にあきれたように、イギリス帝国軍が実際、大虐殺を犯したということは歴史家によって証明されるだろうと記事にした。

ドイルは参戦もし、間違いなくその行為の証人だろうし、負傷した兵士から野戦病院で話を聞いたに違いないだろう。

エイドリアン・ドイルが彼の父のことをこのように言っていた。

「コナン・ドイルのナイトの称号は悪魔（シャーロック・ホームズ）のおかげです。悪魔の復活は『バスカヴィル家の犬』でストランドを介して勝利の道をたどったのです。父は変わっていて、頑固で時に危険でした」

ナイトの称号は罪の意識のない将来性のある人間に与えられるべきだ、というドイルの決意を彼の母親は受け入れなかった。その彼の間違いが最終的な危険へと導いたのだ。

バートラムはグラディスと話し合った時に、このドイルの過ちについてすでに聞かされていた。そしてドイルは窮地に追い込まれたのだ。ヨーロッパ中の新聞で大問題になってしまう。

ドイルはストランド・マガジンと連携し、ジョージ・ニューンズが株主総会で報告したことは全くのでたらめだった。『バスカヴィル家の犬』は紛失していたものが最近発見されたのではなかったし、ドイルが後で書いたのでもなかった。あらかじめ嘘を考えたのでなく、将来手に入れられるお金を期待して言った。金欲に釣られて民衆を騙したのだ。それを暴くことができるのはバートラムだけだ。また脅される可能性も否定できない。そのどちらかの理由でバートラムは黙らされたのだろう。

沈黙が続き、ビックベンの長い影はロンドンのベルグラビアにいるバートラムの方へ、ドイルの立場を妨害する可能性があると脅しながら指をさして伸びてきた。

ドイルは王室からの褒美を受ける価値のない嘘つきである。著作権を正当化することが出来ず、更に下院が王に屈辱を与え王位に留まることを難しくさせようとしていることも、彼自身の暴露になるのではと無意識のうちに恐れた。そうなると、自分は笑い物になるだろうし、株主たちも怒って投資から手を引くだろう、損害賠償で訴えられ、スミス・エルダーとジョージ・ニューンズは倒産するかも知れない、同じような出来事がヨーロッパ中を巡り、大西洋を渡ってコリンズを初期の頃の「ミッキーマウス」にしてしまうかも知れない。そうなれば確実に大英帝国から「大」が失われてしまう。

バートラムが生きている限りそうなるだろう。バートラムだけでなく、グラディスも同じように暴露する可能性があったが、欲のためなら何でもする彼女を操るのはたやすく、そして必要不可欠な手先となりえた。

新聞で謎の決闘による死が記事になり、その成果も挑戦してみる価値があり、徹底的に調査したかったが、ドイルが実際、その場に置かれたとしたら、実際恥ずかしい状況になってしまうだろう。

彼の意志に反して大嫌いなホームズとの関係が戻りドイルはどんなに腹が立っていたことだろう。彼は昔と違う文体を好み、求め、そしてそれは大衆に拒絶されていた。ドイルは怒りを家族にぶつけることになる。この時期に母へ宛てた手紙は、「文体についてはお母さんではどうしようもありません。執筆は順調ですが、プロットに手こずっています。プロットに関しては誰かを説得しなければならないでしょう」

ホームズは本の中のドイルだったと彼は後に記述したが、本当の生活では……　おそらく、彼は母親に告げたとおりのことを実行したのだ。

計画への誘いはグラディスの良く知る作家が入念にはぐくんだと思われる。バッキンガム・パレス・マンションに住む彼は彼女がバートラムとの生活にうんざりしていることを知り興味を抱いたのだろう。最初はさり気なくお茶に誘ったのかも知れない。

二人ともこの交流を歓迎し、お互いのうぬぼれ、まだ語られない本質的には違う共謀のさぐり合い、すでに決まっているなりゆきをはぐらかすようなとりとめのない会話を楽しんだ。

それは何杯かお酒を飲んだ頃にさりげなく切り出された。『バスカヴィル家の犬』の件では本当に申し訳なかったと。この時われらがバートラムが逃れられない状況に陥れられたのは言うまでもない。彼は悔い改めた紳士のような態度で、バートラムに謝罪しお金を戻すことを提示し、更にこう持ちかけたのだ。ゴーストライターとして巨額の副収入を稼がないかと。

「彼ら」が今や、本当のシナリオを世間に公表できないということは「誰もが」認めるだろう。王は大変辱められるだろうし、コリンズは当然バートラムの作品を好むだろう。

この状況が決定的な引き金になった。バートラムの申し分のない人柄、法を守る意識、そして育ちの良さ、彼のプライドはひどく傷つけられた。抑えきれない怒りで髪は逆立ち、真っ赤な顔でグラスを暖炉に向かって投げ捨てた。

グラディスが無駄とはわかっていても、どうにか彼をなだめようと思ったのは結論を避けたかったからだ。バートラムに知られることを恐れた。夫のプライドでは許せないことがわかっていたからだ。彼女はどうしようもなく苛立った。共謀相手と隠れて会話した時バートラムへの忠誠心が無くなった上、自分が死ぬことも望んでいないことは、はっきりとわかっていた。引き返すことは出来ず、ついに実行されたのだ。

バートラムは怒ってマンションから立ち去った。グラディスは避けられない将来を予想して暗い気持ちで黙り込んでいた。このままでいいわけがない。

ドイルが持ちかけた話は、彼の弱みにつけこもうと思っていた訳ではなく、承諾してもらえることを期待していたからだ。

バートラムがいろいろな理由から秘密を暴露する可能性はあったが、フリート通りの新聞業界での立場もあるだろうし、同僚たちや雇い主のノースクリフ卿も怒らせることになるだろうと、穏便にことを済ませると思ったのかもしれない。このような不愉快な出来事は早く忘れ去られるだろうし、紳士ならそのようなルール違反の取り引きで、自分の生活をだめにしたりはしないものだ。何もかも熟知したそのドイルの厚かましい思いの上にバートラムは存在していた。

一九〇六年十一月に入ってすぐ、グラディスはバートラムに最後の遺言書を作るように勧めた。彼は応じたが、弁護士のW.E.クリンプはそのことを知らずに書類を保有せず、妻が財政管理者となった。

若い女性は学問にそれほど興味がないのか、彼女たちの選ぶ本はたいてい娯楽小説だ。召し使いと毎日過ごしていたグラディスもそうだったろう。そんな彼女が自ら進んで夫の死刑執行人になるとは考えにくい。このような大それた犯罪に手を染めるほどの強い動機はないように思われる。強制されたのか。その信頼できる人の指示に従いさえすれば必ず成功すると。

その人の指示は細部まで完璧で知識豊かな医者をも納得させることが出来た。グラディスはその人の生徒でありさえすればよかったのだ。成功は楽々と手に入るように思われた。彼女が選んだ指導者は医学の知識と経験があったのだから。

グラディスの動機、それは人生そのものだった。あと必要なのは待つことの出来る強い精神力だ。そうすれば自動的に現在の価値で五十万ポンドのデヴォンのパークヒルとロンドンのマンションが手に入る。そのうち夢にまで見た子供も授かるだろう、そして貴婦人として裕福に暮らすのだ。

たった二十六才でこれ以上の報酬はあるだろうか？　許されがたい計画だが、間違いなくそれは起こったのだ。もう一人の人物はただ指示を出すだけの立場で満足したのだろうか。

答えはたったひとりの人物しかいない。グラディスと関わりのある人物で、W.C.ステッドいうところの「彼の側面のトゲ」をどうにかして取り除きたいと願い、ある医者の注目からなんとしても逃れたい人物で、かつ十分に知識をもっている人間だ。

ドイルが最初に成功した小説は「緋色の研究」と題名が付けられ一八八七年に発行された。登場人物のワトソン医師とシャーロック・ホームズがその中で紹介されている。最初から全く馴染みのないテーマを選んで小説を書くような作家が仮にいるとしたら、それは習ったことのない言語で話をするようなものだ。作家はその作品のテーマに精通していることが重要で、あり余る知識をもって書き上げるものだ。ドイルの場合は医大で学んだ知識と経験を取り込んで作品のテーマに選び、作中にちりばめたのだ。

開業医として出発したものの、患者はほとんど訪れることなく南海岸の生活は退屈を極めた。エディンバラの父が援助してくれた博士号はあっても、ほとんど無職のような状態で一文無しだった。

そのだらだらと過ごしている期間、彼は創作に没頭し、短編小説の種を蒔き、そしてそれは次の季節には実を結ぶこととなる。シャーロック・ホームズが育ち始めたのだ。作家自身がその道のプロだったのだから架空の登場人物の中に医学的要素が取り込まれるのは当然だったろう。

その中にシャーロック・ホームズとワトソン医師が後で出てくるベイカー街のアパートで一緒に生活するのではないか示唆している部分がある。ワトソン医師が友人シャーロック・ホームズの類い稀な能力による様々な経験談を記録し、後世に残すことが自分の人生の使命だとドイルは述べさせている。そのとおりホームズが解決した無数の犯罪は百年以上たっても忘れられることなく絶大な人気を博すことになる。

年配の判事ブラントン卿はクリヴデンの森を歩きながらドイル医師と討論するのが好きだった。

「文字通り犯罪の暦だね」

章の出だしでスタンフォードがワトソンにこう言っている。

ワトソンが記述したとされているホームズの活躍とその知識のすべては間違いなくドイル自身の医学の経験を投影している。第二章は「推理科学」と題目が付けられ、ワトソンの驚くべき能力が十二項目にわたって述べられている。その一部を引用してみよう。

五、　植物学―不定。とくにベラドンナ。アヘン、
その他一般的な毒。

七、　化学―精通。

八、　解剖学―正確だが非系統的。

九、文学の知識―莫大。今世紀に起きた恐怖の犯罪のすべてを詳細に渡って熟知しているようだ。

十二、英国法―実践的な知識をそなえている。

これらはドイル自身の膨大な医学、法律の知識に基づいている。ゆえに彼が最初に作品として描くのにはこのテーマがもっとも楽だったのではないだろうか。毒の使用法、その効果と悪弊だ。

ベラドンナは有毒な植物で「死の茄子」とも呼ばれ野生に生息している。おもに女性の化粧品として使用され、適量のエキスをとることで男性を誘惑するような「きらきら輝く」瞳の拡張を起こす。しかし、あくまでも危険な物質なので、もし過剰に取りすぎると死に至る。

アヘンは強い匂いがする中毒性の麻薬でアヘン・ポピーの花から汁を取る。主に鎮痛剤として使用され、眠気と麻痺を促進する、精神に影響を与え、服用者の意識を混濁させる。ほんの少量投与すると精神安定に効果的だが、増量し連続して服用すると患者を混乱させ、精神錯乱を起こす。

アヘンチンキはアヘンから調剤されるので、潜在有毒である。モルヒネが含まれている。ダイアモルヒネと呼ばれる液体溶剤として現代医学でも使用されており、注射で投与されることが多い。少量を投与すると精神安定に効果的で、痛みの症状を和らげるが、

それを過剰に摂取する場合や、例えば、末期患者と診断され過度の痛みに苦しむ患者や生きる可能性のない患者と医者が診断し、多めに服用させるとすぐに心臓が停止し、患者は死亡する。同じように獣医も動物の命を絶たせる時に使う。

だが、アヘンチンキを一定の量だけ鎮静剤として口から服用したら、精神が錯乱して抵抗できず、中毒症状が起きる。しだいにアヘンチンキが胃膜を壊し、胃の内部がやられ、メンジー医師が記載したバートラムの死亡証明書と全く同じ症状になる……
「腸に穴が開き、腹膜炎を起こす」
耐えられないほどの痛みを伴い、アヘンチンキを要求することになる。少なくとも二十二日間位かかるチフスとそっくりな作用を起こすが、たった八日間だけだと、服用者がすぐに死亡しないように、よほど注意する必要があっただろう。

ドイルがこれらの毒を自ら経験したと述べている事はとても興味深く、この発見はバートラム殺害の可能性を強く示唆するものである。前に述べたように専門家の医師との協議でも議論の余地が無かった。警察とも繋がりがある法廷化学分析の会社で法廷で告訴するための十分な証拠を確立しなければならない。この会社の事を前に述べていなかったが、先の医師と同様、無名であるが、彼らの仕事の質の高さは言うまでもなく、何十年間も数々のケースで成功を収めている。

明白な証拠。法廷研究所の専門家はその要因を医者と通じて調べ、バートラムが毒に害され、アヘンチンキが使用されたと結論に達した。毒で八日間で死亡するのと同じ日数に合う他の可能性を示唆して彼らは更に調査したが、やはり、アヘンチンキを使用した可能性が高いということだ。

ヴィクトリア、エドワード時代は建物の中に役に立つ蝿取り紙がぶら下がっているのがあたり前で、一九五〇年代後半までその人気は続いた。蝿取り紙の楕円形で粘着力がある紙の装置は天井から吊して十八インチ（五十センチ）位の長さがあるボール紙製の筒から引っ張り、蝿は表面にくっついたまま死ぬようになっている、が、蝿が死ぬのは餓死するからでなく、致死的な毒を持つストリキーネがベタベタした物質に含まれているからだ。極少量で即死する。

　グラディスが水を入れた鍋で蠅取り紙を煮詰めることで致死量のストリキーネ溶解を抽出して毒を入手したのではないかという可能性もあることが解かったが、珍しい料理のレッスンにしては風変わりすぎる。キッチンで女主人がこっそりそのような行為をしていたら、まず使用人に目撃されるだろう。

　もう一つの可能性はイートンテラス四十四番に仕様されていたかも知れない深緑の壁紙にもストリキーネの物質が含まれていて、それを同じような工程で毒物を抽出したのではないかということだ。

　それは日差しや暖炉の熱でも有毒な煙を放つ。太陽熱で壁から毒が蒸発したかとも考えられたが、バートラムが死亡したのは寒い一月であり、また、空気中の毒では致死的な量には至らないということで、この方法は消去された。

　だが、これら可能性のある重要な書類は証拠を確かめるため、検死官に提出された。検死官は内務省と連携して遺体を掘り出すかを決定されるだろう。死体に含まれた毒を抽出し、頭髪や爪に毒が残っているかサンプルを取り、また、墓の土壌のサンプルも取る。毒物学者が法廷によるテストで調べることで死亡原因が完全に確定される。

　ドイルの「緋色の研究」に戻ろう。その中で彼は毒をリストにしている。さらに、その応用方法を細かく記載している。私は彼がこれを架空の小説にのみ用いたと信じるほど純真ではない。調査が進みこれに事実がはめ込まれていけばドイルがこれをどのように応用したのか明らかになるだろう。つまりグラディスが行った犯罪の指導者が割り出されるということだ。ドイル医師は使用人たちに顔を知られているので、患者につきそうことは、まずあり得ない。

プロの調査官の考察によると、仮に毒物を扱ったことのない若妻が毒を使用するなら、それを提供し、使用法を指示する人物が必ずいたはずだ。体重、年齢、体格、運動量に応じて正確な分量が求められなければならないし「確かなシナリオ」を完璧にするタイミング、演じる病気に必要な日数を割り出し死に至らさなければならない。遺体を調べるたった一人の医師にさえ疑われなければ、警察の調べなしに死亡診断書を貰うことが出来るのだ。

チフスの診断は明らかに誤診だったが、メンジー医師が、もしなんらかの疑いをもったとしても、彼女と亡くなった夫の関係まで立ち入って尋ねることができるはずがない。

しかし、実際に行われた事件は完璧ではなかった。三週間毒を飲ませるつもりだったのが失敗し、死亡記事に書かれているように八日間で死亡してしまったのだろう。一月二十一日に医者がバートラムの死亡を確認したが、するとグラディスは一九〇六年十二月三十一日から毒を盛りはじめたのだろうか?

バートラム・フレッチャー・ロビンソンの死亡事件後、著明な多くの作家が色々な情報を集めて記事にしたが、取り立てて世間が驚くようなことはなかった。九十三年間で抹消された本質的な証拠、事件を取り囲む人々との関連、立証は困難を極めるだろう。

記録によると、バートラムが亡くなった時期、ドイルはエディンバラで「カーキ党」と呼ばれる政治集団に興味を持ち、いきなり立候補を決意している。カーキ党は怪しい政治団体で、ドイルは直前まで彼らと政治的な繋がりがなかったことがわかっている。結果は完敗。地元の羊飼いにやじられただけだった。

「逃げることが出来ても、隠れることは出来ない」とことわざがあるが、ドイルの熱烈な崇拝者たちは、彼がバートラムの人生を奪う意図があったことを否定する。そして、若妻への姦淫行為、ゆすり、彼女に専門知識や完全殺人を達成するために必要な薬とそれを指導した可能性、それらはすべて否定し続けられるだろう。

それでもやはり、ドイルはバートラムの死に対して最高の理由があった。ドイル自らも記録したが、彼はとりわけ戦地に近づき、その暴力を必要として愛した。人間の命、死に降りかかる神の力を愛した。アデルフィ劇場の舞台にも相当の投資をし残忍な殺人強盗を用意した。また、彼は自分一人で創り上げたと自負し、もちろん皆も認めた本がある。あらゆる香りの犯罪を考えだし、ホームズが見破るためのアリバイを考え出したが、果たしてその手腕は完全だったのだろうか？ これから分かるだろう。確かにアーサー卿はまだ死んではいない。

時は朝霧のように消えていき、暦は一九二四年になっていた。ロビンソン、W.C.ステッド、タイタニックは十七年前の昔に沈んでいった。彼らの存在は彼らの前世代の人々と交わり、霊界の中で彷徨っている。死がすべてを一つにすると聴衆に説いたアーサー卿から霊界は深い感謝を受けた。

そして、ドイルは隠喩的な言葉の宝石を集め、「回想と冒険」と題した自伝をだした。一八五九年五月二十二日、エディンバラのピカデリー・パレスでの彼の誕生から順を追って実に詳細に書かれている。フランスのユグノーがリースウォークに隣接するクイーン通りの端に移住していたことなどや、現在傾倒している心霊世界がこの物質的な世界と全く異なることなど、ドイルが六十五才になるときまでの詳細な記述が続いている。

心霊への思いが強く、彼は長期にわたってお金を投資して心霊の発見の恩恵を聴衆に授けるために世界中を旅して回った。講演では巧みな言葉を使い、心霊の世界を信じさせようとした。

ドイルはハリー・バスカルヴィルと同じように記

憶力の鋭さと稀にみるほど洞察力を持っていて、何年も前のことを間違うことなく克明に話すことができた。その時登場してくる人物のニュアンス、本質、感情を鮮明に描くことができ、それはまるで彼らの声が聞こえてくるかのような正確な記述だ。彼は場所、会合、出来事、日時、人名、職業、地位、必要に応じて、奥さんや家族のこと、特定の時にあった討論の内容まで言えた。その記憶力で子供のころからのことを憶えていた。

彼は色々な国の紛争や闘争を見てまわり、最も危険な最前線で仲間を援護していたと回想しているが、そのページからは、仲間の死を見て、アドレナリンが脈打ち、興奮にうち震えるドイルの姿が浮かび上がってくる。

臭い水の中の死体を踏みつけ、彼の鼻についた死臭、戦争の不衛生を溢れるくらいに描いている。当然、彼のペンはボーア戦争の興奮と思い出を新たになぞらえていて、戦場における残虐な兵士たちとの会話、そして彼らは赤痢とチフスに何度もかかり苦しんだことなども何一つ見逃すことなく、今まさにこぼれ落ちんとする朝露のように新鮮に描いている。

その後に続くのは、ボーア戦争の士官のロバート・デュバルと船上で討論になり、国を支持し国王を守って、銃弾を連続して飛ばしたこと。バートラムとの再会、ネヴィンソンとの親交にも話は及び、すべては連隊の真鍮帽子の注文書のように事細かに述べられている。彼の回想には誰もがびっくりして敬礼するだろう。

ドイルが信号台に頭をひどくぶつけて意識を失うという重大な事件があったがその出来事は書かれていなかった。

次の出来事はこの開けっぴろげな回想から完全に抹消されていて、まるで特別な事柄についてだけ記憶喪失を起こしたように編集されていた。不思議なことには一九〇〇年からそっくり省かれている。最も記憶に残り、大切な出来事がおこり、亡くなるときにきっと思い出すであろう、特別に選ばれた男のことは全く消え去っていた。

彼がヨーロッパ人を守るために執拗にボーア戦争に行き、そこでの世界が非難する大虐殺に課せられた告発を誤って非難した事に対してドイルが二度目の騎士の称号をエドワード七世から授かったことについても書かれていなかった。本の概念にそぐわないことは誰にでも分かるだろう。

省かれている出来事はすべて連続している。バートラムの死、グラディスを取り囲む証拠と繋がっていてそれは解決できないままでいる。これは明らかに意図的なものだ。

だが、どうしてか？　もう一度、ドイルとグラディス・ロビンソンをなぞらえてみることにしよう。人は説得させるだけの強い影響がなければ、その人らしからぬ振る舞いをしないものだ。ドイルは読者に立証するために書いた「回想と冒険」。その中の五年間にも及ぶ期間のことは除外されている。その成功がドイルの銀行口座を現金で豊かにし、彼は虚偽のオカルトと心霊を信仰し、世界を回ることが出来た。

このように変わっている信仰の理由の一つにはおそらくナイトの称号を授かることを辞退しようとしたことに関連があるのかもしれない。ネヴィンソンが言った罪の意識が本当に心に食い入っていたのかも知れないが。その事実と証明はもうすこしで明らかになるだろう。

ドイルの不祥事が思い起こされるような記述があったら、彼の出版社スミス・エルダーと合理的なジョージ・ニューンズは断ると思ったのだろうか？

そのとおりだ！

出版業界のお偉方はどうして注目をひくような削除は間違いだと言えなかったのだろう。今になってわかることは、金銭面での大切な役割を間違いなく果たす出版業者をドイルが説得しようとしたのだ。

そしてこの議論が彼らの関係を壊した。

ドイルは原稿を別の出版業者に持っていった。そこはドイルの評判が得られるならどんな物でも大歓迎し、彼の意図すべてを飲み込み、議論の余地すらなかった。ホダー・アンド・ストートンはドイルの「回想と冒険」の省略を認識した上で完成した。こうして不滅のホームズの作家、ドイルの本は変則的な終わり方をした。

調査を前進させるための場所はエイドリアン・ドイルの「アーサー・コナン・ドイル卿の人生」と書かれた箱の中にありそうだ。エイドリアンと共著者ディクソン・カー氏はメモや記録されたコメントから証拠となるような物を発見する機会があったと思われる。しかし、この仮想が正しいと考えると、犯罪の証拠となるような切れ端は抹消するに違いない。残念なことに証拠のほとんどはオークションにかけられすでに売られてしまっていて、現在は個人の所有となっている。それらの所有者が公表する機会を与えてくれるなら、この調査は記憶に残るような黙示録となるだろう。

この途方もない話のつづきは七十年後に起こる。あるテレビ局が一九九三年、ロンドンのロイヤル・カレッジ・オブ・アーツで人類学学部の教授の著書を基に番組を製作したのだ。教授はBBCラジオ四、ITV四チャンネル、BBC二テレビチャンネルにも出演した。彼の本の題名は「ツタンカーメンの顔」である。

フレイリング教授はある特異な物事の蓋を開き、取り消すことが出来ない貴重な事実を公表した。ドイルが自分の履歴を述べていることと直接関係のある事柄で、雑誌の中の情報はたくさんの疑問を提起した。

フレイリング教授はドイルが「回想と冒険」を編集した同年の一九二三年に次の発表をした。教授はまず、フレッチャー・ロビンソン氏も彼自身の雑誌ヴァニティ・フェアで特集し、注目を浴びたロンドンの英国博物館に割り当てられたエジプトのミイラの墓から発掘した大量の工芸品のことを述べた。カーナヴォン卿が突然の死に襲われた時、「ミイラの呪い」と騒がれたが、これはフィクション作家が話を派手に創り上げて新聞に発表したからだ。その出来事に注目が集まり、驚くほど売り上げは伸びた。さらに、エジプトの呪いや恐怖と同じくオカルトと心霊の権威としてある男が注目を浴びた。アーサー・コナン・ドイル卿はこのチャンスを見のがさず、自己の信仰を拡大していった。

一九二三年四月六日金曜日、SSオリンピック号がニューヨークに寄港すると、ドイルは自分の考えを述べた。その偏見に満ちた情報は英国へも流された。

「すべての発端はエジプトのファラオ、王と女王が埋葬されているピラミッドと墓に侵入したことからはじまったのだ。今だに解明されていない「悪の要素」が強力な霊となって侵入したものの命を奪ったのだ。我々はこの現世においてこの謎の力が解明されるまですべての行動は慎まなければならない。カーナヴォン卿の死こそあの世からの警告なのだ」

と堂々と発言し、それが新聞に載った。ホームズだったら過去を振り返りこう言うだろう。

「要素だよ、ワトソン君」

それを待っていたように翌日、デイリー・エクスプレスの外国特派員がドイルを招き、話を聞いた。ドイルは「ミイラの呪い」の犠牲者はカーナヴォン卿ひとりではないと意見を述べた。実際にはふたりで、その二つ目の死はドイルの友人、バートラム・フレッチャー・ロビンソン氏だと述べた。さらに彼は一九〇一年の彼との出会い、パークヒルと呼ばれるロビンソン家に八日間滞在し、『バスカヴィル家の犬』の取材のためダートムアを案内してもらったと明らかにした。そしてバートラムは「創案にくわわり、その素晴らしい文章」は彼らの小説にダートムアの知識をそそいだことを認めた。

この時、バートラムの謎の死から十六年。新聞記者によって記憶がはっきりと蘇ったのか。それにしても、起こった時期が何年も離れているのにドイルは積極的にバートラムの死とカーナヴォン卿の死を結びつけようとし、話を続けた。

「私はロビンソン氏にミイラの呪いに関する調査をしないよう警告しましたが、彼は英国博物館でミイラの展示を続けることをやめなかったのです。彼はそのことに執着したので亡くなりました。直接の死亡原因はチフス熱でしたが、ミイラを守っている『霊の要素』が作用した結果によるものに間違いないでしょう。霊がロビンソン氏をそういう状況に導いたのです。死因は病気に感染したことによりますが、カーナヴォン卿と同様の理由で彼も死に至ったのです」

あまりにもその物言いが奇妙だったのでデイリー・エクスプレスの記者は疑いを持ち、ドイルの発言をもとに王家の谷で働いていた何十人もの考古学者たちを調査したところ、彼らは誰も重症になっていなかった。どの様な理由があってドイル卿はそのように言い切らなければならなかったのだろうか?

「ソロモン王の鉱山」で知られる有名な作家、ライダー・ハガード卿が開いた会合で、ニュースは流れた。ライダー卿は真剣に検討し、ドイルの風変わりな声明は「黒魔術」を示すもので、その意見は危険でナンセンスだとした。彼は熟慮したうえでこう述べた。

「神はファラオに神の力を授けたのでしょうか。ファラオは単にエジプトの王冠を与えられただけの人間でしかないでしょう。たとえ不思議な能力を授かっていたとしても、死後、自分の棺桶に侵入するものに、いわゆる「霊の要素」を利用して殺すとしたら、それは神ではなく「悪魔」ではないでしょうか? それが本当なら、希望は全くないでしょう」

デイリー・エクスプレスの編集長も大いに疑いを持った。編集長仲間が謎の死を遂げたことで彼はこの話題に執拗だったのかもしれない。四十八時間以内に別の記事がデイリー・エクスプレスによって作成された。それは「オカルトと超自然現象」の著者で、当時高く評価されていた作家のアルジャーノン・H・ブラックウッド氏の協力で書かれた記事だった。

彼は偶然にもコナン・ドイルと同様エディンバラ大学の卒業生だった。四月八日の新聞記事を引用すると、

「ドイルが信じているように、現在にいながら過去の人物の精神に接触できる能力者は大勢存在している。迷信と現実の知性のあいだには埋められない深い溝があるが、昔から、能力者たちは信仰と精神を鍛えることでそれを可能にしてきた。

エジプトの呪術師は「秘密の毒」（コレルリ・セシスの「呪い」アーサー・コナン・ドイル卿が自ら名付けた論題を参照した）を使って死人を冒涜から守ったと考えられているようだが、もし彼らが毒を使ったのなら、なぜ一人だけを限定攻撃したのだろうか？」

意味深なこの疑問に回答は出たのであろうか？当時の記者たちの信頼できる記事をひとまとめにし、ぴたりと合うように組みたてていけば真実が確率される。バートラムはチフスではなく毒による方法で殺されたと報じているのだ。七十年後のこの本のファイルを覗くまでもない。

ドイルの知識と記憶はパーフェクトだった。忘れていることなど何もなかった。別の圧力がかかって、故意に彼自身のナイトの称号とバートラムを抜き出すために、曲げられない理由を口述することにしたのだ。

バートラムのジーザスカレッジ時代の友人、アーチボールド・マーシャルは一九三三年、ドイルの死

後三年、故郷イースト・エセックスのクローボローで「アウト・アンド・アバウト」と言う著書を出版した。

マーシャルはエジプトのミイラに関係した者の不自然な死に関する会話を覚えていた。バートラムは当時、この興味深い話を実証するための資料を集めていた最中だった
アーチボールドは友人が数日間「肺炎」になって不幸な死を遂げたという悲しい知らせを受け取ったとき、

「私はずっとロビンソンの死がミイラの呪いによるものではないと思ってきましたし、誰もそのようにして死んだ人はいません」

ドイルはバートラムの架空の話が心霊の世界への旅になることを信じて、他の人が彼の言葉を真似ることを期待していたのに、ドイルの表明がとてもばかばかしい物になってしまった。

もし世間が気にとめていれば、保護出来ただろうし、少なくとも、事件となる前にその出来事を隠す事にためらっただろう。犯罪小説の考案者は多少なりとも誤って、子供っぽく戯れている二人の小さな少女が「コッティングリー妖精」に成長すると固く信じていた。写真を切り抜いた紙を自分の裏庭の茂みに置いただけなのに。ドイルは「小さい人」が本当の妖精で、小妖精の妻だと確信していた。多分、心理分析者の夢かもしれないが。

晩年期のドイルの著書も自己を訓戒し、責務の念で溢れていたが、飽きずに彼は自分の死の入り口が彼を心霊の世界へ解放してくれると信じていた。そこには、友人や家族との再会が待っていて、お互いの「記憶」につながっている。彼が到着したら、失敗をしたことへの審査と他の人の意見で天国へ行くか地獄へ行くかが決定されるのだろうか?

結局彼は執筆を続け、薬学で（もちろん毒が含まれている）最初の研修をした頃から、ホームズはドイルの性格に帰していたのだ。

シャーロック・ホームズは自分の犯罪探求の創作で描かれた。必要と有れば、味をつけ、正道を外れたずる賢い網のベールを欺くために、嘘をつき、盗み、悪魔の命を落ちぶれた人間に入り込ませ会話した。成功した探偵は客観的で、用心深く、熱心だったが、悪党や殺人者の本能も備えていたのだ。同情や良心の呵責と決別し、自分に有益な物を追求し続ける。ドイルは執筆することで用心深さを脱ぎ捨てて、裸になって「ジキルとハイド」の性格を披露した。

結局すべてはなされた。呪われた証拠はすべて用心深く、疑惑だけがもとになったものもあったが、事実はいかりを降ろし、私たちの前にさらけ出された。

決定的な証拠は犯罪者本人の記録から引き出されることになった。おそらく、故意に暗い事実を隠そうとしたのか。

しかしながら、紙上でなされた犯罪が逮捕される原因にはなることはないが、現実の人の命を奪うことに共謀する、それには本質的な動機を越え、被害者への思いやりを欠く無感情な冷淡さが必要である。

判決を出す陪審員の前で悪者は被告席に立ちながら、判事が最後に、無期懲役と、冷酷で後悔の念もないとぞっとするような評決するのに心を奪われるのを描いたようだった。

犯罪作家の排他的なはけ口、実際ホームズは変化し、転がりつづける自我だったのだ。心理学者は理解するかもしれないが、一般人は想像するしかない。しかし今回の場合は、パークヒルのビリヤードゲームの幽霊がドラマを生み出しはじめたのだ。そして最終場面は今まで以上に悲惨に演じられることになる。本当の悲劇に会った人を思い涙するだろう。

最終章、風変わりな結末は超常的な創造物に戻る。あらゆる疑いを死人が墓から話しかける。息子、娘、妻、夫、彼らは聞く耳を持つ者に話しはじめる。心霊の世界は疑いなく存在するのだ。

第十章　発掘

これらの資料を集め、記録に残すために長い年月がたった。とりたてて時計が騒がしく鳴ったり、絵が飛び交って執筆の邪魔をするということはなかった。が、不思議なことに第九章に取りかかったとたん、私のアンテナが再び激しく震えだしたのだ。これはまた別の霊の仕業かと、気が狂いそうになり、さりげなくこのこぢんまりとした仕事部屋を調べてみたのだが、視線を感じるだけで霊の居場所はつきとめられない。うずうずとした奇妙な感覚だけがつきまとっている。

これは決して私の妄想ではない。もともと我々には防衛本能が備わっており、劇場の中、あるいは背後に人が立っている気配を感じる時など、この第六感が働く。あたりを見回してみて自分を見つめている視線に気がつくということが往々にしてあるが、それはこの潜在的な能力が働くからだ。洞穴生活時代のなごりだろう。

いずれにせよ、この奇妙な感じが起こるのは、私が実際に書いている時に限られていた。出費が嵩み、調査が時々途絶えることもあった。コナン・ドイルの霊はこれを見ながら大いに楽しんでいただろう。私が日々の糧を得るために働いている間も、霊たちはその力を見せ続けてくれた。そして私はこれらすべての仕業は、この世に執着する霊たちが起こしたものだと判断するに至ったのだ。

ときおり私は誘惑に負け、仕事を放り出し中庭に出て、魚が泳いでいる噴水池の脇で休んだ。霊たちとの通信は空に向かって話しかければよい。指示が繰り返されたら早めに対応しなければいけないというのがヴィクトリア時代の躾らしいということは霊たちとのやりとりでわかったが、彼らはかなり辛抱してくれた。指示に対する私の努力がどの程度かは霊がどう反応するかでわかる。今度の場合、この作品の最終章について私にはいくつか案があったのだが、いずれも霊たちが断固として受け入れなかった。

霊たちは信じられないような最終章を命じてきた。プリンタが最後のページを印刷している間、台所ではポットに入れた熱い紅茶の良い香りが漂っていた。戸口の方へ行こうと足を踏み出すと、

「バン！」

というまるで入り口の壁の上のあたりに散弾が撃ち込まれたような音が反響した。台所の掛け時計が大きな音を立ててずれた。撃ち合いの場面のように、私はひょいと頭を引っ込めて床にひれ伏した。また弾丸が飛んで来るかもしれない。まるで前線の兵士だ。あごひげを床に付けて縮こまっている姿勢はなんとも滑稽だが、この姿勢から見えるものもある。

ウールワースで五ポンドで買った時計がくるくる回って目の前を落ちていく。まるで隕石が落ちるスロモーションを見ているように、直径三十センチ弱のこの時計は床にたたきつけられ、こなごなに砕け散った。破片が滝のように降って落ちた。跳ね返り、音を立てながら私のすぐ横でくるくる回る。私は呆然と、最後に落ちた部品がタイルの上でカチャカチャと音を立てて止まるのをうっとりと眺めていた。

猫の水入れのそばに静かに光を反射している物が見える。床の高さより少し上だ。それは時計の文字盤を覆っていた非常に薄いガラス板で、時計からはずれて二メートルもの高さから落ちてきたのに傷ひとつなかった。時計の前面の縁飾り板と枠、長針、短針、秒針、文字盤、心棒、ネジ、時計の装置やバッテリーなど全てそのまま残っていて、組み立てればまた使えそうだった。時計の部品一式を注意深く拾い集めながら私は考えてみた。なぜこんな芝居がかったことが私の目の前で繰り広げられたのだろう。もう時間切れということだろうか。多分そうなのだ。

これらの全ての霊的現象には霊界からのメッセージがあり、それらは海を漂いながら浜辺にたどり着

くボトル・メイルのように現れた。今回も例外ではない。霊たちが生きた時代を舞台に、恐ろしい最終幕が切って落とされたのだ。コナン・ドイルの書いた物の中から「総舞台監督」が明らかにされた。名もなく静かに彼は柵を開けて外に出てきた。

場面十の登場人物を紹介しよう。メアリー・ドイル、彼の妻。その息子アーサー。役者は彼ら自身が演じる。タイトルはヴィクトリア時代のブラック・コメディ「狂った男」だ。

この芝居は人の心を震わさずにはいられないドラマティックな劇だ。時計の空中分解など比べ物にならない。資料を駆使し、数十年もさかのぼって調査した結果、信じられないような残酷な行為が明らかにされたのだ。それを実証するための死体掘り起こしだった。犯罪科学者にとってもそれは前代未聞のケースだった。本性をかくし、まったく罰を受けずに絵や写真に納まり、有罪でありながらナイトの爵位の仮面をかぶって華々しく人々を魅了し続けるこの人物の残酷さは、シェークスピア役者でも演じられないだろう。

照明が落とされ、観客席は一瞬のうちに静まり返る。ものを食べている観客たちは思わず舌を噛み、音をたてないように注意しながら、まだ暗い舞台を見つめる。するすると音をたてて幕がゆっくりと左右に開く。スポットライトが一筋。眼鏡をかけた男が一人、見慣れた机に向かって座っている。上部に緑色の皮が張ってある、パークヒルで目にするあの時代物の机にそっくりだ。

どうやら男は作家らしい。「ヴィクトリア時代の真実の物語」を静かにタイプしている。観客席からは太字で打たれた「第十幕」という字が見える。

作家はキーボードに向かって熱心に仕事をしているが、何かが変わりはじめていることには気が付いている。事が起こりつつあると直感的に感じているのだ。不吉というわけではないが、人間的な感じもまったくしない。

　霊が静かに彼に近づく。闇の中から現れた霊はすっぽり何かに覆い包まれているようだ。人型のシルエットが男の背中に張り付くと、作家はぶるぶると震え出す。まるで太陽が奪われたかのように悪寒を覚え、キーを打ち間違えた指が、キーボードの上でカチャカチャ鳴る。モニターの画面を見て凍り付く。死後硬直のように指がかたまって動かない。何度も動かそうとするが、もう自由がきかない。男は盲のように全身を耳にして振り返る。聞こえて来たのはこの世から隔絶されたまま残っている霊の声だった。そして彼は泣いている孤独な霊の悲痛な声を聞いた。厳密に言えば一人ではない。他の霊たちも静かに見守っている様子だ。霊たちが誰であるかはわからなかった。

　作家は訳が分からず頭を振る。背中に不快感が走り、震えがとまらず、仕事を続けることができなくなった。ビリヤード・ルームでの出来事を思い出し、恐怖で袖をまくっている両腕に鳥肌が立った。

　突然、何かに突き動かされるように上を見上げると、今度は問いかけるような目がはっきり見えている。彼はそれをまっすぐ見つめる。体が変形したまま固まって、椅子から動けない。霊の突き刺すような視線から逃れる術がない。じっと動かないその視線は部屋の両側にある廊下から互いに睨み合っているようだった。一方には私がいて、もう一方には金の額に入ったコナン・ドイルの絵。もう何かが飛び交うということは起こらず、霊が誰であるかはっきりわかった。しかしこの霊は絵に描かれた六歳のドイルではなかった。胸を締め付けるような悲痛な声で助けを求める迷える魂、それはコナン・ドイルの父チャールズ・ドイルだ。彼の言葉は短く、胸を突く。

「私を外してくれ……」

　この意外な展開に観客はざわめきはじめ、息をもらす。

その絵はそれだけ伝えると元に戻った。一八六五年に描かれた父と息子の肖像画だ。私は千冊の聖書に誓ってもいい。これは現実に起こったことなのだ。

私は机の上に黄色い布をひろげ、その上にドイルの絵を裏にして置いた。額の裏には茶色の頑丈な裏板が張ってあり、つり下げ用の金具がついている。やや動きの鈍い留め金を開け、裏板をはずすと、裏紙があらわれた。そして驚いたことにその下からもう一枚のごわごわした紙が出てきたのだ。この最終幕上演の設定はそれに記載されていたのだった。数章が書かれており、それらがこの上演に何らかの意味をもたせていると確信した。

チャールズ・ドイルの霊が出現して手を差し伸べてくれたその日の午後のことを私は忘れることができない。私は彼の霊を信頼することを決心し、すぐさま地元の図書館で彼について調べてみようと思った。

図書館の館員は小さな紙に書かれた情報をもとに書庫をあちこち探してくれて、一冊の本の題名がわかった。あまり借りる人のいない本だという。国立図書館から取り寄せることになると思う、見つかる保証はないが照会してみる、という返事だった。

二週間後の夕方、図書館から電話があった。

「ご希望の本が届いています。取りに来て下さい」

勢い込んで図書館のカウンターに辿り着いた私を見つけると、司書はすぐにその本を目の前に置いた。ぼろぼろになった茶色の紙のカバーの中央に、あごひげを生やし黒っぽい燕尾服と縞のズボンを身につけた男が気味の悪い草刈り鎌を持った「時の翁」と握手している楕円形の写真が印刷されていた。本の題名が金文字で刷られている。

「ドイルの日記―偉大なるコナン・ドイル最後のミステリー」

これはドイルの個人的な日記だ。私は期待でぞくぞくしてきた。十年にわたる調査に何らかの証拠が与えられるかもしれない。しかしこの日記から予想もしなかった衝撃的な事実が明らかにされることになろうとは、私は知る由もなかった。それはチャールズの絵から得た啓示より、はるかに私を打ちのめすことになるのだった。

胸が高鳴るのをおさえつつ、私はゆっくりとその本を手に取ってみた。ページをめくろうとすると、まるでプログラムされていたかのように、ページが開かれた。思わず私は息を飲み込んだ。そこに描かれていたのは、十年前、パークヒルの玄関に届けられた謎の絵、金の額に入ったあの絵と全く同じ絵だった。私は不思議な気分で帰宅し、机に向かって本を読み始めた。信じがたいことがいろいろと明らかにされた。これまで確信がもてないまま恐れていたことが確認された。幼虫は孵化して恐ろしい怪物となって現れたのだ。登場人物は二人だ。今はドラキュラとなった怪物とその過去を比較しながら。彼らは舞台で悲劇と隠蔽の人生を露わにしはじめた。

私はこの「ドイルの日記」を息子コナン・ドイルの日記だと思っていたが、そうではなかった。父親のチャールズ・アルタモント・ドイルの血で書かれたといってもいいような記録だった。

元の日記は一九五〇年代半ばに発見され、それが日記の形で復元された。その後マイケル・ベイカーという著者がこの日記に関する著作を発表したのだ。ベイカーは素晴らしい考察をしているが、私が次のように言ってもおそらく彼も不満はもらすまい。この本は日記に書かれたこと以外は何も語っていない。さらに推理を進めることもない。手がかりは過去に埋もれたままで、真実は何も明らかにされてはいないが、ドイル家が知られて困るような何かが隠されていることは確かだ。

まず特記すべきことは、この本はアメリカで出版されていたということだろう。おそらくイギリスの出版社は、ドイルの凶暴な性格や過去の好ましくないエピソードに触れた本の場合と同様に、この本の出版を躊躇したのだろう。

ドイルの数百万ものファンたちは、作品以外のことについてあまり知りたがらず、新しい解釈が出てもあまり信じない。ドイル信奉に真っ向から対立するような、この本の出版にイギリスの出版社は乗り気でなかったのだ。

驚くべき本は見返しに書かれた紹介文から始まる。そこにはチャールズの日記の一部が紹介されており、チャールズという人物がおそるおそる舞台に登場してくる。彼は、

「この本が狂った男という作品のために書かれたことを決して忘れないで読んで下さい。どこが知性の欠乏だと言うのでしょう？　どこが下劣な趣味ですか？　この本を読んでそれを一つでも見つけたら、しるしを付けて私に知らせて下さい」

と書かれている。

彼が日記にこう書いたのは一八八九年だ。逃亡者自らの言葉だった。彼はスコットランドにあるモントローズ王立精神病院の独房に入れられていた。独房は石に囲まれ、寒く、惨めで、陰鬱だった。この施設は皮肉にも「日の当たる場所」という名前がつけられていたが、チャールズはドイル家の人々によってそこに強制入院させられ、ヴィクトリア時代の精神病院の劣悪で悲惨な環境の中に囚われの身となった。ようするに生きたまま埋められたのだ！

もし、バートラム・ロビンソンとネヴィンソンがこの事実を知ることができたら、ドイル家の人々のひどい仕打ちに驚き、反感と嫌悪から言葉を失ったことだろう。父親あるいは夫である人間に、彼の家族は信じられないほど非人間的で冷たい、打算的な仕打ちをしていたのだ。

過去を振り返ってみよう。コナン・ドイルは一九〇〇年にダートムアを訪れ、ダッチー・ホテルに泊まった。ホテルの快適な部屋から雨に濡れた牢獄の高い壁を無表情で眺めていたそのとき、彼は父チャールズを思い出しただろうか？　ドイルは自分の出

身地を言わなかった。それは、あれこれ質問されたり、父親のことが明らかになるのを恐れての事だったに違いない。グラディス・ロビンソンといい勝負だ。

真実が今明らかにされようとしている。別の犯罪行為があったという可能性があるのだ。チャールズも毒殺されたのではないだろうか?

日記は、どのページもチャールズの高い教養と洞察力、才気と知性がはっきりと目立っていた。つかの間ではあったものの、父親として、また当時の紳士としての様子を読みとることができる。日記にはチャールズの深く傷ついた日々の人生の浮沈を描いた絵がところどころに描いてあった。その時々で違っていたが、主に鉛筆画で、クレヨンなどを使った絵もある。彼の絵には療養所のイメージを心象風景化して強調した絵が多い。初めの頃の絵はそれまで自由だった男の機知をまだうかがわせていたが、やがて物の見方が変わってきたのか、自分に与えられた理不尽な痛みと宣告を優しく癒すような絵に変わる。明らかに彼は、受け入れがたい己の状況の理由が何であるか繰り返し自分に問いかけ、殻に閉じこもるようになっていった。

チャールズは物理的には家族から離れていたが、いつでも家族を思っていた。変わらず家族を深く愛する夫であり、父親だった。

家族と住んでいたエディンバラの王立事務所(ヴィクトリア女王所有)では画板の上に建築の設計図を描いて素晴らしい才能を見せたが、今ではもうそれもできない。なぜ彼は、いわゆる「スコットランドの狂人たち」が収容される病院に幽閉されたのだろうか。建築家として働いた日々を考えると、博士号までとった特別な才能を持った息子が父を引き取ってもおかしくない話だが。

彼は入院を非常に嫌がっていた。チャールズは数年にわたって日記を書いており、彼が亡くなった後、監視人が日記を発見したのだ。それによると、チャールズは二十一年間、かなりの財産を毎日彼の周りにいるあまり高等教育をうけていない病院関係者に預けていた、ということがわかった。おかげで後に詳しく調査をする事ができたのだ。

病院関係者が日記を一時的に保管するよう指示を出したのか、あるいはドイル家の特別な財産となったのか、いずれもはっきりしていない。わかっているのはチャールズの財産と彼の言葉にほとんど敬意が払われていなかったことだ。

その後数年、彼の日記は不注意にも紛失されている。ないがしろにされていたのだろう。それでもこの日記はイギリスで最も尊敬されている作家の一人であるアーサー・コナン・ドイルの実の父による、唯一の文学的な資料であることに変わりはないのだ。

ドイル家の人々には日記を永遠に残すという考えはまったくなかったようだ。チャールズの死後、コナン・ドイルとその暴君的な母親との間の頻繁に手紙のやりとりの束に埋もれてしまったようだ。(エイドリアン・ドイル文庫より)

チャールズ不在の事実。息子アーサーは母親と一緒に父親を収容する病院を決めたのだろうか? これまでにわかっただけでも、この悲劇に唖然とさせられる。尊敬を集めている作家が自分の父親に対しては「ジキル博士とハイド氏」のような態度を取っていたのだ。

しかもチャールズの絵入りの日記は一度捨てられている。ドイル家の人によって一九五五年にガラクタ市のオークションに出されたのだ。オークションでそれが見つかって出版へと動いた経緯がある。その本の価値を知っていた人が屋根裏部屋の本棚に二十年以上も保存していた。後年この証拠はその価値を発揮するようになる。この本が再び注目されたのは一九七〇年代半ばだ。ある犯罪学者が書いた物語のなかで取り上げられ、突如、池に浮かんだ死体のごとく関係者を驚かせたのだ。

ベイカー氏がオックスフォード大学を卒業したのはちょうどこの頃だ。そこで英文学の学位を取得した彼は後にあるテレビ局でドキュメンタリーの制作に関わり、また、コナン・ドイルの不遇や堕落、そして疑わしいドイルの懲役（監禁、留置）の理由について本を書いている。

チャールズの日記によると、敬虔なカトリック教徒だった妻、メアリーとの関係は初めのうちはとても幸福なものだったらしい。彼らは、子供を七人もうけた。子供の成長がチャールズの最大の喜びだったが、養育費は増え続け、好きな美術への興味もそがれることになったが、絵はたくさん売れて収入は増えていった。しかし彼は絵を気に入ってくれた友人には気前よく絵を進呈してしまうという一面もあり、メアリーはそれを腹立たしく思っていたに違いない。やがて彼はエディンバラの事務所に建築家として雇われることになる。

新しい仕事は彼の芸術的才能とすばらしい技術の両方を発揮できるものだった。ヴィクトリア女王もこの事務所が手がけた建設と建築のすばらしい実績を、高く評価していた。若いチャールズも次第に責任がかかる仕事をするようになり、まさに寝る暇もないほどの忙しさで働いた。金のかかる子供たち、専門的資格や学位を取るために勉強を続ける子供たちのために、おそらく働きすぎたと思われる。

少年時代のアーサーはその攻撃的な性格からさまざまな事件を起こした。母親メアリーはそれをほとんど気にかけていなかったようだ。むしろアーサーの切れやすい性癖を好んだふしがある。彼は友だちやライバルとよく喧嘩をし、彼らを口汚く罵ったり、殴ったりするのを、メアリーは楽しんでさえいたという。服がぼろぼろに破けるのは勇敢に戦った証拠だと、殴り合いを賞賛することもあったようだ。

心理学者なら、結果として母と息子が普通でない関係を持った、と説得力のある理由を述べることができるだろう。メアリーにとってアーサーの攻撃性は、性的欲求と言っても良いほどの異常な愛情を覚えたのだ。夫には感じない感覚。例えるならば、ボクシングの試合中に女性をロープ近くに引き寄せる力、とでも言おうか。できるだけ近くで男の汗の匂いを嗅ぎたいという潜在的な欲求だ。飛び散る汗と熱気は情熱を突き動かし、彼女はこの感情をもう押さえることができなくなる。大きな情熱がうねり、炎と熱狂に変わる。

アーサーは多かれ少なかれ、母親のこの異常な愛に気づいていた。後にアデルフィー劇場ではっきりとわかるのだが。アーサーが意識していていたかどうかわからないが、彼は性的空想を母親で満たしていたのではないだろうか?

娘たちが喧嘩に強いアーサーを英雄あつかいする一方で、彼に殴られて負け犬となった少年の親たちからはひどく罵られた。

こうしたあまり褒められたものではない行動そのものも、メアリーの母性本能を満足させていたのではないだろうか? そして大家族の中で常に注目を浴びるための子供じみた方法が拳以外に見出せなかったのだ。のちに彼は多くの女性と関わりを持ち、彼女たちに対して権力意識を振りかざすのだが、このあたりに彼のルーツがあると思われる。

ヴィクトリア女王はよく「つまらぬ」と言ったが、チャールズも同様だった。日記には家族が議論する様子や意見の不一致がたびたび描かれている。チャールズは正義感やフェアプレーの精神で敢然とこれに立ち向かった。初めは一時的だったが、やがて家族は母と息子をチャールズから引き離すことになる。もっと穏やかで細やか、そして芸術的にみれば消極的な生き方を求めたのである。

意見の対立はあったにしても、アーサーは父から特別の支援と金銭的援助を受けた。彼は一八七六年にエディンバラ大学の医学部に入学し、勉強を続け、五年後の一八八一年には見事に医学士の学位を取得してエディンバラ大学を卒業した。

記録によるとアーサー・コナン・ドイルが大学で修めた科目は化学、解剖学、生理学、また彼自身が書いたものから引用すると「その多くが治療技術に直接関係のない必須科目」。

ということはつまり、医者はどういう疾患の患者にどの外用薬をどの程度使用するのが適切か、もしくは不適切か、それだけ知っていればよい、という意味だろう。教育実習の課程で教授たちは、薬の投与には治療とは逆の誘惑があり、ある「投与量」は使用を間違えれば命を奪うので十分注意しなければならないと警告した。これは医者の必要な知識なのだ。これらが後の悲劇の不吉な前兆だったのだろうか。

患者から安楽死の要請を受けたことのない医者などいるはずもない。

長いあいだの過労が祟ったのか、チャールズは体調を崩し、家族を養うことが困難になった。最初は軽い頭痛だったが、それは病の最初の症状だった。しかし彼には頼みとするものもなく、祝日も働いて地位を守った。が、仕事の重圧は高まり、しだいに仕事場での立場も難しいものになった。当然、様々な問題が生じ、それがストレスとなって彼は偏頭痛に悩まされた。やがて年長の子供が一人あるいは二人と、家計を助けるようになったが、諸経費を払うと金は残らず、生活は苦しいままだった。

のちにホーナング氏と結婚したアーサーの妹コニーは、夫の仕事の関係でイギリスを離れ、冬でも暖房の必要のないポルトガルに移り住むことになるのだが、時々スコットランドの実家に仕送りをした。苦しいドイル家の家計にとって大変ありがたい送金だった。しかし家計の苦しさとは逆に、カトリックの教義に従ったドイル夫婦は、家族の人数を増やしていく。弟イネスと妹イーダが誕生した。カトリック信仰をもつ他の家族と同様にドイル家も、生活に困っていても忌まわしい計画を実行することはなかった。忌まわしい計画はチャールズ・ドイルに降りかかり、それは計画的なものだったといえる。

チャールズの症状はしだいに重くなっていったが、家族には彼に対する思いやりがなかった。チャールズには、今や医者の資格を持つりっぱな息子がいて、その息子に治療してもらえたであろうし、鎮痛剤（アヘンチンキ）を処方してもらえる身ではあったはずで、息子が父のために何らかの薬を処方することも出来ただろう。また父の病気の治療方針を他の医者に求めることも可能だったはずだ。

大切な稼ぎ手、実の父親のために、母校エジンバラ大学の教授に相談をもちかけることも、地元で開業している同僚の医師からもその気にさえなれば治療の方針を尋ねることが出来たはずだ。

しかし彼はこうしたことは何もしなかった。一時的にせよそれなりの心配りがされていたならば、メアリー・ドイルが夫に対してとったひどい行為を防ぐことができたかもしれない。彼女もすぐにはそういう行動には出なかったはずだ。メアリーはチャールズには内緒で療養所を決め、入院させる話を進めていった。

これは理由があってのことだった。チャールズが入院を嫌がって抵抗すれば、夫は「精神異常」のようだと言えるし、頭痛がひどいことをその理由に挙げて入院させることができる。さらにはアルコール依存症も入院させられた理由だと言われているが、これは確かではない。

アルコール依存症については私は受け入れがたい。一家が長い間金銭的に苦しかったことはよく知られており、チャールズが依存症になる機会はなかったと思われる。

一体何人の医者が彼を「精神異常」と診断したというのか？　またどのような基準で、ヴィクトリア女王が「信頼できる、良識ある、名誉ある紳士」と信じる男性に、そのような判断が下されたのだろうか？

もしこれが行われたとするなら、チャールズを精神異常と診断した基準や監禁が適当な処置であることを記した正式な書類があるはずだ。その書類にサインした医者は誰だったのだろう？　おそらくサインを求めても金を払う必要のない若い医者だったと思われる。その結果チャールズはある療養所に送り込まれ、友人から引き離され、仕事を奪われ、評判は地に落ち、イギリス中が忌み嫌う、悪名高き場所に幽閉されたのだ。

チャールズは独房に入れられ、犯してもいない罪のために罪を犯した人々と同じように扱われる。精神病院は暗く、惨めで、寒く、じめじめしている。窓は高い所にしかついていない。そこで彼は本物の精神病患者と一緒に肩と肩を合わせるようにして暮らさなければならない。どの患者も挙動がおかしく、なかには、魔法の「治療」だと言われて電気ショック治療を受ける患者もいる。患者の手首と体が金属性のテーブルに繋がれ、社会から捨てられた人間を使って医者が実験をはじめる。彼らの恐ろしい叫び声が壮大な墓と化した壁から壁へと通り抜ける。彼らは浮浪者、盗人、ヴィクトリア時代のイギリスから掃き捨てられた精神障害者たちだ。

夜になると真っ暗闇の中から幽霊が現れ、その音が石に囲まれた牢獄に響きわる。氷のように冷たいスコットランドの冬、チャールズは凍り付いて横たわり、毛布の下で膝を抱えて震えている。暗闇の中で彼は、家族から受けた不当な仕打ちについてじっと考える。何というひどい仕打ちだろう。勤勉で優秀な建築家であり、家族を愛する父であったチャールズを死ぬまで牢獄に監禁しようというのだ。もう彼は子供たちにも会えないだろう。チャールズから家と家族や親戚を奪ったドイル家の冷酷さ。そして彼らはチャールズを忘れ、自分たちだけの勝手な生活を続けるのだ。

ドイル研究には自叙伝「回想と冒険」が最も参考

になるとされているが、この本の中でドイルは医学生の頃や少年時代を語るとき、ほとんど母、メアリーにだけ感謝の気持ちを寄せている。研究者はこれが何を意味するのか彼自身の言葉を参考にしてじっくり考えることになるだろう。

ドイルは成長期に

「お母さんがいなければ何もはじまらない、お母さんがすべてだ」

とかなり盲目的な執着心を母親に対して抱いていたようだ。

一方、父親に関する記録は何も残っていない。これをドイルが父、チャールズの精神異常を自分の恥と感じ、医師としての将来に悪影響をおよぼす……、だから書かなかったのだ、と推察するのは間違っている。

実の父をこっそりと死に至らしめたという、息子と母の共犯の可能性については、憶測できるさまざまな要因がある。こうした側面からも、アーサーは母親のエプロンのひもを彼女が生きている限り握り続けることが必要だったのだ。彼にはエディプス・コンプレックスがあったらしい。母がそばにいることを求める子供じみた愛だ。母だけを求めるあまり、父を退け、破滅へと追いやり、そして父の場所を息子が占領するのだ。

あわれなチャールズ。人生半ばで糾弾され、欺かれ、非難され、自由を剥奪されたのだ。それなのに、わずかに所持を許された物で、彼は家族への尽きない愛を日記に書き記す。そうすることで、正気で論理的な自分を保ち続けようとしたのだ。精神病院の環境は不潔で劣悪だった。しかもそれは彼の家族が決めた所だ。

病院に支払われた費用は一年で二六〇ポンド。チャールズの年収は一八〇ポンド。したがって、チャールズを絶望的で悲惨な地獄に監禁するためには、一年間で四四〇ポンドのマイナスになる。金銭的に苦しかった一家がチャールズを無理矢理入院させるために、何と無意味で不当なことをしたのだろう。実際計算すると、病院の諸経費の値上がりも含め、チャールズが収容されていた全期間と彼の葬儀の総経費は約六千ポンドというべらぼうな数字になる。当時普通の家が二百ポンドで買えたことを考えると、このばかげた行為に顔面蒼白となる。

チャールズの日記には、手書きの文章とともに、心を揺さぶる絵が所々に宝石のようにちりばめられている。それらを描きながらも、彼の胸中は家族から受けた仕打ちに当惑した思いがぬぐい去れずにあったのだろう。ある日、独房の中で決して訪れることのない家族のことを思い、気が沈んでいた時に、どういう理由か彼はこう書きはじめた。

「私に何ができるだろう？　私なら、今の自分のような身の上のものを守ることこそ、真の紳士の喜びであり、義務だと思う。あいまいに正気か精神異常か判断されて、罪もない人間の人生と自由を脅かすようなことはできはしない」

「真の紳士」とはこの場合、アーサーを指していたことは誰もが認めるところだ。ということはもちろんメアリーの存在も含めてということだ。

チャールズは気など狂っていなかった。精神異常ではなかったのだ。しかし監禁という苦痛と、娘や息子、そして特にチャールズが永遠の愛を捧げる妻メアリーの拒絶が続き、彼の強い人格もしだいに破滅への道を進んでいくようになる。

囚われの身のチャールズも、時々は庭に出られる。彼の芸術的な目が日々を捉えれば、それは日記の中の絵となって現れる。穏やかでプライヴェートな風景を楽しませてくれる。画家のパレットのような様々な色合いの自然を彼は正確に再現している。どの絵も絵の下に書いてある、ウイットに富んだ小文と絡み合っていて実にうまくいっている。ここには本物の画家がいる。自由なはやぶさのように翼をきらきらさせながら、喜びにあふれ、青空を飛んでいる。実質的にも精神的にも目に見えない銀の弦で繋がれているのだが、そこには精神異常のかけらも見あたらない。

つぎの絵は、天気の良い暖かい日に家族とピクニックに行く夢を描いた絵だ。彼はすべての魂はのびやかであるということを知っていた。彼はいつも紳士であり、監視人であろうが患者であろうが、どんな小さな心遣いに対しても深く感謝し、手を差し伸べるときはいつでも慈悲深かった。

そのつぎの絵には、地獄の悲惨さと悪魔が描かれている。悪魔は彼に似ており、両手を上方に伸ばし、骸骨のような時の翁に向かって、一生続くこの地獄からの解放を嘆願している。

「死よ、我にとどめを！」

気分の良い日には、彼は想像で天国の絵を描く。天使の羽の蜘蛛の巣のように薄い紗を通して、陽光が虹のように美しく光る。若い女性が身につけるような柔らかい薄物と優しい微笑みが彼の方に向かって下りている。それはまさに、天に昇って柔らかな雲に包まれ、日毎の苦痛と苦悩から永遠に解放されたい、という彼の気持ちを表している。こうしたページを見ると、ひどく心が痛む。彼を救う機会がもうないと思うとやりきれない。憐れみで身がよじれそうだ。彼を自由にし、彼に優しさを示し、悲惨な死へと彼が引きずられていくことを防ぐために、時計の針を戻したいとさえ思う。

一八八九年七月五日、彼は死の淵にいた。薄衣をまとった骸骨の手を握り、その足下に近づこうとする。その向こうには女神が浮かび、彼を天国へ導こうとしている。彼女は彼の腕を取り
「こちらへ」

と言う。

碑石にチャールズは謎の言葉を書き加えている。これはコメントを控えめに言うときのヴィクトリア式の技である。

「インク—好都合—真実は死」

これには書き換えが必要であろう。

「埋葬文書をインクで書いたのは誰か。誰に好都合なのか。真実は死の中にある」

彼の願いは四年後に叶えられる。チャールズ六十一歳で、てんかんの発作でこの世を去った。ついに幽閉生活を終えることができたのだ。監禁され、家族とも会えないという日々の苦痛から解放されて、彼は自由な霊となった。息子がのちに心酔する心霊世界の中を旅し、宙に浮かび、姿を見られることなく息子アーサーを肩ごしから見ることができるのだ。アーサーは医学校の費用を払ってもらい、父には特に世話になっているのだから。

チャールズは、医師アーサーが、南海岸の雑貨屋を診察して薬を処方する様子も見ていたのではないだろうか？　この男はチャールズと同じく、ひどい頭痛とてんかんの発作に苦しみ、当時としてはまだ珍しい外科手術も受けている。

薬はすでにドイルの薬品棚にあったのだから、父の発作が一時的なものであっても、繰り返し処方することによって、父の発作に対処することは簡単だったはずだ。雑貨屋はドイルに感謝したが、治療費を払うことができなかった。そこで彼らは話し合い、ドイルは治療費のかわりに、お茶やバターをもらうことになったという。しかし、父チャールズに対しては何も行われなかった。ドイルは望みさえしなかっただろう。この事実はドイル自身による自叙伝「回想と冒険」に書かれている。またドイルの手紙は南海岸での一人暮らしが寂しいと、母に訴えている。大きな家で自由はあるが、患者は少ない、十歳の弟、イネスを話し相手によこしてくれないか、と母に頼んでいる。

チャールズ・ドイルも息子からしかるべき薬を処方されていれば、精神病院から解放されたはずだ。精神病院は孤独だ。誰がチャールズの話し相手になるというのだ？

チャールズは生まれ故郷の街で建築家として偉大な貢献をした。彼の芸術的な建造物は今も見ることができる。その一つにヴィクトリア時代の壮大なホーリリールード宮殿の噴水がある。スコットランドのグラスゴー大聖堂の大窓は彼が設計したもので、その時代には珍しい設計で、いまでも使われている。これらは家族に「気が狂った男」と宣告されたチャールズ・アルティモント・ドイルの今永遠に残る記念碑である。

そしてまた、華々しい文学的貢献をした息子をもつ誇り高い父でもある。だがその息子の真の姿は全く知られていない。

しかも彼は自分の日記が出版されることを確信し、それが家族への援助になることを期待した。もし出版されれば彼の絵に頻繁に登場する妻のメアリーは愛する子供たちを育てて行く時の困難を克服できるだろうと。彼は死ぬまで家族を愛し続けたのだ。しかし、九十ページにおよぶチャールズの日記の中に家族が見舞いに訪れたという記述はまったくない。訪れていたなら、嬉しくて彼はその出来事を必ず書き留めただろう。

チャールズの描いた絵の多くは、イギリスとアメリカの画廊や美術館に今日も大切に保存されている。記録には残されていないが、一八八八年に出版された、コナン・ドイルの「緋色の研究」の挿し絵も彼が描いたものだ。その絵は家族が取りに行ったのだろうか？　それとも使いの者が取りにいったのだろうか？

チャールズの絵はグラディスの父、フリップ・モリス氏と同様にイラストレイティド・ロンドン・ニュースで紹介されている。「月と舞踏」という作品は真珠色に輝く月が中央に描かれているのが特徴の美しい作品だ。この絵を眺めていると心が痛んでならない。私には彼が幽閉された意味がどうしても理解できないのだ。

ここに至るに及び、私は問いたい。実の父をここまで惨い目にあわせた男だ。一九〇七年の一月二十一日、赤の他人の希望を奪い取ることぐらいなんでもなかったのではないのか？

　悪魔の行為はエスカレートしたのだ。より凶悪に、より危険に。過去の犯罪よりもさらにぞっとする犯罪に手を染めたい、そんな感覚。口論や殴り合いでは、もう到底我慢できない。悪魔はアドレナリンの分泌を欲したのだ。

　犯罪学の金字塔を打ち立てたその男。それに真っ向から対立するこの意見が正しいかどうかは、現代科学と医学の専門的意見を待たなければならない。

　世界中の国々にドイルの熱烈なファンがいる。彼らはドイルが書いたものは一語、一語、研究分析し、彼の創作した物語の中に特別な意味合いを見つけだそうとし、互いに情報交換をする。彼らはホームズを真似る。ホームズそっくりの姿でクラブに、職場に、劇場に、映画館に現れる。とてつもない熱情だ。しかし、人間ドイルを理解しようとしたものはほとんどない。

　ドイルの隠された性格を無視することは「肉食しつつヴェジタリアンを宣言している」ようなものだ。なぜなら、今日ではコナン・ドイルは祖先から受け継いだ遺伝的な問題を持っていた、と考えられているのが一般的なのだ。

　彼の家系は中世の式部官で、男たちはとっぴな行動を楽しんでいたことが文献から伺うことができる。男たちはナイトの爵位を与えられた。栄誉ある戦争の生存者たちが繰り返し姿を現す。敵の兵士に剣を突き刺すその姿は油絵に描かれ、勇敢に戦った英雄として、それらの人物の絵が大邸宅や城の壁に堂々と飾られた。長く垂れ下がった口ひげの紳士が単眼鏡を「旧騎兵隊」の絵に近づけ、感嘆の声を上げる。この絵は、軍隊のあるべき姿を描写していて、若者を戦争へと向かわせる恐ろしい小道具だった。

　アーサー卿の「回想と冒険」という自叙伝は彼の思い出を具体的に明らかにしただけでなく、様々な疑問に対する答えでもある。この本は彼がナイトの爵位を授与されたことを受けて書かれたものだ。この頃の出来事は決して忘れるはずはなかっただろう。しかし、故意に書かれていない事実があることも確かなのだ。なんであれ、それまで明らかにされなかったいくつかの重大な点がはっきりする。そこに現れてくるドイル像からも、彼が医者として親を気遣っていなかったと断言できる。そこには助けを求めている人を平然と無視することのできる人物が描かれている。

アーサー自身による子供時代の話から、すでに押さえることの出来ない闘いへの欲求という遺伝的資質が現れていたことがわかる。

アーサー少年はたわいのない喧嘩もわざと殴り合いの喧嘩に発展させた。反発するものに対しては、有無をいわさず棒で殴りつけ、言うことを聞かせた。こうしてスコットランドの地元でガキ大将になっていったのだ。彼は模範にすべき姉と意見が違うときは、両親に尋ねることになる。が、母親はまったく関心を示さない。母親はこの小さな悪党に乱暴をやめさせようという努力は一切しなかった。

エイドリアン・ドイル（ドイルの次男）は後に彼の本の中で、家族が「父の暴力的行為に震え上がった」時のことを、率直に述べている。無防備な幼い子供たちに対しても、不当な力を加え、不安感を与えて彼らの眠りを奪ったのだ。

「父は頑固でしばしばそれは暴力につながった」とエイドリアンは書いている。彼は成人し、この忘れられない恐怖を思い出して書いたのだ。

経済面でも成功していると定評のあったスミス・エルダー社とも最初の頃は、ドイルとうまくいっていたが、『バスカヴィル家の犬』の一件で衝突した。それでもナイトの爵位を彼から奪うことはできなかった。暴力的行為は自分の意見が通らないときに起こった。この性格は遺伝性の異常と考えられ、子供じみた未熟な性格の人に見られる。自分の要求が通らないとなると、遺伝子レヴェルでその攻撃性があらわれるのだ。

成人した彼の関心は一貫して戦争にあったことがわかる。彼はボーア戦争時、軍隊に志願したが断られており、その怒りを自叙伝に書いている。危険と興奮を拒絶されて不満なドイルは、負傷した兵士を治療するためラングマン・フィールド病院に医者として参加することになる。しかし患者を診るのはごくまれで、周囲の様子を書き綴ることに時間を費やした。

興奮させられる交戦の様子、死、人や動物の首切り、コルダイト火薬の匂い、砲弾が爆発のよる破壊の様子、進軍に消極的な将軍たちを説得して相当な距離を歩いたこと、敵を全滅に追い込んだときのこと、異臭を放つ壕の泥水の中をもがいて進み、じわじわと敵に近づいていく様子など、ゾクゾクしながら夢中になって書き留めた。アドレナリンが彼の全身を駆けめぐり、きっと読者も興奮するに違いないと彼は期待していた。

戦場で敵と戦うことであろうが、ロンドンの舞台で男たちの頭をかち割って血みどろにすることだろうが、家族、友人、出版関係者、作家との衝突であろうが、その代償行為が何であれ、ドイルには争いと暴力への異常な欲求があったということは、事実が明らかにしている。彼にとって暴力はなくてはならないパートナーだった。なぜだろう?

アーサー・コナン・ドイル本人さえ気づいていなかった遺伝的特性に加え、当時よくあったように、アヘンやその類いの薬物の中毒だったのだろうか?

だとすれば、ある仮説が具体的に証明されるかもしれない。医者という職業柄彼は薬物を自由に手に入れることができた。麻薬中毒が彼の人格に影響を及ぼし、「ジキル博士とハイド氏」的人格ができあがったと考えることができる。ドイルはドラッグを手に入れたホームズだったのだ。

最新の証拠から、ドイルのとっぴな逸脱行為も新しい解釈をすることができる。自伝で彼が述べているだけが攻撃的な出来事のすべてとは言えないようだ。ともかく、彼にとって欠くことのできないものは、危険な冒険であり、次第にたちが悪く害をおよぼすものになった、という視点で見ることができる。

ドイルはさまざまな人物や「冒険」についても詳しく書いているが、ここからも相当多くの証拠を得ることが出来る。喧嘩に明け暮れた子供時代から、戦い好きの性癖がゆっくりと始まっていたのだろう。最初は満足していたが、喧嘩を繰り返すうちに無意味になったのだ。戦争時に十人まとめて人を殺すことなどという刺激は稀であり、彼の闘争への飽くなき欲求は満たされなかった。そして恐ろしいことを求めるようになったのだ。

シャーロック・ホームズはあきて、殺してしまった。ドイルに殺人のインスピレーションがなくなったことを、口うるさいメアリー・ドイルは文句を言ったに違いない。

ヴィクトリアーエドワード時代、ドイルほどの著名人が、「ブリトン号」のデッキで王室関係者や上流階級の紳士淑女の目前でボーア戦争の将軍に殴りかかったとは全く驚いた話だ。その紳士淑女についても、ドイルは自叙伝に詳しく書いているが、自分についての評判には全く触れていない。これも疑わしさを増している。もしバートラム・ロビンソンがこの争いをとめなかったら、「とんでもない事態」になっていただろう。（アーサー・コナン・ドイル）ジキル博士は医者でもあり作家でもある尊敬すべき紳士だったから、このときのドイルはハイド氏だったのだろうか？

ドイルはボーア人から君主を守るために取った行為だと書いているが、その信念を支えるドイルのどんな言葉も意味を持たなくなる。言葉は何とでも言えるものだ。

ドイルの攻撃性は進行性の病気によるものかもしれない。いかだに乗ってスリルを楽しむように偶然はじまった作家生活ではあるが、小説が売れて彼は自己の創造をその中に覆い隠してしまった。彼の文学的才能は広く認められた。バートラム・ロビンソンへの著作権の消滅、など疑惑がもたれたが、ドイルの熱烈なファンが激しく抵抗した。

シャーロック・ホームズは作者そのものだった。ドイルによってはっきりと描かれている。かみそりの刃のように鋭く、冷淡な探偵。そこには人間らしい感情の起伏は見られない。彼は外科医のようにメスをつかって犯罪の状況を薄く切り取る。そこは読者が恐ろしくて足を踏み入れられない場所だ。そして読者のために興奮とファンタジーを創る。どの事件もドイルの頭の中で創られたものだ。やがて興奮は去り、ホームズは死ぬことになる。息子ドイルは殺人を犯した。実に簡単、そして大いにほっとした。肩の荷が降りたのだ。母親は息子をひどく叱ったが、その動機を知らない。

そしてバートラムが彼を連れ戻すことになる。片手を差し出し、ドイルを馬の鞍に再び乗せたのだ。

ドイルの問題の多い血筋については、最近の科学的研究、特に人の発達の基礎になるＤＮＡ鑑定で明らかにされる。彼の記録やその他で彼がいつも攻撃的な態度だったことは確認されているが、何故そうだったかという質問に対しては、ＤＮＡが答えてくれるだろう。

危険に遭遇したとき、人間の瞬時の反応は、基本的に二つだ。逃げられる状況であれば逃げる。あるいは立ち上がって戦う。家族や子供たちを守るときなどは後者だ。どちらの場合も血流にアドレナリンが分泌され、人は瞬時に尋常でない特別な能力を発揮する。筋肉に力がみなぎり、普通の状態では考えられないほどのスピードで走ることができる。同様に状況が切迫していると、痛み、打撲、切り傷など、ものともせずに、攻撃をしかけてくるどんな敵に対しても戦う力が沸き起こる。

ドイルが攻撃的になったり、怒ったりした時もこのアドレナリンが分泌された。彼はアドレナリン分泌を繰り返すうちに、恐怖から解き放たれ、支配、忍耐、力がどういうものであるか理解した。アドレナリンを分泌するような状況に普通はあまり遭遇しないため自然にそういう反応が起こるのであるが、アドレナリン分泌を繰り返していると、この自然の反応も起こらなくなる。彼の場合、想像上の物語をいくら書いても同じ道はたどれないという点で習慣性になる。前進するたびにもと来た道は破壊されてゆく。そして、おそらくドイルはアドレナリン中毒になったのだろう。

彼はさらに激しい口論やとんでもない経験を強く求め、当然それは段々と危険なものになっていった。人が目をそむけ、避けて通るようなことを彼は求めたのだ。ウィング・ウォーキングやバンジー・ジャンプなどが当時あったら、多少は気休めになったかもしれない。

仲間が火の海で焼かれるのが見たくて兵士に志願したりするのだろうか？ 医師として技術が無駄になるかもしれないような命がけの戦いをなぜそんなに熱望したのだろうか？ さらに公の場で口論などするものなのだろうか？

人気作家、犯罪学者という仮面をかぶり、もはや自分に挑戦するものはほとんどいないと知ると、ドイルは仮面の裏で暴力への欲求を満たしていた。

アドレナリンを分泌することによってスリルを味わいたいというドイルの強い渇きは彼に繰り返し訪れることになる。これは不幸にも脳に影響を与えた。彼はさらに強い薬物中毒となり、またドーパミンが活発に分泌されて、さらに強い情動を覚えるようになる。このドーパミンはスリルを高める究極の物質といえる。

再び薬と比較してみよう。微量に調整されたアヘンチンキもしくはアヘンを服用すると幸福感、不死感を経験し、物や人への感覚がなくなる。社会から無限の賞賛を浴びた気持ちになり、自分は不滅だと思えてくる。このスリルを越えるリスクを医者はどこに見つけるのだろうか？

ドイルについて書かれたエイドリアンの本からもさらなる答えが得られた。エイドリアンはドイルの妹のコニーについて書いており、アーサーが最初の結婚の間に何度も浮気をしたという彼女の話には強く反対している。しかし秘密裏にことが行われている場合にくらべ、不義が露呈するかもしれない状況はスリルを三倍にするのではないだろうか？　コニーは母親に告げるだろうか？　そうなれば口論が起こるだろうか？　離婚にいたるかもしれない！　この状況は彼にとってはスリル満点ではなかったのか？

そしてどうなったか。前線に行ける可能性はもうない。アデルフィー劇場は乱闘の舞台となった。騒ぎは収まったが、口論は今や「ありふれた」行事となる。浮気のスリルは彼の妻ルイーズの死で幕が下りた。

そしてついには人生そのものが絶対的なリスク、最高の至福感、最終目標の重要な要素となる。それには犠牲者が必要だ。

「死刑になるか、それとも自由でいられるか。究極の賭けを見つけた」

ということだ。

私のこの調査結果が受け入れられるかどうか、支持されるかどうかはおいておこう。それでもここには確実な事実がある。

私はこのテーマを自発的にはじめたのではない。という事実だ。それまでまったく知らなかったテーマを十年にわたり調べ続けたのは、霊に導かれ、劇的な介入のしかたを余儀無くさせられたのだ。説得され、励まされ、どの霊も彼らの苦しみを訴えるために断固たる態度で向かってきた。彼らの訴えは、証明された。普通に考えれば、誰も経験したことも記録したこともない事実である。

裁判官およびデヴォン州平和判事であったジョセフ・フレッチャー・ロビンソンなら、事件要点を次のように述べるに違いない。

「陪審員の皆さん、私は当件をこのように考えます。人類の歴史の中で事実がこれほどまでに悪意をもってごまかされた例がこれまでにあったでしょうか。

ある男の地位を守るためにすべてはごまかされたのです。それは文学の世界において、無欲な貢献のみを強くのぞんだ、ある真摯な若者に損害を与えたのです。『我が息子の魂が安らかに眠らんことを』一九九九年　ジョセフ・フレッチャー・ロビンソン」

終

これで終わりだろうか？　おそらく違う。検死官はバートラム・フレッチャー・ロビンソンの死の疑惑に関する大量のファイルをまだ調べ終えていない。

殺人事件として発表するにあたってロンドン警視庁の犯罪捜査の刑事たちは回収された膨大な詳細な証拠を調べることに同意している。

薬物の研究所からの報告はまだ受け取っていない。期待通り、警察関係者の間で全てを含めて意見が一致し、同意されれば、申請書が内務省の死体発掘の係に送付される。

バートラムの死体からアヘンチンキが検出され、毒殺されたということが明らかにされるだろうか？

警察は秘密裏に葬儀屋の記録を探しているが、それは見つかったのだろうか？　それが見つかれば、一九〇七年一月二十一日に死んだバートラムの死亡日を早めるよう指示があったことが立証される。十九世紀の一月が騒動を呼び起こすだろうか？

私の個人的な意見は「イエス」と鳴り響いている。

了

コナン・ドイルはフレッチャー・ロビンソンを殺したか。

島田荘司

ロジャー・ギャリック-スティール氏のふたつの告発。

一昨年来、何かと話題になっていた英国の新人作家、ロジャー・ギャリック-スティール氏によるコナン・ドイル氏の殺人関与疑惑の告発原稿を入手し、版権も獲得できたので、ここに世界に先駆け、この世紀の問題原稿を日本の読者に提供できることになった。

ギャリック-スティール氏の調査と主張は、英米では何度か新聞記事になっており、テレビのニュースでも取りあげられていた。以下は原稿を読む以前に得た、これらさまざまな情報からの私の把握だが、ギャリック-スティール氏の主張は、ふたつに要約されるように思う。ひとつは名作『バスカヴィル家の犬』のアイデアと主要部分が、ドイル氏でなく、フレッチャー・ロビンソン氏という人物のペンになるものであること、もうひとつは、『バスカヴィル家の犬』が世に現れて五年後、ロビンソン氏が三十六歳という若さで不審な死に方をしており、彼への治療も検死も異様なまでにずさんであり、さらにドイル氏自身がこの殺害に加担した疑いがあること、である。

無名に終わったこの作家の、妻グラディスは、夫の死の直後にイギリスの南デヴォン州、イップルペンにあるパークヒルという広大な家屋敷を相続しており、しかも彼女は一時期、コナン・ドイル氏の愛人でもあったという主張になっていた。

コナン・ドイル氏が、今日名探偵の代名詞となっているシャーロック・ホームズ氏を実は嫌っており、ライヘンバッハの滝に蹴り込んで殺して以降、復活させる気がさらさらなかったことはマニアによく知られている。この探偵が復活できたことは、『バスカヴィル家の犬』がいたからであることは事実で、また「バスカヴィル家」直前のドイル氏のカバンには、ボーア戦争の殺伐たる資料しか詰まっていなかったこともその通りであろう。したがってドイル氏が他人の才能を借りてホームズ氏を復活できたという主張までは、私もすぐに同意することができる。

世間によるふたつの疑惑。

私自身、六十編のシャーロック・ホームズ譚を愛することにかけては人後に落ちないが、近代科学の冷徹な分析法を犯罪調査に持ち込んで、文学の新ジャンルを創造したコナン・ドイル氏ほど、その功績とは裏腹に、不名誉な噂が無数にささやかれた小説家もないと思っている。たちまち挙げられるものだけでも、「ピルトダウン人の頭骨偽造疑惑」、そして「コティングリィの妖精写真」騒動がある。これに降霊術への熱中とか、盲目的なまでの英国崇拝、戦争美化宣伝を加えてもよい。

これらは今回の疑惑とは直接の関係がないので、ここで簡単に解説をすませておくと、「ピルトダウン人」の頭骨偽造疑惑とは、乱暴に言えば一九世紀、猿と人間とをつなぐ、進化の鎖が発見されていなかった。もしもこの中間の存在が英国から発見されるなら、人類のあけぼのは英国で起こったことになり、世界最初の人類を輩出したこの国家が、世界に対して指導的な立場をとることが正当化される。そういう政治的な思惑があったところへ、一九〇九年、おあつらえ向きに、サセックス州ピルトダウンの砂利採石場で、弁護士兼アマチュア考古学者のチャールズ・ドーソン氏が原始人の頭骨らしい骨のかけらを発見した。

三年後に彼は下顎の骨を追加発見し、これらをつなぐと、猿でもなく、人間でもないその中間の存在が浮かびあがるように思われた。世紀の大発見に英国は湧きたち、骨のかけらは石膏モデルに貼りつけられ、大英博物館の特等席のガラス・ケースに、王冠のように飾られた。この発見のとてつもない国益に鑑み、女王はサーの称号をドーソン氏に贈った。

ところがドイル氏の死後二十三年が経過した一九五三年、この頭骨はあっさり捏造が発覚する。下顎の骨はオランウータンのもので、これを当時の鑑定諸法をすべてかいくぐれるよう、専門知識を動員して加工処理を施したものだった。

この犯人は未だにあがっていないが、この発見現場がコナン・ドイル氏の仕事場の近くであり、現場はドイル氏の散歩コースにあたっていたこと。ドーソン氏はドイル氏の友人であり、ドイル氏はピルトダウンの地理に精通して、この地形をそのまま自作のSF、『失われた世界』の舞台に流用していたことなどに加え、医学鑑定の専門知識を有すること、熱狂的な愛国者であること、などなどから、今日にいたるもドイル氏が容疑者の一人になっている。

「コティングリィの妖精事件」というものは、それからずっと時代がくだり、ドイル氏が晩年に入ってからの事件である。一九二〇年、ホームズものを発表していたストランド・マガジンに、ドイル氏は小さな踊る妖精たちと一緒に写った少女の写真を、自分はこれを本物と信じるというお墨つきとともに発表し、英米のマスコミを激論の坩堝に巻き込んだ。

　こちらは一九八三年、老婦人となっていた当時の少女が、切り抜いた絵を使った悪戯であったことを告白、ドイル氏の名声は、墓石の下でまたしても急降下する。これはギフトブックの妖精の絵を引き写し、切り抜いてピンでとめ、草地に立てて撮影しただけのものだったから、ホームズなら一瞬にして見破ったと思われる初歩的なトリックだったが、生みの親はあっさりだまされた。

　これはドイル氏もまた被害者であり、大衆をペテンにかける悪意が彼にあったとは思われないが、英国が世界の中心と信じればこその被害であり、これもまた愛国心ゆえの傲慢であるならば、今回のギャリック・スティール氏の告発も、この延長線上で、あるいはあり得ることかと思われてくる。しかしシェイクスピアと並ぶ英国最大級の文豪に対する告発であるから、今後大きな議論やスキャンダルに発展する可能性もある。

シャーロック・ホームズへの疑問。

聖書に継ぐベストセラーといわれた探偵譚には、怪しげな知識の披歴とか、辻褄の合わない出まかせふうの発言がなかなかに数多く、世界中のパロディ作家を甘く誘惑してきた。映画化されたホームズも、原作に忠実なものより、パロディに傑作が多い。

「まだらの紐」における、猫のようにミルクを飲み、犬のように口笛の合図を聞く珍しい蛇などはもはやジョークの古典だが、猿の精液を飲んだら、人間が猿そっくりの歩き方になってしまったという「這う人」。「赤毛組合」では、明らかに日本産の刺青をして、日本産のコインを時計にぶらさげていた依頼人に向かい、勝手に中国帰りと決めつけてしまって、あきれているに違いない当人をして「いったいぜんたいどうしてそんなことまで解るんですかいホームズ先生」と頭のさがる配慮を口にさせたり、人目を避けるため、一メートル九十の老婆に変装して街をねり歩いたりと、数えあげればきりがない。この趣向なら、あと百枚は稿を続けられるであろう。

十九世紀末の当時、最新の科学知識を用いて理知的な探偵小説を書くには、おそらく材料や情報が充分に出揃っていなかったのであろう。作家に代わって資料をあたってくれる編集者も校閲部も、当時の出版社はまだ持っていなかった。であるから著者は、いきおいごまかしふうの話術に依存しがちとなり、当時もそれなりにからかわれたと思われる。それがためにドイル氏は早くホームズ創作から離れ、専門情報なしで書ける、しかも文学としての定評が得やすいと感じていた文芸ジャンルに移行したかったのではあるまいか。

またこのような大衆読み物を書き続け、作家としてのイメージをそこに定着することは、文学者への将来の飛躍を危うくするものと、彼は考えたかもしれない。しかし渋々書き続ける彼のホームズ描写は、無造作と見えるまでに文体の力が抜けて、しかし全体ににじむ暖かいユーモアと友情、これを邪魔しないほどよい量の知的語り口は、世界中の誰にも真似ができない感動的なものであった。

これは日本の江戸川乱歩氏と、その周辺作家の事情とも似ている。当時乱歩の作風は、実作者たちには子供らしく感じられ、文学とはほど遠いとみなされていた。よって後世に文学として評価され、遺るものは自分たちであろうと周辺の作家たちは自負しており、乱歩氏自身、ある程度同意していた。彼はドイル氏とは違い、文学者たることなどはとうにあきらめていた。ところが実際に後世に遺ったものは乱歩の作品群であり、のみならず文学の称号を得たのも乱歩の創作の方であった。

ドイル氏の事情も似ており、とるに足りない冒険物とみなしていたホームズものが不滅の光を未だ消さず、自身が文学的な達成を自認し、英国の文学史上において重要な作品群と考えた「サー・ナイジェル」や、「ホワイト・カンパニー」、また「マイカ・クラーク」などは忘れ去られた。

コナン・ドイルの人と人生。

情報が不足したこういう時代に、新しい小説ジャンルを切り拓く労苦は並大抵ではなかったろうから、大いに敬意を感じこそすれ、先駆者へのいたずらな揚げ足取りは慎みたいものと常々思ってきた。この時代にドイル氏が居合わせたからこそ今日の探偵小説の豊饒があり、探偵小説のジャンルが存在しなければ、そもそも小説本の寿命さえ細まっていたかもしれない。

ドイル氏の生涯は、よくも悪くも自身が晩年に自己評価したように、重い荷車を引く老馬にも似た「善良な巨人」のものであり、気のよい大人物がたいていそうであるように、細部にうとく、目端のきく人にだまされやすい、うかつでなかなかに失敗の多い人生であった。

ホームズ譚に見る、やむを得ない不手際にも似て、青少年への規範にならんとして齢四十歳を越えてからボーア戦争に志願し、あっさり断わられたり、総選挙に二度出馬してあえなく落選したり、死者の霊魂と会話ができると大真面目に信じたり、古き佳き英国ふう騎士道精神の持ち主ゆえに、晩年には婦人の参政権運動や、前衛芸術が受け入れられず、的外れの蛮勇を奮う時代遅れの巨人ともなった。

ギャリック - スティール氏もたびたび指摘しているように、ドイル氏が喧嘩っぱやく、すぐに手が出る性格であったことは事実のようで、このような話がある。ある女性の外見的な問題をとらえ、息子のひとりが辛辣な批判を口にした。するとと父親ドイルはたちまち息子の頬を平手で打ち、次のように諭した。

「いいかね、よく憶えておきなさい。世の中に醜い女性というものはいないのだ」

強烈な騎士道精神の発露である。同時にこの騎士は、女性の参政権運動に絶対反対の立場だった。アメリカでのインタヴューで、このようなはしたない女性活動家は、リンチにでも遭うがよいと取れる発言をして、猛然たる反発をかった。彼にとってヴィクトリアふうのたしなみにかなわない女性が増えることは、男の騎士道精神を駄目にし、国の美風を損ない、たちゆかなくするものであった。

さらには前衛芸術の台頭をもうとましく思っていて、一部の抽象絵画を狂気の沙汰とみなしていた。ハイド・パークに現れたジェイコブ・エプスタインによる前衛的レリーフの撤去に、熱弁を奮ったりもしている。

　しかしこれらの的外れぶりは、権力者の横暴とも取れるが、見ようによっては気のいい巨人のうっかり談というふうにも受け取れ、これらはドイル氏だけの特徴ではなく、公序良俗を愛する当時の英国人なら、大なり小なり持っていた道徳観念であった。彼は巨人になりすぎたあまり、声があたりに届きすぎたが、酒場で家庭で、同じ不平をつぶやく英国の男性は多かったはずである。したがって彼の類いまれな正義観と女性観とは対立するものではなく、またボーア人への殺戮も、真摯に国を愛する心も、彼の内側では無理なく一貫して、二枚舌ではなかった。それゆえピルトダウン人の創造も、この愛国の騎士ならと疑われたのである。

　これまで私は、ドイル氏の人となりを好意をまじえてこのように理解してきたが、あるいは考え違いだったのだろうか。他人の作品を自作に剽窃し、あまつさえ彼を殺害することとは、ピルトダウン人の捏造とは質が違う。ヴィクトリア朝の道徳をどのように拡大しても、またねじ曲げても、万人を納得させる一貫性構築に用いることは不可能である。そのようなことをしても、国力が増すわけでも、英国人の美風が高められるわけでもなく、ただドイル氏の保身という効能があるだけの、単なる重大犯罪である。若い時代には医学で英国民への奉仕を志し、また二人の冤罪囚のため、正義の活動を展開した彼は、はたしてそこまで堕落していたのだろうか。

かくなる上はコナン・ドイル氏の人生をたどり、問題の一時期に関しては細部を虫眼鏡で拡大して、ギャリック‐スティール氏の告発が成立可能であるか否か、すなわちドイル氏がフェアでないやり方によって他人の作を剽窃し、これを世間に隠し、実作者の妻と共謀して彼を葬ることができたか否か。それによって『バスカヴィル家の犬』は、うまく彼一人の独占物となったか。また当時のドイル氏が、これを必要とする環境にあったかどうか、周辺の彼の活動から推して、そのような恥ずべき堕落が、一時的にせよ彼に起こり得ていたという想像を許す余地があるか、などなどを検証してみたい。

以下の年表は、一般に知られたものに私が心得る情報を加味し、さらにはギャリック‐スティール氏の当原稿からの情報も加えて構成したものである。ドイル氏の人となりの興味深さもあるので、それなりに面白い読み物となるであろう。

コナンドイルの人と人生。

一八五八年　五月二十二日　アーサー・コナン・ドイル、チャールズ・ドイルとメアリー・フォリーの第二子としてエディンバラに生まれる。

一八七一年　バートラム・フレッチャー・ロビンソン、ハリー・バスカーヴィル誕生。

一八七五年　ドイル、優等で大学入試に合格。

一八七六年　医学を志し、エディンバラ大学に入学。ここでシャーロック・ホームズのモデルになったジョーゼフ・ベル博士、チャレンジャー教授のモデルとなった解剖学のラザフォード教授と知り合う。

二十代

一八七九年　二十歳となる。父、チャールズ・ドイル、精神障害とみなされて、モントローズの療養所に入院。この頃ドイル、何作かの短編を匿名で発表する。

一八八〇年　北極海に向かう捕鯨船に船医として乗り込み、七ヶ月にわたって航海する。この頃はじめて心霊論、超常現象に興味を持つ。

一八八一年　大学を卒業、医学士となる。船医として西アフリカに向かう貨物船に乗り込み、二度目の航海に出る。この旅で熱病にかかり、命を落としかける。

一八八二年　カトリック信仰を棄てたことを母親に告げる。学友のパッド医師がプリマスで開業するのにともなって共同診察を進められ、話を受けるが、パッドの診療を無節操と感じて不信感を抱き、たもとを分かってポーツマス郊外のサウスシーに個人医院を開業する。

一八八三年　「マリー・セレスト号事件」に材を採った短編小説を発表。

一八八五年　担当患者の姉のルイーズ・ホーキンスと結婚する。

一八八七年　最初のシャーロック・ホームズ譚「緋色の研究」を、ピートンのクリスマス年鑑に発表する。

三十代

一八八九年　三十歳となる。ルイーズとの間に、長女メアリー・ルイーズ誕生。ホームズものの第二作、「四つの署名」を発表する。

一八九〇年　ベルリンに行き、ロベルト・コッホの結核治療法を研究、否定的な見解を持つ。

一八九一年　サウスシーの医院をたたみ、眼科専門医となるためにウィーンに勉学におもむく。しかしこの計画は挫折。ロンドンに戻り、デヴォンシャー・プレイスに医院を開業するが、まもなく全面的に廃業、作家専業となる。六編のシャーロック・ホームズもの短編を、ストランド・マガジンに発表する。

一八九二年　長男キングスレィ誕生。

一八九三年　妻のルイーズ、結核に冒されて余命数カ月と診断されたので、療養のためにスイスに連れていく。
この年、ホームズもの「最後の事件」をストランド・マガジンに発表、ホームズをスイスのライヘンバッハの滝に転落死せしめる。この時点では、永遠に彼を葬り去るつもりでいた。「心霊研究協会」に入会。

一八九五年　サリー州の空気が妻ルイーズの療養に適していると勧められ、ハインドヘッドに土地を購入、家を建てる。
冬、妻をエジプトに連れていく。二人でナイル川を逆上り、スーダンまで行く。

一八九六年　イスラム教の熱狂派修道僧とイギリス人との間に紛争が起こったので、一時期ウエスト・ミンスター・ガゼットの従軍記者を勤める。

一八九七年　二度目の妻となるジーン・レッキーと知り合い、相愛の仲となる。

一八九八年　知人のジョン・ロビンソンに、甥の才人、バートラム・フレッチャー・ロビンソンを紹介される。

四十代

一八九九年　四十歳となる。第二ボーア戦争始まる。陸軍に志願するが受け入れられなかった。
バートラムとグラディス、婚約。グラディスとジーン・レッキーとは同じ歳である。
バートラム、ケープタウンの駐在記者となる。

一九〇〇年　二月、ドイル、医療奉仕団に加わり、南アフリカに向かう。非常な悪条件のもとで兵士の医療に尽くし、前線を訪れる。
七月、英国への帰路につき、「ブリトン号」の船上で

一九〇一年

バートラム・フレッチャー・ロビンソンと再会、パークヒルのロビンソン家再訪の約束をかわす。またこの時、バートラム考案の蝋による指紋トリックのアイデアを聞き、五十ポンドで買う。

帰国してすぐ「偉大なるボーア戦争」を書き、ボーア人に対する英国への強い批判に応えるため、「南アフリカでの戦争、その原因と行動」も書く。

エディンバラから、統一党の下院議員候補として総選挙に立候補するが、落選。

二月、パークヒルのロビンソン家を訪ね、バートラムとグラディスに会い、グラディスの創作「トーマス・ハーンの謎、ダートムア物語」を読んで感心する。そして出版社、スミス・アンド・エルダー社を紹介して原稿を郵送させる。

三月、バートラムとノーフォークのクローマーにあるロイヤル・リンクス・ホテルで会う。スミスからの「ダートムア物語」をホームズものに改造という提案の手紙をフレッチャーから見せられ、提案に応じる必要はないだろうと応える。

四月、しかしドイル、バートラムへの才能評価と巨額の財政的見返りによって提案に乗る気になり、三度パークヒルを訪れ、ダートムアを取材する。

一九〇二年

ナイト爵に叙せられ、イタリアでこれを受ける。

この年、大衆と出版社の要望に負け、ついに『バスカヴィル家の犬』でホームズを復活させる。滝への転落から、すでに九年という歳月が経過している。しかしこの事件は、「最後の事件」より以前に設定されていた。

一九〇三年

アメリカから有利な申し出を受けて、ホームズを正式に復活させることに同意する。新シリーズの第一話をストランド・マガジンに発表。

父チャールズ・ドイル、療養所で死去。

一九〇四年　バートラムとグラディス夫妻は、ロンドンのバッキンガム・パレス・マンションに住んでいたが、ここにドイルの仕事場もあることを知る。

ドイル、ケンブリッジシャーとのクリケットの試合に、マリバン・クリケット・クラブの選手として出場、活躍する。

バートラムのいくつかの短編と、「トーマス・ハーンの謎、ダートムア物語」がピアソン社から発行される。


一九〇六年　二月、バートラムはロンドン博物館のエジプトのミイラの調査で忙しくなる。

ドイル、統一党候補としてホーイックから再び総選挙に出馬するが、落選する。

一九〇三年から冤罪で収監されていたジョージ・エダルジの事件の調査に乗り出す。「離婚法改正運動」に関わることになる。妻ルイーズ、死去。

一九〇七年

十一月、グラディス、バートラムに遺言状を書かせる。

十二月、夫婦でフランスに旅行、バートラム、パリのフォイヤー・ホテルで腹痛のために倒れる。危篤状態になり、葬儀屋まで呼ばれる。船に乗せられてイギリスに帰国。

一月二十一日早朝、二十二日間の闘病ののち、バートラム・フレッチャー・ロビンソン、ロンドン、ベルグラヴィア、イートン・テラス四十四番で死亡。死因はチフスの疑い。享年三十六。

一月二十四日、デヴォンの聖アンドリュー教会で葬儀。ドイルは出席しなかった。

グラディスは、広大なパークヒルの所有権をすべて相続した。二人に子供はなかった。

ドイルが支援していた冤罪囚、ジョージ・エダルジ釈放。ドイル、ジーン・レッキーと再婚。

五十代

一九〇九年

五十歳となる。ジーンに次男デニス、誕生。

ベルギー領コンゴの原住民に対する白人の過酷な仕打ちを告発する文章を発表。

英国サセックス州ピルトダウンの砂利採石場で、ドイル氏の友人チャールス・ドーソン氏が、原始人類のものらしい頭骨を発見。のちに「ピルトダウン人」とか、「ドーソンのあけぼのの人」と呼ばれ、大評判になる。

一九一〇年

十月、グラディス、イートン・テラス四十四、ロンドン、パークヒル、三軒の家の所有権を売却、オックスフォードシャーに家を買う。ウィリアム・ジョン・フレデリック・ハリデイ少佐と再婚する。

殺人犯としてスコットランドで告発されたドイツ系ユダヤ人、オスカー・スレイターの事件に関心を持つ。以降十七年間、この冤罪事件を支援して闘うことになる。三男エイドリアン誕生。

一九一一年　英独対抗自動車レース「ハインリッヒ公ツアー」に参加。レースは英国チームの勝利に終わる。

一九一二年　「オスカー・スレイター事件」を発表。次女リーナ・ジーン誕生。

一九一三年　タイタニック号。沈没する。SF小説、「毒ガス帯」発表。

一九一四年　第一次世界大戦勃発。地元の有志と義勇軍を創設。のちにこれが公的な組織に再編成されると、一兵卒として加わる。戦意高揚のパンフレット「To Arms!」を書く。

一九一五年　ホームズもの長編「恐怖の谷」を発表。

一九一六年　心霊学研究誌「光」に、心霊主義への関心を表明。

一九一七年　ホームズ短編集「最後の挨拶」を発表。

一九一八年　長男キングスレイ、ソンムの戦いで負傷後、肺炎を併発して死去。心霊論に関する最初の著作を発表。

六十代

一九一九年　六十歳になる。弟イニス、肺炎で死去。

一九二〇年　ストランド・マガジン、クリスマス号に、エルシーとフランシスという二人の英国人少女が撮った妖精の写真を、本物であるとする自身の評価を添えて、ストランド・マガジン、クリスマス号に発表。英米間に一大論争を引き起こす。

一九二一年　母メアリー死去。妻ジーン、自動書記を行う能力があることを発見する。

一九二三年　アメリカに講演旅行。妖精の実在を信じると公的に表明。

一九二五年　パリでの「国際心霊主義会議」で議長をつとめる。

一九二六年　チャレンジャー教授もの冒険小説、「霧の国」を発表。

一九二七年　オスカー・スレイター釈放されるが、彼と不仲になる。

一九二八年　ホームズもの最後の短編集、「シャーロック・ホームズの事件簿」を刊行。

ドイル一家、南アフリカ、ケニア、ローデシアを旅行。

ある降霊会で妻のジーン、セシル・ローズ、パウル・クリューガーの霊を呼び出す。

七十代

一九二九年　七十歳になる。心臓発作に見舞われる。しかし休戦記念日のいくつかの会合で予定通り演説、その結果、自宅での長期療養となる。

一九三〇年　七月七日朝、スリーの自宅の、藤の肘かけ椅子で死去。享年七十一。

裏庭、物置小屋の脇に埋葬。

示された疑惑とその根拠。

本書が、切り口のまったく新しいコナン・ドイル伝記となっていることは疑いがない。バートラム・フレッチャー・ロビンソンとグラディスという、若い男女の恋愛と結婚を軸にすえて描くギャリック-スティール氏の筆は実に生き生きとしており、この方向に、この作家の天分があることを語っている。そして二人の脇役として登場する高名なコナン・ドイル氏をも、いかにもそれらしく浮かびあがらせ、彼の人となりを後世のわれわれに伝える。

著者にドイル氏告発の意志があることはあきらかだが、そこには英国流のたしなみが保たれ、必要以上に作家の人格が貶められて描写されることもない。したがってホームズ・ファンも安心して本書を読み、告発の当否を検討することができるであろう。

ギャリック-スティール氏のコナン・ドイル告発文において、従来のものと大きく異なる点は、ドイル氏の降霊術熱中への批判が見られないことである。これはあるいは英国人の特徴であるのかもしれないが、本書もまた亡霊の存在や、降霊現象を容認する立場で書かれている。

ギャリック - スティール氏がこの告発の想を得た理由は、ほぼ百年近くも前にドイル氏が訪れ、名作『バスカヴィル家の犬』の構想を得たであろうイップルペンのパークヒル屋敷を、霊の導きとしか思えないあり方で手に入れたことに始まる。続いてこの家に住みついた亡霊たちと出会い、彼らの告発に心を動かされたからであり、これがこの告発がただの世騒がせの思いつきではなく、歴史の意志にも似た重い意味があるのだと、ギャリック - スティール氏が主張する根拠となっている。

ロジャー・ギャリック - スティール氏の仮説に最も力を与えそうな点は、バートラム・フレッチャー・ロビンソン氏が、チフスと思われる腹痛で倒れることになるフランス行きの直前、妻グラディスに遺言状を書かされていることである。時を得たこの遺言状がなければ、あるいはロビンソン家のすべて財産がグラディスの手に渡ることはなかったかもしれない。

ギャリック - スティール氏によって上手に描写されるバートラムとグラディスの恋愛物語によれば、一九〇六年の暮れ、バートラムとグラデイスは、クリスマスをフランスで過ごそうとして英仏海峡を渡ることになるのだが、その直前の十一月、ストランドのエセックス通り十七にあるバートラムの弁護士の事務所、W・E・クリンプで、遺言状が作成された。グラディスは、なんとしても自分より先に夫が死んだ際の保証を手に入れたかったのだと筆者は観察している。

確かにこの遺言証の作成は唐突の観もある。これだけの資産がある夫婦の場合、このように早々と遺言状が作成されることは一般的であるのかもしれないが、二人の婚約・結婚からは六年という時間が経過しており、バートラムの父親はすでに亡く、その年の七月に母親のエミリーが亡くなったばかりだった。エミリーの遺言状には、生前の口約束に反し、家屋敷は息子のバートラム一人に譲る旨が書かれていた。こういう時、夫が死ぬひと月前にぬかりなく遺言状を書かせたという妻の判断には、いくらか疑われる要素はある。

ワイドショーふうの蛇足を付け加えるなら、グラディスの遺言状要求は、夫が死んだのちの自分の生活の不安を訴えてのものだったが、彼女はまれに見る美人であり、その二年後の十月、夫から譲られたひと財産をすべて売却して、ウィリアム・ジョン・フレデリック・ハリデイ少佐と早い再婚をすることになる。バートラムとの結婚中にこの男性と知り合っていたとは思われないが、この思い切りのよさは、大衆の行儀心を呼びさますであろう。

さらに、フランスのフォイヤー・ホテルで倒れたバートラムの様子には、確かに不審な点が多い。バートラムは当時三十六歳、元気な盛りであり、健康で、ラグビーの選手でもあった。ギャリック‐スティール氏の文章によれば、倒れたバートラムは痛みで気を失い、高熱が続くほどであったのに、その前夜までパリの街の美しさに酔い、「ダンスフロアでお互いの瞳に朝露のピンク色が写し出されるまで、時間を気にせず踊り続け」ている。

そして翌朝、彼は突然倒れて苦しみはじめ、食あたりかとも思われたのだが、グラディスの方はなんともない。のみならず、ホテルが悪評発生を恐れてバートラムを運び出そうとしたのなら、ほかの泊まり客たちにも何ごとも起こっていなかったのであろう。

フランスの医者がまごつき、到着までに丸一日があり、バートラムの容体は悪化して、葬儀屋が呼ばれるほどだった。グラディスはロンドンでかかりつけのメンジー医師に連絡をとり、弟モリスにサザンプトンの港まで迎えにきてくれるように頼んでおいて、夫婦でイギリスに帰った。それが一九〇六年暮れのことだった。

それから三週間ほどが経過した一九〇七年一月二十一日の早朝、バートラム・フレャー・ロビンソン氏は、闘病の末に息をひきとった。彼の遺体はデヴォンに戻り、聖アンドリュース教会で葬儀が行われたが、コナン・ドイル氏は参列しなかった。また何故かグラディスも列席しなかったという。

ギャリック‐スティール氏によれば、成功作の最大の功労者の死亡原因について調査を依頼されたが、ドイル氏は断った。そしてデイリー・エクスプレスの記者に対しては、

「ロビンソン氏の死亡は、ミイラの呪いが起きたのではないか。私はエジプトの墓や、ピラミッドについての調査からは手を引くようにと彼に懇願していたのだ」

などと語った。

ギャリック‐スティール氏の調査によれば、バートラムは、フランスからグラディスが連絡をとったロンドンの医師、ヘンリー・メンジー・B・A医師によって死亡証明書が書かれている。死亡原因については、「二十一日間におよび、腸熱が続く。腸に穴が開き、二十四時間腹膜炎を起こした」とあった。

さらに驚くべきことには、この証明書の死者の氏名が、バートラム・フレッチャー・ロビンソンとあるべきところ、バーナード・フレッチャー・ロビンソンと誤記されており、このようなずさんさなら、この医師の前でならどのような陰謀も可能だとギャリック‐スティール氏は考えるようになる。

ギャリック‐スティール氏は知り合いの医師に、この件についての意見を聞いた。彼は、腸熱というのはチフスの別名であり、三十六歳の健康な男性の死因とは思えないと言った。そして恐ろしい可能性を示唆した。以下のような内容である。

ヴィクトリア時代、医師には「ローダナム」という薬の使用が許可されていた。少量なら、泣き続ける赤ん坊に効果的な鎮静剤となった。おとなには多少多目に使用して、頭痛やインフルエンザの症状を軽くした。現在のアスピリンの代用品だが、別名を「アヘン・チンキ」と言い、アルコールに溶け、摂取しすぎると人が死ぬことがある。教養のない母親とか、いらいらしすぎた母親による不注意の子殺しが、当時はたびたびあったという。

専門家による最も重大な証言は以下である。もしもバートラムが、小さじ半分のローダナムを摂った上に風邪薬を飲んでいたら、この証明書に書かれているのと同じ症状が起こるという。この毒は腸と胃に消化酸を出し、胸焼けを起こすそうだ。

このローダナムは、医師なら簡単に入手できる。そこからギャリック-スティール氏は、医師でもあったコナン・ドイル氏へ、ますます疑いの目を向けることになった。

百年も昔の事件であるから、物証はもう奇麗に失われている。ギャリック-スティール氏はそう考えていないようだが、彼の友人の医師によれば、バートラムの死体を今掘り起こしても、体内からのローダナムの検出は絶望的にむずかしいという。あとは読者諸兄が各自本稿を精読していただき、それぞれで意見を構築していただければと思う。ドイル氏に不利な点ばかりでなく、有利な点をも客観的に見つめ、陪審員になったつもりで冷静に検討して票決していただければと思う。このような判断材料を提供する。これはまれに現れる興味深い本である。

過去ギャリック - スティール氏のインタヴューが載った新聞記事では、グラディスとドイル氏とは、一時期愛人関係にあったという主張がなされていたように記憶しているが、今回の原稿中にはこの点の記述が見あたらなかった。これは第一級の判断材料に思われるので、残念である。ギャリック - スティール氏はもっか告発第二弾を執筆中ということなので、これはその時の隠し弾として用意されているのかもしれない。

二〇〇二年四月三十日

コナン・ドイル殺人事件

2002年10月4日　1刷

著　者　ロジャー・ギャリック-スティール
訳　者　嵯峨　冬弓
監　修　島田　荘司

発行者　南雲一範
発行所　株式会社 **南雲堂**
〒162-0801　東京都新宿区山吹町361
TEL 03-3268-2384　FAX 03-3260-5425
振替口座00160-0-46863
印刷所　図書印刷株式会社

乱丁・落丁本はご面倒ですが小社通販係宛にご送付下さい。
送料小社負担にてお取り替えいたします。
Printed in Japan〈1-412〉
ISBN4-523-26412-0　C0097　〈検印省略〉

E-mail　nanundo@post.email.ne.jp
U R L　http://www.nanun-do.co.jp